U0005497

紅樓夢

三 義結金蘭

原著 曹雪芹 高鶚
編撰 侯桂新

A Dream of Red Mansions

好讀出版

圖說 Classic 經典 03

紅樓夢

義結金蘭

主編 侯桂新

導讀

千古文章紅樓夢

《紅樓夢》一書，膾炙人口的章節甚多，著名的第二十三回「西廂記妙詞通戲語，牡丹亭艷曲警芳心」裏，有一段對於賈寶玉和林黛玉在陽春三月於桃花叢中共讀《西廂記》的細膩描寫，即是全書最經典的場景之一。書中寫道：

寶玉道：「好妹妹，若論你，我是不怕的。你看了，好歹別告訴人去。真真這是好文章！你看了，連飯也不想吃呢。」一面說，一面遞了過去。黛玉把花具且都放下，接書來瞧，從頭看去，越看越愛看，不過一頓飯工夫，將十六齣劇已看完。自覺詞藻警人，餘香滿口。雖看完了書，卻只管出神，心內還默默的記誦。

這種盡情陶醉渾然忘我的閱讀體驗，相信很多人在讀《紅樓夢》本身時已經享受過。說《紅樓夢》對千萬讀者具有令人無從抗拒的魅力乃至魔力，一點都不誇張。早在此書問世不久，「開談不說《紅樓夢》，讀盡詩書也枉然」

的美譽即在民間廣爲流傳，直至今日，兩百五十年來，閱讀《紅樓夢》的熱潮從未消退。可以說，一個沒有讀過《紅樓夢》，沒有曾經在某一個時期和賈寶玉、林黛玉、薛寶釵、史湘雲、晴雯、香菱……心心相印、同甘共苦過的現代中國人，不能算是接受過中國古典文學的啓蒙。

在家喻戶曉的中國四大古典小說名著裏，《水滸傳》、《三國演義》、《西遊記》都各有各的精彩，並因此在讀者群中擄獲著各自的擁躉；但毋庸置疑，無論就藝術性、思想性，還是作品在社會上產生的廣泛影響來看，《紅樓夢》都首屈一指。它常被譽爲中國古典小說的高峰，和莎士比亞《哈姆雷特》、但丁《神曲》、歌德《浮士德》、雨果《悲慘世界》等並立於世界文學之林。在全球範圍內，如果非要找出一部中文作品去競逐世界文學經典名著，這個名額非《紅樓夢》莫屬。

魯迅嘗言：「偉大也要有人懂。」儘管《紅樓夢》的超凡出眾早經公認，但要說出它到底好在哪裏，在哪些方面卓爾不群、獨一無二，卻是見仁見智，人言人殊。僅以其主題而言，被學者總結出來的據說就有三十多個。主題的豐富多義性常常是偉大作品的共性，因爲它決定了作品是永遠「說不完」的。不同的讀者可以讀出不同的《紅樓夢》，正如「有一千個讀者就有一千個哈姆雷特」，這話改用來形容《紅樓夢》或賈寶玉也不爲過。

在我看來，這部巨著最震撼人心之處，莫過於淋漓盡致地抒寫了青春的飛揚以及它的毀滅或喪失。這是一部不折不扣的「青春之歌」，字裏行間蕩漾著濃郁的詩情畫意和熱烈的少年情懷，然而書的結局卻是悲劇性的。而且，寶、黛、釵的愛情和人生悲劇與其說是肇因於封建禮教或經濟決定論的壓抑，不如說具有一種超越時代、地域和階級的必然性和永恆性。作爲全書的第一主人公，被賈府上下視若珍寶的賈寶玉尚且無法就人生道路和婚姻實現自由選擇，這凸顯出個人和社會規範之間永遠無法擺脫的衝突。對此，賈寶玉宣稱「女兒是水作的骨肉，男人是泥作的骨肉。我見了女兒，我便清爽；見了男子，便覺濁臭逼人」（第二回），從根本上否定在社會上占統治地位的男權文化，而把希望寄託於女性、確切地說是「正在混沌世界、天眞爛熳之時」的「女孩兒」即少女的身上。然而他悲哀地發現——

女孩兒未出嫁，是顆無價之寶珠；出了嫁，不知怎麼就變出許多的不好的毛病來，雖是顆珠子，卻沒有光彩寶色，是顆死珠了；再老了，更變得不是珠子，竟是魚眼睛了！分明一個人，怎麼變出三樣來？（第五十九回）

隨著人的成長以及社會化程度不斷加深，賈寶玉理想中的女性形象變得

越來越不純潔、不可愛。人不能不長大，不能不社會化，也就不能不滑入這種「一生三變」的悲劇性存在境況——這才是永恆的悲劇。對此，我們無能爲力。試看看我們身邊，曾經令《紅樓夢》作者痛心疾首、惆悵萬分的「成長變異」，難道不是每天都在上演、活生生的現實？因此，《紅樓夢》千年萬年之後，仍永遠不會過時。

然而，曹雪芹畢竟爲我們留下了一部《紅樓夢》，儘管殘缺，仍無與倫比，因爲我們借此得知，曾經有過一個大觀園，一個少男少女的理想家園，一個能夠安放青春夢幻的世外桃源。在洞悉了無比高潔純眞的少男少女情懷必將「無可奈何花落去」的殘酷現實後，曹雪芹以其卓越的想像力和生花妙筆，將青春的激情和美好凝固成永恆。

作爲一部長篇白話小說，《紅樓夢》的語言異常生動，尤其是人物對話，千載之下，如見其人，如聞其聲。由於《紅樓夢》涉及的中國傳統文化包羅萬象，加之時代的演變，今天的讀者要完全把它讀通，也並非易事。有鑑於此，爲了讓這部經典作品變得「好讀」，我們爲原文配上注釋、評點和插圖。注釋用於疏通文義，排除字面理解障礙；評點主要用來引導讀者從文學性的角度更好地欣賞作品；插圖則使閱讀形象化，可以拓展想像空間。本書注釋和評點吸收了眾多前輩學者的研究成果，插圖方面，更得到眾多優秀畫家慷慨授權，大力襄助，在此深表感謝！

最近幾十年來，單是《紅樓夢》原文各地就出版了上百個版本，然而像我們這樣融原典、注釋、評論、相關照片和名家繪圖於一爐的，似乎尚無先例。我們期待此典藏本能夠眞正成爲值得讀者珍藏的版本，讓他們一卷在手，盡覽《紅樓》精華！

本書對原典的選擇，前八十回以完整性最佳、較接近曹雪芹原著的抄本庚辰本《脂硯齋重評石頭記》爲底本，其中所缺第六十四回、第六十七回，以及後四十回，則以程偉元、高鶚所刻程甲本爲底本；以其他抄本和刻本爲參校本。底本不通處，酌情採用校本文字。關於前八十回與後四十回的兩分問題，個人以爲，只要一個人有著正常的文學鑑賞力並且忠實於自己的閱讀感受，不難發現其中確實存在著兩個作者、兩副筆墨，高鶚續寫的後四十回，與曹雪芹留下的前八十回，總體看來，是形似而神不似，相去甚遠。點出這一分別，留待讀者進入文本時細細體味。

最後，本書在編輯過程中得到王暢女士的幫助，她並撰寫了部分圖片說明，謹表謝意。

如何閱讀本書

列出各回回目
便於索引翻閱

精緻彩圖：

名家繪圖、相關照片等精緻彩圖，使讀者融入小說情境

詳細注釋：

解釋艱難字詞，隨文直書於奇數頁最左側，並於文中以※記號標號，以供對照

第三回

金陵城起復賈雨村　榮國府收養林黛玉

卻說雨村忙回頭看時，不是別人，乃是當日同僚一案參革的號張如圭者。◎1他本係此地人，革後家居，今打聽得都中奏准起復舊員之信，他便四下裏尋情找門路，忽遇見雨村，故忙道喜。二人見了禮，張如圭便將此信告訴雨村，雨村自是歡喜，忙忙的敘了兩句，遂作別各自回家。冷子興聽得此言，便忙獻計，令雨村央煩林如海，轉向都中去央煩賈政。雨村領其意，作別回至館中，忙尋邸報※1看真確了。◎2

次日，面謀之如海。如海道：「天緣湊巧，因賤荊去世，都中家岳母念及小女無人依傍教育，前已遣了男女船隻來接，因小女未曾大痊，故未及行。此刻正思向蒙訓教之恩未經酬報，遇此機會，豈有不盡心圖報之理！但請放心，弟已預為籌畫至此，已修下薦書一封，轉托內兄務為周全協佐，方可稍盡弟

✣《增評補圖石頭記》第三回繡畫。（fotoe提供）

44

之鄙誠。即有所費用之例，弟於內兄信中已注明白，亦不勞尊兄多慮矣。」雨村一面打恭，謝不釋口，一面又問：「不知令親大人現居何職？◎3只怕晚生草率，不敢驟然入都干瀆※2。」如海笑道：「若論舍親，與尊兄猶係同譜，乃榮公之孫。大內兄現襲一等將軍，名赦，字恩侯；二內兄名政，字存周，◎4現任工部員外郎，其為人謙恭厚道，大有祖父遺風，非膏粱輕薄仕宦之流，故弟方致書煩托。否則，不但有污尊兄之清操，即弟亦不屑為矣。」◎5雨村聽了，心下方信了昨日子興之言，於是又謝了林如海。如海乃說：「已擇了出月初二日小女入都，尊兄即同路而往豈不兩便？」雨村唯唯聽命，心中十分得意。如海遂打點禮物並餞行之事，雨村一一領了。

那女學生黛玉身體方愈，原不忍棄父而往，無奈他外祖母致意務去，且兼如海說：「汝父年將半百，

✣賈雨村依附林黛玉進京，依靠林如海和賈政的推薦，很快地進入官場，飛黃騰達起來。（朱士芳繪）

注

※1：我國最早的一種報紙，起於漢代，後世也用以稱政府官報，內容包括傳抄宮廷詔令、奏章和宮廷及政治新聞文件。

※2：冒犯。

評點

◎1.直言如鬼如蜮也，亦非正人正言。（脂硯齋）
◎2.曹雪芹寫賈雨村性格，可分兩個階段，一是野心勃勃，目空一切的少年時代，一是善於鑽營的官僚時代。（李辰冬）
◎3.討論小人數人語。（脂硯齋）
◎4.二名二字皆頌德而來，與子興口中作證。（脂硯齋）
◎5.寫如海實寫政老。所謂此書有「不寫之寫」是也。（脂硯齋）

45

名家評點：

選收不同名家之評點，隨文橫書於頁面的下方欄位，並於文中以◎記號標號，以供對照

詳細圖說：

說明性和評點性的圖說，提供讓讀者理解

閱讀性高的原典：

將一百二十回原典分為六大分冊，版面美觀流暢、閱讀性強

目錄

第四十一回

櫳翠庵茶品梅花雪　怡紅院劫遇母蝗蟲

話說劉姥姥兩隻手比著說道：「花兒落了結個大倭瓜。」眾人聽了哄堂大笑起來。於是吃過門杯，因又逗趣笑道：「實告訴說罷，我的手腳子粗笨，又喝了酒，仔細失手打了這瓷杯。有木頭的杯取個子來，我便失了手，掉了地下也無礙。」眾人聽了，又笑起來。鳳姐聽如此說，便忙笑道：「果眞要木頭的，我就取了來。可有一件先說下：這木頭的可比不得瓷的，那都是一套，定要吃遍一套方使得。」劉姥姥聽了心下敁敪道：「我方才不過是趣話取笑兒，誰知他果眞竟有。我時常在村莊鄉紳大家也赴過席，金杯銀杯倒都見過，從來沒見有木頭杯之說。哦！是了，想必是小孩子們使的木碗兒，不過誆我多喝兩碗。別管他，橫豎這酒蜜水似的，多喝點子也無妨。」◎[1]想畢便說：「取來再商量。」

✣《增評補圖石頭記》第四十一回繪畫。（fotoe提供）

鳳姐乃命豐兒：「到前面裏間屋，書架子上有十個竹根套杯取來。」豐兒聽了，答應才要去，鴛鴦笑道：「我知道你這十個杯還小。況且你才說是木頭的，這會子又拿了竹根子的來，倒不好看。不如把我們那裏的黃楊根整摳的十個大套杯拿來，灌他十下子。」鳳姐笑道：「更好了。」鴛鴦果命人取來。劉姥姥一看，又驚又喜：驚的是一連十個，挨次大小分下來，那大的足似個小盆子，第十個極小的還有手裏的杯子兩個大；喜的是雕鏤奇絕，一色山水樹木人物，並有草字以及圖印。因忙說道：「拿了那小的來就是了，怎麼這麼多？」鳳姐笑道：「這個杯沒有喝一個的理。我們家因沒有這大量的，所以沒人敢使他。姥姥既要，好容易尋了出來，必定要挨次吃一遍才使得。」劉姥姥唬的忙道：「這可不敢。好姑奶奶，饒了我罷。」賈母、薛姨媽、王夫人知道他上了年紀的人，禁不起，忙笑道：「說是說，笑是笑，不可多吃了，只吃這頭一杯罷。」劉姥姥道：「阿彌陀佛！我還是小杯吃罷。把這大杯收著，我帶了家去慢慢的吃罷。」說的衆人又笑起來。鴛鴦無法，只得命人滿斟了一大杯，劉姥姥兩手捧著喝。賈母、薛姨媽都道：「慢些，不要嗆了。」薛姨媽又命鳳姐佈了菜。鳳姐笑道：「姥姥要吃什麼，說出名兒來，我搛了喂你。」劉姥姥道：「我知什麼名兒，樣樣都是好的。」賈母笑道：「你把茄鯗※1搛些喂他。」鳳姐聽說，依言搛些茄鯗送入劉姥姥口中，因笑道：「你們天天吃茄子，也嘗嘗我們的茄子弄的可口不可

註

※1：茄子。

◎1.為登廁伏脈。（脂硯齋）

口。」劉姥姥笑道：「別哄我，茄子跑出這個味兒來了，我們也不用種糧食，只種茄子了。」衆人笑道：「眞是茄子，我們再不哄你。」劉姥姥詫異道：「眞是茄子？我白吃了半日。姑奶奶你再喂我些，這一口細嚼嚼。」鳳姐果又搛了些放入口內。劉姥姥細嚼了半日，笑道：「雖有一點茄子香，只是還不像是茄子。告訴我是什麼法子弄的，我也弄著吃去。」鳳姐笑道：「這也不難。你把才下來的茄子把皮籤了，只要淨肉，切成碎釘子，用雞油炸了，再用雞脯子肉並香菌、新筍、蘑菇、五香腐干、各色乾果子，俱切成釘子，用雞湯煨乾，將香油一收，外加糟油※2一拌，盛在瓷罐子裏封嚴，要吃時拿出來，用炒的雞瓜※3一拌就是了。」

劉姥姥聽了，搖頭吐舌說道：「我的佛祖！倒得十來只雞來配他，怪道這個味兒！」一面說笑，一面慢慢的吃完了酒，還只管細頑那杯。鳳姐笑道：「還是不足興，再吃一杯罷。」劉姥姥忙道：「了不得，那就醉死了。我因爲愛這樣範，虧他怎樣作了。」鴛鴦笑道：「酒吃完了，到底這杯子是什麼木的？」劉姥姥笑道：「怨不得姑娘不認得，你們在這金門繡戶的，如何認得木頭！我們成日家和樹林子作街坊，困了枕著他睡，乏了靠著他坐，荒年間餓了還吃他，眼睛裏天天見他，耳朵裏天天聽他，口兒裏天天講他，所以好歹眞假，我是認得的。讓我認一認。」◎2一面說，一面細細端詳了半日，道：「你們這樣人家斷沒有那賤東西，那容易得的木頭，你們也不收著了。我掂著這杯體重，斷乎不是楊木的，一定是黃松的。」衆人聽了，哄堂大笑起來。

只見一個婆子走來請問賈母，說：「姑娘們都到了藕香榭了，請示下，就演罷還是等一會子?」賈母忙笑道：「可是倒忘了他們，就叫他們演罷。」那個婆子答應去了。不一時，只聽得簫管悠揚，笙笛並發。正值風清氣爽之時，那樂聲穿林度水而來，自然使人神怡心曠。寶玉先禁不住，拿起壺來斟了一杯，一口飲盡。復又斟上，才要飲，只見王夫人也要飲，命人換暖酒，寶玉連忙將自己的杯捧了過來，送到王夫人口邊，◎3王夫人便就他手內吃了兩口。一時暖酒來了，寶玉仍歸舊坐，王夫人提了暖壺下席來，眾人皆都出了席，薛姨媽也立起來，賈母忙命李、鳳二人接過壺來：「讓你姨媽坐下，大家才便。」王夫人見如此說，方將壺遞與鳳姐，自己歸坐。賈母笑道：「大家吃上兩杯，今日著實有趣。」說著拿杯讓薛姨媽，又向湘雲寶釵道：「你姐妹兩個也吃一杯。你林妹妹雖不會吃，也別饒他。」說著自己已乾了。湘雲、寶釵、黛玉也都乾了。當下劉姥姥聽見這般音樂，且又有了酒，越發喜的手舞足蹈起來。寶玉因下席過來向黛玉笑道：「你瞧劉姥姥的樣子。」黛玉笑道：「當日聖樂一奏，百獸率舞※4，如今才一牛耳。」◎4眾姐妹都笑了。

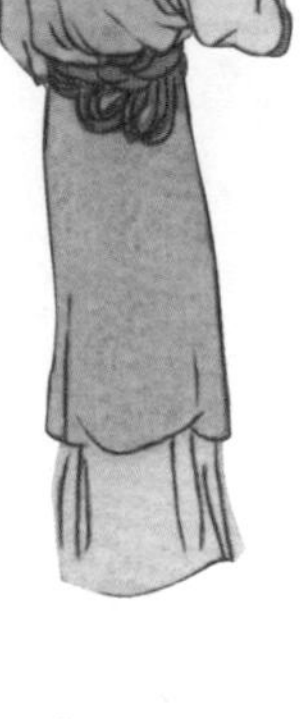

註

※2：用釀酒時過濾下來的酒糟調製的油。

※3：雞的腱子肉或胸脯肉。

※4：據《尚書》記載，舜時百獸隨樂起舞，亦比喻天下昇平。

評點

◎2.好充懂的來看。（脂硯齋）

◎3.妙極！忽寫寶玉如此，便是天地間母子之至情至性。（脂硯齋）

◎4.隨筆寫來，趣極。（脂硯齋）

須臾樂止，薛姨媽出席笑道：「大家的酒想也都有了，且出去散散再坐罷。」賈母也正要散散，於是大家出席，都隨著賈母遊頑。賈母因要帶著劉姥姥散悶，遂攜了劉姥姥至山前樹下盤桓了半晌，又說與他這是什麼樹，這是什麼石，這是什麼花。劉姥姥一一的領會，又向賈母道：「誰知城裏不但人尊貴，連雀兒也是尊貴的。偏這雀兒到了你們這裏，他也變俊了，也會說話了。」眾人不解，因問什麼雀兒變俊了，會講話。劉姥姥道：「那廊下金架子上站的綠毛紅嘴是鸚哥兒，我是認得的。那籠子裏黑老鴰子怎麼又長出鳳頭來※5，也會說話呢。」眾人聽了都笑將起來。

一時只見丫鬟們來請用點心。賈母道：「吃了兩杯酒，倒也不餓了。也罷，就拿了這裏來，大家隨便吃些罷。」丫鬟們便去抬了兩張几來，又端了兩個小捧盒。揭開看時，每個盒內兩樣：這盒內一樣是藕粉桂糖糕，一樣是松穰鵝油捲；那盒內一樣是只有一寸來大的小餃兒，……賈母因問什麼餡兒，婆子們忙回是螃蟹的。賈母聽了，皺眉說：「這油膩膩的，誰吃這個！」那一樣是奶油炸的各色小麵果，也不喜歡。因讓薛姨媽吃，薛姨媽只揀了一塊糕；賈母揀了一個捲子，只嘗了一嘗，剩的半個遞與丫鬟了。劉姥姥因見那小麵果子都玲瓏剔透，便揀了一朵牡丹花樣的笑道：「我們鄉

除了劉姥姥看到廊下的架子是鍍金的，圖中清代的紅木博物櫃，也是有錢人家陳列藝術品以供觀覽所用。（杜宗軍提供）

裏最巧的姐兒們也不能鉸出這麼個紙的來。我又愛吃又捨不得吃，包些家去給他們作花樣子去倒好。」衆人都笑了。賈母笑道：「家去我送你一罈子。你先趁熱吃這個罷。」別人不過揀各人愛吃的一兩樣就罷了；劉姥姥原不曾吃過這些東西，且都作的小巧，不顯盤堆的，他和板兒每樣吃了些，就去了半盤子。剩的，鳳姐又命攢了兩盤並一個攢盒，與文官等吃去。忽見奶子抱了大姐兒來，大家哄他頑了一會。那大姐兒因抱著一個大柚子頑的，忽見板兒抱著一個佛手，便也要佛手。◎5丫鬟哄他取去，大姐兒等不得，便哭了。衆人忙把柚子與了板兒，將板兒的佛手哄過來與他才罷。那板兒因頑了半日佛手，此刻又兩手抓著些果子吃，又忽見這柚子又香又圓，更覺好頑，且當球踢著頑去，也就不要佛手了。當下賈母等吃過茶，又帶了劉姥姥至櫳翠庵來。妙玉忙接了進去。至院中，見花木繁盛，賈母笑道：「到底是他們修行的人，沒事常常修理，比別處越發好看。」一面說一面往東禪堂來。妙玉笑往裏讓，賈母道：「我們才都吃了酒肉，你這裏頭有菩薩，沖了罪過。我們這裏坐坐，把你的好茶拿來我們吃一杯就去了。」妙玉聽了，忙去烹了茶來。寶玉留神看他是怎麼行事，只見妙

✣ 同樣蔑視世人熱中的事物，同樣逃避俗世，當妙玉第一眼看見寶玉，莫非就感覺到他也是一個同道。（張羽琳繪）

註

※5：八哥。黑老鴰子，即烏鴉。八哥與烏鴉形近，鳳頭指的是喙部上端多一撮鳳毛。

評點

◎5.小兒常情，遂成千里伏線。（脂硯齋）

玉親自捧了一個海棠花式雕漆填金雲龍獻壽的小茶盤，裏面放一個成窯五彩小蓋鍾※6，捧與賈母。賈母道：「我不吃六安茶。」妙玉笑說：「知道。這是老君眉※7。」賈母接了，又問是什麼水。妙玉笑回「是舊年蠲※8的雨水。」賈母便吃了半盞，便笑著遞與劉姥姥說：「你嘗嘗這個茶。」劉姥姥便一口吃盡，笑道：「好是好，就是淡些，再熬濃些更好了。」賈母衆人都笑起來。然後衆人都是一色官窯脫胎填白蓋碗※9。

那妙玉便把寶釵和黛玉的衣襟一拉，二人隨他出去，寶玉悄悄的隨後跟了來。只見妙玉讓他二人在耳房內，寶釵坐在榻上，黛玉便坐在妙玉的蒲團上。妙玉自向風爐上扇滾了水，另泡了一壺茶。寶玉便走了進來，笑道：「偏你們吃梯己茶呢。」二人都笑道：「你又趕了來饕茶吃。這裏並沒你的。」妙玉剛要去取杯，只見道婆收了上面的茶盞來。妙玉忙命：「將那成窯的茶杯別收了，擱在外頭去罷。」◎6寶玉會意，知爲劉姥姥吃了，他嫌髒不要了。又見妙玉另拿出兩只杯來。一個旁邊有一耳，杯上鐫著「𤫩瓟斝」※10三個隸字，後有一行小真字是「晉王愷珍玩」※11，又有「宋元豐五年四月眉山蘇軾見於秘府」一行小字。妙玉便斟了一斝遞與寶釵。那一只形似缽而小，也有三個垂珠篆字※12，鐫著「點犀䀉」※13。妙玉斟了一䀉與黛玉。仍將

✣ 櫳翠庵，妙玉帶髮修行的住所。
（趙塑攝於北京大觀園）

前番自己常日吃茶的那只綠玉斗來斟與寶玉。寶玉笑道：「常言『世法平等※14』，他兩個就用那樣古玩奇珍，我就是個俗器了。」妙玉道：「這是俗器？不是我說狂話，只怕你家裏未必找的出這麼一個俗器來呢。」寶玉笑道：「俗說『隨鄉入鄉』，到了你這裏，自然把那金玉珠寶一概貶爲俗器了。」妙玉聽如此說，十分歡喜，遂又尋出一只九曲十環一百二十節蟠虬整雕竹根的一個大盒出來，笑道：「就剩了這一個，你可吃的了這一海？」寶玉喜的忙道：「吃的了。」妙玉笑道：「你雖吃得了，也沒這些茶糟蹋。豈不聞『一杯爲品，二杯即是解渴的蠢物，三杯便是飲牛飲騾了』。你吃這一海便成什麼？」說的寶釵、黛玉、寶玉都笑了。妙玉執壺，只向海內斟了約有一杯。寶玉細細吃了，果覺輕浮無比，賞贊不絕。妙玉正色道：「你這遭吃的茶是托他兩個福，獨你來了我是不給你吃的。」◎7寶玉笑道：「我深知道的，我也不領你的情，只謝他二人便是了。」妙玉聽了方說：「這話明白。」黛玉因問：「這也是舊年的雨水？」妙玉冷笑道：「你這麼個人，竟是大俗人，連水也嘗不出來。這是五年前

註

※6：成窯：指明代成化年間官窯所製的瓷器，以五彩者爲上品。蓋鍾：有蓋的小杯。

※7：六安茶：產於安徽省六安山。老君眉：產於湖南洞庭湖君山的銀針茶，以精選嫩芽製成，滿布毫毛，香氣高爽，其味甘醇，形如長眉，故名「老君眉」。

※8：使清潔。

※9：名貴的青瓷蓋碗。官窯：專爲供應宮廷所需而設的瓷窯。

※10：𤬸、瓟：均葫蘆類。斝：飲器。

※11：王愷：晉代著名的富豪，喜蓄珍奇寶物，極盡奢華之能事。

※12：相傳爲漢郎中曹喜所創，筆劃斷續成小點，猶如垂珠。

※13：犀牛角作成的飲器。

※14：佛家語，指平等地對待世間的一切事物。

評點

◎6.妙玉偏辟處，此所謂「過潔世同嫌」也。他日瓜洲渡口，紅顏屈從枯骨，固不能各示勸懲，豈不哀哉？（脂硯齋）

◎7.玉兄獨至，豈眞無茶吃？作書人又弄狡猾，只瞞不過老朽。然不知落筆時作者作如何想。（脂硯齋）

我在玄墓※15蟠香寺住著，收的梅花上的雪，共得了那一鬼臉青※16的花甕一甕，總捨不得吃，埋在地下，今年夏天才開了。我只吃過一回，這是第二回了。你怎麼嘗不出來？隔年蠲的雨水那有這樣輕浮，如何吃得。」黛玉知他天性怪僻，◎8不好多話，亦不好多坐，吃完茶，便約著寶釵走了出來。

寶玉和妙玉陪笑道：「那茶杯雖然髒了，白擱了豈不可惜？依我說不如就給了那貧婆子罷，他賣了也可以度日。你道可使得？」妙玉聽了，想了一想，點頭說道：「這也罷了。幸而那杯子是我沒吃過的，若我吃過的，我就砸碎了也不能給他。◎9你要給他，我也不管，我只交給你，快拿了去罷。」寶玉笑道：「自然如此，你那裏和他說話授受去，越發連你也髒了。◎10只交與我就是了。」妙玉便命人拿來遞與寶玉。寶玉接了，又道：「等我們出去了，我叫幾個小么兒來河裏打幾桶水來洗地如何？」妙玉笑道：「這更好了，只是你囑咐他們，抬了水只擱在山門外頭牆根下，別進門來。」◎11寶玉道：「這是自然的。」說著，便袖著那杯，遞與賈

✣ 妙玉喜潔，單邀寶釵和黛玉喝茶，寶玉趕來加入。（朱士芳繪）

✣ 清代紅木大理石插屏羅漢榻，榻亦是床的一種。（杜宗軍提供）

母房中小丫頭拿著，說：「明日劉姥姥家去，給他帶去罷。」交代明白，賈母已經出來要回去。妙玉亦不甚留，送出山門，回身便將門閉了。不在話下。

*　*　*

且說賈母因覺身上乏倦，便命王夫人和迎春姐妹陪了薛姨媽去吃酒，自己便往稻香村來歇息。鳳姐忙命人將小竹椅抬來，賈母坐上，兩個婆子抬起，鳳姐李紈和眾丫鬟婆子圍隨去了，不在話下。這裏薛姨媽也就辭出。王夫人打發文官等出去，將攢盒散與眾丫鬟們吃去，自己便也乘空歇著，隨便歪在方才賈母坐的榻上，命一個小丫頭放下簾子來，又命他捶著腿，吩咐他：「老太太那裏有信，你就叫我。」說著，也歪著睡著了。

寶玉湘雲等看著丫鬟們將攢盒擱在山石上，也有坐在山石上的，也有坐在草地下的，也有靠著樹的，也有傍著水的，倒也十分熱鬧。一時又見鴛鴦來了，要帶著劉姥姥各處去逛，◎12眾人也都趕著取笑。一時來至「省親別墅」的牌坊底下，劉姥姥道：「噯呀！這裏還有個大廟呢。」說著，便爬下磕頭。眾人笑彎

註

※15：山名，在今江蘇吳縣。

※16：暗深青。

評點

◎8.黛是解事人。（脂硯齋）

◎9.更奇！世上我也見過此等人。（脂硯齋）

◎10.人若忘形，最喜此等言語。（脂硯齋）

◎11.污杯而棄杯，污地而洗地。妙玉之心，惟寶玉知之，是兩人猶一人也。只是性情相和，便爾臭味相投。此之謂神交，此之謂心知，非食人間煙火者，所能領略。若說兩人亦涉兒女私情，互相愛悅，則俗不可耐矣。（陳其泰）

◎12.又另是一番氣象。（脂硯齋）

了腰。劉姥姥道：「笑什麼？這牌樓上字我都認得。我們那裏這樣的廟宇最多，都是這樣的牌坊，那字就是廟的名字。」衆人笑道：「你認得這是什麼廟？」劉姥姥便抬頭指那字道：「這不是『玉皇寶殿』四字？」衆人笑的拍手打腳，還要拿他取笑。劉姥姥覺得腹內一陣亂響，忙的拉著一個小丫頭，要了兩張紙就解衣。衆人又是笑，又忙喝他「這裏使不得！」忙命一個婆子帶了東北上去了。那婆子指與地方，便樂得走開去歇息。

那劉姥姥因喝了些酒，他脾氣※17不與黃酒相宜，且吃了許多油膩飲食，發渴多喝了幾碗茶，不免通瀉起來，蹲了半日方完。及出廁來，酒被風禁，且年邁之人蹲了半天，忽一起身，只覺得眼花頭眩，辨不出路徑。四顧一望，皆是樹木山石樓臺房舍，卻不知那一處是往那裏去的了，只得認著一條石子路慢慢的走來。及至到了房舍跟前，又找不著門，再找了半日，忽見一帶竹籬，劉姥姥心中自忖道：「這裏也有扁豆架子。」一面想，一面順著花障走了來，得了一個月洞門進去。只見

✣「省親別墅」牌樓。（攝於北京大觀園）

迎面忽有一帶水池，只有七八尺寬，石頭砌岸，裏面碧瀏清水流往那邊去了，◎13上面有一塊白石橫架在上面。劉姥姥便度石過去，順著石子甬路走去，轉了兩個彎子，只見有一房門。於是進了房門，只見迎面一個女孩兒，滿面含笑迎了出來。劉姥姥忙笑道：「姑娘們把我丟下了，要我碰頭碰到這裏來。」說了，只覺那女孩兒不答。劉姥姥便趕來拉他的手，「咕咚」一聲便撞到板壁上，把頭碰的生疼。細瞧了一瞧，原來是一幅畫兒。劉姥姥自忖道：「原來畫兒有這樣活凸出來的。」一面想一面看，一面又用手摸去，卻是一色平的，點頭嘆了兩聲。一轉身方得了一個小門，門上掛著蔥綠撒花軟簾。劉姥姥掀簾進去，抬頭一看，只見四面牆壁玲瓏剔透，琴劍瓶爐皆貼在牆上，錦籠紗罩，金彩珠光，連地下踩的磚，皆是碧綠鑿花，竟越發把眼花了，找門出去，那裏有門？左一架書，右一架屏。剛從屏後得了一門轉去，只見他親家母也從外面迎了進來。劉姥姥詫異，忙問道：「你想是見我這幾日沒家去，虧你找我來。那一位姑娘帶你進來的？」他親家只是笑，不還言。劉姥姥笑道：「你好沒見世面，見這園裏的花好，你就沒死活戴了一頭。」他親家也不答。便心下忽然想起：「常聽大富貴人家有一種穿衣鏡，這別是我在鏡子裏頭罷。」說畢，伸手一摸，再細一看，可不是，四面雕空紫檀板壁將鏡子嵌在中間。因說：「這已經攔住，如何走出去呢？」一面說，一面只管用手摸。這鏡子原是西洋機括※18，可以開合。不意劉姥姥亂摸之間，

註

※17：指脾胃。

※18：機括：弩上控制箭發射的裝置。

評點

◎13.借劉姥姥醉中，寫境中景。（脂硯齋）

其力巧合，便撞開消息，掩過鏡子，露出門來。劉姥姥又驚又喜，邁步出來，忽見有一副最精緻的床帳。他此時又帶了七八分醉，又走乏了，便一屁股坐在床上，只說歇息，不承望身不由己，前仰後合的，朦朧著兩眼，一歪身就睡熟在床上。

且說衆人等他不見，板兒見沒了他姥姥，急的哭了。衆人都笑道：「別是掉在茅廁裏了？快叫人去瞧瞧。」因命兩個婆子去找，回來說沒有。衆人各處搜尋不見。襲人敠其道路：「是他醉了迷了路，順著這一條路往我們後院子裏去了。若進了花障子到後房門進去，雖然碰頭，還有小丫頭們知道；若不進花障子再往西南上去，若繞出去還好，若繞不出去，可夠他繞回子好的。我且瞧瞧去。」一面想，一面回來，進了怡紅院便叫人，誰知那幾個房子裏的小丫頭已偷空頑去了。

襲人一直進了房門，轉過集錦槅子※19，就聽的鼾齁如雷。忙進來，只聞見酒屁臭氣。滿屋一瞧，只見劉姥姥扎手舞腳的仰臥在床上。襲人這一驚不小，慌忙趕上來將他沒死活的推醒。那劉姥姥驚醒，睜眼見了襲人，連忙爬起來道：「姑娘，我失錯

✣ 劉姥姥醉臥在寶玉床上，幸得襲人發現，為她遮掩。（朱士芳繪）

✣「稻香村」未必種植水稻，但這一命名體現出對農家風味的嚮往，圖中為廣東梅州市三角鎮中等待收割的雜交稻。（湯偉青提供）

了！並沒弄髒了床帳。」一面說一面用手去撣。襲人恐驚動了人，被寶玉知道了，只向他搖手，不叫他說話。忙將鼎內貯了三四把百合香，仍用罩子罩上。些須收拾收拾，所喜不曾嘔吐，忙悄悄的笑道：「不相干，有我呢。你隨我出來。」◎14劉姥姥跟了襲人出至小丫頭們房中，命他坐了，向他說道：「你就說醉倒在山子石上打了個盹兒。」劉姥姥答應知道。又與他兩碗茶吃，方覺酒醒了，因問道：「這是那個小姐的繡房，這樣精緻？我就像到了天宮裏一樣。」襲人微微笑道：「這個麼，是寶二爺的臥室。」那劉姥姥嚇的不敢作聲。襲人帶他從前面出去，見了眾人，只說他在草地下睡著了，帶了他來的。眾人都不理會，也就罷了。

一時賈母醒了，就在稻香村擺晚飯。賈母因覺懶懶的，也不吃飯，便坐了竹椅小敞轎，回至房中歇息，命鳳姐兒等去吃飯。他姐妹方復進園來。要知端的——◎15

註

※19：貴重木料製成各種形狀的槅子，可擺設各種珍奇古物。

評點

◎14.這方是襲人的平素，筆至此不得不屈，再增支派則累矣。（脂硯齋）

◎15.劉姥姥之憨從利，妙玉尼之怪圖名，寶玉之奇，黛玉之妖，亦自斂跡。是何等畫工，能將他人之天王，作我衛護之神祇？文技至此，可爲至矣！（脂硯齋）

第四十二回

蘅蕪君蘭言※1解疑癖　瀟湘子雅謔補餘香

話說他姐妹復進園來，吃過飯，大家散出，都無別話。

且說劉姥姥帶著板兒先來見鳳姐兒，說：「明日一早定要家去了。雖住了兩三天，日子卻不多，把古往今來沒見過的，沒吃過的，沒聽見過的，都經驗了。難得老太太和姑奶奶並那些小姐們，連各房裏的姑娘們，都這樣憐貧惜老照看我。我這一回去沒別的報答，惟有請些高香天天給你們念佛，保佑你們長命百歲的，就算我的心了。」鳳姐兒笑道：「你別喜歡。都是爲你，老太太也被風吹病了，睡著說不好過，我們大姐兒也著了涼，在那裏發熱呢。」劉姥姥聽了忙嘆道：「老太太有年紀的人，不慣十分勞乏的。」鳳姐兒道：「從來沒像昨兒高興。往常也進園子逛去，不過到一二處坐坐就回來了。昨兒因爲你在

✣《增評補圖石頭記》第四十二回繪畫。（fotoe提供）

這裏，要叫你逛逛，一個園子倒走了多半個。大姐兒因爲找我去，太太遞了一塊糕給他，誰知風地裏吃了，就發起熱來。」劉姥姥道：「小姐兒只怕不大進園子，生地方兒小人兒家原不該去。比不得我們的孩子，會走了，那個墳圈子裏不跑去。一則風撲了也是有的；二則只怕他身上乾淨，眼睛又淨，或是遇見什麼神了。依我說，給他瞧瞧祟書本子※2，仔細撞客※3著了。」一語提醒了鳳姐兒，便叫平兒拿出《玉匣記》著彩明念。彩明翻了一回念道：「八月二十五日，病者在東南方得遇花神。用五色紙錢四十張，向東南方四十步送之，大吉。」鳳姐兒笑道：「果然不錯，園子裏頭可不是花神！只怕老太太也是遇見了。」一面命人請兩分紙錢來，著兩個人來，一個與賈母送祟，一個與大姐兒送祟。果見大姐兒安穩睡了。◎1

鳳姐兒笑道：「到底是你們有年紀的人經歷的多。我這大姐兒時常肯病，也不知是個什麼原故。」劉姥姥道：「這也有的事。富貴人家養的孩子多太嬌嫩，自然禁不得一些兒委曲；再他小人兒家，過於尊貴了，也禁不起。以後姑奶奶少疼他些就好了。」鳳姐兒道：「這也有理。我想起來，他還沒個名字，你就給他起個名字。一則借借你的壽；二則你們是莊家人，不怕你惱，到底貧苦些，你貧苦人起個名字，只怕壓的住他。」◎2劉姥姥聽說，便想了一想，笑道：「不知他幾時生的？」鳳姐兒道：

註

※1：心意相投的知心話。
※2：講論鬼神星命、爲鬼作祟的迷信書籍。
※3：指人遇鬼邪，因其作祟以致生病招災。

評點

◎1.豈眞送了就安穩哉？蓋婦人之心意皆如此，即不送豈有一夜不睡之理？作者正描愚人之見耳。（脂硯齋）
◎2.一篇愚婦無理之談，實是世間必有之事。（脂硯齋）

「正是生日的日子不好呢，可巧是七月初七日。」劉姥姥忙笑道：「這個正好，就叫他是巧哥兒罷。這叫作『以毒攻毒，以火攻火』的法子。姑奶奶定要依我這名字，他必長命百歲。日後大了，各人成家立業，或一時有不遂心的事，必然是遇難成祥，逢兇化吉，卻從這『巧』字上來。」◎3

鳳姐兒聽了，自是歡喜，忙道謝，又笑道：「只保佑他應了你這話就好了。」◎4說著叫平兒來吩咐道：「明兒咱們有事，恐怕不得閑兒。你這空兒把送姥姥的東西打點了，他明兒一早就好走的便宜了。」劉姥姥忙說：「不敢多破費了。已經遭擾了幾日，又拿著走，越發心裏不安起來。」◎5鳳姐兒道：「也沒有什麼，不過是隨常的東西。好也罷，歹也罷，帶了去，你們街坊鄰舍看著也熱鬧些，也是上城一次。」只見平兒走來說：「姥姥過這邊瞧瞧。」

劉姥姥忙趕了平兒到那邊屋裏，只見堆著半炕東西。平兒一一的拿與他瞧著，又說道：「這是昨日你要的青紗一匹，奶奶另外送你一個實地子月白紗作裏子。這是兩個繭綢，作襖兒裙子都好。這包袱裏是兩匹綢子，年下作件衣裳穿。這是一盒子各樣的內造點心，也有你吃過的，也有沒吃過的，拿去擺碟子請客，比你們買的強些。這兩條口袋是你昨日裝瓜果子來的，如今這一個裏頭裝了兩斗御田粳米，熬粥是難得的；這一條裏頭是園子裏果子和各樣乾果子。這一包是八兩銀子。這都是我們奶奶給的。這兩包每包裏頭五十兩，共是一百兩，是太太給的，叫你拿去或者作個小本買

✣ 儘管是一個老年村嫗，劉姥姥卻當得起「薑還是老的辣」的俗話。老於世故，知理識趣，善於隨機應變，以她的身分來說可謂得體。（張羽琳繪）

賣，或者置幾畝地，以後再別求親靠友的。」說著又悄悄笑道：「這兩件襖兒和兩條裙子，還有四塊包頭，一包絨線，可是我送姥姥的。衣裳雖是舊的，我也沒大狠穿，你要棄嫌我就不敢說了。」

平兒說一樣，劉姥姥就念一句佛，已經念了幾千聲佛了，又見平兒也送他這些東西，又如此謙遜，忙念佛道：「姑娘說那裏話？這樣好東西我還棄嫌！我便有銀子也沒處去買這樣的呢。只是我怪臊的，收了又不好，不收又辜負了姑娘的心。」平兒笑道：「休說外話，咱們都是自己，我才這樣。你放心收了罷，我還和你要東西呢，到年下，你只把你們晒的那個灰條菜乾子和豇豆、扁豆、茄子、葫蘆條兒各樣乾菜帶些來，我們這裏上上下下都愛吃。這個就算了，別的一概不要，別罔費了心。」劉姥姥千恩萬謝答應了。平兒道：「你只管睡你的去。我替你收拾妥當了就放在這裏，明兒一早打發小廝們雇輛車裝上，不用你費一點心的。」

劉姥姥越發感激不盡，過來又千恩萬謝的辭了鳳姐兒，過賈母這一邊睡了一夜，次早梳洗了就要告辭。因賈母欠安，衆人都過來請安，出去傳請大夫。一時婆子回大夫來了。老媽媽請賈母進幔子※4去坐。賈母道：「我也老了，那裏養不出那阿物兒來，還怕他不成！不用放幔子，就這樣瞧罷。」衆婆子聽了，便拿過一張小桌子來，放下一個小枕頭，便命人請。

註

※4：帳幕，此指坐帳。

評點

◎3.作讖語以影射後文。（脂硯齋）

◎4.獄神廟相逢之日，始知「遇難成祥，逢凶化吉」，實伏線於千里。哀哉，傷哉！此後文字不忍卒讀。（脂硯齋）

◎5.世俗常態，逼眞。（脂硯齋）

一時只見賈珍、賈璉、賈蓉三個人將王太醫領來。王太醫不敢走甬路，只走旁階，跟著賈珍到了階磯上。早有兩個婆子在兩邊打起簾子，兩個婆子在前導引進去，又見寶玉迎了出來。只見賈母穿著青皺綢一斗珠的羊皮褂子※5，端坐在榻上，兩邊四個未留頭的小丫鬟都拿著蠅帚漱盂等物；又有五六個老嬤嬤雁翅※6擺在兩旁，碧紗櫥後隱隱約約有許多穿紅著綠戴寶簪珠的人。王太醫便不敢抬頭，忙上來請了安。賈母見他穿著六品服色，便知御醫了，也便含笑問：「供奉※7好？」因問賈珍：「這位供奉貴姓？」賈珍等忙回「姓王」。賈母道：「當日太醫院正堂有個王君效，好脈息※8。」王太醫忙躬身低頭，含笑回說：「那是晚生家叔祖。」賈母聽了，笑道：「原來這樣，也是世交了。」一面說，一面慢慢的伸手放在小枕上。老嬤嬤端著一張小杌：連忙放在小桌前，略偏些。王太醫便屈一膝坐下，歪著頭診了半日，又診了那隻手，忙欠身低頭退出。賈母笑說：「勞動了。珍兒，讓出去好生看茶。」

賈珍賈璉等忙答了幾個「是」，復領王太醫出到外書房中。王太醫說：「太夫人並無別症，不過偶感一點風涼，究竟不用吃藥，不過略清淡些，暖著一點兒，就好了。如今寫個方子在這裏，若老人家愛吃，便按方煎一劑吃，若懶待吃，也就罷了。」說著吃過茶寫了方子。剛要告辭，只見奶子抱了大姐兒出來笑說：「王老爺也瞧瞧我們。」王太醫聽說忙起身，就奶子懷中，左手托著大姐兒的手，右手診了一診，又摸了一摸頭，又叫伸出舌頭來瞧瞧，笑道：「我說姐兒又罵我了，只是要清清淨淨的餓兩頓就好了。不必吃煎藥，我送丸藥來，臨睡時用薑湯研開，吃下去就是了。」說畢作辭而去。

賈珍等拿了藥方來，回明賈母原故，將藥方放在桌上出去，不在話下。這裏王夫人和李紈、鳳姐兒、寶釵姐妹等見大夫出去，方從櫥後出來。王夫人略坐一坐，也回房去了。

劉姥姥見無事，方上來和賈母告辭。賈母說：「閑了再來。」又命鴛鴦來：「好生打發劉姥姥出去；我身上不好，不能送你。」劉姥姥道了謝，又作辭，方同鴛鴦出來。到了下房，鴛鴦指炕上一個包袱說道：「這是老太太的幾件衣裳，都是往年間生日節下眾人孝敬的，老太太從不穿人家作的，收著也可惜，卻是一次也沒穿過的。◎6 昨日叫我拿出兩套來送你帶去，或是送人，或是自己家裏穿罷，別見笑。這盒子裏是你要的麵果子。這包子裏是你前兒說的藥：梅花點舌丹也有，紫金錠也有，活絡丹也有，催生保命丹※9也有，每一樣是一張方子包著，總包在裏頭了。這是兩個荷包，帶著頑罷。」說著便抽開繫子，掏出兩個「筆錠如意」的錁子來給他瞧，又笑道：「荷包拿去，這個留下給我罷。」劉姥姥已喜出望外，早又念了幾千聲佛，聽鴛鴦如此

註

※5：用胎羊皮作成的皮褂子。
※6：如雁群飛行時，張翅排開一般整齊。
※7：以文學及各種技藝專長在宮廷內供職之人的統稱。
※8：指切脈的本領很高。
※9：四種珍貴有效的中醫成藥。

評點

◎6.寫富貴常態，一筆作三五筆用，妙文。（脂硯齋）

說，便說道：「姑娘只管留下罷。」鴛鴦見他信以為眞，便仍與他裝上，笑道：「哄你頑呢，我有好些呢。留著年下給小孩子們罷。」說著，只見一個小丫頭拿了個成窯鍾子來遞與劉姥姥，道：「這是寶二爺給你的。」劉姥姥道：「這是那裏說起。我那一世修了來的，今兒這樣。」說著便接了過來。鴛鴦道：「前兒我叫你洗澡換的衣裳是我的，你不棄嫌，我還有幾件，也送你罷。」劉姥姥又忙道謝。鴛鴦果然又拿出兩件來與他包好。劉姥姥又要到園中辭謝寶玉和衆姐妹王夫人等去。鴛鴦道：「不用去了。他們這會子也不見人，回來我替你說罷。閑了再來。」又命了一個老婆子，吩咐他：「二門上叫兩個小廝來，幫著姥姥拿了東西送出去。」婆子答應了，又和劉姥姥到了鳳姐兒那邊一併拿了東西，在角門上命小廝們搬了出去，直送劉姥姥上車去了。不在話下。

* * *

且說寶釵等吃過早飯，又往賈母處問過安，回園至分路之處，寶釵便叫黛玉道：「顰兒跟我來，有一句話問你。」黛玉便同了寶釵，來至蘅蕪苑中。進了房，寶釵便坐了，笑道：「你跪下，我要審你。」黛玉不解何故，因笑道：「你瞧寶丫頭瘋了！審問我什麼？」寶釵冷笑道：「好個千金小姐！好個不出閨門的女孩兒！滿嘴說的是什

✣ 賈母和劉姥姥這兩個生活環境和地位迥然不同的老太太，相互從對方身上得到快樂和所需。（張羽琳繪）

麼？你只實說便罷。」黛玉不解，只管發笑，心裏也不免疑惑起來，口裏只說：「我何曾說什麼？你不過要捏我的錯兒罷了。你倒說出來我聽聽。」寶釵笑道：「你還裝憨兒。昨兒行酒令你說的是什麼？我竟不知那裏來的。」黛玉一想，方想起來昨兒失於檢點，那《牡丹亭》《西廂記》說了兩句，不覺紅了臉，便上來摟著寶釵，笑道：

✣寶釵對黛玉說，女孩兒家不認得字的倒好，既認得了字，就不要因看雜書而移了性情。（朱士芳繪）

「好姐姐，原是我不知道隨口說的。你教給我，再不說了。」◎7寶釵笑道：「我也不知道，聽你說的怪生的，所以請教你。」黛玉道：「好姐姐，你別說與別人，我以後再不說了。」寶釵見他羞得滿臉飛紅，滿口央告，便不肯再往下追問，因拉他坐下吃茶，款款的告訴他道：「你當我是誰，我也是個淘氣的。從小七八歲上也夠個人纏的。我們家也算是個讀書人家，祖父手裏也極愛藏書。先時人口多，姐妹弟兄也在一處，都怕看正經書。弟兄們也有愛詩的，也有愛詞的，諸如這些《西廂》《琵琶》以及《元人百種》※10，無所不有。他們是偷背著我們看，我們卻也偷背著他們看。後來大人知道了，打的打，罵的罵，燒的燒，才丟開了。所以咱們女孩兒家不認得字的倒好。男人們讀書不明理，尚且不如不讀書的好，何況你我。就連作詩寫字等事，原不是你我分內之事，究竟也不是男人分內之事。◎8男人們讀書明理，輔國治民，這便好了。◎9只是如今並不聽見有這樣的人，讀了書倒更壞了。這是書誤了他，可惜他也把書糟蹋了，所以竟不如耕種買賣，倒沒有什麼大害處。你我只該做些針黹紡織的事才是，偏又認得了字，既認得了字，不過揀那正經的看也罷了，最怕見了些雜書，移了性情，就不可救了。」一席話，說的黛玉垂頭吃茶，心下暗伏，只有答應「是」的一字。忽見素雲進來說：「我們奶奶請二位姑娘商議要緊的事呢。二姑娘、三姑娘、四姑娘、史姑娘、寶二爺都在那裏等著呢。」寶釵道：「又是什麼事？」黛玉道：「咱們到了那裏就知道了。」說著便和寶釵往稻香村來，果見眾人都在那裏。

李紈見了他兩個笑道：「社還沒起，就有脫滑的了，四丫頭要告一年的假呢。」黛玉笑道：「都是老太太昨兒一句話，又叫他畫什麼園子圖兒，惹得他樂得告假了。」探春笑道：「也別怪老太太，都是劉姥姥一句話。」黛玉忙笑道：「可是呢，都是他一句話。他是那一門子的姥姥，直叫他個『母蝗蟲』就是了。」說的衆人都笑起來。寶釵笑道：「世上的話，到了鳳丫頭嘴裏也就盡了。幸而鳳丫頭不認得字，不大通，不過一概是市俗取笑。更有顰兒這促狹嘴，他用『春秋』的法子※11，將市俗的粗話，撮其要，刪其繁，再加潤色比方出來，一句是一句。◎10這『母蝗蟲』三字，把昨兒那些形景都現出來了。虧他想的倒也快。」衆人聽了，都笑道：「你這一注解，也就不在他兩個以下。」李紈道：「我請你們大家商議，給他多少日子的假。我給了他一個月他嫌少，你們怎麼說？」黛玉道：「論理一年也不多。這園子蓋才蓋了一年，如今要畫，自然得二年工夫呢。又要研墨，又要蘸筆，又要鋪紙，又要著顏色，又要……」剛說到這裏，衆人知道他是取笑惜春，便都笑問說「還要怎樣？」黛玉自己掌不住笑道：「又要照著這樣兒慢慢的畫，可不得二年的工夫！」衆人聽了，都拍手笑個不住。寶釵笑道：「『又要照著這個慢慢的畫』，這落後一句最妙。所以昨兒那些笑話兒雖然可笑，回想是沒味的。你們細想顰兒這幾句話雖是淡的，回想卻是滋

註

※10：《琵琶》：即《琵琶記》。《元人百種》：即《元曲選》。

※11：又稱「春秋筆法」。孔子作《春秋》，古代學者說它「以一字為褒貶」，富褒貶之義。後來稱文筆曲折、意含褒貶叫「春秋筆法」。

評點

◎7.眞能受教，尊重之態，嬌痴之情，令人愛煞。（脂硯齋）
◎8.男人分內究是何事？（脂硯齋）
◎9.讀書明理治民輔國者能有幾人？（脂硯齋）
◎10.觸目驚心，請自回思。（脂硯齋）

味。我倒笑的動不得了。」◎[11]惜春道：「都是寶姐姐贊的他越發逞強，這會子又拿我取笑兒。」黛玉忙拉他笑道：「我且問你，還是單畫了這園子呢，還是連我們衆人都畫在上頭呢？」惜春道：「原說只畫這園子的，昨兒老太太又說，單畫園子成個房樣子了，叫連人都畫上，就像行樂圖※[12]似的才好。我又不會這工細樓臺，又不會畫人物，又不好駁回，正爲這個爲難呢。」黛玉道：「人物還容易，你草蟲上不能。」李紈道：「你又說不通的話了，這個上頭那裏又用的著草蟲？或者翎毛倒要點綴一兩樣。」黛玉笑道：「別的草蟲不畫罷了，昨兒『母蝗蟲』不畫上，豈不缺了典！」衆人聽了，又都笑起來。黛玉一面笑的兩手捧著胸口，一面說道：「你快畫罷，我連題跋※[13]都有了，起個名字，就叫作《攜蝗大嚼圖》。」◎[12]衆人聽了越發哄然大笑，前仰後合。只聽「咕咚」一聲響，不知什麼倒了，急忙看時，原來是湘雲伏在椅子背兒上，那椅子原不曾放穩，被他全身伏著背子大笑，他又不防，兩下裏錯了勁，向東一歪，連人帶椅都歪倒了，幸有板壁擋住，不曾落地。衆人一見，越發笑個不住。寶玉忙趕上去扶了起來，方漸漸止了笑。寶玉和黛玉作個眼色兒。黛玉會意，◎[13]便走至裏間，將鏡袱揭起，照了一照，只見兩鬢略鬆了些，忙開了李紈的妝奩，拿出抿子※[14]來，對鏡抿了兩抿，仍舊收拾好了，方出來，指著李紈道：「這是叫你帶著我們作針線呢，你反招了我們來大頑大笑的。」李紈笑道：「你們聽他這刁話。他領著頭兒鬧，引著人笑了，倒賴我的不是。眞眞恨的我只保佑明兒你得一個利害婆婆，再得幾個千

刁萬惡的大姑子小姑子，試試你那會子還這麼刁不刁了。」

林黛玉早紅了臉，拉著寶釵說：「咱們放他一年的假罷。」寶釵道：「我有一句公道話，你們聽聽。藕丫頭雖會畫，不過是幾筆寫意※15。如今畫這園子，非離了肚子裏頭有幾幅邱壑的才能成畫。這園子卻是像畫兒一般，山石樹木，樓閣房屋，遠近疏密，也不多，也不少，恰恰的是這樣。你就照樣兒往紙上一畫，是必不能討好的。這要看紙的地步遠近，該多該少，分主分賓，該添的要添，該減的要減，該藏的要藏，該露的要露。這一起了稿子，再端詳斟酌，方成一幅圖樣。第二件，這些樓臺房舍是必要用界畫※16的。一點不留神，欄杆也歪了，柱子也塌了，門窗也倒豎過來，階磯也離了縫，甚至於桌子擠到牆裏去，花盆放在簾子上來，豈不倒成了一張笑『話』兒了。第三，要插人物，也要有疏密，有高低。衣褶裙帶，手指足步，最是要緊；一筆不細，不是腫了手就是瘸了腳，染臉撕髮倒是小事。依我看來竟難的很。如今一年的假也太多，一月的假也太少，竟給他半年的假，再派了寶兄弟幫著他。並不是為寶兄弟知道教著他畫，那就更誤了事；為的是有不知道的，或難安插的，寶兄弟好拿出去問問那會畫的相公，就容易了。」

註

※12：行樂圖是我國一種傳統寫真畫，要求人物神態畢肖。

※13：凡寫於書籍、碑帖、字畫等前面的文字叫「題」，在後面的叫「跋」。內容多為評介、考訂、記事、鑑賞等。

※14：梳頭時的一種用具。

※15：用精簡筆墨勾勒物像的神態和意趣，藉以抒發作者的胸懷。

※16：國畫畫法之一。指畫家用界尺作線，畫出宮室屋宇樓臺等。

評點

◎11.看他劉姥姥笑後復一笑，亦想不到之文也。聽寶卿之評，亦千古定論。（脂硯齋）

◎12.愈出愈奇。（脂硯齋）

◎13.何等妙文心，故意唐突。（脂硯齋）

寶玉聽了，先喜的說：「這話極是。詹子亮的工細樓臺就極好，程日興的美人是絕技，如今就問他們去。」寶釵道：「我說你是無事忙，說了一聲你就問去，等著商議定了再去。如今且說拿什麼畫？」寶玉道：「家裏有雪浪紙，又大又托墨※17。」寶釵冷笑道：「我說你不中用！那雪浪紙寫字畫寫意畫兒，或是會山水的畫南宗山水※18，托墨，禁得皴搜※19。拿了畫這個，又不托色，又難滃※20，畫也不好，紙也可惜。我教你一個法子。原先蓋這園子，就有一張細緻圖樣，雖是匠人描的，那地步方向是不錯的。你和太太要了出來，也比著那紙大小，和鳳丫頭要一塊重絹，叫相公礬※21了，叫他照著這圖樣刪補著立了稿子，添了人物就是了。就是配這些青綠顏色並泥金泥銀※22，也得他們配去。你們也得另爖上風爐子，預備化膠、出膠、洗筆。還得一張粉油大案，鋪上氈子。你們那些碟子也不全，筆也不全，都得從新再置一分兒才好。」惜春道：「我何曾有這些畫器？不過隨手寫字的筆畫畫罷了。就是顏色，只有赭石、廣花、藤黃、胭脂這四樣。再有，不過是兩支著色筆就完了。」寶釵道：「你不該早說。這些東西我卻還有，只是你也用不著，給你也白放著。如今我且替你

註

※17：紙張不鬆不滑，易於著墨滲附。
※18：指注重筆墨意趣的文人山水畫。明代董其昌將唐以來的山水畫分爲南北兩大派系，認爲南宗的畫著重水墨情趣、意境幽遠，以王維爲代表；北宗的畫注重色彩工力，以李思訓爲代表。
※19：國畫的一種技法，用以表現山石、峰巒等紋理。特點是先勾出山石等輪廓，再蘸水墨擦染出層次、紋理。
※20：形容作畫時用水墨或彩色烘染。
※21：即明礬。指用膠礬水浸刷紙。
※22：塗以金粉或銀粉作底。

✣ 右頁圖：寶釵口述繪畫所需器具，寶玉一一記錄，黛玉則在一旁說笑。（朱士芳繪）

收著，等你用著這個的時候我送你些，也只可留著畫扇子，若畫這大幅的也就可惜了的。今兒替你開個單子，照著單子和老太太要去。你們也未必知道的全，我說著，寶兄弟寫。」寶玉早已預備下筆硯了，原怕記不清白，要寫了記著，聽寶釵如此說，喜的提起筆來靜聽。寶釵說道：「頭號排筆四支，二號排筆四支，三號排筆四支，大染四支，中染四支，小染四支，大南蟹爪十支，小蟹爪十支，鬚眉十支，大著色二十支，小著色二十支，開面十支，柳條二十支，箭頭朱四兩，南赭四兩，石黃四兩，石青四兩，石綠四兩，管黃四兩，廣花八兩，蛤粉四匣，胭脂十片，大赤飛金二百帖，青金二百帖，廣勻膠四兩，淨礬四兩。礬絹的膠礬在外，別管他們，你只把絹交出去叫他們礬去。這些顏色，咱們淘澄飛跌著，又頑了，又使了，包你一輩子都夠使了。再要頂細絹籮四個，粗絹籮四個，擔筆四支，大小乳鉢四個，大粗碗二十個，五寸粗碟十個，三寸粗白碟二十個，風爐兩個，沙鍋大小四個，新瓷罐二口，新水桶四只，一尺長白布口袋四條，浮炭二十斤，柳木炭一斤，三屜木箱一個，實地紗一丈，生薑二兩，醬半斤。」黛玉忙道：「鐵鍋一口，鍋鏟一個。」寶釵道：「這作什麼？」黛玉笑道：「你要生薑和醬這些作料，我替你要鐵鍋來，好炒顏色吃的。」眾人都笑起來。寶釵笑道：「你那裏知道。那粗色碟子保不住不上火烤，不拿薑汁子和醬預先抹在底子上烤過了，一經了火是要炸的。」眾人聽說，都道：「原來如此。」

黛玉又看了一回單子，笑著拉探春悄悄的道：「你瞧瞧，畫個畫兒又要這些水

缸箱子來了。想必他糊塗了，把他的嫁妝單子也寫上了。」探春「嗳」了一聲，笑個不住，說道：「寶姐姐，你還不擰他的嘴？你問問他編排你的話。」寶釵笑道：「不用問，狗嘴裏還有象牙不成！」一面說，一面走上來，把黛玉按在炕上，便要擰他的臉。黛玉笑著忙央告：「好姐姐，饒了我罷！顰兒年紀小，只知說，不知道輕重，作姐姐的教導我。姐姐不饒我，還求誰去？」衆人不知話內有因，都笑道：「說的好可憐見的，連我們也軟了，饒了他罷。」寶釵原是和他頑，忽聽他又拉扯前番說他胡看雜書的話，便不好再和他廝鬧，放起他來。黛玉笑道：「到底是姐姐，要是我，再不饒人的。」寶釵笑指他道：「怪不得老太太疼你，衆人愛你伶俐，今兒我也怪疼你的了。過來，我替你把頭髮攏一攏。」黛玉果然轉過身來，寶釵用手攏上去。寶玉在旁看著，只覺更好看，不覺後悔不該令他抿上鬢去，也該留著，此時叫他替他抿去。◎14正自胡思，只見寶釵說道：「寫完了，明兒回老太太去。若家裏有的就罷，若沒有的，就拿些錢去買了來，我幫著你們配。」寶玉忙收了單子。

大家又說了一回閑話。至晚飯後又往賈母處來請安。賈母原沒有大病，不過是勞乏了，兼著了些涼，溫存了一日，又吃了一劑藥疏散一疏散，至晚也就好了。不知次日又有何話，且聽下回分解。◎15

評點

◎14.又一點。作者可稱無漏子。（脂硯齋）

◎15.釵、玉名雖兩個，人卻一身，此幻筆也。今書至三十八回時，已過三分之一有餘，故寫是回，使二人合而為一。請看黛玉逝後寶釵之文字，便知余言不謬矣。（脂硯齋）

第四十三回

閑取樂偶攢金慶壽　不了情暫撮土為香

且說王夫人因見賈母那日在大觀園不過著了些風寒，不是什麼大病，請醫生吃了兩劑藥也就好了，便放了心，因命鳳姐來吩咐他預備給賈政帶送東西。正商議著，只見賈母打發人來請，王夫人忙引著鳳姐兒過來。王夫人又請問「這會子可又覺大安些？」賈母道：「今日可大好了。方才你們送來野雞崽子湯，我嘗了一嘗，倒有味兒，又吃了兩塊肉，心裏很受用。」王夫人笑道：「這是鳳丫頭孝敬老太太的。算他的孝心虔，不枉了素日老太太疼他。」賈母點頭笑道：「難為他想著。若是還有生的，再炸上兩塊，鹹浸浸的，吃粥有味兒。那湯雖好，就只不對稀飯。」鳳姐聽了，連忙答應，命人去廚房傳話。

這裏賈母又向王夫人笑道：「我打發人請你來，不為別的。初二是鳳丫頭的生日，上兩年我原早想替

✣《增評補圖石頭記》第四十三回繪畫。（fotoe提供）

他作生日，偏到跟前有大事，就混過去了。今年人又齊全，料著又沒事，咱們大家好生樂一日。」◎1王夫人笑道：「我也想著呢。既是老太太高興，何不就商議定了？」賈母笑道：「我想往年不拘誰作生日，都是各自送各自的禮，這個也俗了，也覺生分的似的。今兒我出個新法子，又不生分，又可取笑。」王夫人忙道：「老太太怎麼想著好，就是怎麼樣行。」賈母笑道：「我想著，咱們也學那小家子大家湊分子，多少盡著這錢去辦，你道好頑不好頑？」◎2王夫人笑道：「這個很好，但不知怎麼湊法？」賈母聽說，益發高興起來，忙遣人去請薛姨媽邢夫人等，又叫請姑娘們並寶玉，那府裏珍兒媳婦並賴大家的等有頭臉管事的媳婦也都叫了來。

衆丫頭婆子見賈母十分高興也都高興，忙忙的各自分頭去請的請，傳的傳，沒頓飯的工夫，老的，少的，上的，下的，烏壓壓擠了一屋子。只薛姨媽和賈母對坐，邢夫人王夫人只坐在房門前兩張椅子上，寶釵姐妹等五六個人坐在炕上，寶玉坐在賈母懷前，地下滿滿的站了一地。賈母忙命拿幾個小杌子來，給賴大母親等幾個高年有體面的媽媽坐了。賈府風俗，年高伏侍過父母的家人，比年輕的主子還有體面，所以尤氏鳳姐兒等只管地下站著，那賴大的母親等三四個老媽媽告個罪，都坐在小杌子上了。

賈母笑著把方才一席話說與衆人聽了。衆人誰不湊這趣兒？再也有和鳳姐兒好的，有情願這樣的，有畏懼鳳姐兒的，巴不得來奉承的：況且都是拿的出來的，所以

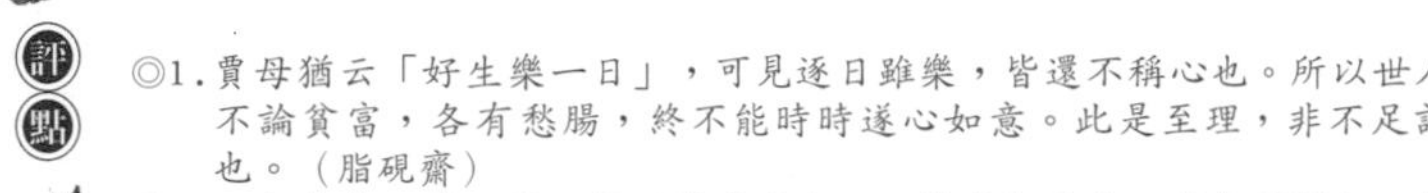

評點

◎1.賈母猶云「好生樂一日」，可見逐日雖樂，皆還不稱心也。所以世人不論貧富，各有愁腸，終不能時時遂心如意。此是至理，非不足語也。（脂硯齋）

◎2.一部書中，若一個一個只管寫過生日，復成何文哉？故起用寶釵，盛用阿鳳，終用賈母，各有妙文，各有妙景。餘者諸人，或一筆不寫，或偶因一語帶過，或豐或簡，其情當理合，不表可知。（脂硯齋）

一聞此言，都欣然應諾。賈母先道：「我出二十兩。」薛姨媽笑道：「我隨著老太太，也是二十兩了。」◎3邢夫人王夫人道：「我們不敢和老太太並肩，自然矮一等，每人十六兩罷了。」尤氏李紈也笑道：「我們自然又矮一等，每人十二兩罷。」賈母忙和李紈道：「你寡婦失業的，那裏還拉你出這個錢，我替你出了罷。」鳳姐忙笑道：「老太太別高興，且算一算賬再攬事。老太太身上已有兩分呢，這會子又替大嫂子出十二兩，說著高興，一會子回想又心疼了。過後兒又說『都是爲鳳丫頭花了錢』，使個巧法子哄著我拿出三四分子來暗裏補上，我還作夢呢。」說的衆人都笑了。賈母笑道：「依你怎麼樣呢？」鳳姐笑道：「生日沒到，我這會子已經折受※1的不受用了。我一個錢饒不出，驚動這些人實在不安，不如大嫂子這一分我替他出了罷。我到了那一日多吃些東西，就享了福了。」邢夫人等聽了，都說「很是」。賈母方允了。鳳姐兒又笑道：「我還有一句話呢。我想老祖宗自己二十兩，又有林妹妹寶兄弟的兩分子。姨媽自己二十兩，又有寶妹妹的一分子，這倒也公道。只是二位太太每位十六兩，自己又少，又不替人出，這有些不公道。老祖宗吃了虧了！」賈母聽了，忙笑道：「倒底是我的鳳姐兒向著我，這說的很是。要不是你，我叫他們又哄了去了。」鳳姐笑道：「老祖宗只把他姐兒兩個交給兩位太太，一位占一個，派多派少，每位替出一分就是了。」賈母忙說：「這很公道，就是這樣。」賴大的母親忙站起來笑說道：「這可反

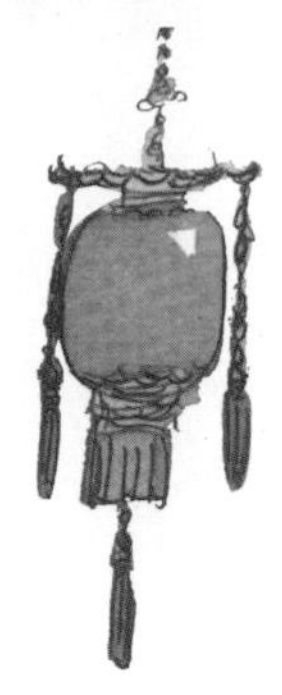

了！我替二位太太生氣。在那邊是兒子媳婦，在這邊是內侄女兒，倒不向著婆婆姑娘，倒向著別人。這兒子媳婦成了陌路人，內侄女兒竟成了個外侄女兒了。」◎4說的賈母與眾人都大笑起來了。賴大之母因又問道：「少奶奶們十二兩，我們自然也該矮一等了。」

賈母聽說道：「這使不得。你們雖該矮一等，我知道你們這幾個都是財主，分位雖低，錢卻比他們多。◎5你們和他們一例才使得。」眾媽媽聽了，連忙答應。賈母又道：「姑娘們不過應個景兒，每人照一個月的月例就是了。」又回頭叫：「鴛鴦，來，你們也湊幾個人，商議湊了來。」鴛鴦答應著，去不多時，帶了平兒、襲人、彩霞等還有幾個小丫鬟來，也有二兩的，也有一兩的。賈母因問平兒：「你難道不替你主子作生日，還入在這裏頭？」平兒笑道：「我那個私自另外有了，這是官中的，也該出一分。」賈母笑道：「這才是好孩子。」鳳姐又笑道：「上下都全了。還有二位姨奶奶，他們出不出，也問一聲兒。盡到他們是理，不然，他們只當小看了他們了。」賈母聽了，忙說：「可是呢，怎麼倒忘了他們！只怕他們不得閑兒，叫一個丫頭問問去。」說著，早有丫頭去了，半日回來說道：「每位也出二兩。」賈母喜道：「拿筆硯來算明，共計多少？」尤氏因悄罵鳳姐道：「我把你這沒足厭的小蹄子！這麼些婆婆嬸子來湊銀子給你過生日，你還不足，又拉上兩個苦瓠子※2作什麼？」鳳姐

註

※1：享受過度禮遇而無福承受。

※2：苦命人。

評點

◎3.薛姨媽在賈府享有極高的待遇，很重要的一個因素是她時時刻刻都迎合賈母的心思，她討賈母的歡心而不露任何痕跡。她的生存策略就是以對上孝順和對下慈愛來避免和任何人的衝突，從而在一片和平氣氛中一步步達到自己的目的，與鳳姐的張狂相比，薛姨媽的內斂顯然更爲老練和世故。（布萊克曼．珍妮）

◎4.寫阿鳳全副精神，雖一戲，亦人想不到之文。（脂硯齋）

◎5.驚魂奪魄只此一句。所以一部書全是老婆舌頭，全是諷刺世事，反面春秋也。（脂硯齋）

也悄笑道：「你少胡說，一會子離了這裏，我才和你算賬。他們兩個爲什麼苦呢？有了錢也是白填送別人，不如拘來咱們樂。」◎6

說著，早已合算了，共湊了一百五十兩有餘。賈母道：「一日戲酒用不了。」尤氏道：「既不請客，酒席又不多，兩三日的用度都夠了。頭等，戲不用錢，省在這上頭。」賈母道：「鳳丫頭說那一班好，就傳那一班。」鳳姐兒道：「咱們家的班子都聽熟了，倒是花幾個錢叫一班來聽聽罷。」賈母道：「這件事我交給珍哥媳婦了。索性叫鳳丫頭別操一點心，受用一日才算。」◎7尤氏答應著。又說了一回話，都知賈母乏了，才漸漸的都散出來。

尤氏等送邢夫人王夫人二人散去，便往鳳姐房裏來商議怎麼辦生日的話。鳳姐兒道：「你不用問我，你只看老太太的眼色行事就完了。」尤氏笑道：「你這阿物兒，

✣ 賈母上下等人為鳳姐湊分子過生日，由尤氏操辦。（朱士芳繪）

也忒行了大運了。我當有什麼事叫我們去，原來單為這個。出了錢不算，還要我來操心，你怎麼謝我？」鳳姐笑道：「你別扯臊，我又沒叫你來，謝你什麼！你怕操心？你這會子就回老太太去，再派一個就是了。」尤氏笑道：「你瞧他興的這樣兒！我勸你收著些兒好。太滿了就要潑出來了。」◎8二人又說了一回方散。

次日將銀子送到寧國府來，尤氏方才起來梳洗，因問是誰送過來的，丫鬟們回說：「是林大娘。」尤氏便命叫了他來。丫鬟走至下房，叫了林之孝家的過來。尤氏命他腳踏上坐了，一面忙著梳洗，一面問他：「這一包銀子共多少？」林之孝家的回說：「這是我們底下人的銀子，湊了先送過來。老太太和太太們的還沒有呢。」正說著，丫鬟們回說：「那府裏太太和姨太太打發人送分子來了。」尤氏笑罵道：「小蹄子們，專會記得這些沒要緊的話。昨兒不過老太太一時高興，故意的要學那小家子湊分子，你們就記得，到了你們嘴裏當正經的說。還不快接了進來好生待茶，再打發他們去。」丫鬟應著，忙接了進來，一共兩封，連寶釵黛玉的都有了。尤氏問還少誰的，林之孝家的道：「還少老太太、太太、姑娘們的和底下姑娘們的。」尤氏道：「還有你們大奶奶的呢？」林之孝家的道：「奶奶過去，這銀子都從二奶奶手裏發，一共都有了。」

說著，尤氏已梳洗了，命人伺候車輛，一時來至榮府，先來見鳳姐。只見鳳姐已將銀子封好，正要送去。尤氏問：「都齊了？」鳳姐兒笑道：◎9「都有了，快拿

評點

◎6.純寫阿鳳以襯後文，二人形景如見，語言如聞，眞描畫得到。（脂硯齋）
◎7.所以特受用了，才有璉卿之變。樂極生悲，自然之理。（脂硯齋）
◎8.尤氏的口才也不在中人之下。在小說中，尤氏也不時地找機會敲打敲打鳳姐。（張國風）
◎9.「笑」字就有神情。（脂硯齋）

了去罷，丟了我不管。」尤氏笑道：「我有些信不及，倒要當面點一點。」說著果然按數一點，只沒有李紈的一分。尤氏笑道：「我說你肏鬼呢，怎麼你大嫂子的沒有？」鳳姐兒笑道：「那麼些還不夠使？短一分兒也罷了，等不夠了我再給你。」◎10尤氏道：「昨兒你在人跟前作人，今兒又來和我賴，這個斷不依你。我只和老太太要去。」鳳姐兒笑道：「我看你利害。明兒有了事，我也『丁是丁，卯是卯』的，你也別抱怨。」尤氏笑道：「你一般的也怕。不看你素日孝敬我，我才是不依你呢。」◎11說著，把平兒的一分拿了出來，說道：「平兒，來！把你的收起去，等不夠了，我替你添上。」平兒會意，因說道：「奶奶先使著，若剩下了再賞我一樣。」尤氏笑道：「只許你那主子作弊，就不許我作情兒。」平兒只得收了。

尤氏又道：「我看著你主子這麼細緻，弄這些錢那裏使去！使不了，明兒帶了棺材裏使去。」◎12一面說著，一面又往賈母處來。先請了安，大概說了兩句話，便走到鴛鴦房中和鴛鴦商議，只聽鴛鴦的主意行事，何以討賈母的喜歡。二人計議妥當。尤氏臨走時，也把鴛鴦二兩銀子還他，說：「這還使不了呢。」說著，一逕出來，又至王夫人跟前說了一回話。因王夫人進了佛堂，把彩雲一分也還了他。見鳳姐不在跟前，一時把周、趙二人的也還了。他兩個還不敢收。尤氏道：「你們可憐見的，那裏有這些閑錢？鳳丫頭便知道了，有我應著呢。」◎13二人聽說，千恩萬謝的方收了。

* * *

展眼已是九月初二日，園中人都打聽得尤氏辦得十分熱鬧，不但有戲，連耍百戲的並說書的男女先兒※3全有，都打點取樂頑耍。李紈又向眾姐妹道：「今兒是正經社日，可別忘了。寶玉也不來，想必他只圖熱鬧，把清雅就丟開了。」◎14說著，便命丫鬟去瞧作什麼，快請了來。丫鬟去了半日，回說：「花大姐姐說，今兒一早就出門去了。」眾人聽了，都詫異說：「再沒有出門之理。這丫頭糊塗，不知說話。」因又命翠墨去。一時翠墨回來說：「可不真出了門了。說有個朋友死了，出去探喪去了。」◎15探春道：「斷然沒有的事。憑他什麼，再沒今日出門之理。你叫襲人來，我問他。」剛說著，只見襲人走來。李紈等都說道：「今兒憑他有什麼事，也不該出門。頭一件，你二奶奶的生日，老太太都等高興，兩府上下眾人來湊熱鬧，他倒走了！第二件，又是頭一社的正日子，他也不告假，就私自去了！」襲人嘆道：「昨兒晚上就說了，今兒一早起有要緊的事到北靜王府裏去，就趕回來的。勸他不要去，他必不依。今兒一早起來，又要素衣裳穿，想必是北靜王府裏的要緊姬妾沒了，也未可知。」李紈等道：「若果如此，也該去走走，只是也該回來了。」說著大家又商議：「咱們只管作詩，等他回來罰他。」剛說著，只見賈母已打發人來請，便都往前頭來了。襲人回明寶玉的事，賈母不樂，便命人去接。

註

※3：「先兒」是「先生」的略稱。

評點

◎10.可見阿鳳處處心機。（脂硯齋）
◎11.處處是世情作趣，處處是隨筆埋伏。（脂硯齋）
◎12.此言不假，伏下後文短命。尤氏亦能幹事矣，惜不能勸夫治家，惜哉痛哉！（脂硯齋）
◎13.尤氏亦可謂有才矣。論有德，比阿鳳高十倍，惜乎不能諫夫治家，所謂「人各有當」也。此方是至理至情，最恨近之野史中，惡則無往不惡，美則無一不美，何不近情理之如是耶？（脂硯齋）
◎14.此獨寶玉乎？亦罵世人。（脂硯齋）
◎15.奇文。信有之乎？花團錦簇之日，偏如此寫法。（脂硯齋）

原來寶玉心裏有件私事，於頭一日就吩咐茗煙：「明日一早要出門，備下兩匹馬在後門口等著，不要別一個跟著。說給李貴，我往北府裏去了。倘或有人找我，叫他攔住不用找，只說北府裏留下了，橫豎就來的。」茗煙也摸不著頭腦，只得依言說了。今兒一早，果然備了兩匹馬在園後門等著。天亮了，只見寶玉遍體純素，從角門出來，一語不發跨上馬，一彎腰，順著街就顛下去了。茗煙也只得跨馬加鞭趕上，在後面忙問：「往那裏去？」寶玉道：「這條路是往那裏去的？」茗煙道：「這是出北門的大道。出去了冷清清沒有可頑的。」寶玉聽說，點頭道：「正要冷清清的地方才好。」◎16說著，越性加了鞭，那馬早已轉了兩個彎子，出了城門。茗煙越發不得主意，只得緊緊跟著。一氣跑了七八里路出來，人煙漸漸稀少，寶玉方勒住馬，回頭問茗煙道：「這裏可有賣香的？」茗煙道：「香倒有，不知是那一樣？」寶玉想道：「別的香不好，須得檀、芸、降三樣。」茗煙笑道：「這三樣可難得。」寶玉為難。茗煙見他為難，因問道：「要香作什麼使？我見二爺時常小荷包裡散香，何不找一找？」一句提醒了寶玉，便回手向衣襟上拉出一個荷包來，摸了一摸，竟有兩星沉速※4，心內歡喜：「只是不恭些。」再想自己親身帶的，倒比買的又好些。於是又問爐炭。茗煙道：「這可罷

✣ 洛神出自曹植《洛神賦》，並非現實人物。本圖為《洛神賦圖》，顧愷之。《洛神賦圖》在宋代摹本頗多，現共存三卷，但以此卷最為完整。（fotoe提供）

了。荒郊野外那裏有？用這些何不早說？帶了來豈不便宜。」寶玉道：「糊塗東西，若可帶了來，又不這樣沒命的跑了。」茗煙想了半日，笑道：「我得了個主意，不知二爺心下如何？我想二爺不止用這個呢，只怕還要用別的，這也不是事。如今我們往前再走二里地，就是水仙庵了。」◎17寶玉聽了忙問：「水仙庵就在這裏？更好了，我們就去。」說著，就加鞭前行，一面回頭向茗煙道：「這水仙庵的姑子長往咱們家去，咱們這一去到那裏和他借香爐使使，他自然是肯的。」茗煙道：「別說他是咱們家的香火，就是平白不認識的廟裏，和他借，他也不敢駁回。只是一件，我常見二爺最厭這水仙庵的，如何今兒又這樣喜歡了？」寶玉道：「我素日因恨俗人不知原故，混供神混蓋廟，這都是當日有錢的老公們和那些有錢的愚婦們聽見有個神，就蓋起廟來供著，也不知那神是何人，因聽些野史小說，便信真了。比如這水仙庵裏面因供的是洛神，故名水仙庵，殊不知古來並沒有個洛神，那原是曹子建的謊話，誰知這起愚人就塑了像供著。今兒卻合我的心事，故借他一用。」

說著早已來至門前。那老姑子見寶玉來了，事出意外，竟像天上掉下個活龍來的一般，忙上來問好，命老道來接馬。寶玉進去，也不拜洛神之像，卻只管賞鑑。雖是泥塑的，卻真有「翩若驚鴻，婉若游龍」之態，「荷出綠波，日映朝霞」之姿。寶玉不覺滴下淚來。老姑子獻了茶，寶玉因和他借香爐。那姑子去了半日，連香供紙馬

註

※4：兩小塊以沉香和速香合成的香料。星：量詞，小塊。

評點

◎16. 此回全寫寶玉痴情。若特特定個地方，定個日子，平平寫來，便成死筆，索然無味矣。妙在絕不提明，突然出門，使人摸頭路不著。文字靈活異常。（陳其泰）

◎17. 茗煙不僅是寶玉一些重大舉動的「牽線人」，而且也是寶玉叛逆思想和叛逆行爲的同情者和支持者。沒有茗煙的機敏和巧於應付，寶玉不可能那麼方便地私自外出；沒有茗煙的支持和幫助，寶玉在大觀園以外種種「離經叛道」的舉動將寸步難行。曹雪芹筆下無「閑人」。由於茗煙這個小人物的存在，從而使得寶玉的思想性格和藝術形象得到了進一步的深化和完善。（高時闊）

都預備了來。寶玉道：「一概不用。」命茗煙捧著爐出至後院中，要揀一塊乾淨地方兒，竟揀不出。茗煙道：「那井臺上如何？」寶玉點頭，一齊來至井臺上，將爐放下。◎18

茗煙站過一旁。寶玉掏出香來焚上，含淚施了半禮，回身命收了去。茗煙答應，且不收，忙爬下磕了幾個頭，口內祝道：「我茗煙跟二爺這幾年，二爺的心事，我沒有不知道的，只有今兒這一祭祀，沒有告訴我，我也不敢問。只是這受祭的陰魂雖不知名姓，想來自然是那人間有一，天上無雙，極聰明極俊雅的一位姐姐妹妹了。二爺心事不能出口，讓我代祝：若芳魂有感，香魄多情，雖然陰陽間隔，既是知己之間，

✣ 洛神，風姿綽約，飄飄欲仙。本圖為衛九鼎繪的洛神像。衛九鼎，浙江天臺人。（衛九鼎繪）

✣ 寶玉的小廝揣摩寶玉的心思替他禱告。（《紅樓夢煙標精華》杜春耕編著，北京圖書館出版社提供）

時常來望候二爺，未嘗不可。你在陰間保佑二爺來生也變個女孩兒，和你們一處相伴，再不可又托生這鬚眉濁物了。」說畢，又磕幾個頭，才爬起來。◎19

寶玉聽他沒說完，便撐不住笑了，因踢他道：「休胡說，看人聽見笑話。」茗煙起來收過香爐，和寶玉走著，因道：「我已經和姑子說了，二爺還沒用飯，叫他隨便收拾了些東西，二爺勉強吃些。我知道今兒咱們裏頭大排筵宴，熱鬧非常，二爺為此才躲了出來的。橫豎在這裏清淨一天，也就盡到禮了。若不吃東西，斷使不得。」寶玉道：「戲酒既不吃，這隨便素的吃些何妨。」茗煙道：「這便才是。還有一說，咱們來了，還有人不放心。若沒有人不放心，便晚了進城何妨？若有人不放心，二爺須得進城回家去才是。第一，老太太、太太也放了心；第二，禮也盡了，不過如此。就是家去了看戲吃酒，也並不是二爺有意，原不過陪著父母盡孝道。二爺若單為了這個，不顧老太太、太太懸心，就是方才那受祭的陰魂也不安生。二爺想我這話如何？」寶玉笑道：「你的意思我猜著了，你想著只你一個跟了我出來，回來你怕擔不是，所以拿這大題目來勸

◎18.妙極之文。寶玉心中揀定是井臺上了，故意使茗煙說出，使彼不犯疑猜矣。寶玉亦有欺人之才，蓋不用耳。（脂硯齋）

◎19.忽插入茗煙一篇流言，粗看則小兒戲語，亦甚無味。細玩則大有深意，試思寶玉之爲人，豈不應有一極伶俐乖巧之小童哉？此一祝，亦如《西廂記》中雙文降香，第三炷則不語，紅娘則代祝數語，直將雙文心事道破。（脂硯齋）

我。◎20我才來了，不過爲盡個禮，再去吃酒看戲，並沒說一日不進城。這已完了心願，趕著進城，大家放心，豈不兩盡其道。」茗煙道：「這更好了。」說著，二人來至禪堂，果然那姑子收拾了一桌素菜。

寶玉胡亂吃了些，茗煙也吃了，二人便上馬仍回舊路。茗煙在後面只囑咐：「二爺好生騎著，這馬總沒大騎的，手裡提緊著！」◎21一面說著，早已進了城，仍從後門進去，忙忙來至怡紅院中。襲人等都不在房裏，只有幾個老婆子看屋子，見他來了，都喜的眉開眼笑，說：「阿彌陀佛，可來了！把花姑娘急瘋了！上頭正坐席呢，二爺快去罷。」寶玉聽說忙將素服脫了，自去尋了華服換上，問在什麼地方坐席，老婆子回說在新蓋的大花廳上。

寶玉聽說，一逕往花廳※5來，耳內早已隱隱聞得歌管之聲。剛至穿堂那邊，只見玉釧兒獨坐在廊檐下垂淚，◎22一見他來，便收淚說道：「鳳凰來了，快進去罷。再一會子不來，都反了。」◎23寶玉陪笑道：「你猜我往那裏去了？」玉釧兒不答，只管擦淚。寶玉忙進廳裏，見了賈母王夫人等，衆人眞如得了鳳凰一般。寶玉忙趕著與鳳姐兒行禮。賈母王夫人都說他不知好歹，「怎麼也不說聲就私自跑了？這還了得！明

✣ 寶玉偷偷出城祭奠，茗煙代他祝禱。（朱士芳繪）

兒再這樣，等你老子回家來，必告訴他打你。」說著又罵跟的小廝們都偏聽他的話，說那裏去就去，也不回一聲兒。一面又問他到底那去了，可吃了什麼，可唬著了。◎24寶玉只回說：「北靜王的一個愛妾昨日沒了，給他道惱※6去。他哭的那樣，不好撇下就回來，所以多等了一會子。」賈母道：「以後再私自出門，不先告訴我們，一定叫你老子打你。」寶玉答應著。因又要打跟的小子們，衆人又忙說情，又勸道：「老太太也不必過慮了，他已經回來，大家該放心樂一回了。」賈母先不放心，自然發恨，今見他來了，喜且有餘，那裏還恨，也就不提了；還怕他不受用，或者別處沒吃飽，路上著了驚怕，反百般的哄他。襲人早過來伏侍。大家仍舊看戲。當日演的是《荊釵記》※7。賈母薛姨媽等都看的心酸落淚，也有嘆的，也有罵的。要知端的，下回分解。◎25

註

※5：古代住宅中大廳以外的客廳，大多建於園中，統稱爲花廳。

※6：向遭喪遇禍的人家表示慰問。

※7：傳奇名，作者不確，敘述南宋王十朋和其妻錢玉蓮悲歡離合的故事。

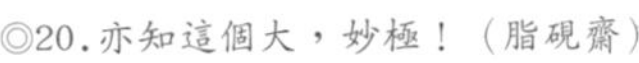

頑皮可愛、大膽慧黠的茗煙，總能體貼寶玉的心意，作為一個貼身僕人再稱職不過了。（張羽琳繪）

評點

◎20.亦知這個大，妙極！（脂硯齋）

◎21.看他偏不寫鳳姐那樣熱鬧，卻寫這般清冷，眞世人意料不到這一篇文字也。（脂硯齋）

◎22.總是千奇百怪的文字。（脂硯齋）

◎23.是平常言語，卻是無限文章，無限情理。（脂硯齋）

◎24.奇文，畢肖！（脂硯齋）

◎25.寫辦事不獨熙鳳，寫多情不漏亡人，情之所鍾，必讓若輩。此所謂「情情」者也。（脂硯齋）

第四十四回

變生不測鳳姐潑醋　喜出望外平兒理妝

話說衆人看演《荊釵記》，寶玉和姐妹一處坐著。林黛玉因看到《男祭》這一齣上，便和寶釵說道：「這王十朋也不通的很，不管在那裏祭一祭罷了，必定跑到江邊子上來作什麼！俗語說，『睹物思人』，天下的水總歸一源，不拘那裏的水舀一碗看著哭去，也就盡情了。」寶釵不答。寶玉回頭要熱酒敬鳳姐。

原來賈母說今日不比往日，定要叫鳳姐痛樂一日。本來自己懶待坐席，只在裏間屋裏榻上歪著，和薛姨媽看戲，隨心愛吃的揀幾樣放在小几上，隨意吃著說話兒；將自己兩桌席面賞那沒有席面的大小丫頭並那應差聽差的婦人等，命他們在窗外廊簷下也只管坐著隨意吃喝，不必拘禮。王夫人和邢夫人在地下高桌上坐著，外面幾席是他姐妹們坐。賈母不時吩咐

✣《增評補圖石頭記》第四十四回繪畫。（fotoe提供）

尤氏等：「讓鳳丫頭坐在上面，你們好生替我待東，難為他一年到頭辛苦。」尤氏答應了又笑回說道：「他坐不慣首席，坐在上頭橫不是豎不是的，酒也不肯吃。」賈母聽了笑道：「你不會，等我親自讓他去。」鳳姐兒忙也進來笑說：「老祖宗別信他們的話，我吃了好幾鍾了。」賈母笑著，命尤氏：「快拉他出去，按在椅子上，你們都輪流敬他。他再不吃，我當眞的就親自去了。」尤氏聽說，忙笑著又拉他出來坐下，命人拿了臺盞※1斟了酒，笑道：「一年到頭難爲你孝順老太太、太太和我。我今兒沒什麼疼你的，親自斟杯酒，乖乖兒的在我手裏喝一口。」鳳姐兒笑道：「你要安心孝敬我，跪下我就喝。」尤氏笑道：「說的你不知是誰！我告訴你說，好容易今兒這一遭，過了後兒，知道還得像今兒這樣不得了？趁著盡力灌喪兩鍾罷。」◎1鳳姐兒見推不過，只得喝了兩鍾。接著衆姐妹也來，鳳姐也只得每人的喝一口。賴大媽媽見賈母尚這等高興，也少不得來湊趣兒，領著些嬤嬤們也來敬酒。鳳姐兒也難推脫，只得喝了兩口。鴛鴦等也來敬，鳳姐兒眞不能了，忙央告道：「好姐姐們，饒了我罷，我明兒再喝罷。」鴛鴦笑道：「眞個的，我們是沒臉的了？就是我們在太太跟前，太太還賞個臉兒呢。往常倒有些體面，今兒當著這些人，倒拿起主子的款兒來了。我原不該來。不喝，我們就走。」說著眞個回去了。鳳姐兒忙趕上拉住，笑道：「好姐姐，我喝就是了。」說著拿過酒來，滿滿的斟了一杯喝乾。鴛鴦方笑了散去。然後又入席。

註

※1：大的酒杯。

◎1.閑閑一戲語，伏下後文，令人可傷。所謂「盛筵難再」。（脂硯齋）

鳳姐兒自覺酒沉了※2，心裏突突的似往上撞，要往家去歇歇，只見那耍百戲的上來，便和尤氏說：「預備賞錢，我要洗洗臉去。」尤氏點頭。鳳姐兒瞅人不防，便出了席，往房門後檐下走來。平兒留心，也忙跟了來，鳳姐兒便扶著他。才至穿廊下，只見他房裏的一個小丫頭正在那裏站著，見他兩個來了，回身就跑。鳳姐兒便疑心忙叫。那丫頭先只裝聽不見，無奈後面連平兒也叫，只得回來。鳳姐兒越發起了疑心，忙和平兒進了穿堂，叫那小丫頭子也進來，把槅扇關了，鳳姐兒坐在小院子的臺階上，命那丫頭子跪了，喝命平兒：「叫兩個二門上的小廝來，拿繩子鞭子，把那眼睛裏沒主子的小蹄子打爛了！」那小丫頭子已經唬的魂飛魄散，哭著只管磕頭求饒。鳳姐兒問道：「我又不是鬼，你見了我，不說規規矩矩站住，怎麼倒往前跑？」小丫頭子哭道：「我原沒看見奶奶來。我又記掛著房裏無人，所以跑了。」鳳姐兒道：「房裏既沒人，誰叫你來的？你便沒看見我，我和平兒在後頭扯著脖子叫了你十來聲，越叫越跑。離的又不遠，你聾了不成？你還和我強嘴！」說著便揚手一掌打在臉上，打的那小丫頭子一栽；這邊臉上又一下，登時小丫頭子兩腮紫脹起來。平兒忙勸：「奶奶仔細手疼。」鳳姐便說：「你再打著問他跑什麼。他再不說，把嘴撕爛了他的！」那小丫頭子先還強嘴，後來聽見鳳姐兒要燒了紅烙鐵來烙嘴，方哭道：「二爺在家裏，打發我來這裏瞧著奶奶的，若見奶奶散了，先叫我送信兒去的。不承望奶奶這會子就來了。」鳳姐兒見話中有文章，便又問道：「叫你瞧著我作什麼？難道怕我家去

不成？必有別的原故，快告訴我，我從此以後疼你。你若不細說，立刻拿刀子來割你的肉。」說著，回頭向頭上拔下一根簪子來，向那丫頭嘴上亂戳，唬的那丫頭一行躲，一行哭求道：「我告訴奶奶，可別說我說的。」平兒一旁勸，一面催他，叫他快說。丫頭便說道：「二爺也是才來房裏的，睡了一會醒了，打發人來瞧瞧奶奶，說才坐席，還得好一會才來呢。二爺就開了箱子，拿了兩塊銀子，還有兩根簪子，兩匹緞子，叫我悄悄的送與鮑二的老婆去，叫他進來。他收了東西就往咱們屋裏來了。二爺叫我來瞧著奶奶，底下的事我就不知道了。」

鳳姐聽了，已氣的渾身發軟，忙立起來一逕來家。剛至院門，只見又有一個小丫頭在門前探頭兒，一見了鳳姐，也縮頭就跑。◎2鳳姐兒提著名字喝住。那丫頭本來伶俐，見躲不過了，越性跑了出來，笑道：「我正要告訴奶奶去呢，可巧奶奶來了。」鳳姐兒道：「告訴我什麼？」那小丫頭便說二爺在家這般如此如此，將方才的話也說了一遍。鳳姐啐道：「你早作什麼了？這會子我看見你了，你來推乾淨兒！」說著也揚手一下打的那丫頭一個趔趄，便攝手攝腳的走至窗前。往裏聽時，只聽裏頭說笑。那婦人笑道：「多早晚你那閻王老婆死了就好了。」賈璉道：「他死了再娶一個也是這樣，又怎麼樣呢？」那婦人道：「他死了，你倒是把平兒扶了正，只怕還好些。」賈璉道：「如今連平兒他也不叫我沾一沾了。平兒也是一肚子委曲不敢說。我命裏怎麼就該犯了『夜叉星』。」

註

※2：飲酒過量。

◎2.如見其形。（脂硯齋）

鳳姐聽了，氣的渾身亂戰，又聽他倆都贊平兒，便疑平兒素日背地裏自然也有憤怨語了，那酒越發湧了上來，也並不忖奪，回身把平兒先打了兩下，◎[3]一腳踢開門進去，也不容分說，抓著鮑二家的撕打一頓。又怕賈璉走出去，便堵著門站著罵道：「好淫婦！你偷主子漢子，還要治死主子老婆！平兒過來！你們淫婦忘八一條藤兒，多嫌著我，外面兒你哄我！」說著又把平兒打幾下，◎[4]打的平兒有冤無處訴，只氣的乾哭，罵道：「你們作這些沒臉的事，好好的又拉上我作什麼！」說著也把鮑二家的撕打起來。賈璉也因吃多了酒，進來高興，未曾做的機密，一見鳳姐來了，已沒了主意。又見平兒也鬧起來，把酒也氣上來了。鳳姐兒打鮑二家的，他已又氣又愧，只不好說的，今見平兒也打，便上來踢罵道：「好娼婦！你也動手打人！」平兒氣怯，忙住了手，哭道：「你們背地裏說話，爲什麼拉我呢？」鳳姐見平兒怕賈璉，越發氣了，又趕上來打著平兒，偏叫打鮑二家的。平兒急了，便跑出來找刀子要尋死。

✣ 鮑二家的，和賈璉偷情不說，還咒鳳姐早死。（崔君沛繪）

賈璉和鮑二家的偷情，鳳姐撞見，先打平兒，又抓著鮑二家的撕打一頓，衆人忙攔住勸解。（朱士芳繪）

外面衆婆子丫頭忙攔住解勸。這裏鳳姐見平兒尋死去，便一頭撞在賈璉懷裏，叫道：「你們一條藤兒害我，被我聽見了，倒都唬起我來。你也勒死我！」賈璉氣的牆上拔出劍來，說道：「不用尋死，我也急了，一齊殺了，我償了命，大家乾淨。」正鬧的不開交，只見尤氏等一群人來了，說：「這是怎麼說，才好好的，就鬧起來。」賈璉見了人，越發「倚酒三分醉」，逞起威風來，◎5故意要殺鳳姐兒。鳳姐兒見人來了，便不似先前那般潑了，丟下衆人，便哭著往賈母那邊跑。

此時戲已散出，鳳姐跑到賈母跟前，爬在賈母懷裏，只說：「老祖宗救我！璉二爺要殺我呢！」◎6賈母、邢夫人、王夫人等忙問怎麼了。鳳姐兒哭道：「我才家去換衣裳，不防璉二爺在家和人說話，我只當是有客來了，唬得我不敢進去。在窗戶外頭聽了一聽，原來是和鮑二家的媳婦商議，說我利害，要拿毒藥給我吃了，治死我，

評點

◎3. 奇極！先打平兒，可是世人想得著的？（脂硯齋）

◎4. 賈璉之怨鳳姐，已非一日。鳳姐之恨平兒，亦頗不淺。事在二十一回，故一觸即發，兩人皆不自知耳。（陳其泰）

◎5. 天下小人大都如是。（脂硯齋）

◎6. 瞧他稱呼。（脂硯齋）

把平兒扶了正。我原氣了，又不敢和他吵，原打了平兒兩下，問他爲什麼要害我。他臊了，就要殺我。」賈母等聽了，都信以爲眞，說：「這還了得！快拿了那下流種子來！」一語未完，只見賈璉拿著劍趕來，後面許多人跟著。賈璉明仗著賈母素日疼他們，連母親嬸母也無礙，故逞強鬧了來。邢夫人王夫人見了，氣的忙攔住罵道：「這下流種子！你越發反了，老太太在這裏呢！」賈璉乜斜著眼道：「都是老太太慣的他，他才這樣，連我也罵起來了！」邢夫人氣的奪下劍來，只管喝他「快出去！」那賈璉撒嬌撒痴，涎言涎語的還只亂說。賈母氣的說道：「我知道你也不把我們放在眼睛裏，叫人把他老子叫來！」賈璉聽見這話，方趔趄著腳兒出去了，賭氣也不往家去，便往外書房來。

這裏邢夫人王夫人也說鳳姐兒。賈母笑道：「什麼要緊的事！小孩子們年輕，饞嘴貓兒似的，那裏保得住不這麼著。從小兒世人都打這麼過的。都是我的不是，他多吃了兩口酒，又吃起醋來。」說的衆人都笑了。賈母又道：「你放心，等明兒我叫他來替你賠不是。你今兒別要過去臊著他。」因又罵：「平兒那蹄子，素日我倒看他好，怎麼暗地裏這麼壞。」尤氏等笑道：「平兒沒有不是，是鳳丫頭拿著人家出氣。兩口子不好對打，都拿著平兒煞性子。平兒委曲的什麼似的呢，老太太還罵人家。」賈母道：「原來這樣，我說那孩子倒不像那狐媚魘道※3的。既這麼著，可憐見的白受他們的氣。」因叫琥珀來：「你出去告訴平兒，就說我的話：我知道他受了委曲，明兒我叫鳳姐兒替他賠不是。今兒是他主子的好日子，不許他胡鬧。」

原來平兒早被李紈拉入大觀園去了。平兒哭的哽咽難言。寶釵勸道：「你是個明白人，◎7素日鳳丫頭何等待你，今兒不過他多吃一口酒。他可不拿你出氣，難道倒拿別人出氣不成？別人又笑話他吃醉了。你只管這會子委曲，素日你的好處，豈不都是假的了？」正說著，只見琥珀走來，說了賈母的話。平兒自覺面上有了光輝，方才漸漸的好了，也不往前頭來。寶釵等歇息了一回，方來看賈母鳳姐。

* * *

寶玉便讓了平兒到怡紅院中來。襲人忙接著，笑道：「我先原要讓你的，只因大奶奶和姑娘們都讓你，我就不好讓的了。」平兒也陪笑說「多謝」。因又說道：「好好兒的從那裏說起，無緣無故白受了一場氣。」襲人笑道：「二奶奶素日待你好，這不過是一時氣急了。」平兒道：「二奶奶倒沒說的，只是那淫婦治的我，他又偏拿我湊趣，況還有我們那糊塗爺倒打我。」說著便又委曲，禁不住落淚。寶玉忙勸道：「好姐姐，別傷心，我替他兩個賠不是罷。」平兒笑道：「與你什麼相干？」寶玉笑道：「我們弟兄姐妹都一樣。他們得罪了人，我替他賠個不是也是應該的。」又道：「可惜這新衣裳也沾了，這裏有你花妹妹的衣裳，何不換了下來，拿些燒酒噴了熨一熨。把頭也另梳一梳，洗洗臉。」一面說，一面便

註

※3：用邪魔手段來迷惑。

評點

◎7.必用寶釵評出，方是身分。（脂硯齋）

吩咐了小丫頭子們舀洗臉水，燒熨斗來。平兒素習只聞人說寶玉專能和女孩兒們接交；寶玉素日因平兒是賈璉的愛妾，又是鳳姐兒的心腹，故不肯和他廝近，因不能盡心，也常爲恨事。平兒今見他這般，心中也暗暗的敁敪：果然話不虛傳，色色想的周到。又見襲人特特的開了箱子，拿出兩件不大穿的衣裳來與他換，便趕忙的脫下自己的衣服，忙去洗了臉。寶玉一旁笑勸道：「姐姐還該擦上些脂粉，不然倒像是和鳳姐姐賭氣了似的。況且又是他的好日子，而且老太太又打發了人來安慰你。」平兒聽了有理，便去找粉，只不見粉。寶玉忙走至妝臺前，將一個宣窯※4瓷盒揭開，裏面盛著一排十根玉簪花棒，拈了一根遞與平兒。又笑向他道：「這不是鉛粉，這是紫茉莉花種，研碎了兌上香料製的。」平兒倒在掌上看時，果見輕白紅香，四樣俱美，攤在面上也容易勻淨，且能潤澤肌膚，不似別的粉青重澀滯。然後看見胭脂也不是成張的，卻是一個小小的白玉盒子，裏面盛著一盒，如玫瑰膏子一樣。寶玉笑道：「那市賣的胭脂都不乾淨，顏色也薄。這是上好的胭脂擰出汁子來，淘澄淨了渣滓，配了花露蒸疊成的。只用細簪子挑一點兒

✣ 清代紫檀梳妝檯。（杜宗軍提供）

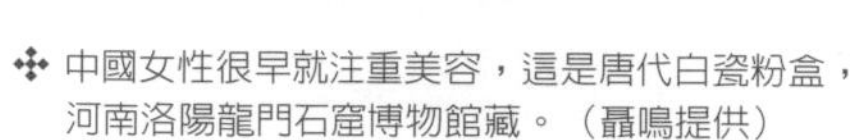

✣ 中國女性很早就注重美容，這是唐代白瓷粉盒，河南洛陽龍門石窟博物館藏。（聶鳴提供）

✣ 紫茉莉的花朵，紫茉莉科紫茉莉屬植物。別名：胭脂花、夜來香，多年生草本。（徐曄春提供）

抹在手心裏，用一點水化開抹在唇上；手心裏就夠打頰腮了。」平兒依言妝飾，果見鮮艷異常，且又甜香滿頰。寶玉又將盆內的一枝並蒂秋蕙用竹剪擷了下來，與他簪在鬢上。忽見李紈打發丫頭來喚他，方忙忙的去了。◎8

寶玉因自來從未在平兒前盡過心，——且平兒又是個極聰明極清俊的上等女孩兒，比不得那起俗蠢拙物——深爲恨怨。今日是金釧兒的生日，故一日不樂。◎9不想落後鬧出這件事來，竟得在平兒前稍盡片心，亦今生意中不想之樂也。因歪在床上，心內怡然自得。忽又思及賈璉惟知以淫樂悅己，並不知作養脂粉。又思平兒並無父母兄弟姐妹，獨自一人，供應賈璉夫婦二人。賈璉之俗，鳳姐之威，他竟能周全妥貼，今兒還遭荼毒，想來此人薄命，比黛玉猶甚。想到此間，便又傷感起來，不覺洒然淚下。因見襲人等不在房內，盡力落了幾點痛淚。復起身，又見方才的衣裳上噴的酒已半乾，便拿熨斗熨了疊好；見他的手帕子忘去，上面猶有淚漬，又拿至臉盆中洗了晾上。又喜又悲，悶了一回，也往稻香村來，說一回閑話，掌燈後方散。

註

※4：明代宣德年間的官窯。所產瓷器細巧精緻，光彩鮮艷，以鮮紅色的最爲名貴。

評點

◎8.忽使平兒在絳芸軒中梳妝，非但世人想不到，寶玉亦想不到者也。作者費盡心機了。寫寶玉最善閨閣中事，諸如胭粉等類，不寫成別致文章，則寶玉不成寶玉矣。然要寫，又不便特爲此費一番筆墨，故思及借人發端。然借人又無人，若襲人輩則逐日皆如此，又何必揀一日細寫？似覺無味。若寶釵等又係姐妹，更不便來細搜襲人之妝奩，況也是自幼知道的了。因左想右想，須得一個又甚親、又甚疏、又可唐突、又不可唐突、又和襲人等極親、又和襲人等不大常處、又得襲人輩之美、又不得襲人輩之修飾一人來，方可發端。故思及平兒一人方如此，故放手細寫絳芸閨中之什物也。（脂硯齋）

◎9.原來爲此！寶玉之私祭，玉釧之潛哀，俱針對矣。然於此刻補明，又一法也。眞千變萬化之文，萬法具備，毫無脫漏，眞好書也。（脂硯齋）

平兒就在李紈處歇了一夜，鳳姐兒只跟著賈母。賈璉晚間歸房，冷清清的，又不好去叫，只得胡亂睡了一夜。次日醒了，想昨日之事，大沒意思，後悔不來。邢夫人記掛著昨日賈璉醉了，忙一早過來，叫了賈璉過賈母這邊來。賈璉只得忍愧前來，在賈母面前跪下。賈母問他：「怎麼了？」賈璉忙陪笑說：「昨兒原是吃了酒，驚了老太太的駕了，今兒來領罪。」賈母啐道：「下流東西，灌了黃湯，不說安分守己的挺屍去，倒打起老婆來了！鳳丫頭成日家說嘴，霸王似的一個人，昨兒唬得可憐。要不是我，你要傷了他的命，這會子怎麼樣？」賈璉一肚子的委曲，不敢分辯，只認不是。賈母又道：「那鳳丫頭和平兒還不是個美人胎子？你還不足！成日家偷雞摸狗，髒的臭的，都拉了你屋裏去。爲這起淫婦打老婆，又打屋裏的人，你還虧是大家子的

✣ 平兒在怡紅院理妝，寶玉為她簪上花，深感快慰。（朱士芳繪）

公子出身，活打了嘴了。若你眼睛裏有我，你起來，我饒了你，乖乖的替你媳婦賠個不是，拉了他家去，我就喜歡了。要不然，你只管出去，我也不敢受你的跪。」賈璉聽如此說，又見鳳姐兒站在那邊，也不盛妝，哭的眼睛腫著，也不施脂粉，黃黃臉兒，◎10比往常更覺可憐可愛。想著：「不如賠了不是，彼此也好了，又討老太太的喜歡。」想畢，便笑道：「老太太的話我不敢不依，只是越發縱了他了。」賈母笑道：「胡說！我知道他最有禮的，再不會沖撞人。他日後得罪了你，我自然也作主，叫你降伏就是了。」

賈璉聽說，爬起來，便與鳳姐兒作了一個揖，笑道：「原來是我的不是，二奶奶饒過我罷。」滿屋裏的人都笑了。賈母笑道：「鳳丫頭，不許惱了，再惱我就惱了。」說著，又命人去叫了平兒來，命鳳姐兒和賈璉兩個安慰平兒。賈璉見了平兒，越發圖不得了，所謂「妻不如妾，妾不如偷」，聽賈母一說，便趕上來說道：「姑娘昨日受了屈了，都是我的不是。奶奶得罪了你，也是因我而起。我賠了不是不算外，還替你奶奶賠個不是。」◎11說著，也作了一個揖，引的賈母笑了，鳳姐兒也笑了。賈母又命鳳姐兒來安慰他。平兒忙走上來給鳳姐兒磕頭，說：「奶奶的千秋※5，我惹了奶奶生氣，是我該死。」鳳姐兒正自愧悔昨日酒吃多了，不念素日之情，浮躁起來，爲聽了旁人的話，無故給平兒沒臉。今反見他如此，又是慚愧，又是心酸，忙一

註

※5：祝頌長壽之詞，此處爲尊稱別人生日。

評點

◎10. 大妙大奇之文，此一句便伏下病根了，草草看去，便可惜了作者行文苦心。（脂硯齋）

◎11. 賈璉燒琴煮鶴，大煞風景，紅樓市中物也。以配鳳姐，且在所辱，況平兒哉！然負荊一節，頗能自降，拔其幟而樹娘子幟，亦腹負將軍解風雅者也。收入色界中，置風流壇外，作金剛尊者。（涂瀛）

把拉起來，落下淚來。平兒道：「我伏侍了奶奶這麼幾年，也沒彈我一指甲。就是昨兒打我，我也不怨奶奶，都是那淫婦治的，怨不得奶奶生氣。」說著也滴下淚來了。◎12賈母便命人將他三人送回房去，「有一個再提此事，即刻來回我，我不管是誰，拿拐棍子給他一頓。」三個人從新給賈母、邢王二位夫人磕了頭。老嬤嬤答應了，送他三人回去。

至房中，鳳姐兒見無人，方說道：「我怎麼像個閻王，又像夜叉？那淫婦咒我死，你也幫著咒我。千日不好也有一日好。可憐我熬的連個淫婦也不如了，我還有什麼臉來過這日子？」說著，又哭了。賈璉道：「你還不足？你細想想，昨兒誰的不是多？◎13今兒當著人還是我跪了一跪，又賠不是，你也爭足了光了。這會子還叨叨，難道還叫我替你跪下才罷？太要足了強也不是好事。」說的鳳姐兒無言可對，平兒「嗤」的一聲又笑了。賈璉也笑道：「又好了！眞眞我也沒法了。」

正說著，只見一個媳婦來回說：「鮑二媳婦吊死了。」賈璉鳳姐兒都吃了一驚。鳳姐忙收了怯色，反喝道：「死了罷了，有什麼大驚小怪的！」◎14一時只見林之孝家的進來悄回鳳姐道：「鮑二媳婦吊死了，他娘家的親戚要告呢。」鳳姐兒笑道：◎15「這倒好了，我正想要打官司呢！」林之孝家的道：「我才和衆人勸了他們，又威嚇

✣ 林之孝家的。賈府裏有頭臉的幾個管家媳婦之一，小紅的生母。（《紅樓夢煙標精華》杜春耕編著，北京圖書館出版社提供）

了一陣，又許了他幾個錢，也就依了。」鳳姐兒道：「我沒一個錢！有錢也不給，只管叫他告去。也不許勸他，也不用震嚇他，只管讓他告去。告不成倒問他個『以屍訛詐』！」◎16林之孝家的正在為難，見賈璉和他使眼色兒，心下明白，便出來等著。賈璉道：「我出去瞧瞧，看是怎麼樣。」鳳姐兒道：「不許給他錢。」賈璉一逕出來，和林之孝來商議，著人去作好作歹，許了二百兩發送才罷。賈璉生恐有變，又命人去和王子騰說了，將番役仵作※6人等叫了幾名來，幫著辦喪事。那些人見了如此，縱要復辨亦不敢辨，只得忍氣吞聲罷了。賈璉又命林之孝將那二百銀子入在流年賬上，分別添補開銷過去。◎17又梯己給鮑二些銀兩，安慰他說：「另日再挑個好媳婦給你。」鮑二又有體面，又有銀子，有何不依，便仍然奉承賈璉，◎18不在話下。

裏面鳳姐心中雖不安，面上只管佯不理論，因房中無人，便拉平兒笑道：「我昨兒灌喪了酒了，你別憤怨，打了那裏，讓我瞧瞧。」平兒道：「也沒打重。」只聽得說：「奶奶、姑娘都進來了。」要知端的，下回分解。

註

※6：擔任檢驗屍體的差役。

評點

◎12.婦人女子之情畢肖，但世之大英雄羽翼偶摧，尚按劍生悲，況阿鳳與平兒哉？所謂此書眞是哭成的。（脂硯齋）

◎13.妙！不敢自說沒不是，只論多少，懦夫來看。（脂硯齋）

◎14.寫阿鳳如此。（脂硯齋）

◎15.偏於此處寫阿鳳笑。壞哉阿鳳！（脂硯齋）

◎16.寫阿鳳如此。（脂硯齋）

◎17.大弊小弊，無一不到。（脂硯齋）

◎18.爲天下夫妻一哭。（脂硯齋）

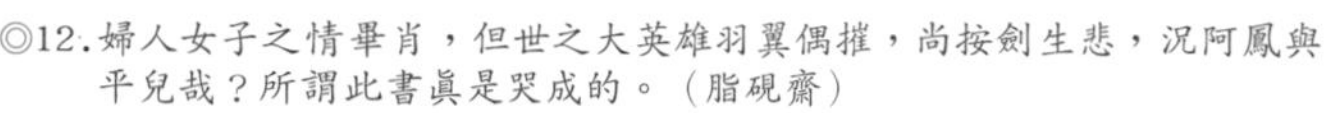

第四十五回

金蘭契[※1]互剖金蘭語　風雨夕悶製風雨詞

話說鳳姐兒正撫恤平兒，忽見衆姐妹進來，忙讓坐了，平兒斟上茶來。鳳姐兒笑道：「今兒來的這麼齊，倒像下帖子請了來的。」探春笑道：「我們有兩件事：一件是我的，一件是四妹妹的，還夾著老太太的話。」鳳姐兒笑道：「有什麼事，這麼要緊？」探春笑道：「我們起了個詩社，頭一社就不齊全，衆人臉軟，所以就亂了。我想必得你去作個監社御史，鐵面無私才好。再四妹妹爲畫園子，用的東西這般那般不全，回了老太太，老太太說：『只怕後頭樓底下還有當年剩下的，找一找，若有呢，拿出來，若沒有，叫人買去。』」鳳姐笑道：「我又不會作什麼濕的乾的，要我吃東西去不成？」探春道：「你雖不會作，也不要你作。你只監察著我們裏頭有偷安怠惰的，該怎麼樣罰他就是了。」鳳姐兒笑道：「你們別哄

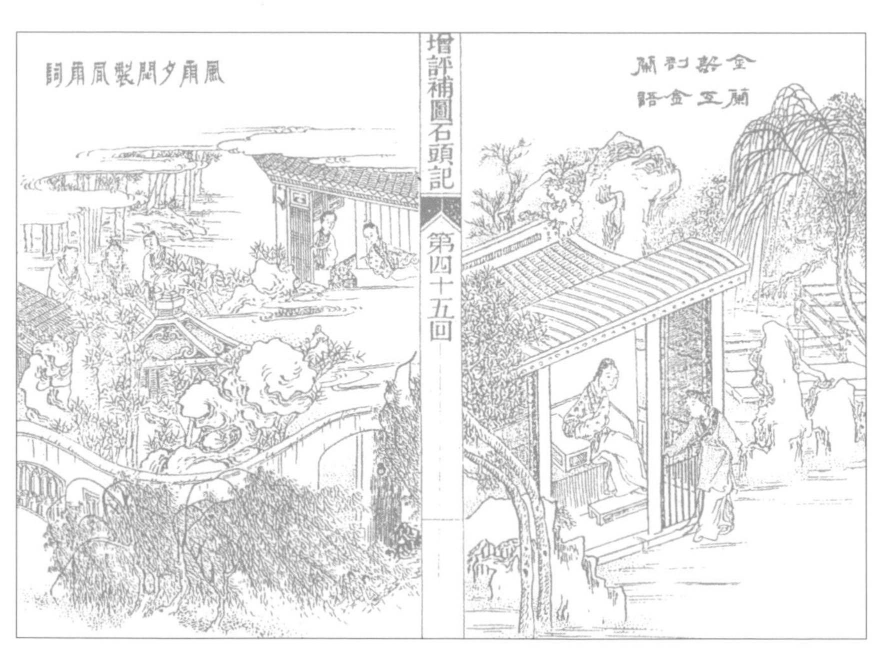

✣《增評補圖石頭記》第四十五回繪畫。（fotoe提供）

我，我猜著了，那裏是請我作監社御史！分明是叫我作個進錢的銅商※2。你們弄什麼社，必是要輪流作東道的。你們的月錢不夠花了，想出這個法子來拗了我去，好和我要錢。可是這個主意？」一席話說的衆人都笑起來了。李紈笑道：「眞眞你是個水晶心肝玻璃人。」鳳姐兒笑道：「虧你是個大嫂子呢！把姑娘們原交給你帶著念書學規矩針線的，他們不好，你要勸。這會子他們起詩社，能用幾個錢，你就不管了？老太太、太太罷了，原是老封君※3。你一個月十兩銀子的月錢，比我們多兩倍銀子。老太太、太太還說你寡婦失業的，可憐，不夠用，又有個小子，足的又添了十兩，和老太太、太太平等。又給你園子地，各人取租子。年終分年例，你又是上上分兒。你娘兒們，主子奴才共總沒十個人，吃的穿的仍舊是官中的。一年通共算起來，也有四五百銀子。這會子你就每年拿出一二百兩銀子來陪他們頑頑，能幾年的限？他們各人出了閣，難道還要你賠不成？這會子你怕花錢，調唆他們來鬧我，我樂得去吃一個河涸海乾，我還通不知道呢！」

李紈笑道：「你們聽聽，我說了一句，他就瘋了，說了兩車的無賴泥腿市俗專會打細算盤分斤撥兩的話出來。◎1這東西虧他托生在詩書大宦名門之家作小姐，出了嫁又是這樣，他還是這麼著；若是生在貧寒小戶人家，作個小子，還不知怎麼下作貧嘴

註

※1：比喻意氣相合的知心朋友。
※2：代指富商。
※3：古代受封典的貴族的通稱。

評點

◎1.心直口拙之人急了，恨不得將萬句話來併成一句說死那人，畢肖！（脂硯齋）

惡舌的呢！天下人都被你算計了去！昨兒還打平兒呢，虧你伸的出手來！那黃湯難道灌喪了狗肚子裏去了？氣的我只要給平兒打抱不平兒。忖奪了半日，好容易『狗長尾巴尖兒※4』的好日子，又怕老太太心裏不受用，因此沒來，究竟氣還未平。你今兒又招我來了。給平兒拾鞋也不要，你們兩個只該換一個過子才是。」說的衆人都笑了。鳳姐兒忙笑道：「竟不是爲詩爲畫來找我，這臉子竟是爲平兒來報仇的。竟不承望平兒有你這一位仗腰子的人。早知道，便有鬼拉著我的手打他，我也不打了。平姑娘，過來！我當著大奶奶姑娘們替你賠個不是。擔待我『酒後無德』罷。」說著，衆人又都笑起來了。李紈笑問平兒道：「如何？我說必定要給你爭爭氣才罷。」平兒笑道：「雖如此，奶奶們取笑，我禁不起。」李紈道：「什麼禁不起，有我呢！快拿了鑰匙叫你主子開了樓房找東西去。」鳳姐兒笑道：「好嫂子，你且同他們回園子裏去。才要把這米賬合算一算，那邊大太太又打發人來叫，又不知有什麼話說，須得過去走一趟。還有年下你們添補的衣服，還沒打點給他們作去。」李紈笑道：「這些事我都不管，你只把我的事完了我好歇著去，省得這些姑娘小姐鬧我。」鳳姐忙笑道：「好嫂子，賞我一點空兒。你是最疼我的，怎麼今兒爲平兒就不疼我了？往常你還勸我說：『事情雖多，也該保養身子，撿點著偷空兒歇歇』，你今兒反

✣ 安時守分、自甘寂寞的李紈實際上非常有個性，打理詩社、挖苦鳳姐，都是她鋒芒畢露的表現。但是終究只能以一生的淒涼悲苦換得個節婦的虛名給後人敬仰。（張羽琳繪）

倒逼我的命了。況且誤了別人的年下衣裳無礙，他姐妹們的若誤了，卻是你的責任？老太太豈不怪你不管閑事，連一句現成的話也不說？我寧可自己賠不是，豈敢帶累你呢。」李紈笑道：「你們聽聽，說的好不好？把他會說話的！我且問你，這詩社你到底管不管？」鳳姐兒笑道：「這是什麼話，我不入社花幾個錢，不成了大觀園的反叛了？還想在這裏吃飯不成？明兒一早就到任，下馬拜了印，先放下五十兩銀子給你們慢慢作會社東道。過後幾天，我又不作詩作文，只不過是個俗人罷了。『監察』也罷，不『監察』也罷，有了錢了，你們還攆出我來！」說的衆人又都笑起來。

鳳姐兒道：「過會子我開了樓房，凡有這些東西都叫人搬出來。你們看，若使得，留著使；若少什麼，照你們單子，我叫人替你們買去就是了。畫絹我就裁出來。那圖樣沒有在太太跟前，還在那邊珍大爺那裏呢。說給你們，別碰釘子去。我打發人取了來，一併叫人連絹交給相公們礬去，如何？」李紈點頭笑道：「這難爲你，果然這樣還罷了。既如此，咱們家去罷，等著他不送了去再來鬧他。」說著，便帶了他姐妹就走。鳳姐兒道：「這些事再沒兩個人，都是寶玉生出來的。」李紈聽了，忙回身笑道：「正是爲寶玉來，反忘了他。頭一社是他誤了。我們臉軟，你說該怎麼罰他？」鳳姐想了一想，說道：「沒有別的法子，只叫他把你們各人屋子裏的地罰他掃一遍才好。」衆人都笑道：「這話不差。」

註

※4：戲稱別人的生日。

說著才要回去，只見一個小丫頭扶了賴嬤嬤進來。鳳姐兒等忙站起來，笑道：「大娘坐。」又都向他道喜。賴嬤嬤向炕沿上坐了，笑道：「我也喜，主子們也喜。若不是主子們的恩典，我們這喜從何來？昨兒奶奶又打發彩哥兒賞東西，我孫子在門上朝上磕了頭了。」李紈笑道：「多早晚上任去？」賴嬤嬤嘆道：「我那裏管他們，由他們去罷！前兒在家裏給我磕頭，我沒好話，我說：『哥哥兒，你別說你是官兒了，橫行霸道的！你今年活了三十歲，雖然是人家的奴才，一落娘胎胞，主子恩典，放你出來，上托著主子的洪福，下托著你老子娘，也是公子哥兒似的讀書認字，也是丫頭、老婆、奶子捧鳳凰似的，長了這麼大。你那裏知道那『奴才』兩字是怎麼寫的！只知道享福，也不知道你爺爺和你老子受的那苦惱，熬了兩三輩子，好容易掙出你這麼個東西來。從小兒三災八難，花的銀子也照樣打出你這麼個銀人兒來了。到二十歲上，又蒙主子的恩典，許你捐個前程在身上。你看那正根正苗的忍饑挨餓的要多少？你一個奴才秧子，仔細折了福！如今樂了十年，不知怎麼弄神弄鬼的，求了主子，又選了出來。州縣官兒雖小，事情卻大，爲那一州的州官，就是那一方的父母。你不安分守己，盡忠報國，孝敬主子，只怕天也不容你。」李紈鳳姐兒都笑道：「你也多慮。我們看他也就好了。先那幾年，還進來了兩次，這有好幾年沒來了，年下生日，只見他的名字就罷了。前兒給老太太、太太磕頭來，在老太太那院裏，見他又穿著新官的服色，倒發的威武了，比先時也胖了。他這一得了官，正該你樂呢，反倒愁起這些來！他不好，還有他父親呢，你只受用你的就完了。閑了坐個轎子進來，和老太太鬥一日牌，說一天話兒，誰好意思的委曲了你。家去一般也是樓房廈廳，誰不敬你，自然也是老封君似的了。」

平兒斟上茶來，賴嬤嬤忙站起來接了，笑道：「姑娘不管叫那個孩子倒來罷了，又折受我。」說著，一面吃茶，一面又道：「奶奶不知道。這些小孩子們全要管的嚴，饒這麼嚴，他們還偷空兒鬧個亂子來叫大人操心。知道的說小孩子們淘氣；不知道的，人家就說仗著財勢欺人，連主子的名聲也不好。恨的我沒法兒，常把他老子叫來罵一頓，才好些。」因又指寶玉道：「不怕你嫌我，如今老爺不過這麼管你一管，老太太護在頭裏。當日老爺小時挨你爺爺的打，誰沒看見的。老爺小時，何曾像你這麼天不怕地不怕的了。還有那大老爺，雖然淘氣，也沒像你這扎窩子※5的樣兒，也是天天打。還有東府裏你珍哥兒的爺爺，那才是火上澆油的性子，說聲惱了，什麼兒子，竟是審賊！如今我眼裏看著，耳朵裏聽著，那珍大爺管兒子倒也像當日老祖宗的規矩，只是管的到三不著兩的。他自己也不管一管自己，這些兄弟侄兒怎麼怨的不怕他？你心裏明白，喜歡我說；不明白，嘴裏不好意思，心裏不知怎麼罵我呢。」

註

※5：留在巢中，不肯向外飛，比喻留戀家庭無所作爲。

正說著，只見賴大家的來了，接著周瑞家的張材家的都進來回事情。鳳姐兒笑道：「媳婦來接婆婆來了。」賴大家的笑道：「不是接他老人家，倒是打聽打聽奶奶姑娘們賞臉不賞臉？」賴嬤嬤聽了，笑道：「可是我糊塗了，正經說的話且不說，且說『陳穀子爛芝蔴』的混搗熟※6。因爲我們小子選了出來，衆親友要給他賀喜，少不得家裏擺個酒。我想，擺一日酒，請這個也不是，請那個也不是。又想了一想，托主子洪福，想不到的這樣榮耀，就傾了家，我也是願意的。◎2因此吩咐他老子連擺三日酒：頭一日，在我們破花園子裏擺幾席酒，一臺戲，請老太太、太太們、奶奶姑娘們去散一日悶；外頭大廳上一臺戲，擺幾席酒，請老爺們、爺們去增增光；第二日再請親友；第三日再把我們兩府裏的伴兒請一請。熱鬧三天，也是托著主子的洪福一場，光輝光輝。」李紈鳳姐兒都笑道：「多早晚的日子？我們必去，只怕老太太高興要去也定不得。」賴大家的忙道：「擇了十四的日子，只看我們奶奶的老臉罷了。」鳳姐笑道：「別人不知道，我是一定去的。先說下，我是沒有賀禮的，也不知道放賞，吃完了一走，可別笑話。」賴大家的笑道：「奶奶說那裏話？奶奶要賞，賞我們三二萬銀子就有了。」賴嬤嬤笑道：「我才去請老太太，老太太也說去，可算我這臉還好。」說畢又叮嚀了一回，方起身要走，因看見周瑞家的，便想起一事來，因說道：「可是還有一句話問奶奶：這周嫂子的兒子犯了什麼不是，攆了他不用？」鳳姐兒聽了，笑道：「正是，我要告訴你媳婦，事情多也忘了。賴嫂子回去說給你老頭子，兩府裏不許收留他小子，叫他各人去罷。」

　　賴大家的只得答應著。周瑞家的忙跪下央求。賴嬤嬤忙道：「什麼事？說給我評評。」鳳姐兒道：「前日我生日，裏頭還沒吃酒，他小子先醉了。老娘那邊送了禮來，他不說在外頭張羅，倒坐著罵人，禮也不送進來。兩個女人進來了，他才帶著小么們往裏抬。小么們倒好，他拿的一盒子倒失了手，撒了一院子饅頭。人去了，打發彩明去說他，他倒罵了彩明一頓。這樣無法無天的忘八羔子，不攆了作什麼！」賴嬤嬤笑道：「我當什麼事情，原來爲這個。奶奶聽我說：他有不是，打他罵他，使他改過，攆了去斷乎使不得。他又比不得是咱們家的家生子兒，他現是太太的陪房。奶奶只顧攆了他，太太臉上不好看。依我說，奶奶教導他幾板子，以戒下次，仍舊留著才是。不看他娘，也看太太。」鳳姐兒聽說，便向賴大家的說道：「既這樣，打他四十棍，以後不許他吃酒。」賴大家的答應了。周瑞家的磕頭起來，又要與賴嬤嬤磕頭，賴大家的拉著方罷。然後他三人去了，李紈等也就回園中來。

　　至晚，果然鳳姐命人找了許多舊收的畫具出來，送至園中。寶釵等選了一回，各色東西，可用的只有一半，將那一半又開了單子，與鳳姐兒去照樣置買，不必細說。

* * *

註

※6：絮絮叨叨地說些陳腔濫調。

評點

◎2. 賴尚榮一奴才秧子，蒙賈府放出，又求恩選得縣官，眞是賴上之容，非分之福。豈知後來賈政急難相呼，賴尚榮竟然只送銀五十兩，眞是狗彘之奴。賴嬤嬤將訓教賴尚榮之語，言之不已，又長言之。作者不惜筆墨，瑣瑣記之，蓋竭力爲後文送銀五十兩而反照，以見養惡人如養鷹，饑之則附，飽之則颺，所以曉世人者深也。（佚名氏）

一日，外面礬了絹，起了稿子進來。寶玉每日便在惜春這裏幫忙。◎3探春、李紈、迎春、寶釵等也多往那裏閑坐，一則觀畫，二則便於會面。寶釵因見天氣涼爽，夜復漸長，遂至母親房中商議打點些針線來。日間至賈母處王夫人處省候兩次，不免又承色※7陪坐閑話半時，園中姐妹處也要度時閑話一回，故日間不大得閑，每夜燈下女工必至三更方寢。◎4黛玉每歲至春分秋分之後，必犯嗽疾；今秋又遇賈母高興，多遊頑了兩次，未免過勞了神，近日又復嗽起來，覺得比往常又重，所以總不出門，只在自己房中將養。有時悶了，又盼個姐妹來說些閑話排遣；及至寶釵等來望候他，說不得三五句話又厭煩了。衆人都體諒他病中，且素日形體嬌弱，禁不得一些委曲，所以他接待不周，禮數粗忽，也都不苛責。

這日寶釵來望他，因說起這病症來。寶釵道：「這裏走的幾個太醫雖都還好，只是你吃他們的藥總不見效，不如再請一個高明的人來瞧一瞧，治好了豈不好？每年間鬧一春一夏，又不老又不小，成什麼？不是個常法。」黛玉道：「不中用。我知道我這樣病是不能好的了。且別說病，只論好的日子我是怎麼個形景，就可知了。」寶釵點頭道：「可正是這話。古人說『食穀者生』，你素日吃的竟不能添養精神氣血，也不是好事。」黛玉嘆道：「『死生有命，富貴在天』※8，也不是人力可強的。今年比往年反覺又重了些似的。」說話之間，已咳嗽了兩三次。寶釵道：「昨兒我看你那藥方上，人參肉桂覺得太多了。雖說益氣補神，也不宜太熱。依我說，先以平肝健胃爲要，肝火一平，不能克土，胃氣無病，飲食就可以養人了。每日早起拿上等燕窩一兩，冰糖五錢，用銀銚子※9熬出粥來，若吃慣了，比藥還強，最是滋陰補氣的。」

黛玉嘆道：「你素日待人，固然是極好的，然我最是個多心的人，只當你心裏藏奸。從前日你說看雜書不好，又勸我那些好話，竟大感激你。往日竟是我錯了，實在誤到如今。細細算來，我母親去世得早，又無姐妹兄弟，我長了今年十五歲，◎5竟沒一個人像你前日的話教導我。怨不得雲丫頭說你好，我往日見他贊你，我還不受用，昨兒我親自經過，才知道了。比如若是你說了那個，我再不輕放過你的；你竟不介意，反勸我那些話，可知我竟自誤了。若不是從前日看出來，今日這話，再不對你說。你方才說叫我吃燕窩粥的話，雖然燕窩易得，但只我因身上不好了，每年犯這個病，也沒什麼要緊的去處。請大夫，熬藥，人參肉桂，已經鬧了個天翻地覆，這會子我又興出新文來熬什麼燕窩粥，老太太、太太、鳳姐姐這三個人便沒話說，那些底下的婆子丫頭們，未免不嫌我太多事了。你看這裏這些人，因見老太太多疼了寶玉和鳳丫頭兩個，他們尚虎視眈眈，背地裏言三語四的，何況於我？況我又不是他們這裏正經主子，原是無依無靠投奔了來的，他們已經多嫌著我了。如今我還不知進退，何苦

註

※7：順承迎合父母長輩以博歡心。

※8：富貴財富、人的生死決定於天，非一己能控制。

※9：一種帶柄有嘴的小鍋。

評點

◎3.自忙不暇，又加上一「幫」字，可笑可笑，所謂《春秋》筆法。（脂硯齋）

◎4.燈下秋夕，寫針線下「商議」二字，直將寡母訓女，多少溫存活現在紙上。不寫阿呆兄，已見阿呆兄終日飽醉優遊，怒則吼，喜則躍，家務一概無聞之形景畢露矣。《春秋》筆法。（脂硯齋）

◎5.黛玉才十五歲，記清。（脂硯齋）

✣ 寶釵看望病中的黛玉，一番交心之談後，
加深相互理解。（朱士芳繪）

叫他們咒我？」寶釵道：「這樣說，我也是和你一樣。」黛玉道：「你如何比我？你又有母親，又有哥哥，這裏又有買賣地土，家裏又仍舊有房有地。你不過是親戚的情分，白住了這裏，一應大小事情，又不沾他們一文半個，要走就走了。我是一無所有，吃穿用度，一草一紙，皆是和他們家的姑娘一樣，那起小人豈有不多嫌的。」寶釵笑道：「將來也不過多費得一副嫁妝罷了，如今也愁不到這裏。」◎6黛玉聽了，不覺紅了臉，笑道：「人家才拿你當個正經人，把心裏的煩難告訴你聽，你反拿我取笑兒。」寶釵笑道：「雖是取笑兒，卻也是眞話。你放心，我在這裏一日，我與你消遣一日。你有什麼委曲煩難，只管告訴我，我能解的，自然替你解一日。我雖有個哥哥，你也是知道的，只有個母親比你略強些。咱們也算同病相憐。你也是個明白人，何必作『司馬牛之嘆※10』？你才說的也是，多一事不如省一事。我明日家去和媽媽說了，只怕我們家裏還有，與你送幾兩，每日叫丫頭們就熬了，又便宜，又不驚師動衆的。」黛玉忙笑道：「東西事小，難得你多情如此！」寶釵道：「這有什麼放在口裏的！只愁我人人跟前失於應候罷了。只怕你煩了，我且去了。」黛玉道：「晚上再來和我說句話。」寶釵答應著便去了，不在話下。

註

※10：代指沒有兄弟。司馬牛是孔子的學生，他曾感嘆說：「人皆有兄弟，我獨亡。」

評點

◎6.寶釵此一戲，直抵過通部黛玉之戲寶釵矣。又懇切，又眞情，又平和，又雅致，又不穿鑿，又不牽強。黛玉因識得寶釵後方吐眞情，寶釵亦識得黛玉後方肯戲也，此是大關節、大章法，非細心看不出。細思二人此時好看之極，眞是兒女小窗中喁喁也。（脂硯齋）

這裏黛玉喝了兩口稀粥，仍歪在床上，不想日未落時天就變了，淅淅瀝瀝下起雨來。秋霖脈脈，陰晴不定，那天漸漸的黃昏，且陰的沉黑，兼著那雨滴竹梢，更覺淒涼。知寶釵不能來，便在燈下隨便拿了一本書，卻是《樂府雜稿》，有《秋閨怨》《別離怨》等詞。黛玉不覺心有所感，亦不禁發於章句，遂成《代別離》※11一首，擬《春江花月夜》※12之格，乃名其詞曰《秋窗風雨夕》。其詞曰：

秋花慘淡秋草黃，耿耿※13秋燈秋夜長。
已覺秋窗秋不盡，那堪風雨助淒涼！
助秋風雨來何速！驚破秋窗秋夢綠。
抱得秋情不忍眠，自向秋屏移淚燭。
淚燭搖搖爇短檠※14，牽愁照恨動離情。
誰家秋院無風入？何處秋窗無雨聲？
羅衾不奈秋風力，殘漏聲催秋雨急。
連宵脈脈復颼颼，燈前似伴離人泣。
寒煙小院轉蕭條，疏竹虛窗時滴瀝。
不知風雨幾時休，已教淚灑窗紗濕。

吟罷擱筆，方要安寢，丫鬟報說：「寶二爺來了。」一語未完，只見寶玉頭上帶著大箬笠，身上

✣寶玉雨中披著蓑衣來看望黛玉。（朱士芳繪）

披著蓑衣。黛玉不覺笑了，說：「那裏來的漁翁！」寶玉忙問：「今兒好些？吃了藥沒有？今兒一日吃了多少飯？」一面說，一面摘了笠，脫了蓑衣，忙一手舉起燈來，一手遮住燈光，向黛玉臉上照了一照，覷著眼，細瞧了一瞧，笑道：「今兒氣色好了些。」

黛玉看脫了蓑衣，裏面只穿半舊紅綾短襖，繫著綠汗巾子，膝下露出油綠綢撒花褲子，底下是掐金滿繡的綿紗襪子，靸著蝴蝶落花鞋。黛玉問道：「上頭怕雨，底下這鞋襪子是不怕雨的？也倒乾淨。」寶玉笑道：「我這一套是全的。有一雙棠木屐，才穿了來，脫在廊檐上了。」黛玉又看那蓑衣斗笠不是尋常市賣的，十分細緻輕巧，因說道：「是什麼草編的？怪道穿上不像那刺猬似的。」寶玉道：「這三樣都是北靜王送的。他閑了下雨時在家裏也是這樣。你喜歡這個，我也弄一套來送你。別的都罷了，惟有這斗笠有趣，竟是活的。頭上的這頂兒是活的，冬天下雪，帶上帽子，就把竹信子抽了，去下頂子來，只剩了這圈子。下雪時，男女都戴得，我送你一頂，冬天下雪戴。」黛玉笑道：「我不要他。戴上那個，成個畫兒上畫的和戲上扮的漁婆兒了。」及說了出來，方想起話未忖奪，與方才說寶玉的話相連，後悔不及，羞的臉飛紅，便伏在桌上嗽個不住。◎7

註

※11：代：擬作。指《代別離》擬《別離怨》之類的作品而作。

※12：《春江花月夜》：樂府吳聲歌曲名。陳後主、隋煬帝及唐溫庭筠、張若虛等均有此作。

※13：隱隱有些光亮的樣子。

※14：指燭將燃完，燒及燈架。

評點

◎7．妙極之文。使黛玉自己直說出夫妻來，卻又云畫的扮的。本是閑談，卻是暗隱不吉之兆。所謂「畫兒中愛寵」是也，誰曰不然？（脂硯齋）

寶玉卻不留心，因見案上有詩，遂拿起來看了一遍，又不禁叫好。黛玉聽了，忙起來奪在手內，向燈上燒了。寶玉笑道：「我已背熟了，燒也無礙。」黛玉道：「我也好了許多，多謝你一天來幾次瞧我，下雨還來。這會子夜深了，我也要歇著，你且請回去，明兒再來。」寶玉聽說，回手向懷中掏出一個核桃大小的一個金表來，瞧了一瞧，那針已指到戌末亥初之間，忙又揣了，說道：「原該歇了，又擾的你勞了半日神。」說著，披蓑戴笠出去了，又翻身進來問道：「你想什麼吃？告訴我，我明兒一早回老太太，豈不比老婆子們說的明白？」黛玉笑道：「等我夜裏想著了，明兒早起告訴你。你聽雨越發緊了，快去罷。可有人跟著沒有？」有兩個婆子答應：「有人，外面拿著傘點著燈籠呢。」黛玉笑道：「這個天點燈籠？」寶玉道：「不相干，是明瓦[※15]的不怕雨。」黛玉聽說，回手向書架上把個玻璃繡球燈拿了下來，命點一支小蠟來，遞與寶玉，道：「這個又比那個亮，正是雨裏點的。」寶玉道：「我也有這麼一個，怕他們失腳滑倒打破了，所以沒點來。」黛玉道：「跌了燈值錢，跌了人值錢？你又穿不慣木屐子。那燈籠命他們前頭照著。這個又輕巧又亮，原是雨裏自己拿著的，你自己手裏拿著這個，豈不好？明兒再送來。就失了手也有限的，怎麼忽然又變出這『剖腹藏珠[※16]』的脾氣來！」寶玉聽說，連忙接了過來，前頭兩個婆子打著傘，提著明瓦燈，後頭還有兩個小丫鬟打著傘。寶玉便將這個燈遞與一個小丫頭捧著，寶玉扶著他的肩，一逕去了。

就有蘅蕪苑的一個婆子，也打著傘提著燈，送了一大包上等燕窩來，還有一包子潔粉梅片雪花洋糖。說：「這比買的強。姑娘說了：『姑娘先吃著，完了再送來。』」黛玉道：「回去說『費心』。」命他外頭坐了吃茶。婆子笑道：「不吃茶了，我還有事呢。」黛玉笑道：「我也知道你們忙。如今天又涼，夜又長，越發該會個夜局，痛賭兩場了。」婆子笑道：「不瞞姑娘說，今年我大沾光兒了。橫豎每夜各處有幾個上夜的人，誤了更，也不好，不如會個夜局，又坐了更，又解了悶。今兒又是我的頭家，如今園門關了，就該上場了。」◎8黛玉聽說，笑道：「難爲你。誤了你發財，冒雨送來。」命人給他幾百錢，打些酒吃，避避雨氣。那婆子笑道：「又破費姑娘賞酒吃。」說著，磕了一個頭，外面接了錢，打傘去了。

紫鵑收起燕窩，然後移燈下簾，伏侍黛玉睡下。黛玉自在枕上感念寶釵，一時又羨他有母兄；一面又想寶玉雖素日和睦，終有嫌疑。又聽見窗外竹梢蕉葉之上，雨聲淅瀝，清寒透幕，不覺又滴下淚來。直到四更將闌，方漸漸的睡了。暫且無話。要知端的——

註

※15：古代沒有玻璃，將蠣殼磨成半透明，嵌於窗間或燈架上代替玻璃。

※16：剖開肚子，把珠子藏在其中。比喻輕重倒置。

評點

◎8. 幾句閑話，將潭潭大宅夜間所有之事描寫一盡。雖偌大一園，且值秋冬之夜，豈不寥落哉？今用老嫗數語，更寫得每夜深人定之後，各處燈光燦爛，人煙簇集，柳陌之上，花巷之中，或提燈同酒，或寒月烹茶者，竟仍有絡繹人跡不絕，不但不見寥落，且覺更勝於日間繁華矣。此是大宅妙景，不可不寫出；又伏下後文，且又襯出後文之冷落。此閑話中寫出，正是不寫之寫也。（脂硯齋）

第四十六回

尷尬人難免尷尬事　鴛鴦女誓絕鴛鴦偶[1]

話說林黛玉直到四更將闌，方漸漸的睡去，暫且無話。如今且說鳳姐兒因見邢夫人叫他，不知何事，忙另穿戴了一番，坐車過來。邢夫人將房內人遣出，悄向鳳姐兒道：「叫你來不爲別事，有一件爲難的事，老爺托我，我不得主意，先和你商議。老爺因看上了老太太的鴛鴦，要他在房裏，叫我和老太太討去。我想這倒平常有的事，只是怕老太太不給，你可有法子？」鳳姐兒聽了，忙道：「依我說，竟別碰這個釘子去。老太太離了鴛鴦，飯也吃不下去的，那裏就捨得了？況且平日說起閑話來，老太太常說，老爺如今上了年紀，作什麼左一個小老婆右一個小老婆放在屋裏，沒的耽誤了人家。放著身子不保養，官兒也不好生作去，成日家和小老婆喝酒。太太聽這話，很喜歡老爺呢？這會子迴避還恐迴避不及，倒拿草棍兒

✣《增評補圖石頭記》第四十六回繪畫。（fotoe提供）

戳老虎的鼻子眼兒去了！太太別惱，我是不敢去的。明放著不中用，而且反招出沒意思來。老爺如今上了年紀，行事不妥，太太該勸才是。比不得年輕，作這些事無礙。如今兄弟、侄兒、兒子、孫子一大群，還這麼鬧起來，怎樣見人呢？」邢夫人冷笑道：「大家子三房四妾的也多，偏咱們就使不得？我勸了也未必依。就是老太太心愛的丫頭，這麼鬍子蒼白了又作了官的一個大兒子，要了作房裏人，也未必好駁回的。我叫了你來，不過商議商議，你先派上了一篇不是。也有叫你要去的理？自然是我說去。你倒說我不勸，你還不知道那性子的，勸不成，先和我惱了。」◎2

鳳姐兒知道邢夫人稟性愚強，只知承順賈赦以自保，次則婪取財貨為自得，家下一應大小事務俱由賈赦擺佈。◎3凡出入銀錢事務，一經他手，便克嗇※1異常，以賈赦浪費為名，「須得我就中儉省，方可償補」，兒女奴僕，一人不靠，一言不聽的。如今又聽邢夫人如此的話，便知他又弄左性※2，勸了不中用，連忙陪笑說道：「太太這話說的極是。我能活了多大，知道什麼輕重？想來父母跟前，別說一個丫頭，就是那麼大的活寶貝，不給老爺給誰？背地裏的話那裏信得？我竟是個呆子。璉二爺或有日得了不是，老爺太太恨的那樣，恨不得立刻拿來一下子打死；及至見了面，也罷了，依舊拿著老爺太太心

註

※1：刻薄、吝嗇。
※2：使性子鬧脾氣。

評點

◎1.此回亦有本而筆，非泛泛之筆也。只看他題綱用「尷尬」二字於邢夫人，可知包藏含蓄文字之中，莫能量也。（脂硯齋）

◎2.賈赦剛愎而多欲，邢夫人柔邪而多猜，是天生一對。夫妻其欲娶鴛鴦也，雖爲好色而起，實爲貪財而生。是時賈母已老，所有私財盡歸鴛鴦掌管，寶玉美而幼，賈母鍾愛之甚，他日成人受室，必爲寶玉有也。璉、鳳向外，各自爲謀，邢夫人不合親心，惟鴛鴦於賈母言聽計從，收之房中，既可因鴛鴦而聯絡賈母之心，又可借鴛鴦而覬覦賈母之財，此東窗下夫婦之祕計也。天良斷喪，禽獸幾希，抄封問罪，不亦宜乎！（青山山農）

◎3.這麼一位論勢力不如王夫人，論乖巧不如薛姨太，論閑談不如賈珍媳婦，論實權不如王熙鳳的人，以這副嘴臉，在那個環境中支撐，就剩了一條路，奉承賈赦以自保。邢夫人深知必不能沒有這樣一個靠山。不然，悽悽惶惶，日子怎麼過呢？所以遇事寧得罪老太太，也不得罪賈赦——下死勁也要向賈母給赦老爺討鴛鴦。（丁啓文）

愛的東西賞他。如今老太太待老爺自然也是那樣了。依我說，老太太今兒喜歡，要討今兒就討去。我先過去哄著老太太發笑，等太太過去了，我搭訕著走開，把屋子裏的人我也帶開，太太好和老太太說的。給了更好，不給也沒妨礙，衆人也不知道。」邢夫人見他這般說，便又喜歡起來，又告訴他道：「我的主意先不和老太太要。老太太要說不給，這事便死了。我心裏想著先悄悄的和鴛鴦說。他雖害臊，我細細的告訴了他，他自然不言語，就妥了。那時再和老太太說，老太太雖不依，擱不住他願意，常言『人去不中留』，自然這就妥了。」鳳姐兒笑道：「到底是太太有智謀，這是千妥萬妥的。別說是鴛鴦，憑他是誰，那一個不想巴高望上，不想出頭的？這半個主子不作，倒願意作個丫頭，將來配個小子就完了。」邢夫人笑道：「正是這個話了。別說鴛鴦，就是那些執事的大丫頭，誰不願意這樣呢。你先過去，別露一點風聲，我吃了晚飯就過來。」

鳳姐兒暗想：「鴛鴦素習是個可惡的，雖如此說，保不嚴他就願意。我先過去了，太太後過去，若他依了便沒話說；倘或不依，太太是多疑的人，只怕就疑我走了風聲，使他拿腔作勢的。那時太太又見應了我的話，羞惱變成怒，拿我出起氣來，倒沒意思。不如同著一齊過去了，他依也罷，不依也罷，就疑不到我身上了。」◎4 想畢，因笑道：「方才臨來，舅母那邊送了兩籠子鵪鶉，我吩咐他們炸了，原要趕太太晚飯上送過來的。我才進大門時，見小子們抬車，說太太的車拔了縫，拿去收拾去

了。不如這會子坐了我的車一齊過去倒好。」邢夫人聽了，便命人來換衣服。鳳姐忙著伏侍了一回，娘兒兩個坐車過來。鳳姐兒又說道：「太太過老太太那裏去，我若跟了去，老太太若問起我過去作什麼的，倒不好。不如太太先去，我脫了衣裳再來。」

邢夫人聽了有理，便自往賈母處，和賈母說了一回閑話，便出來假托往王夫人房裏去，從後門出去，打鴛鴦的臥房前過。只見鴛鴦正然坐在那裏作針線，見了邢夫人，忙站起來。邢夫人笑道：「作什麼呢？我瞧瞧，你扎的花兒越發好了。」一面說，一面便接他手內的針線瞧了一瞧，只管贊好。放下針線，又渾身打諒。只見他穿著半新的藕合色的綾襖，青緞掐牙背心，下面水綠裙子。蜂腰削背，鴨蛋臉面，烏油頭髮，高高的鼻子，兩邊腮上微微的幾點雀斑。

鴛鴦見這般看他，自己倒不好意思起來，心裏便覺詫異，因笑問道：「太太，這回子不早不晚的，過來作什麼？」邢夫人使個眼色兒，跟的人退出。邢夫人便坐下，拉著鴛鴦的手笑道：「我特來給你道喜來了。」鴛鴦聽了，心中已猜著三分，不覺臉紅，低了頭不發一言。聽邢夫人道：「你知道，你老爺跟前竟沒有個可靠的人，◎5心裏再要買一個，又怕那些人牙子※3家出來的不乾不淨，也不知道毛病兒，買了來家，三日兩日又要肏鬼吊猴的。因滿府裏要挑一個家生女兒收了，又沒個好的：不是模樣兒不好，就是性子不好，有了這個好處，沒了那個好處。因此冷眼選了半年，這些女

註

※3：即人口販子。舊時稱居間買賣的人為「牙子」。

評點

◎4. 我以爲賈母死後，邢夫人與鳳姐必發生很大的衝突，其結果鳳姐被休還家。這也是八十回後應有的文章。（俞平伯）

◎5. 說得得體。我正想開口一句不知如何說，如此則妙極是極，如聞如見。（脂硯齋）

孩子裏頭，就只你是個尖兒，模樣兒，行事作人，溫柔可靠，一概是齊全的。意思要和老太太討了你去，收在屋裏。你比不得外頭新買的，你這一進去了，進門就開了臉，就封你姨娘，又體面，又尊貴。你又是個要強的人，俗話說的，『金子終得金子換』，誰知竟被老爺看重了你。如今這一來，你可遂了素日志大心高的願了，也堵一堵那些嫌你的人的嘴。跟了我回老太太去！」說著拉了他的手就要走。鴛鴦紅了臉，奪手不行。邢夫人知他害臊，因又說道：「這有什麼臊處？你又不用說話，只跟著我就是了。」鴛鴦只低了頭不動身。邢夫人見他這般，便又說道：「難道你不願意不成？若果然不願意，可眞是個傻丫頭了。放著主子奶奶不作，倒願意作丫頭？三年二年，不過配上個小子，還是奴才。你跟了我們去，你知道我的性子又好，又不是那不容人的人。老爺待你們又好。過一年半載，生下個一男半女，你就和我並肩了。家裏人你要使喚誰，誰還不動？現成主子不作去，錯過這個機會，後悔就遲了。」◎[6]鴛鴦只管低了頭，仍是不語。邢夫人又道：「你這麼個響快人，怎麼又這樣積粘※[4]起來？有什麼不稱心之處，只管說與我，我管你遂心如意就是了。」鴛鴦仍不語。邢夫人又笑道：「想必你有老子娘，你自己不肯說話，怕臊。你等他們問你，這也是理。讓我問他們去，叫他們來問你，有話只管告訴他們。」說畢，便往鳳姐兒房中來。

鳳姐兒早換了衣服，因房內無人，便將此話告訴了平兒。平兒也搖頭笑道：「據我看，此事未必妥。平常我們背著人說起話來，聽他那主意未必是肯的。也只說著瞧罷了。」鳳姐兒道：「太太必來這屋裏商議。依了還可，若不依，白討個臊，當著你們，豈不臉上不好看。你說給他們炸鵪鶉，再有什麼配幾樣，預備吃飯。你且別處逛逛去，估量著去了再來。」平兒聽說，照樣傳給婆子們，便逍遙自在的往園子裏來。

＊　＊　＊

這裏鴛鴦見邢夫人去了，必在鳳姐兒房裏商議去了，必定有人來問他的，不如躲了這裏，◎7因找了琥珀說道：「老太太要問我，只說我病了，沒吃早飯，往園子裏逛逛就來。」琥珀答應了。鴛鴦也往園子裏來，各處遊頑，不想正遇見平兒。平兒因見無人，便笑道：「新姨娘來了！」鴛鴦聽了，便紅了臉，說道：「怪道你們串通一氣來算計我！等著我和你主子鬧去就是了。」平兒聽了，自悔失言，便拉他到楓樹底下，坐在一塊石上，索性把方才鳳姐過去回來所有的形景言詞，始末原由，告訴與他。鴛鴦紅了臉，向平兒冷笑道：「這是咱們好，比如襲人、琥珀、素雲、紫鵑、彩霞、玉釧兒、麝月、翠墨，跟了史姑娘去的翠縷，死了的可人和金釧，去了的茜雪，

註

※4：扭扭捏捏，不乾脆。

評點

◎6．邢夫人在賈府內的地位雖在一人之下、眾人之上，卻是極孤立、極不得人心的。老太太不以爲孝，兒女不以爲親，下人不以爲寬厚。不爲別的，只爲她沒情沒義，又稟性多疑，且太自私，往往不識事體。偏又好憑自己的地位使性子，動不動拿下人包括王熙鳳出氣，兒女奴僕一人不靠，一言不聽，這就少不得幹出道三不著兩的事來。（丁啓文）

◎7．終不免女兒氣，不知躲在那裏方無人來羅皂，寫得可憐可愛。（脂硯齋）

◎8連上你我，這十來個人，從小兒什麼話兒不說？什麼事兒不作？這如今因都大了，各自幹各自的去了，◎9然我心裏仍是照舊，有話有事，並不瞞你們。這話我且放在你心裏，且別和二奶奶說：別說大老爺要我作小老婆，就是太太這會子死了，他三媒六聘的娶我去作大老婆，我也不能去。」

平兒方欲笑答，只聽山石背後哈哈的笑道：「好個沒臉的丫頭，虧你不怕牙磣。」二人聽了，不免吃了一驚，忙起身向山石背後找尋，不是別人，卻是襲人笑著走了出來問：「什麼事情？告訴我。」說著，三人坐在石上。平兒又把方才的話說與襲人聽道：「真真這話論理不該我們說，這個大老爺太好色了，略平頭正臉的，他就不放手了。」平兒道：「你既不願意，我教你個法子，不用費事就完了。」鴛鴦道：「什麼法子？你說來我聽。」平兒笑道：「你只和老太太說，就說已經給了璉二爺了，大老爺就不好要了。」鴛鴦啐道：「什麼東西！你還說呢！前兒你主子不是這麼混說的？誰知應到今兒了！」襲人笑道：「他們兩個都不願意，我就和老太太說，叫老太太說把你已經許了寶玉了，大老爺也就死了心了。」◎10鴛鴦又是氣，又是臊，又是急，因罵道：「兩

✣ 鴛鴦和襲人雖然都是賈母親手調教出來的丫鬟，但是她們的目標和結局大不相同。（張羽琳繪）

個蹄子不得好死的！人家有爲難的事，拿著你們當正經人，告訴你們與我排解排解，你們倒替換著取笑兒。你們自爲都有了結果了，將來都是作姨娘的。據我看，天下的事未必都遂心如意。你們且收著些兒，別忒樂過了頭兒！」二人見他急了，忙陪笑央告道：「好姐姐，別多心，咱們從小兒都是親姐妹一般，不過無人處偶然取個笑兒。你的主意告訴我們知道，也好放心。」鴛鴦道：「什麼主意！我只不去就完了。」平兒搖頭道：「你不去未必得干休。大老爺的性子你是知道的。雖然你是老太太房裏的人，此刻不敢把你怎麼樣，將來難道你跟老太太一輩子不成？也要出去的。那時落了他的手，倒不好了。」鴛鴦冷笑道：「老太太在一日，我一日不離這裏；若是老太太歸西去了，他橫豎還有三年的孝呢，沒個娘才死了他先納小老婆的！等過三年，知道又是怎麼個光景，那時再說。縱到了至急爲難，我剪了頭髮作姑子去；不然，還有一死。一輩子不嫁男人，又怎麼樣？樂得乾淨呢！」平兒襲人笑道：「眞這蹄子沒了臉，越發信口兒都說出來了。」鴛鴦道：「事到如此，臊一會怎麼樣！你們不信，慢慢的看著就是了。太太才說了，找我老子娘去。我看他南京找去！」平兒道：「你的父母都在南京看房子，沒上來，終究也尋的著。現在還有你哥哥嫂子在這裏。可惜你是這裏的家生女兒，不如我們兩個人是單在這裏。」鴛鴦道：「家生女兒怎麼樣？『牛不吃水強按頭』？我不願意，難道殺我的老子娘不成！」

正說著，只見他嫂子從那邊走來。襲人道：「當時找不著你的爹娘，一定和你嫂

評點

◎8.余按此一算，亦是十二釵，眞鏡中花，水中月，雲中豹，林中之鳥，穴中之鼠，無數可考，無人可指，有跡可追，有形可據，九曲八折，遠響近影，迷離煙灼，縱橫隱現，千奇百怪，眩目移神，現千手千眼大遊戲法也。（脂硯齋）

◎9.此語已可傷，猶未「各自幹各自去」，日後更有各自之處也，知之乎！（脂硯齋）

◎10.鴛鴦正生氣時，又間敘平兒、襲人互相取笑，不但文有生趣，且見鴛鴦胸中早有定計。（王希廉）

子說了。」鴛鴦道：「這個娼婦專管是個『九國販駱駝的※5』，聽了這話，他有個不奉承去的！」說話之間，已來到跟前。他嫂子笑道：「那裏沒找到，姑娘跑了這裏來！你跟了我來，我和你說話。」平兒襲人都忙讓坐。他嫂子說：「姑娘們請坐，我找我們姑娘說句話。」襲人平兒都裝不知道，笑道：「什麼話這樣忙？我們這裏猜謎兒贏手批子打呢，等猜了這個再去。」鴛鴦道：「什麼話？你說罷。」他嫂子笑道：「你跟我來，到那裏我告訴你，橫豎有好話兒。」鴛鴦道：「可是大太太和你說的那話？」他嫂子笑道：「姑娘既知道，還奈何我！快來，我細細的告訴你，可是天大的喜事！」鴛鴦聽說，立起身來，照他嫂子臉上下死勁啐了一口，指著他罵道：「你快夾著屄嘴離了這裏，好多著呢！什麼『好話』！宋徽宗的鷹，趙子昂的馬，都是好畫兒※6。什麼『喜事』！狀元痘兒灌的漿兒又滿是喜事※7。怪道成日家羨慕人家女兒作了小老婆，一家子都仗著他橫行霸道的，一家子都成了小老婆了！看的眼熱了，也把我送在火坑裏去。我若得臉呢，你們在外頭橫行霸道，自己就封自己是舅爺了。我若不得臉敗了時，你們把忘八脖子一縮，生死由我！」一面說，一面哭，平兒襲人攔著勸。他嫂子臉上下不來，因說道：「願意不願意，你也好說，不犯著牽三掛四的。俗語說，『當著矮人，別說短話』。姑奶奶罵我，我不敢還言；這二位姑娘並沒惹著你，『小老婆』長，『小老婆』短，人家臉上怎麼過得去？」襲人平兒忙道：「你倒別這麼說，他也並不是說我們，你倒別牽三掛四的。你聽見那位太太、太爺們封我們

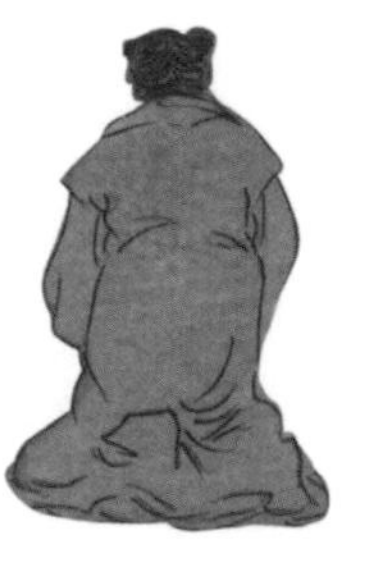

作小老婆？況且我們兩個也沒有爹娘哥哥兄弟在這門子裏仗著我們橫行霸道的。他罵的人自有他罵的，我們犯不著多心。」鴛鴦道：「他見我罵了他，他臊了，沒的蓋臉，又拿話挑唆你們兩個，幸虧你們兩個明白。原是我急了，也沒分別出來，他就挑出這個空兒來。」他嫂子自覺沒趣，賭氣去了。

鴛鴦氣的還罵，平兒襲人勸他一回，方才罷了。平兒因問襲人道：「你在那裏藏著作甚麼的？我們竟沒看見你。」襲人道：「我因爲往四姑娘房裏瞧我們寶二爺去的，誰知遲了一步，說是來家裏來了。我疑惑怎麼不遇見呢，想要往林姑娘家裏找去，又遇見他的人說也沒去。我這裏正疑惑是出園子去了，可巧你從那裏來了，我一閃，你也沒看見。後來他又來了。我從這樹後頭走到山子石後，我卻見你兩個說話來了，誰知你們四個眼睛沒見我。」

註

※5：比喻到處兜攬生意、鑽營圖利的人。

※6：歇後語。「畫兒」與「話兒」諧音。宋徽宗的鷹：宋徽宗趙佶以畫鷹著稱。趙子昂的馬：趙孟頫，字子昂，元代書畫家，擅長畫馬。

※7：歇後語。狀元痘：指天花痘疹。痘疹發出生命即可保無虞，故稱「喜事」。

✣ 鴛鴦嫂子勸她嫁給賈赦作妾，遭到一頓痛罵。（朱士芳繪）

一語未了，又聽身後笑道：「四個眼睛沒見你？你們六個眼睛竟沒見我！」三人唬了一跳，回身一看，不是別個，正是寶玉走來。◎[11]襲人先笑道：「叫我好找，你那裏來？」寶玉笑道：「我從四妹妹那裏出來，迎頭看見你來了，我就知道是找我去的，我就藏了起來哄你。看你趨著頭過去了，進了院子就出來了，逢人就問。我在那裏好笑，只等你到了跟前唬你一跳的，後來見你也藏藏躲躲的，我就知道也是要哄人了。我探頭往前看了一看，卻是他兩個，所以我就繞到你身後。你出去，我就躲在你躲的那裏了。」平兒笑道：「咱們再往後找找去，只怕還找出兩個人來也未可知。」寶玉笑道：「這可再沒了。」鴛鴦已知話俱被寶玉聽了，只伏在石頭上裝睡。寶玉推他笑道：「這石頭上冷，咱們回房裏去睡，豈不好？」說著拉起鴛鴦來，又忙讓平兒來家坐吃茶。平兒和襲人都勸鴛鴦走，鴛鴦方立起身來，四人竟往怡紅院來。寶玉將方才的話俱已聽見，心中自然不快，只默默的歪在床上，任他三人在外間說笑。

那邊邢夫人因問鳳姐兒鴛鴦的父母，鳳姐因回說：「他爹的名字叫金彩，◎[12]兩口子都在南京看房子，從不大上京。他哥哥金文翔，現在是老太太那邊的買辦。他嫂子也是老太太那邊漿洗的頭兒。」◎[13]邢夫人便命人叫了他嫂子金文翔媳婦來，細細說與他。金家媳婦自是喜歡，興興頭頭找鴛鴦，只望一說必妥，不想被鴛鴦搶白一頓，又被襲人平兒說了幾句，羞惱回來，便對邢夫人說：「不中用，他倒罵了我一場。」因鳳姐兒在旁，不敢提平兒，只說：「襲人也幫著他搶白我，說了許多不知好歹的話，回不得主子的。太太和老爺商議再買罷。諒那小蹄子也沒有這麼大福，我們也沒有這麼大造化。」邢夫人聽了，因說道：「又與襲人什麼相干？他們如何知道的？」又問：「還有誰在跟前？」金家的道：「還有平姑娘。」鳳姐兒忙道：「你不該拿嘴巴子打他回來？我一出了門，他就逛去了，回家來連一個影兒也摸不著他！他必定也幫著說什麼呢！」金家的道：「平姑娘沒在跟前，遠遠的看著倒像是他，可也不眞切，不過是我白忖度。」鳳姐便命人去：「快打了他來，告訴他我來家了，太太也在這裏，請他來幫個忙兒。」豐兒忙上來回道：「林姑娘打發了人下請字請了三四次，他才去了。奶奶一進門，我就叫他去的。林姑娘說：『告訴你奶奶，我煩他有事呢。』」鳳姐兒聽了方罷，故意的還說「天天煩他，有些什麼事！」

邢夫人無計，吃了飯回家，晚間告訴了賈赦。賈赦想了一想，即刻叫賈璉來說：「南京的房子還有人看著，不止一家，即刻叫上金彩來。」賈璉回道：「上次南京信來，金彩已經得了痰迷心竅，那邊連棺材銀子都賞了，不知如今是死是活，便是活著，人事不知，叫來也無用。他老婆子又是個聾子。」賈赦聽了，喝了一聲，又罵：「下流囚攮的！偏你這麼知道，還不離了我這裏！」唬得賈璉退出，一時又叫傳金文翔。賈璉在外書房伺候著，又不敢家去，又不敢見他父親，只得聽著。一時金文翔來了，小么兒們直帶入二門裏去，隔了五六頓飯的工夫才出來去了。賈璉暫且不敢打聽，隔了一會，又打聽賈赦睡了，方才過來。至晚間鳳姐兒告訴他，方才明白。

◎11.通部情案，皆必從石兄掛號，然各有各稿，穿插神妙。（脂硯齋）

◎12.姓金名彩，由「鴛鴦」二字化出，因文而生文也。（脂硯齋）

◎13.只鴛鴦一家，寫得榮府中人各有各職，如目已睹。（脂硯齋）

鴛鴦一夜沒睡，至次日，他哥哥回賈母接他家去逛逛，賈母允了，命他出去。鴛鴦意欲不去，又怕賈母疑心，只得勉強出來。他哥哥只得將賈赦的話說與他，又許他怎麼體面，又怎麼當家作姨娘。鴛鴦只咬定牙不願意。他哥哥無法，少不得去回覆了賈赦。賈赦怒起來，因說道：「我這話告訴你，叫你女人向他說去，就說我的話：『自古嫦娥愛少年』，他必定嫌我老了，大約他戀著少爺們，多半是看上了寶玉，只怕也有賈璉。果有此心，叫他早早歇了心，我要他不來，以後誰還敢收？此是一件。第二件，想著老太太疼他，將來自然往外聘作正頭夫妻去。叫他細想，憑他嫁到誰家，也難出我的手心。除非他死了，或是終身不嫁男人，我就伏了他！若不然時，叫他趁早回心轉意，有多少好處。」◎14賈赦說一句，金文翔應一聲「是」。賈赦道：「你別哄我，我明兒還打發你太太過去問鴛鴦，你們說了，他不依，便沒你們的不是。若問他，他再依了，仔細你的腦袋！」

金文翔忙應了又應，退出回家，也等不得告訴他女人轉說，竟自己對面說了這話。把個鴛鴦氣的無話可回，想了一想，便說道：「便願意去，也須得你們帶了我回

✣ 鴛鴦鉸髮明志，誓死不嫁賈赦。（朱士芳繪）

聲老太太去。」他哥嫂聽了，只當回想過來，都喜之不勝。他嫂子即刻帶了他上來見賈母。

可巧王夫人、薛姨媽、李紈、鳳姐兒、寶釵等姐妹並外頭的幾個執事有頭臉的媳婦，都在賈母跟前湊趣兒呢。鴛鴦喜之不盡，拉了他嫂子，到賈母跟前跪下，一行哭，一行說，把邢夫人怎麼來說，園子裏他嫂子又如何說，今兒他哥哥又如何說，「因爲不依，方才大老爺索性說我戀著寶玉，不然要等著往外聘，我到天上，這一輩子也跳不出他的手心去，終久要報仇。我是橫了心的，當著衆人在這裏，我這一輩子莫說是『寶玉』，便是『寶金』『寶銀』『寶天王』『寶皇帝』，橫豎不嫁人就完了！就是老太太逼著我，我一刀抹死了，也不能從命！若有造化，我死在老太太之先；若沒造化，該討吃的命，伏侍老太太歸了西，我也不跟著我老子娘哥哥去，我或是尋死，或是剪了頭髮當尼姑去！若說我不是眞心，暫且拿話來支吾，日後再圖別的，天地鬼神，日頭月亮照著嗓子，從嗓子裏頭長疔爛了出來，爛化成醬在這裏！」原來他一進來時，便袖了一把剪子，一面說著，一面左手打開頭髮，右手便鉸。衆婆娘丫鬟忙來拉住，已剪下半綹來了。衆人看時，幸而他

✣ 連襲人都忍不住說賈赦太下作了，略有個平頭正臉的都不放過，可見賈赦的無恥無德，這樣的老男人果然濁臭逼人。（張羽琳繪）

評點

◎14.賈赦色中之厲鬼，賈珍色中之靈鬼，賈璉色中之餓鬼，寶玉色中之精細鬼，賈環色中之偷生鬼，賈蓉色中之刁鑽鬼，賈瑞色中之饞癆鬼，薛蟠色中之冒失鬼。（二知道人）

的頭髮極多，鉸的不透，連忙替他挽上。賈母聽了，氣的渾身亂戰，口內只說：「我通共剩了這麼一個可靠的人，他們還要來算計！」因見王夫人在旁，便向王夫人道：「你們原來都是哄我的！外頭孝敬，暗地裏盤算。有好東西也來要，有好人也要，剩了這麼個毛丫頭，見我待他好了，你們自然氣不過，弄開了他，好擺弄我！」王夫人忙站起來，不敢還一言。◎15薛姨媽見連王夫人怪上，反不好勸的了。李紈一聽見鴛鴦的話，早帶了姐妹們出去。探春有心的人，想王夫人雖有委曲，如何敢辯；薛姨媽也是親姐妹，自然也不好辯的；寶釵也不便為姨母辯；李紈、鳳姐、寶玉一概不敢辯；這正用著女孩兒之時，迎春老實，惜春小，因此，窗外聽了一聽，便走進來陪笑向賈母道：「這事與太太什麼相干？老太太想一想，也有大伯子要收屋裏的人，小嬸子如何知道？便知道，也推不知道。」猶未說完，賈母笑道：「可是我老糊塗了！姨太太別笑話我。你這個姐姐他極孝順我，不像我那大太太一味怕老爺，婆婆跟前不過應景兒。可是委曲了他。」薛姨媽只答應「是」，又說：「老太太偏心，多疼小兒子媳婦，也是有的。」賈母道：「不偏心！」因又說：「寶玉，我錯怪了你娘，你怎麼也不提

✣ 迎春賞梅。迎春個性老實，遇事常躲到一處。（《紅樓夢煙標精華》杜春耕編著，北京圖書館出版社提供）

我，看著你娘受委曲？」寶玉笑道：「我偏著娘說大爺大娘不成？通共一個不是，我娘在這裏不認，卻推誰去？我倒要認是我的不是，老太太又不信。」賈母笑道：「這也有理。你快給你娘跪下，你說：太太別委曲了，老太太有年紀了，看著寶玉罷。」寶玉聽了，忙走過去，便跪下要說，王夫人忙笑著拉他起來，說：「快起來，快起來，斷乎使不得。終不成你替老太太給我賠不是不成？」寶玉聽說，忙站起來。賈母又笑道：「鳳姐兒也不提我。」◎16鳳姐兒笑道：「我倒不派老太太的不是，老太太倒尋上我了？」賈母聽了，與衆人都笑道：「這可奇了！倒要聽聽這不是。」鳳姐兒道：「誰教老太太會調理人，調理的水蔥兒似的，怎麼怨得人要？我幸虧是孫子媳婦，若是孫子，我早要了，還等到這會子呢。」賈母笑道：「這倒是我的不是了？」鳳姐兒笑道：「自然是老太太的不是了。」賈母笑道：「這樣，我也不要了，你帶了去罷！」鳳姐兒道：「等著修了這輩子，來生托生男人，我再要罷。」賈母笑道：「你帶了去，給璉兒放在屋裏，看你那沒臉的公公還要不要了！」鳳姐兒道：「璉兒不配，就只配我和平兒這一對燒糊了的捲子※8和他混罷。」說的衆人都笑起來了。丫鬟回說：「大太太來了。」王夫人忙迎了出去。要知端的——

註

※8：比喻貌醜。

水蔥，別名：管子草、翠管草。根莖粗壯，橫生在水下泥土中。常用來比喻女子體態輕盈。（徐曄春提供）

評點

◎15.千奇百怪，王夫人亦有罪乎？老人家遷怒之言，必應如此。（脂硯齋）

◎16.阿鳳也有了罪。奇奇怪怪之文，所謂《石頭記》不是作出來的。（脂硯齋）

呆霸王調情遭苦打　冷郎君懼禍走他鄉

話說王夫人聽見邢夫人來了，連忙迎了出去。邢夫人猶不知賈母已知鴛鴦之事，正還要來打聽信息，進了院門，早有幾個婆子悄悄的回了他，他方知道。待要回去，裏面已知，又見王夫人接了出來，少不得進來，先與賈母請安，賈母一聲兒不言語，自己也覺得愧悔。鳳姐兒早指一事迴避了。鴛鴦也自回房去生氣。薛姨媽王夫人等恐礙著邢夫人的臉面，也都漸漸的退了。邢夫人且不敢出去。

賈母見無人，方說道：「我聽見你替你老爺說媒來了。你倒也三從四德※1，只是這賢慧也太過了！你們如今也是孫子兒子滿眼了，你還怕他，勸兩句都使不得？還由著你老爺性兒鬧。」邢夫人滿面通紅，回道：「我勸過幾次不依。老太太還有什麼不知道呢，我也是不得已兒。」賈母道：「他逼著你殺人，

✣《增評補圖石頭記》第四十七回繪畫。（fotoe提供）

你也殺去？如今你也想想，你兄弟媳婦本來老實，又生得多病多痛，上上下下那不是他操心？你一個媳婦雖然幫著，也是天天「丟下笆兒弄掃帚」。凡百事情，我如今都自己減了。他們兩個就有一些不到的去處，有鴛鴦，那孩子還心細些，我的事情他還想著一點子，該要去的，他就要了來，該添什麼，他就度空兒告訴他們添了。鴛鴦再不這樣，他娘兒兩個，裏頭外頭，大的小的，那裏不忽略一件半件？我如今反倒自己操心去不成？還是天天盤算和你們要東西去？我這屋裏有的沒的，剩了他一個，年紀也大些，我凡百的脾氣性格兒他還知道些。二則他還投主子們的緣法，也並不指著我和這位太太要衣裳去，又和那位奶奶要銀子去。所以這幾年一應事情，他說什麼，從你小嬸和你媳婦起，以至家下大大小小，沒有不信的。所以不單我得靠，連你小嬸媳婦也都省心。我有了這麼個人，便是媳婦和孫子媳婦有想不到的，我也不得缺了，也沒氣可生了。這會子他去了，你們弄個什麼人來我使？你們就弄他那麼一個眞珠的人來，不會說話也無用。我正要打發人和你老爺說去，他要什麼人，我這裏有錢，叫他只管一萬八千的買，就只這個丫頭不能。留下他伏侍我幾年，就比他日夜伏侍我盡了孝的一般。你來的也巧，你就去說，更妥當了。」

說畢，命人來：「請了姨太太你姑娘們來說個話兒，才高興，怎麼又都散了！」丫頭們忙答應著去了。衆人忙趕的又來。只有薛姨媽向丫鬟道：「我才來了，又作什

註

※1：施於婦女的封建禮教。三從：指的是未嫁從父，既嫁從夫，夫死從子。四德：婦德、婦言、婦容、婦功。

麼去？你就說我睡了覺了。」那丫頭道：「好親親的姨太太，姨祖宗！我們老太太生氣呢，你老人家不去，沒個開交了，只當疼我們罷！你老人家嫌乏，我背了你老人家去。」薛姨媽笑道：「小鬼頭兒，你怕些什麼？不過罵幾句完了。」說著，只得和這小丫頭子走來。賈母忙讓坐，又笑道：「咱們鬥牌罷。姨太太的牌也生，咱們一處坐著，別叫鳳丫頭混了我們去。」薛姨媽笑道：「正是呢，老太太替我看著些兒。就是咱們娘兒四個鬥呢，還是再添個呢？」王夫人笑道：「可不只四個。」鳳姐兒道：「再添一個人熱鬧些。」賈母道：「叫鴛鴦來，叫他在這下手裏坐著。姨太太眼花了，咱們兩個的牌都叫他瞧著些兒。」鳳姐兒嘆了一聲，向探春道：「你們知書識字的，倒不學算命！」探春道：「這又奇了。這會子你倒不打點精神贏老太太幾個錢，又想算命。」鳳姐兒道：「我正要算算命今兒該輸多少呢，我還想贏呢！你瞧瞧，場子沒上，左右都埋伏下了。」說的賈母薛姨媽都笑起來。

一時鴛鴦來了，便坐在賈母下手，鴛鴦之下便是鳳姐兒。鋪下紅毡，洗牌告么，五人起牌。鬥了一回，鴛鴦見賈母的牌已十嚴，只等一張二餅，便遞了暗號與鳳姐兒。鳳姐兒正該發牌，便故意躊躇了半晌，笑道：「我這一張牌定在姨媽手裏扣著呢。我若不發這一張，再頂不下來的。」薛姨媽道：「我手裏並沒有你的牌。」鳳姐兒道：「我回來是要查的。」薛姨媽道：「你只管查。你且發下來，我瞧瞧是張什麼。」鳳姐兒便送在薛姨媽跟前。薛姨媽一看是個二餅，便笑道：「我倒不稀罕他，只怕老太太滿了。」鳳姐兒聽了，忙笑道：「我發錯了。」賈母笑的已擲下牌來，說：「你敢拿回去！誰叫你錯的不成？」鳳姐兒道：「可是我要算一算命呢？這是自己發的，也怨埋伏！」賈母笑道：「可是呢，你自己該打著你那嘴，問著你自己才是。」又向薛姨媽笑道：「我不是小器愛贏錢，原是個彩頭兒。」薛姨媽笑道：「可不是這樣，那裏有那樣糊塗人說老太太愛錢呢？」鳳姐兒正數著錢，聽了這話，忙又把錢穿上了，向衆人笑道：「夠了我的了。竟不爲贏錢，單爲贏彩頭兒。我到底小器，輸了就數錢，快收起來罷。」賈母規矩是鴛鴦代洗牌，因和薛姨媽說笑，不見鴛鴦動手，賈母道：「你怎麼惱了，連牌也不替我洗？」鴛鴦拿起牌來，笑道：「二奶奶不給錢。」賈母道：「他不給錢，那是他交運了。」便命小丫頭子：「把他那一吊錢※2都拿過來！」小丫頭子眞就拿了，擱在賈母旁邊。鳳姐兒笑道：「賞我罷！我照數兒給就是了。」薛姨媽笑道：「果然是鳳丫頭小器，不過是頑兒罷了。」鳳姐聽說，便站起來，拉著薛姨媽，回頭指著賈母素日放錢的一個木匣子笑道：「姨媽瞧瞧，那個裏頭不知頑了我多少去了！這一吊錢頑不了半個時辰，那裏頭的錢就招手兒叫他了。只等把這一吊也叫進去了，牌也不用鬥了，老祖宗的氣也平了，又有正經事差我辦去了。」話說未完，引的賈母衆人笑個不住。偏有平兒怕錢不夠，又送了一吊來。鳳姐兒道：「不用放在我跟前，也放在老太太的那一處罷。一齊叫進去倒省事，

註

※2：吊，量詞。舊時使用銅錢，一個叫一文，一千文叫「一吊」。

不用作兩次，叫箱子裏的錢費事。」賈母笑的手裏的牌撒了一桌子，推著鴛鴦，叫：「快撕他的嘴！」

平兒依言放下錢，也笑了一回，方回來。至院門前遇見賈璉，問他「太太在那裏呢？老爺叫我請過去呢。」平兒忙笑道：「在老太太跟前呢，站了這半日還沒動呢。趁早兒丟開手罷。老太太生了半日氣，這會子虧二奶奶湊了半日趣兒，才略好了些。」賈璉道：「我過去只說討老太太的示下，十四往賴大家去不去，好預備轎子。又請了太太，又湊了趣兒，豈不好？」平兒笑道：「依我說，你竟不去罷。合家子連太太寶玉都有了不是，這會子你又填限※3去了。」賈璉道：「已經完了，難道還找補不成？況且與我又無干。二則老爺親自吩咐我請太太的，這會子我打發了人去，倘或知道了，正沒好氣呢，指著這個拿我出氣罷。」說著就走。平兒見他說的有理，也便跟了過來。

賈璉到了堂屋裏，便把腳步放輕了，往裏間探頭，只見邢夫人站在那裏。鳳姐兒眼尖，先瞧見了，使眼色兒不命他進來，又使眼色與邢夫人。邢夫人不便就走，只得倒了一碗茶來，放在賈母跟前。賈母一回身，賈璉不防，便沒躲伶俐。賈母便問：

✣ 賈母、薛姨媽、鳳姐等鬥牌，平兒怕錢不夠，又送了一吊來。（朱士芳繪）

「外頭是誰？倒像個小子一伸頭。」鳳姐兒忙起身說：「我也恍惚看見一個人影兒，讓我瞧瞧去。」一面說，一面起身出來。賈璉忙進去，陪笑道：「打聽老太太十四可出門？好預備轎子。」賈母道：「既這麼樣，怎麼不進來？又作鬼作神的。」賈璉陪笑道：「見老太太頑牌，不敢驚動，不過叫媳婦出來問問。」賈母忙道：「就忙到這一時，等他家去，你問多少問不得？那一遭兒你這麼小心來著！又不知是來作耳報神的，也不知是來作探子的，鬼鬼祟祟的，倒唬了我一跳。什麼好下流種子！你媳婦和我頑牌呢，還有半日的空兒，你家去再和那趙二家的商量治你媳婦去罷。」說著，衆人都笑了。鴛鴦笑道：「鮑二家的，老祖宗又拉上趙二家的。」賈母也笑道：「可是，我那裏記得什麼抱著背著的，提起這些事來，不由我不生氣！我進了這門子作重孫子媳婦起，到如今我也有了重孫子媳婦了，連頭帶尾五十四年，憑著大驚大險千奇百怪的事，也經了些，從沒經過這些事。還不離了我這裏呢！」

賈璉一聲兒不敢說，忙退了出來。平兒站在窗外悄悄的笑道：「我說著你不聽，到底碰在網裏了。」正說著，只見邢夫人也出來，賈璉道：「都是老爺鬧的，如今都搬在我和太太身上。」邢夫人道：「我把你沒孝心雷打的下流種子！人家還替老子死呢，白說了幾句，你就抱怨了。你還不好好的呢，這幾日生氣，仔細他捶你！」賈璉道：「太太快過去罷，叫我來請了好半日了。」說著，送他母親出來過那邊去。

註

※3：代人受過、湊上去自討沒趣。

邢夫人將方才的話只略說了幾句，賈赦無法，又含愧，自此便告病，且不敢見賈母，只打發邢夫人及賈璉每日過去請安。只得又各處遣人購求尋覓，終久費了八百兩銀子買了一個十七歲的女孩子來，名喚嫣紅，收在屋內。不在話下。◎1

這裏鬥了半日牌，吃晚飯才罷。此一二日間無話。

＊　＊　＊

展眼到了十四日，黑早，賴大的媳婦又進來請。賈母高興，便帶了王夫人薛姨媽及寶玉姐妹等，到賴大花園中坐了半日。那花園雖不及大觀園，卻也十分齊整寬闊，泉石林木，樓閣亭軒，也有好幾處驚人駭目的。外面廳上，薛蟠、賈珍、賈璉、賈蓉並幾個近族的，很遠的也沒來，賈赦也沒來。賴大家內也請了幾個現任的官長並幾個世家子弟作陪。因其中有個柳湘蓮，薛蟠自上次會過一次，已念念不忘。又打聽他最喜串戲，且串的都是生旦風月戲文，不免錯會了意，誤認他作了風月子弟，正要與他相交，恨沒有個引進；這日可巧遇見，竟覺無可不可。且賈珍等也慕他的名，酒蓋住了臉，就求他串了兩齣戲。下來，移席和他一處坐著，問長問短，說此說彼。

那柳湘蓮原是世家子弟，讀書不成，父母早喪，素性爽俠，不拘細事，酷好耍槍舞劍，賭博吃酒，以至眠花臥柳，吹笛彈箏，無所不為。因他年紀又輕，生的又美，不知他身分的人，卻誤認作優伶一類。◎2那賴大之子賴尚榮與他素習交好，故他今

✣ 賴大。他和兄弟賴二分別擔任榮國府和寧國府大總管。（《紅樓夢煙標精華》杜春耕編著，北京圖書館出版社提供）

日請來作陪。不想酒後別人猶可，獨薛蟠又犯了舊病。他心中早已不快，得便意欲走開完事，無奈賴尚榮死也不放。賴尚榮又說：「方才寶二爺又囑咐我，才一進門雖見了，只是人多不好說話，叫我囑咐你散的時候別走，他還有話說呢。你既一定要去，等我叫出他來，你兩個見了再走，與我無干。」說著，便命小廝們到裏頭找一個老婆子，悄悄告訴：「請出寶二爺來。」那小廝去了沒一盞茶時，果見寶玉出來了。賴尚榮向寶玉笑道：「好叔叔，把他交給你，我張羅人去了。」說著，一逕去了。

寶玉便拉了柳湘蓮到廳側小書房中坐下，問他這幾日可到秦鐘的墳上去了。◎3 湘蓮道：「怎麼不去？前日我們幾個人放鷹※4去，離他墳上還有二里。我想今年夏天的雨水勤，恐怕他的墳站不住。我背著眾人走去瞧了一瞧，果然又動了一點子。回家來就便弄了幾百錢，第三日一早出去，雇了兩個人收拾好了。」寶玉道：「怪道呢！上月我們大觀園的池子裏結了蓮蓬，我摘了十個，叫茗煙出去到墳上供他去，回來我也問他可被雨沖壞了沒有。他說不但不沖，且比上回又新了些。我想著，不過是這幾個朋友新築了。我只恨我天天圈在家裏，一點兒作不得主，行動就有人知道，不是這個攔，就是那個勸的，能說不能行。雖然有錢，又不由我使。」湘蓮道：「這個事也用不著你操心，外頭有我，你只心裏有了就是。眼前十月初一，我已經打點下上墳的花銷。你知道我一貧如洗，家裏是沒的積聚，縱有幾個錢來，隨手就光的，不如趁空兒

註

※4：打獵的別稱。獵人打獵常放獵鷹出去。

評點

◎1.賈赦一生混蛋，冷子興偏說是「平靜中和」。觀其夕陽大好已近黃昏，而尚垂涎鴛鴦，硬施威力，其後卒以八百兩得一嫣紅，可見一腔欲火，滿身俗骨。（野鶴）

◎2.柳湘蓮有古俠士風，觀其姓名，其人必風姿濯濯，出淤泥而不染者。（二知道人）

◎3.近幾回不見提此人，自謂不表矣。乃忽於此處柳湘蓮提及，所謂「方以類聚，物以群分」也。（脂硯齋）

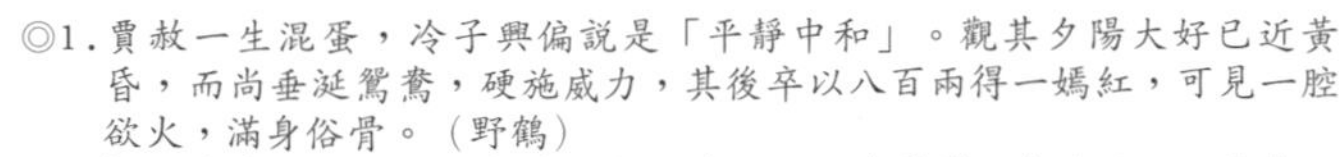

留下這一分，省得到了跟前扎煞手※5。」寶玉道：「我也正為這個要打發茗煙找你，你又不大在家，知道你天天萍蹤浪跡，沒個一定的去處。」湘蓮道：「這也不用找我。這個事不過各盡其道。眼前我還要出門去走走，外頭逛個三年五載再回來。」◎4寶玉聽了，忙問道：「這是為何？」柳湘蓮冷笑道：「你不知道我的心事，等到跟前你自然知道。我如今要別過了。」寶玉道：「好容易會著，晚上同散豈不好？」湘蓮道：「你那令姨表兄還是那樣，再坐著未免有事，不如我迴避了倒好。」寶玉想了一想，說道：「既是這樣，倒是迴避他為是。只是你要果真遠行，必須先告訴我一聲，千萬別悄悄的去了。」說著便滴下淚來。柳湘蓮道：「自然要辭的。你只別和別人說就是。」說著便站起來要走，又道：「你們進去，不必送我。」

一面說，一面出了書房。剛至大門前，早遇見薛蟠在那裏亂嚷亂叫說：「誰放了小柳兒走了！」柳湘蓮聽了，火星亂迸，恨不得一拳打死，復思酒後揮拳，又礙著賴尚榮的臉面，只得忍了又忍。薛蟠忽見他走出來，如得了珍寶，忙趔趄著上來一把拉住，笑道：「我的兄弟，你往那裏去了？」湘蓮道：「走走就來。」薛蟠笑道：「好兄弟，你一去都沒興了，好歹坐一坐，你就疼我了。◎5憑你有什麼要緊的事，交給哥，你只別忙，有你這個哥，你要作官發財都容易。」湘蓮見他如此不堪，心中又恨又愧，早生一計，便拉他到避人之處，笑道：「你真心和我好，假心和我好呢？」薛蟠聽這話，喜的心癢難撓，乜斜著眼忙笑道：「好兄弟，你怎麼問起我這話來？我

要是假心，立刻死在眼前！」湘蓮道：「既如此，這裏不便。等坐一坐，我先走，你隨後出來，跟到我下處，咱們替另喝一夜酒。我那裏還有兩個絕好的孩子※6，從沒出門。你可連一個跟的人也不用帶，到了那裏，伏侍的人都是現成的。」薛蟠聽如此說，喜的酒醒了一半，說：「果然如此？」湘蓮道：「如何！人拿眞心待你，你倒不信了！」薛蟠忙笑道：「我又不是呆子，怎麼有個不信的呢！既如此，我又不認得，你先去了，我在那裏找你？」湘蓮道：「我這下處在北門外頭，你可捨得家，城外住一夜去？」薛蟠笑道：「有了你，我還要家作什麼！」湘蓮道：「既如此，我在北門外頭橋上等你。咱們席上且吃酒去。你看我走了之後，你再走，他們就不留心了。」薛蟠聽了連忙答應。於是二人復又入席，飲了一回。那薛蟠難熬，只拿眼看湘蓮，心內越想越樂，左一壺，右一壺，並不用人讓，自己便吃了又吃，不覺酒已八九分了。

湘蓮便起身出來，瞅人不防去了，至門外，命小廝杏奴：「先家去罷，我到城外就來。」說畢，已跨馬直出北門，橋上等候薛蟠。沒頓飯時工夫，只見薛蟠騎著一匹大馬，遠遠的趕了來，張著嘴，瞪著眼，頭似撥浪鼓一般不住左右亂瞧，及至從湘蓮馬前過去，只顧望遠處瞧，不曾留心近處，

註

※5：指沒有辦法。扎煞：張開。

※6：指男妓。

✣ 薛蟠，慣於拈花惹草，疏於實際事務。（《紅樓夢煙標精華》杜春耕編著，北京圖書館出版社提供）

評點

◎4. 儘管一貧如洗，又能夠經常與富貴人家來往，可柳湘蓮從不依附於任何人，無論在金錢上，還是在人格上。同是寶玉的男性朋友，柳湘蓮與秦鐘、蔣玉菡在人格上不可同日而語。（閻秀平）

◎5. 奇談，此亦是阿呆。（脂硯齋）

反踩過去了。湘蓮又是笑，又是恨，便也撒馬隨後趕來。薛蟠往前看時，漸漸人煙稀少，便又圈馬回來再找，不想一回頭見了湘蓮，如獲奇珍，◎6忙笑道：「我說你是個再不失信的。」湘蓮笑道：「快往前走，仔細人看見跟了來，就不便了。」說著，先就撒馬前去，薛蟠也緊緊的跟來。

湘蓮見前面人跡已稀，且有一帶葦塘，便下馬，將馬拴在樹上，向薛蟠笑道：「你下來，咱們先設個誓，日後要變了心，告訴人去的，便應了誓。」薛蟠笑道：「這話有理。」連忙下了馬，也拴在樹上，便跪下說道：「我要日久變心，告訴人去的，天誅地滅！」◎7一語未了，只聽「噹」的一聲，頸後好似鐵錘砸下來，只覺得一陣黑，滿眼金星亂迸，身不由己，便倒下來，湘蓮走上來瞧瞧，知道他是個笨家，不慣捱打，只使了三分氣力，向他臉上拍了幾下，登時便開了果子鋪※7。薛蟠先還要掙挫起來，又被湘蓮用腳尖點了兩點，仍舊跌倒，口內說道：「原是兩家情願，你不依，只好說，爲什麼哄出我來打我？」一面說，一面亂罵。湘蓮道：「我把你瞎了眼的，你認認柳大爺是誰！你不說哀求，你還傷我！我打死你也無益，只給你個利害罷。」說著，便取了馬鞭過來，從背至脛，打了三四十下。薛蟠酒已醒了大半，覺得疼痛難禁，不禁有「噯喲」之聲。湘蓮冷笑道：「也只如此！我只當你是不怕打的。」一面說，一面又把薛蟠的左腿拉起來，朝葦中濘泥處拉了幾步，滾的滿身泥水，又問道：「你可認得我了？」◎8薛蟠不應，只伏著哼哼。湘蓮又擲下鞭子，用拳頭向他身上擂了幾下。薛蟠便亂滾亂叫，說：「肋條折了。我知道你是正經人，因爲我錯聽了旁人的話了。」湘蓮道：「不用拉別人，你只說現在的。」薛蟠道：「現在沒什麼說的。不過你是個正經人，我錯了。」湘蓮道：「還要說軟些才饒你。」薛蟠哼哼著道：「好兄弟。」湘蓮便又一拳。薛蟠「噯」了一聲道：「好哥哥。」湘蓮又連兩拳；薛蟠忙「噯喲」叫道：「好老爺，饒了我這沒眼睛的瞎子罷！從今以後，我敬你怕你了。」湘蓮道：「你把那水喝兩口。」薛蟠一面聽了，一面皺眉道：「那水髒得很，怎麼喝得下去！」湘蓮舉拳就打。薛蟠忙道：「我喝，喝。」說著，只得俯頭向葦根下喝了一口，猶未咽下去，只聽「哇」的一聲，把方才吃的東西都吐了出來。湘蓮道：「好髒東西，你快吃盡了饒你。」薛蟠聽了，叩頭不迭，道：「好歹積陰功饒我罷！這至死不能吃的。」湘蓮道：「這樣氣息，倒薰壞了我。」說著丟下薛蟠，便牽馬認鐙※8去了。這裏薛蟠見他已去，心內方放下心來，後悔自己不該誤認了人。待要掙挫起來，無奈遍身疼痛難禁。◎9

* * *

誰知賈珍等席上忽不見了他兩個，各處尋找不見。有人說：「恍惚出北門去了。」薛蟠的小廝們素日是懼他的，他吩咐不許跟去，誰還敢找去？後來還是賈珍不

註

※7：比喻臉上被打得青一塊紫一塊。

※8：腳尖踏進馬鐙，即「上馬」。

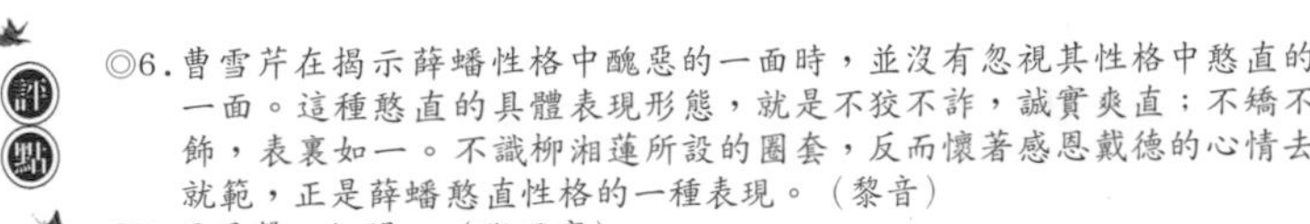

評點

◎6.曹雪芹在揭示薛蟠性格中醜惡的一面時，並沒有忽視其性格中憨直的一面。這種憨直的具體表現形態，就是不狡不詐，誠實爽直；不矯不飾，表裏如一。不識柳湘蓮所設的圈套，反而懷著感恩戴德的心情去就範，正是薛蟠憨直性格的一種表現。（黎音）

◎7.呆子聲口如聞。（脂硯齋）

◎8.尤三姐看中湘蓮，即在此種英雄氣骨也。（陳其泰）

◎9.紈袴子弟齊來看此。（脂硯齋）

放心，命賈蓉帶著小廝們尋蹤問跡的直找出北門，下橋二里多路，忽見葦坑邊薛蟠的馬拴在那裏。衆人都道：「可好了！有馬必有人。」一齊來至馬前，只聽葦中有人呻吟。大家忙走來一看，只見薛蟠衣衫零碎，面目腫破，沒頭沒臉，遍身內外，滾的似個泥豬一般。賈蓉心內已猜著九分了，忙下馬令人攙了出來，笑道：「薛大叔天天調情，今兒調到葦子坑裏來了。必定是龍王爺也愛上你風流，要你招駙馬去，你就碰到龍犄角上了。」薛蟠羞的恨沒地縫兒鑽進去，那裏爬的上馬去？賈蓉只得命人趕到關廂※9裏雇了一乘小轎子，薛蟠坐了，一齊進城。賈蓉還要抬往賴家去赴席，薛蟠百般央告，又命他不要告訴人，賈蓉方依允了，讓他各自回家。賈蓉仍往賴家回覆賈珍，並說方才形景。賈珍也知爲湘蓮所打，也笑道：「他須得吃個虧才好。」至晚散了，便來問候。薛蟠自在臥房將養，推病不見。

賈母等回來各自歸家時，薛姨媽與寶釵見香菱哭的眼睛腫了。問其原故，忙趕來瞧薛蟠時，臉上身上雖有傷痕，並未傷筋動骨。薛姨媽又是心疼，又是發恨，罵一回薛蟠，又罵一回柳湘蓮，意欲告訴王夫人，遣人尋拿柳湘蓮。寶釵忙勸道：「這不是什麼大事，不過他們一處吃酒，酒後反臉常情。誰醉了，多挨幾下子打，也是有的。

❖ 薛蟠想和柳湘蓮調情，卻被引到城外無人處一頓痛毆，還喝了一口髒水。（朱士芳繪）

✣ 香菱。本回提及薛蟠被柳湘蓮打傷在臥房休養，香菱哭的眼睛都腫了。（崔君沛繪）

況且咱們家無法無天，也是人所共知的。媽不過是心疼的原故。要出氣也容易，等三五天哥哥養好了出的去時，那邊珍大爺璉二爺這干人也未必白丟開了，自然備個東道，叫了那個人來，當著衆人替哥哥賠不是認罪就是了。如今媽先當件大事告訴衆人，倒顯得媽偏心溺愛，縱容他生事招人，今兒偶然吃了一次虧，媽就這樣興師動衆，倚著親戚之勢欺壓常人。」薛姨媽聽了道：「我的兒，到底是你想的到，我一時氣糊塗了。」寶釵笑道：「這才好呢。他又不怕媽，又不聽人勸，一天縱似一天，吃過兩三個虧，他倒罷了。」薛蟠睡在炕上痛罵柳湘蓮，又命小廝們去拆他的房子，打死他，和他打官司。薛姨媽禁住小廝們，只說柳湘蓮一時酒後放肆，如今酒醒，後悔不及，懼罪逃走了。薛蟠聽見如此說了，要知端的——

註

※9：城門外的大街。

第四十八回

濫情人情誤思游藝　慕雅女雅集苦吟詩

且說薛蟠聽見如此說了，氣方漸平。三五日後，疼痛雖愈，傷痕未平，只裝病在家，愧見親友。

展眼已到十月，因有各鋪面伙計內有算年賬要回家的，少不得家內治酒餞行。內有一個張德輝，年過六十，自幼在薛家當鋪內攬總，家內也有二三千金的過活，今歲也要回家，明春方來。因說起「今年紙札香料短少，明年必是貴的。明年先打發大小兒上來當鋪內照管，趕端陽前我順路販些紙札香扇來賣。除去關稅花銷，亦可以剩得幾倍利息。」薛蟠聽了，心中忖度：「如今我捱了打，正難見人，想著要躲個一年半載，又沒處去躲。天天裝病，也不是事。況且我長了這麼大，文又不文，武又不武，雖說作買賣，究竟戥子※1算盤從沒拿過，地土風俗遠近道路又不知道，不如也打點幾個本錢，和張德輝逛一年來。賺錢也

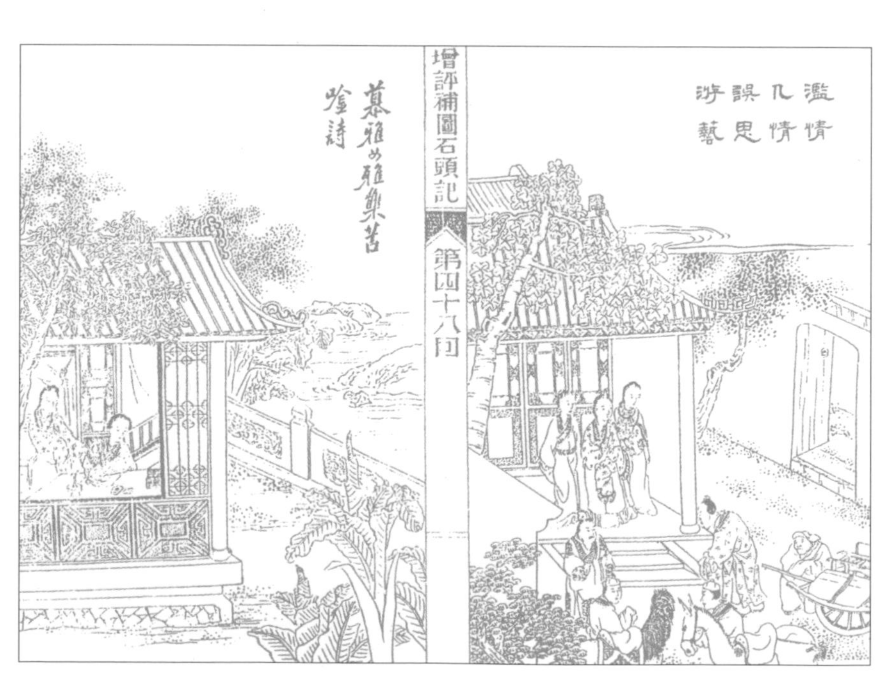

✣《增評補圖石頭記》第四十八回繪畫。（fotoe提供）

罷，不賺錢也罷，且躲躲羞去。二則逛逛山水也是好的。」心內主意已定，至酒席散後，便和張德輝說知，命他等一二日一同前往。

晚間薛蟠告訴了他母親。薛姨媽聽了雖是歡喜，但又恐他在外生事，花了本錢倒是末事，因此不命他去。只說：「好歹你守著我，我還能放心些。況且也不用作這買賣，也不等著這幾百銀子來用。你在家裏安分守己的，就強似這幾百銀子了。」薛蟠主意已定，那裏肯依。只說：「天天又說我不知世事，這個也不知，那個也不學。如今我發狠把那些沒要緊的都斷了，如今要成人立事，學習著作買賣，又不准我了，叫我怎麼樣呢？我又不是個丫頭，把我關在家裏，何日是個了日？況且那張德輝又是個年高有德的，咱們和他世交，我同他去，怎麼得有舛錯？我就一時半刻有不好的去處，他自然說我勸我。就是東西貴賤行情，他是知道的，自然色色問他，何等順利，倒不叫我去。過兩日我不告訴家裏，私自打點了一走，明年發了財回家，那時才知道我呢。」說畢，賭氣睡覺去了。

薛姨媽聽他如此說，因和寶釵商議。寶釵笑道：「哥哥果然要經歷正事，正是好的了。只是他在家時說著好聽，到了外頭舊病復犯，越發難拘束他了。但也愁不得許多。他若是真改了，是他一生的福。若不改，媽也不能又有別的法子。一半盡人力，一半聽天命罷了。這麼大人了，若只管怕他不知世路，出不得門，幹不得事，今年關

註

※1：很小的秤，用來秤金銀、藥品、珠寶等小物品。

在家裏，明年還是這個樣兒。他既說的名正言順，媽就打諒著丟了八百一千銀子，竟交與他試一試。橫豎有伙計們幫著，也未必好意思哄騙他的。二則他出去了，左右沒有助興的人，又沒了倚仗的人，到了外頭，誰還怕誰，有了的吃，沒了的餓著，舉眼無靠，他見這樣，只怕比在家裏省了事也未可知。」◎[1]薛姨媽聽了，思忖半晌，說道：「倒是你說的是。花兩個錢，叫他學些乖來也值了。」商議已定，一宿無話。

至次日，薛姨媽命人請了張德輝來，在書房中命薛蟠款待酒飯，自己在後廊下，隔著窗子，向裏千言萬語囑托張德輝照管薛蟠。張德輝滿口應承，吃過飯告辭，又回說：「十四日是上好出行日期，大世兄即刻打點行李，僱下騾子，十四一早就長行了。」薛蟠喜之不盡，將此話告訴了薛姨媽。薛姨媽便和寶釵香菱並兩個老年的嬤嬤連日打點行裝，派下薛蟠之乳父老蒼頭一名，當年諳事舊僕二名，外有薛蟠隨身常使小廝二人，主僕一共六人，僱了三輛大車，單拉行李使物，又僱了四個長行騾子。薛蟠自騎一匹家內養的鐵青大走騾，外備一匹坐馬。諸事完畢，薛姨媽寶釵等連夜勸戒之言，自不必備說。

至十三日，薛蟠先去辭了他舅舅，然後過來辭了賈宅諸人。賈珍等未免又有餞行之說，也不必細述。至十四日一早，薛姨媽、寶釵等直同薛蟠出了儀門，母女兩個四隻淚眼看他去了，方回來。

* * *

薛姨媽上京帶來的家人不過四五房，並兩三個老嬤嬤小丫頭，今跟了薛蟠一去，外面只剩了一兩個男子。因此薛姨媽即日到書房，將一應陳設玩器並簾幔等物盡行搬了進來收貯，命那兩個跟去的男子之妻一併也進來睡覺。又命香菱將他屋裏也收拾嚴緊，「將門鎖了，晚間和我去睡。」寶釵道：「媽既有這些人作伴，不如叫菱姐姐和我作伴去。我們園裏又空，夜長了，我每夜作活，越多一個人豈不越好。」薛姨媽聽了，笑道：「正是，我忘了，原該叫他同你去才是。我前日還同你哥哥說，文杏又小，道三不著兩，鶯兒一個人不夠伏侍的，還要買一個丫頭來你使。」寶釵道：「買的不知底裏，倘或走了眼，花了錢事小，沒的淘氣。倒是慢慢的打聽著，有知道來歷的，買個還罷了。」一面說，一面命香菱收拾了衾褥妝奩，命一個老嬤嬤並臻兒送至蘅蕪苑去，然後寶釵和香菱才同回園中來。◎2

香菱道：「我原要和奶奶說的，大爺去了，我和姑娘作伴兒去。又恐怕奶奶多心，說我貪著園裏來頑，誰知你竟說了。」寶釵笑道：「我知道你心裏羨慕這園子不是一日兩日了，只是沒個空兒。就每日來一趟，慌慌張張的，也沒趣兒。所以趁著機會，越性住上一年，我也多個作伴的，你也遂了心。」香菱笑道：「好姑娘，趁著這個工夫，你教給我作詩罷。」◎3寶釵笑道：「我說你『得隴望蜀※2』呢。我勸你今兒頭一日進來，先出園東角門，從老太太起，各處各人你都瞧瞧，問候一聲兒，也不

註

※2：比喻人貪得無厭。隴、蜀：古郡名，分別在今甘肅和四川。

評點

◎1.作書者曾吃此虧，批書者亦曾吃此虧，故特於此注明，使後人深思默戒。（脂硯齋）

◎2.細想香菱之爲人也，根基不讓迎、探，容貌不讓鳳、秦，端雅不讓紈、釵，風流不讓湘、黛，賢慧不讓襲、平，所惜者青年罹禍，命運乖蹇，至爲側室，且雖曾讀書，不能與林、湘輩並馳於海棠之社耳。然此一人，豈可不入園哉？故欲令入園，終無可入之隙，籌畫再四，欲令入園，必呆兄遠行後方可。（脂硯齋）

◎3.寫得何其有趣，今忽見菱卿此句，合卷從紙上另走出一嬌小美人來，並不是湘、林、探、鳳等一樣口氣聲色。眞神駿之技，雖驅馳萬里而不見有倦怠之色。（脂硯齋）

必特意告訴他們說搬進園來。若有提起因由，你只帶口說我帶了你進來作伴兒就完了。回來進了園，再到各姑娘房裏走走。」香菱應著才要走時，只見平兒忙忙的走來。香菱忙問了好，平兒只得陪笑相問。寶釵因向平兒笑道：「我今兒帶了他來作伴兒，正要去回你奶奶一聲兒。」平兒笑道：「姑娘說的是那裏話？我竟沒話答言了。」寶釵道：「這才是正理。店房也有個主人，廟裏也有個住持，雖不是大事，到底告訴一聲，便是園裏坐更上夜的人知道添了他兩個，也好關門候戶的了。你回去告訴一聲罷，我不打發人說去了。」平兒答應著，因又向香菱笑道：「你既來了，也不拜一拜街坊鄰舍去？」◎[4]寶釵笑道：「我正叫他去呢。」平兒道：「你且不必往我們家去，二爺病了在家裏呢。」香菱答應著去了，先從賈母處來，不在話下。

且說平兒見香菱去了，便拉寶釵悄說道：「姑娘可聽見我們的新聞了？」寶釵道：「我沒聽見新聞。因連日打發我哥哥出門，所以你們這裏的事，一概也不知道，連姐妹們這兩日也沒見。」平兒笑道：「老爺把二爺打了個動不得，難道姑娘就沒聽

✣ 薛蟠到外地作生意，香菱住進大觀園後，急著學作詩。（朱士芳繪）

見？」寶釵道：「早起恍惚聽見了一句，也信不眞。我也正要瞧你奶奶去呢，不想你來了。又是爲了什麼打他？」平兒咬牙罵道：「都是那賈雨村什麼風村，半路途中那裏來的餓不死的野雜種！認了不到十年，生了多少事出來！今年春天，老爺不知在那個地方看見了幾把舊扇子，回家看家裏所有收著的這些好扇子都不中用了，立刻叫人各處搜求。誰知就有一個不知死的冤家，混號兒世人叫他作石呆子，窮的連飯也沒的吃，偏他家就有二十把舊扇子，死也不肯拿出大門來。二爺好容易煩了多少情，見了這個人，說之再三，他把二爺請到他家裏坐著，拿出這扇子略瞧了一瞧。據二爺說，原是不能再有的，全是湘妃、棕竹、麋鹿、玉竹的，皆是古人寫畫眞跡，回來告訴了老爺。老爺便叫買他的，要多少銀子給他多少。偏那石呆子說：『我餓死凍死，一千兩銀子一把我也不賣！』老爺沒法子，天天罵二爺沒能爲。已經許了他五百兩，先兌銀子後拿扇子。他只是不賣，只說：『要扇子，先要我的命！』◎5姑娘想想，這有什麼法子？誰知雨村那沒天理的聽見了，便設了個法子，訛他拖欠了官銀，拿他到衙門裏去，說所欠官銀，變賣家產賠補，把這扇子抄了來，作了官價送了來。那石呆子如今不知是死是活。◎6老爺拿著扇子問著二爺說：『人家怎麼弄了來？』

✣ 賈雨村為官前後的所作所為證明，一個人的才、學、識可以完全和道德品行無關。（張羽琳繪）

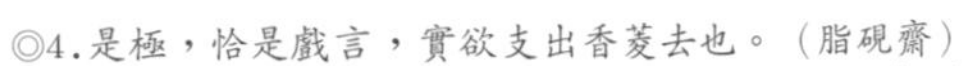

評點

◎4.是極，恰是戲言，實欲支出香菱去也。（脂硯齋）

◎5.這個石頭呆子事蹟雖然不多，卻強烈地使人感到他可以說得上是一個「富貴不能淫、貧賤不能移、威武不能屈」的大丈夫，無寧說這個不大爲人注意的石呆子，竟可以看成是曹雪芹性格的縮影。（曾揚華）

◎6.賈赦性昏瞶，而氣亦驕傲，謀石呆子舊扇一事，以玩物殺一不辜，何其忍也。（二知道人）

二爺只說了一句：『爲這點子小事，弄得人坑家敗業，也不算什麼能爲！』◎7老爺聽了就生了氣，說二爺拿話堵老爺，因此這是第一件大的。這幾日還有幾件小的，我也記不清，所以都湊在一處，就打起來了。也沒拉倒用板子棍子，就站著，不知拿什麼混打一頓，臉上打破了兩處。我們聽見姨太太這裏有一種丸藥，上棒瘡的，姑娘快尋一丸子給我。」◎8寶釵聽了，忙命鶯兒去要了一丸來與平兒。寶釵道：「既這樣，替我問候罷，我就不去了。」平兒答應著去了，不在話下。◎9

* * *

且說香菱見過眾人之後，吃過晚飯，寶釵等都往賈母處去了，自己便往瀟湘館中來。此時黛玉已好了大半，見香菱也進園來住，自是歡喜。香菱因笑道：「我這一進來了，也得了空兒，好歹教給我作詩，就是我的造化了！」黛玉笑道：「既要作詩，你就拜我作師。我雖不通，大略也還教得起你。」香菱笑道：「果然這樣，我就拜你爲師。你可不許膩煩的。」黛玉道：「什麼難事，也值得去學！不過是起承轉合※3，當中承轉是兩副對子，平聲對仄聲，虛的對實的，實的對虛的，若是果有了奇句，連平仄虛實不對都使得的。」香菱笑

✣ 雖然賈璉對女人的品味太過惡俗，但他對弱者殘存的一點善良，也許是出於世家弟子稟性的軟弱。（張羽琳繪）

道：「怪道我常弄一本舊詩偷空兒看一兩首，又有對的極工的，又有不對的，又聽見說『一三五不論，二四六分明』※4。看古人的詩上亦有順的，亦有二四六上錯了的，所以天天疑惑。如今聽你一說，原來這些格調規矩竟是末事，只要詞句新奇爲上。」黛玉道：「正是這個道理，詞句究竟還是末事，第一立意要緊。若意趣眞了，連詞句不用修飾，自是好的，這叫作『不以詞害意』。」

香菱笑道：「我只愛陸放翁的詩『重簾不卷留香久，古硯微凹聚墨多』，說的眞有趣！」黛玉道：「斷不可看這樣的詩。你們因不知詩，所以見了這淺近的就愛，一入了這個格局，再學不出來的。你只聽我說，你若眞心要學，我這裏有《王摩詰※5全集》，你且把他的五言律讀一百首，細心揣摩透熟了，然後再讀一二百首老杜※6的七言律，次再李青蓮※7的七言絕句讀一二百首。肚子裏先有了這三個人作了底子，然後再把陶淵明、應瑒，謝、阮、庾、鮑※8等人的一看。你又是一個極聰敏伶俐的人，不用一年的工夫，不愁不是詩翁了！」香菱聽了，笑道：「既

註

※3：舊體詩文章法布局的順序。起：開端。承：承接上文加以申述。轉：轉折，從另一方面論述主題。合：結束全文。

※4：對於格律詩平仄聲的規定，每句的奇數字要求較寬，平仄皆可；偶數字則要求較嚴，平仄必須依律。

※5：唐代詩人王維，字摩詰。

※6：指盛唐詩人杜甫。爲了和晚唐詩人杜牧區別，世稱杜甫爲「老杜」，杜牧爲「小杜」。

※7：唐代詩人李白，自號青蓮居士。

※8：應瑒：東漢末年詩人，「建安七子」之一。謝：指南朝宋詩人謝靈運。阮：指三國時魏詩人阮籍，「竹林七賢」之一。庾：指北朝周詩人庾信。鮑：指南朝宋詩人鮑照。

評點

◎7.賈赦的行爲連他兒子都看不上眼，其惡可知。從這裏又可以看出，《紅樓夢》對人物的褒貶，含有相對性。即賈璉雖壞，比賈赦卻好；因此有些地方雖亦貶賈璉，在這兒因形容賈赦之惡，便不得不把賈璉提高了一步。這個筆法是很深刻嚴冷的。（俞平伯）

◎8.毫無疑問，賈璉是一個極其荒淫的紈袴子弟。但還不同於高衙内之流。賈府内政外交，他是主角。……表現出是有一定辦事能力的。唯有生父交辦的強買石呆子古扇的這個任務未能完成，這並不反映賈璉無能，恰恰反映出賈璉這個人多少有點人味兒。（舒展）

◎9.晴雯撕扇是恃寵撒嬌，雨村訛扇是依勢害良，而晴雯之被逐，賈赦之獲罪，皆種於此。扇子雖小，可以扇風，可以扇焰，其爲禍頗大。（王希廉）

這樣，好姑娘，你就把這書給我拿出來，我帶回去夜裏念幾首也是好的。」黛玉聽說，便命紫鵑將王右丞的五言律拿來，遞與香菱，又道：「你只看有紅圈的都是我選的，有一首念一首。不明白的問你姑娘；或者遇見我，我講與你就是了。」香菱拿了詩，回至蘅蕪苑中，諸事不顧，只向燈下一首一首的讀起來。寶釵連催他數次睡覺，他也不睡。寶釵見他這般苦心，只得隨他去了。

一日，黛玉方梳洗完了，只見香菱笑吟吟的送了書來，又要換杜律。黛玉笑道：「共記得多少首？」香菱笑道：「凡紅圈選的我盡讀了。」黛玉道：「可領略了些滋味沒有？」香菱笑道：「領略了些滋味，不知可是不是，說與你聽聽。」黛玉笑道：「正要講究討論，方能長進。你且說來我聽。」香菱笑道：「據我看來，詩的好處，有口裏說不出來的意思，想去卻是逼眞的。有似乎無理的，想去竟是有理有情的。」黛玉笑道：「這話有了些意思，但不

林黛玉指點香菱寫詩。（朱士芳繪）

知你從何處見得？」香菱笑道：「我看他《塞上》一首，那一聯云：『大漠孤煙直，長河落日圓。』想來煙如何直？日自然是圓的：這『直』字似無理，『圓』字似太俗。合上書一想，倒像是見了這景的。若說再找兩個字換這兩個，竟再找不出兩個字來。再還有『日落江湖白，潮來天地青』：這『白』『青』兩個字也似無理。想來，必得這兩個字才形容得盡，念在嘴裏倒像有幾千斤重的一個橄欖。還有『渡頭餘落日，墟里上孤煙』：這『餘』字和『上』字，難為他怎麼想來！我們那年上京來，那日下晚便灣住船，岸上又沒有人，只有幾棵樹，遠遠的幾家人家作晚飯，那個煙竟是碧青，連雲直上。誰知我昨日晚上讀了這兩句，倒像我又到了那個地方去了。」

正說著，寶玉和探春也來了，也都入坐聽他講詩。寶玉笑道：「既是這樣，也不用看詩。會心處不在多，聽你說了這兩句，可知『三昧※9』你已得了。」黛玉笑道：「你說他這『上孤煙』好，你還不知他這一句還是套了前人的來。我給你這一句瞧瞧，更比這個淡而現成。」說著便把陶淵明的「暖暖遠人村，依依墟里煙」翻了出來，遞與香菱。香菱瞧了，點頭嘆賞，笑道：「原來『上』字是從『依依』兩個字上化出來的。」寶玉大笑道：「你已得了，不用再講，越發倒學雜了。你就作起來，必是好的。」探春笑道：「明兒我補一個柬來，請你入社。」香菱笑道：「姑娘何苦打

註

※9：佛教用語。謂修行時將心神集中於一的狀況，後指訣竅。

趣我，我不過是心裏羨慕，才學著頑罷了。」探春黛玉都笑道：「誰不是頑？難道我們是認眞作詩呢！若說我們認眞成了詩，出了這園子，把人的牙還笑倒了呢。」寶玉道：「這也算自暴自棄了。前日我在外頭和相公們商議畫兒，他們聽見咱們起詩社，求我把稿子給他們瞧瞧。我就寫了幾首給他們看看，誰不眞心嘆服！他們都抄了刻去了。」探春黛玉忙問道：「這是眞話麼？」寶玉笑道：「說謊的是那架上的鸚哥。」黛玉探春聽說，都道：「你眞眞胡鬧！且別說那不成詩，便是成詩，我們的筆墨也不該傳到外頭去。」寶玉道：「這怕什麼！古來閨閣中的筆墨不要傳出去，如今也沒有人知道了。」說著，只見惜春打發了入畫來請寶玉，寶玉方去了。香菱又逼著黛玉換出杜律來，又央黛玉探春二人：「出個題目，讓我謅去，謅了來，替我改正。」黛玉道：「昨夜的月最好，我正要謅一首，竟未謅成，你竟作一首來。『十四寒』的韻，由你愛用那幾個字去。」

香菱聽了，喜的拿回詩來，又苦思一回作兩句詩，又捨不得杜詩，又讀兩首。

✣ 香菱學詩。她的痴迷令所有人驚訝。（《紅樓夢煙標精華》杜春耕編著，北京圖書館出版社提供）

如此茶飯無心，坐臥不定。寶釵道：「何苦自尋煩惱！都是顰兒引的你，我和他算賬去。你本來呆頭呆腦的，再添上這個，越發弄成個呆子了。」◎10香菱笑道：「好姑娘，別混我。」一面說，一面作了一首，先與寶釵看。寶釵看了，笑道：「這個不好，不是這個作法。你別怕臊，只管拿了給他瞧去，看他是怎麼說。」香菱聽了，便拿了詩找黛玉。黛玉看時，只見寫道是：

月掛中天夜色寒，清光皎皎影團團。
詩人助興常思頑，野客添愁不忍觀。
翡翠樓邊懸玉鏡，珍珠簾外掛冰盤。
良宵何用燒銀燭，晴彩輝煌映畫欄。

黛玉笑道：「意思卻有，只是措詞不雅。皆因你看的詩少，被他縛住了。把這首丟開，再作一首，只管放開膽子去作。」

香菱聽了，默默的回來，索性連房也不入，只在池邊樹下，或坐在山石上出神，或蹲在地下摳土，來往的人都詫異。李紈、寶釵、探春、寶玉等聽得此信，都遠遠的站在山坡上瞧著他。只見他皺一回眉，又自己含笑一回。寶釵笑道：「這個人定要瘋了！昨夜嘟嘟噥噥直鬧到五更天才睡下，沒一頓飯的工夫天就亮了。我就聽見他起來了，忙忙碌碌梳了頭就找顰兒去。一回來了，呆了一日，作了一首又不好，這會子自然另作呢。」寶玉笑道：「這正是『地靈人傑』，老天生人再不虛賦情性的。我們成

◎10.「呆頭呆腦的」，有趣之至！最恨野史，有一百個女子，皆曰「聰敏伶俐」，究竟看來，他行爲也只平平。今以「呆」字爲香菱定評，何等嫵媚之至也。（脂硯齋）

日嘆說可惜他這麼個人竟俗了，誰知到底有今日！可見天地至公。」◎11寶釵笑道：「你能夠像他這苦心就好了，學什麼有個不成的？」寶玉不答。

只見香菱興興頭頭的，又往黛玉那邊去了。探春笑道：「咱們跟了去，看他有些意思沒有。」說著，一齊都往瀟湘館來。只見黛玉拿著詩和他講究。眾人因問黛玉作的如何。黛玉道：「自然算難爲他了，只是還不好。這一首過於穿鑿了，還得另作。」眾人因要詩看時，只見作道：

非銀非水映窗寒，拭看晴空護玉盤。
淡淡梅花香欲染，絲絲柳帶露初乾。
只疑殘粉塗金砌，恍若輕霜抹玉欄。
夢醒西樓人跡絕，餘容猶可隔簾看。

寶釵笑道：「不像吟月了，『月』字底下添一個『色』字倒還使得，你看句句倒是月色。這也罷了，原來詩從胡說來，再遲幾天就好了。」香菱自爲這首妙絕，聽如此說，自己掃了興，不肯丟開手，便要思索起來。因見他姐妹們說笑，便自己走至階前竹下閑步，挖心搜膽，耳不旁聽，目不別視。一時探春隔窗笑說道：「菱姑娘，你閑閑罷。」香菱怔怔答道：「『閑』字是『十五刪』的，你錯了韻了。」眾人聽了，不覺大笑起來。寶釵道：「可眞是詩魔了。都是顰兒引的他！」黛玉道：「聖人說，『誨人不倦』，他又

✣ 香菱的一生苦不堪言，遭遇了種種不幸。但她純真天然，性情溫柔平和。純屬精神活動的詩歌，應和了她超脫生命苦海的隱祕意願，對作詩的痴迷，使她的人生境界有了某種提升。（張羽琳繪）

來問我，我豈有不說之理。」

李紈笑道：「咱們拉了他往四姑娘房裏去，引他瞧瞧畫兒，叫他醒一醒才好。」說著，眞個出來拉了他過藕香榭，至暖香塢中。惜春正乏倦，在床上歪著睡午覺，畫繒※10立在壁間，用紗罩著。衆人喚醒了惜春，揭紗看時，十停方有了三停。香菱見畫上有幾個美人，因指著笑道：「這一個是我們姑娘，那一個是林姑娘。」探春笑道：「凡會作詩的都畫在上頭，你快學罷！」說著，頑笑了一回。

各自散後，香菱滿心中還是想詩。至晚間對燈出了一回神，至三更以後上床臥下，兩眼鰥鰥※11，直到五更方才朦朧睡去了。一時天亮，寶釵醒了，聽了一聽，他安穩睡了，心下想：「他翻騰了一夜，不知可作成了？這會子乏了，且別叫他。」正想著，只聽香菱從夢中笑道：「可是有了！難道這一首還不好？」寶釵聽了，又是可嘆，又是可笑，連忙喚醒了他，問他：「得了什麼？你這誠心都通了仙了。學不成詩，還弄出病來呢！」一面說，一面梳洗了，會同姐妹往賈母處來。原來香菱苦志學詩，精血誠聚，日間作不出，忽於夢中得了八句。梳洗已畢，便忙錄出來，自己並不知好歹，便拿來又找黛玉。剛到沁芳亭，只見李紈與衆姐妹方從王夫人處回來，寶釵正告訴他們說他夢中作詩說夢話。◎12衆人正笑，抬頭見他來了，便都爭著要詩看。且聽下回分解。

註

※10：繪畫用的絹。

※11：眼睛睜開不閉，亦形容憂愁失眠的樣子。

評點

◎11.香菱是書中最不幸的一個人，嫁的是呆霸王，一生的幸福，完全消失。但是她瘋狂的樣子，倒的確是個詩人。（佩之）

◎12.一部大書，起是夢，寶玉情是夢，賈瑞淫又是夢，秦氏之家計長策又是夢，今作詩也是夢，一併「風月鑑」亦從夢中所有，故「紅樓夢」也。余今批評亦在夢中，特爲夢中之人，特作此一大夢也。（脂硯齋）

第四十九回

琉璃世界白雪紅梅　脂粉香娃割腥啖羶◎1

話說香菱見眾人正說笑，他便迎上去笑道：「你們看這一首。若使得，我便還學；若還不好，我就死了這作詩的心了。」◎2說著，把詩遞與黛玉及眾人看時，只見寫道是：

精華※1欲掩料應難，影自娟娟魄自寒。
一片砧敲千里白，半輪雞唱五更殘。
綠蓑江上秋聞笛，紅袖樓頭夜倚欄。
博得嫦蛾應借問，緣何不使永團圓！

眾人看了笑道：「這首不但好，而且新巧有意趣。可知俗語說『天下無難事，只怕有心人。』社裏一定請你了。」香菱聽了心下不信，◎3料著是他們瞞哄自己的話，還只管問黛玉寶釵等。

正說之間，只見幾個小丫頭並老婆子忙忙的走來，都笑道：「來了好些姑娘奶奶們，我們都不認

✤《增評補圖石頭記》第四十九回繪畫。（fotoe提供）

得，奶奶姑娘們快認親去。」李紈笑道：「這是那裏的話？你到底說明白了是誰的親戚？」那婆子丫頭都笑道：「奶奶的兩位妹子都來了。還有一位姑娘，說是薛大姑娘的妹妹；還有一位爺，說是薛大爺的兄弟。我這會子請姨太太去呢，奶奶和姑娘們先上去罷。」說著，一逕去了。寶釵笑道：「我們薛蝌◎4和他妹妹來了不成？」李紈也笑道：「我們嬸子又上京來了不成？他們也不能湊在一處，這可是奇事。」大家納悶，來至王夫人上房，只見烏壓壓一地的人。

原來邢夫人之兄嫂帶了女兒岫煙進京來投邢夫人的，可巧鳳姐之兄王仁也正進京，兩親家一處打幫來了。走至半路泊船時正遇見李紈之寡嬸，帶著兩個女兒——大名李紋，次名李綺——也上京。大家敘起來又是親戚，因此三家一路同行。後有薛蟠之從弟※2薛蝌，因當年父親在京時已將胞妹薛寶琴許配都中梅翰林之子為婚，正欲進京發嫁，聞得王仁進京，他也帶了妹子隨後趕來。所以今日會齊了來訪投各人親戚。

於是大家見禮敘過，賈母王夫人都歡喜非常。賈母因笑道：「怪道昨日晚上燈花爆了又爆，結了又結，原來應到今日。」一面敘些家常，一面收看帶來的禮物，一面命留酒飯。鳳姐兒自不必說，忙上加忙。李紈寶釵自然和嬸母姐妹敘離別之情。黛玉見了，先是歡喜，次後想起眾人皆有親眷，獨自己孤單，無個親眷，不免又去垂淚。寶玉深知其情，十分勸慰了一番方罷。

註

※1：月亮的光華。

※2：堂弟。

評點

◎1.此回係大觀園集十二正釵之文。（脂硯齋）

◎2.香菱學詩一題三作，是極寫一個誠字。（野鶴）

◎3.聽了不信方是才人虛心。香菱可愛。（脂硯齋）

◎4.薛蟠，謂蟠踞賈家而不去也；薛蝌，謂蝌蚪雖能文字，而文理不屬，然較誤人庚黃之兄差勝矣。（脂硯齋）

然後寶玉忙忙來至怡紅院中，向襲人、麝月、晴雯等笑道：「你們還不快看人去！誰知寶姐姐的親哥哥是那個樣子，他這叔伯兄弟形容舉止另是一樣了，倒像是寶姐姐的同胞弟兄似的。更奇在你們成日家只說寶姐姐是絕色的人物，你們如今瞧瞧他這妹子，更有大嫂嫂這兩個妹子，我竟形容不出來了。老天，老天！你有多少精華靈秀，生出這些人上之人來！可知我井底之蛙，成日家自說現在的這幾個人是有一無二的，誰知不必遠尋，就是本地風光，一個賽似一個，如今我又長了一層學問了。除了這幾個，難道還有幾個不成？」一面說，一面自笑自嘆。襲人見他又有了魔意，便不肯去瞧。晴雯等早去瞧了一遍回來，嘻嘻笑向襲人道：「你快瞧瞧去！大太太的一個侄女兒，寶姑娘一個妹妹，大奶奶兩個妹妹，倒像一把子四根水蔥兒。」

一語未了，只見探春也笑著進來找寶玉，因說道：「咱們的詩社可興旺了。」寶玉笑道：「正是呢。這是你一高興起詩社，所以鬼使神差來了這些人。但只一件，不知他們可學過作詩不曾？」探春道：「我才都問了問他們，雖是他們自謙，看其光景沒有不會的。便是不會也沒難處，你看香菱就知道了。」襲人笑道：「他們說薛大姑娘的妹妹更好，三姑娘看著怎麼樣？」探春道：「果然的話。據我看，連他姐姐並這些人總不及他。」襲人聽了，又是詫異，又笑道：「這也奇了，還從那裏再好的去呢？我倒要瞧瞧去。」探春道：「老太太一見了，喜歡的無可不可，已經逼著太太認了乾女兒了。老太太要養活，才剛已經定了。」寶玉喜的忙問：「這果然的？」探春道：「我幾時說過謊？」又笑道：「有了這個好孫女兒，就忘了這孫子了。」◎5寶玉笑道：「這倒不妨，原該多疼女兒些才是正理。明兒十六，咱們可該起社了。」探春道：「林丫頭剛起來了，二姐姐又病了，終是七上八下的。」寶玉道：「二姐姐又不大作詩，沒有他又何妨。」探春道：「越性等幾天，他們新來的混熟了，咱們邀上他們豈不好？這會子大嫂子寶姐姐心裏自然沒有詩興的，況且湘雲沒來，顰兒剛好了，人人不合式；不如等著雲丫頭來了，這幾個新的也熟了，顰兒也大好了，大嫂子和寶姐姐心也閑了，香菱詩也長進了，如此邀一滿社，豈不好？咱們兩個如今且往老太太那裏去聽聽，除寶姐姐的妹妹不算外，他一定是在咱們家住定了的。倘或那三個要不在咱們這裏住，咱們央告著老太太留下他們在園子裏住下，咱們豈不多添幾個人，越發有趣了。」寶玉聽了，喜的眉開眼笑，忙說道：「倒是你明白。◎6我終久是個糊塗心腸，空喜歡一會子，卻想不到這上頭來。」

說著，兄妹兩個一齊往賈母處來。果然王夫人已認了寶琴作乾女兒，賈母歡喜非常，連園中也不命住，晚上跟著賈母一處安寢。薛蝌自向薛蟠書房中住下。賈母便和邢夫人說：「你侄女兒也不必家去了，園裏住幾天，逛逛再去。」邢夫人兄嫂家中原艱難，這一上京，原仗的是邢夫人與他們治房舍，幫盤纏，聽如此說，豈不願意。邢夫人便將岫煙交與鳳姐。鳳姐籌算得園中姐妹多，性情不一，◎7且又不便另設一處，莫若送到迎春一處去，倘日後邢岫煙有些不遂意的事，縱然邢夫人知道了，與自己無

評點

◎5.《紅樓夢》中寫盡了美女，如果再寫這後來居上的寶琴，實筆顯然有了難處，於是他採用了第八種方法，實寫爲虛寫提供了想像的依據，不斷開拓著讀者的思維空間。（邱瑞平）

◎6.觀寶玉「倒是你」數語，胸中純是一團活潑潑天機。（脂硯齋）

◎7.鳳姐一番籌算，總爲與自己無干。奸雄每每如此，我愛之，我惡之！（脂硯齋）

干。從此後若邢岫煙家去住的日期不算，若在大觀園住到一個月上，鳳姐兒亦照迎春的分例送一分與岫煙。鳳姐兒冷眼敁敪岫煙心性爲人，◎8竟不像邢夫人及他的父母一樣，卻是個極溫厚可疼的人。因此鳳姐兒反憐他家貧命苦，比別的姐妹多疼他些，邢夫人倒不大理論了。

賈母王夫人因素喜李紈賢惠，且年輕守節，令人敬伏，今見他寡嬸來了，便不肯令他外頭去住。那李嬸雖十分不肯，無奈賈母執意不從，只得帶著李紋李綺在稻香村住下來。

當下安插既定誰知保齡侯史鼐又遷委了外省大員，不日要帶了家眷去上任。賈母因捨不得湘雲，便留下他了，接到家中，原要命鳳姐兒另設一處與他住。史湘雲執意不肯，只要與寶釵一處住，因此就罷了。

此時大觀園中比先更熱鬧了多少。◎9李紈爲首，餘者迎春、探春、惜春、寶釵、黛玉、湘雲、李紋、李綺、寶琴、邢岫煙，再添上鳳姐兒和寶玉，一共十三個。敘起年庚，除李紈年紀最長，他十二個人，皆不過十五六七歲，或有這三個同年，或有那五個共歲，或有這兩個同月同日，那兩個同刻同時，所差者大半是時刻月分而已。連他們自己也不能細細分析，不過是「弟」「兄」「姐」「妹」四個字隨便亂叫。

如今香菱正滿心滿意只想作詩，又不敢十分羅唣寶釵，可巧來了個史湘雲。那史

✣ 李紈在大觀園的居處「稻香村」。（攝於北京大觀園）

湘雲又是極愛說話的，那裏禁得起香菱又請教他談詩，越發高了興，沒晝沒夜高談闊論起來。寶釵因笑道：「我實在聒噪的受不得了。一個女孩兒家，只管拿著詩作正經事講起來，叫有學問的人聽了，反笑話說不守本分的。一個香菱沒鬧清，偏又添了你這麼個話口袋子，滿嘴裏說的是什麼：怎麼是『杜工部之沉鬱，韋蘇州之淡雅』，又怎麼是『溫八叉之綺靡，李義山之隱僻』※3。放著兩個現成的詩家不知道，提那些死人作什麼！」湘雲聽了，忙笑問道：「是那兩個？好姐姐，你告訴我。」寶釵笑道：「呆香菱之心苦，瘋湘雲之話多。」湘雲香菱聽了都笑起來。

正說著，只見寶琴來了，披著一領斗篷，金翠輝煌，不知何物。寶釵忙問：「這是那裏的？」寶琴笑道：「因下雪珠兒，老太太找了這一件給我的。」香菱上來瞧道：「怪道這麼好看，原來是孔雀毛織的。」湘雲道：「那裏是孔雀毛，就是野鴨子頭上的毛作的。可見老太太疼你了，這樣疼寶玉，也沒給他穿。」寶釵道：「眞俗語說『各人有緣法』。他也再想不到他這會子來，既來了，又有老太太這麼疼他。」湘雲道：「你除了在老太太跟前，就在園裏來，這兩處只管頑笑吃喝。到了太太屋裏，若太太在屋裏，只管和太太說笑，多坐一回無妨；若太太不在屋裏，你別進去，那屋裏人多心壞，都是要害咱們的。」說的寶釵、寶琴、香菱、鶯兒等都笑了。寶釵

註

※3：對四位詩人風格的概括。杜工部：杜甫，曾任工部員外郎。韋蘇州：韋應物，唐代詩人。溫八叉：溫庭筠，唐代詩人兼詞人，相傳他才思敏捷，叉手八次即可成篇，故稱溫八叉。李義山：李商隱，唐代詩人。

◎8.先敘岫煙，後敘李紈，又敘李紋李綺，亦何精緻可頑。（脂硯齋）
◎9.「此時大觀園」數行收拾，是大手筆。（脂硯齋）

笑道：「說你沒心，卻又有心；雖然有心，到底嘴太直了。我們這琴兒就有些像你。你天天說要我作親姐姐，我今兒竟叫你認他作親妹妹罷了。」湘雲又瞅了寶琴半日，笑道：「這一件衣裳也只配他穿，別人穿了，實在不配。」正說著，只見琥珀走來笑道：「老太太說了，叫寶姑娘別管緊了琴姑娘。他還小呢，讓他愛怎麼樣就怎麼樣。要什麼東西只管要去，別多心。」寶釵忙起身答應了，又推寶琴笑道：「你也不知是那裏來的福氣！你倒去罷，仔細我們委曲著你。我就不信我那些兒不如你。」說話之間，寶玉黛玉都進來了，寶釵猶自嘲笑。湘雲因笑道：「寶姐姐，你這話雖是頑話，卻有人眞心是這樣想呢。」琥珀笑道：「眞心惱的再沒別人，就只是他。」口裏說，手指著寶玉。寶釵湘雲都笑道：「他倒不是這樣人。」琥珀又笑道：「不是他，就是他。」說著又指著黛玉。湘雲便不則聲。◎10寶釵忙笑道：「更不是了。我的妹妹和他的妹妹一樣。他喜歡的比我還疼呢，那裏還惱？你信口兒混說。他的那嘴有什麼實據！」寶玉素習深知黛玉有些小性兒，且尚不知近日黛玉和寶釵之事，正恐賈母疼寶琴他心中不自在；今見湘雲如此說了，寶釵又如此答，再審度黛玉聲色亦不似往時，果然與寶釵之說相符，心中悶悶不樂。因想：「他兩個素日不是這樣的好，今看來竟更比他人好了十倍。」一時又見林黛玉又趕著寶琴叫「妹妹」，並不提名道姓，直似親姐妹一般。那寶琴年輕心熱，◎11且本性聰敏，自幼讀書識字，今在賈府住了兩日，大概人物已知。又見諸姐妹都不是那輕薄脂粉，且又和姐姐皆和契，故也不肯怠慢，其中又見林黛玉是個出類拔萃的，便更與黛玉親敬異常。寶玉看著只是暗暗的納罕。

一時寶釵姐妹往薛姨媽房內去後，湘雲往賈母處來，林黛玉回房歇著。寶玉便找了黛玉來，笑道：「我雖看了《西廂記》，也曾有明白的幾句，說了取笑，你曾惱過。如今想來，竟有一句不解，我念出來你講講我聽。」黛玉聽了，便知有文章，因笑道：「你念出來我聽聽。」寶玉笑道：「那《鬧簡》上有一句說的最好，『是幾時孟光接了梁鴻案？※4』這句最妙。『孟光接了梁鴻案』這七個字，不過是現成的典，難為他這『是幾時』三個虛字問的有趣。是幾時接了？你說說我聽聽。」黛玉聽了，禁不住也笑起來，因笑道：「這原問的好。他也問的好，你也問的好。」寶玉道：「先時你只疑我，如今你也沒的說，我反落了單。」黛玉笑道：「誰知他竟真是個好人，我素日只當他藏奸。」因把說錯了酒令起，連送燕窩病中所談之事，細細告訴了寶玉。寶玉方知原故，因笑道：「我說呢，正納悶『是幾時孟光接了梁鴻案』，原來是從『小孩兒口沒遮攔』就接了案了。」黛玉因又說起寶琴來，想起自己沒有姐妹，不免又哭了。寶玉忙勸道：「你又自尋煩惱了。你瞧瞧，今年比舊年越發瘦了，你還不保養！每天好好的，你必是自尋煩惱，哭一會子，才算完了這一天的事。」黛玉拭淚道：「近來我只覺心酸，眼淚卻像比舊年少了些的。心裏只管酸痛，眼淚卻不多。」寶玉道：「這是你哭慣了心裏疑的，豈有眼淚會少的！」

註

※4：這句唱詞在《西廂記》出現，比喻鶯鶯接受了張生的愛情，此處比喻黛玉接受寶釵的友情。

◎10.是不知黛玉病中相談、贈燕窩之事也。（脂硯齋）
◎11.四字道盡，不犯寶釵。（脂硯齋）

正說著，只見他屋裏的小丫頭子送了猩猩毡斗篷來，又說：「大奶奶才打發人來說，下了雪，要商議明日請人作詩呢。」一語未了，只見李紈的丫頭走來請黛玉。寶玉便邀著黛玉同往稻香村來。黛玉換上掐金挖雲紅香羊皮小靴，罩了一件大紅羽紗面白狸皮裏的鶴氅，束一條青金閃綠雙環四合如意絛，頭上罩了雪帽。二人一齊踏雪行來。只見眾姐妹都在那邊，都是一色大紅猩猩毡與羽毛緞斗篷，獨李紈穿一件青哆羅呢對襟褂子，薛寶釵穿一件蓮青斗紋錦上添花洋線番羓絲的鶴氅；邢岫煙仍是家常舊衣，並無避雪之衣。一時史湘雲來了，穿著賈母與他的一件貂鼠腦袋面子大毛黑灰鼠裏子裏外發燒大褂子，頭上帶著一頂挖雲鵝黃片金裏大紅猩猩毡昭君套，又圍著大貂鼠風領。黛玉先笑道：「你們瞧瞧，孫行者來了。他一般的也拿著雪褂子，故意裝出個小騷達子來。」湘雲笑道：「你們瞧瞧我裏頭打扮的。」一面說，一面脫了褂子。只見他裏頭穿著一件半新的靠色三鑲領袖秋香色盤金五色繡龍窄褙小袖掩衿銀鼠短襖，裏面短短的一件水紅裝緞狐肷褶子，腰裏緊緊束著一條蝴蝶結子長穗五色宮絛，腳下也穿著麀皮小靴，越顯的蜂腰猿背，鶴勢螂形※5。眾人都笑道：「偏他只愛打扮成個小子的樣兒，原比他打扮女兒更俏麗了些。」湘雲道：「快商議作詩！我聽聽是誰的東家？」李紈道：「我的主意。想來昨兒的正日已過了，再等正日又太遠，可巧又下雪，不如大家湊個社，又替他們接風，又可以作詩。你們意思怎麼樣？」寶

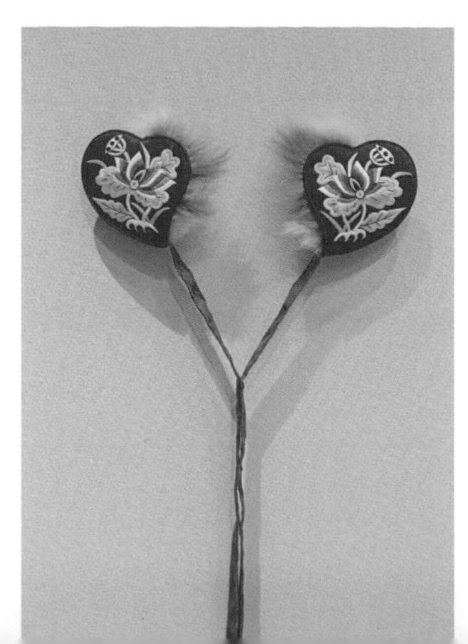

✣清代北京黑地繡花耳套，冬天時可以佩戴禦寒。首都博物館藏品。（聶鳴提供）

玉先道：「這話很是。只是今日晚了，若到明兒，晴了又無趣。」眾人看道：「這雪未必晴，縱晴了，這一夜下的也夠賞了。」李紈道：「我這裏雖好，又不如蘆雪庵好。我已經打發人籠地炕去了，咱們大家擁爐作詩。老太太想來未必高興，況且咱們小頑意兒，單給鳳丫頭個信兒就是了。你們每人一兩銀子就夠了，送到我這裏來。」指著香菱、寶琴、李紋、李綺、岫煙，「五個不算外，咱們裏頭二丫頭病了不算，四丫頭告了假也不算，你們四分子送了來，我包總五六兩銀子也盡夠了。」寶釵等一齊應諾。因又擬題限韻，李紈笑道：「我心裏自己定了，等到了明日臨期，橫豎知道。」說畢，大家又閑話了一回，方往賈母處來。本日無話。

到了次日一早，寶玉因心裏記掛著這事，一夜沒好生得睡，天亮了就爬起來。掀開帳子一看，雖門窗尚掩，只見窗上光輝奪目，心內早躊躇起來，埋怨定是晴了，日光已出。一面忙起來揭起窗屜，從玻璃窗內往外一看，原來不是日光，竟是一夜大雪，下將有一尺多厚，天上仍是搓綿扯絮一般。寶玉此時歡喜非常，忙喚人起來，盥漱已畢，只穿一件茄色哆羅呢狐皮襖子，罩一件海龍皮小小鷹膀褂，束了腰，披了玉針蓑，戴上金藤笠，登上沙棠屐，忙忙的往蘆雪庵來。出了院門，四顧一望，並無二色，遠遠的是青松翠竹，自己卻如裝在玻璃盒內一般。於是走至山坡之下，順著山腳剛轉過去，已聞得一股寒香拂鼻。回頭一看，恰是妙玉門前櫳翠庵中有十數株紅梅，

註

※5：形容身材腰細臂長，方便俐落。此處說的是史湘雲的打扮。

如胭脂一般，映著雪色，分外顯得精神，好不有趣！寶玉便立住，細細的賞頑一回方走。只見蜂腰板橋上一個人打著傘走來，是李紈打發了請鳳姐兒去的人。

寶玉來至蘆雪庵，只見丫鬟婆子正在那裏掃雪開徑。原來這蘆雪庵蓋在傍山臨水河灘之上，一帶幾間茅檐土壁，槿籬竹牖，推窗便可垂釣，四面都是蘆葦掩覆，一條去徑逶迤穿蘆度葦過去，便是藕香榭的竹橋了。眾丫鬟婆子見他披蓑戴笠而來，卻笑道：「我們才說正少一個漁翁，如今都全了。姑娘們吃了飯才來呢，你也太性急了！」寶玉聽了，只得回來。剛至沁芳亭，見探春正從秋爽齋出來，圍著大紅猩猩氈斗篷，戴著觀音兜，扶著小丫頭，後面一個婦人打著青綢油傘。寶玉知他往賈母處去，便立在亭邊，等他來到，二人一同出園前去。寶琴正在裏間房內梳洗更衣。

一時眾姐妹來齊，寶玉只嚷餓了，連連催飯。好容易等擺上飯來，頭一樣菜便是牛乳蒸羊羔。賈母便說：「這是我們有年紀的人的藥，沒見天日的東西，可惜你們小

✣ 大觀園極盛時候，眾女兒雪天賞樂。（朱士芳繪）

孩子們吃不得。今兒另外有新鮮鹿肉，你們等著吃。」衆人答應了。寶玉卻等不得，只拿茶泡了一碗飯，就著野雞瓜齏忙忙的咽完了。賈母道：「我知道你們今兒又有事情，連飯也不顧吃了。」便叫「留著鹿肉與他晚上吃」，鳳姐忙說「還有呢」，方才罷了。史湘雲便悄和寶玉計較道：「有新鮮鹿肉，不如咱們要一塊，自己拿了園裏弄著，又頑又吃。」寶玉聽了，巴不得一聲兒，便眞和鳳姐要了一塊，命婆子送入園去。

一時大家散後，進園齊往蘆雪庵來，聽李紈出題限韻，獨不見湘雲寶玉二人。黛玉道：「他兩個再到不了一處，若到一處，生出多少故事來！這會子一定算計那塊鹿肉去了。」◎12正說著，只見李嬸也走來看熱鬧，因問李紈道：「怎麼一個帶玉的哥兒和那一個掛金麒麟的姐兒，那樣乾淨清秀，又不少吃的，他兩個在那裏商議著要吃生肉呢，說的有來有去的。我只不信肉也生吃得的？」衆人聽了，都笑道：「了不得，快拿了他兩個來。」黛玉笑道：「這可是雲丫頭鬧的，我的卦再不錯。」

李紈等忙出來找著他兩個，說道：「你們兩個要吃生的，我送你們到老太太那裏吃去。那怕吃一隻生鹿，撐病了不與我相干。這麼大雪，怪冷的，替我作禍呢。」寶玉笑道：「沒有的事，我們燒著吃呢。」李紈道：「這還罷了。」只見老婆們拿了鐵爐、鐵叉、鐵絲幪※6來，李紈道：「仔細割了手，不許哭！」說著，同探春進去了。

註

※6：烘烤食物的鐵絲網狀架子。

評點

◎12.聯詩極雅之事，偏於雅前寫出小兒啖膻茹血極骯髒的事來，爲「錦心繡口」作配。（脂硯齋）

鳳姐打發了平兒來回覆不能來，為發放年例正忙。湘雲見了平兒，那裏肯放。平兒也是個好頑的，素日跟著鳳姐兒無所不至，見如此有趣，樂得頑笑，因而褪去手上的鐲子，三個圍著火爐兒，便要先燒三塊吃。那邊寶釵黛玉平素看慣了，不以為異，寶琴等及李嬸深為罕事。探春與李紈等已議定了題韻。探春笑道：「你聞聞，香氣這裏都聞見了，我也吃去。」說著，也找了他們來。李紈也隨來，說：「客已齊了，你們還吃不夠？」湘雲一面吃，一面說道：「我吃這個方愛吃酒，吃了酒才有詩。若不是這鹿肉，今兒斷不能作詩。」說著，只見寶琴披著鳧靨裘站在那裏笑。湘雲笑道：「傻子，過來嘗嘗。」寶琴笑說：「怪髒的。」寶釵道：「你嘗嘗去，好吃的。你林姐姐弱，吃了不消化，不然他也愛吃。」寶琴聽了，便過去吃了一塊，果然好吃，便也吃起來。一時，鳳姐兒打發小丫頭來叫平兒。平兒說：「史姑娘拉著我呢，你先走罷。」小丫頭去了。一時，只見鳳姐也披了斗篷走來，笑道：「吃這樣好東西，也不告訴我！」說著也湊著一處吃起來。黛玉笑道：「那裏找這一群花子去！罷了，罷了，今日蘆雪庵遭劫，生生被雲丫頭作踐了。我為蘆雪庵一大哭！」湘雲冷笑道：「你知道什麼！『是真名士自風流』，你們都是假清高，最可厭的。我們這會子腥膻大吃大嚼，回來卻是錦心繡口。」寶釵笑道：「你回來若作的不好了，把那肉掏了出來，就把這雪壓的蘆葦子摁上些，以完此劫。」

說著，吃畢，洗漱了一回。平兒帶鐲子時卻少了一個，左右前後亂找了一番，蹤

✣清代，玉鐲。（集成提供）

✣寶玉、湘雲帶頭烤鹿肉吃。（朱士芳繪）

跡全無。眾人都詫異。鳳姐兒笑道：「我知道這鐲子的去向。你們只管作詩去，我們也不用找，只管前頭去，不出三日包管就有了。」說著又問：「你們今兒作什麼詩？老太太說了，離年又近了，正月裏還該作些燈謎兒大家頑笑。」眾人聽了，都笑道：「可是倒忘了。如今趕著作幾個好的，預備正月裏頑。」說著，一齊來至地炕屋內，只見杯盤果菜俱已擺齊，牆上已貼出詩題、韻腳、格式來了。寶玉湘雲二人忙看時，只見題目是「即景聯句※7，五言排律一首，限『二蕭』韻。」後面尚未列次序。李紈道：「我不大會作詩，我只起三句罷，然後誰先得了誰先聯。」寶釵道：「到底分個次序。」要知端的，且聽下回分解。◎13

註

※7：聯句：舊時作詩的一種方式，兩人或多人共作一詩，輪流分吟。

◎13.一片含梅咀雪圖，偏從雉肉、鹿肉、鵪鶉肉上以渲染之，點成異樣筆墨。較之雪吟、雪賦諸作，更覺幽秀。（脂硯齋）

第五十回

蘆雪庵爭聯即景詩　暖香塢雅製春燈謎

話說薛寶釵道：「到底分個次序，讓我寫出來。」說著，便令眾人拈鬮為序。起首恰是李氏，◎[1]然後按次各各開出。鳳姐兒說道：「既這樣說，我也說一句在上頭。」眾人都笑說道：「更妙了！」寶釵便將「稻香老農」之上補了一個「鳳」字，李紈又將題目講與他聽。鳳姐兒想了半日，笑道：「你們別笑話我。我只有一句粗話，下剩的我就不知道了。」眾人都笑道：「越是粗話越好。你說了只管幹正事去罷。」鳳姐兒笑道：「我想，下雪必刮北風。昨夜聽見一夜的北風，我有了一句，就是『一夜北風緊』，可使得？」眾人聽了，都相視笑道：「這句雖粗，不見底下的，這正是會作詩的起法。不但好，而且留了多少地步與後人。就是這句為首，稻香老農快寫上，續下去。」鳳姐和李嬸平兒又吃了兩杯酒，自去了。這裏李紈便寫了：

✣《增評補圖石頭記》第五十回繪畫。（fotoe提供）

一夜北風緊，

自己聯道：開門雪尚飄。入泥憐潔白，

香菱道：匝地惜瓊瑤※1。有意榮枯草，

探春道：無心飾萎苕※2。價高村釀熟，

李綺道：年稔府粱饒。葭動灰飛管，※3

李紋道：陽回斗轉杓※4。寒山已失翠，

岫煙道：凍浦不聞潮。易掛疏枝柳，

湘雲道：難堆破葉蕉。麝煤融寶鼎，

寶琴道：綺袖籠金貂。光奪窗前鏡，

黛玉道：香粘壁上椒※5。斜風仍故故，

寶玉道：清夢轉聊聊※6。何處梅花笛※7？

寶釵道：誰家碧玉簫？鰲愁坤軸陷※8，

註

※1：匝：周、遍。瓊瑤：美玉。

※2：枯萎的葦花。

※3：年稔：收成好。府粱：官倉中的糧食。饒：豐富。葭：蘆葦。灰飛管：古代預測節氣的特殊方法。

※4：陽回：陽氣復回，說明已到「冬至」。斗：指北斗星。杓：斗杓，北斗七星中第五、六、七顆星的總稱，也叫「斗柄」。

※5：以椒塗壁。

※6：因天冷而夢境不長。

※7：指吹奏笛聲，同時用落梅喻飛雪。

※8：鼇：大海龜。坤軸：即地軸，泛指大地。

評點

◎1.一定要按次序，恰又不按次序，似脫落處而不脫落，文章歧路如此。（脂硯齋）

李紈笑道：「我替你們看熱酒去罷。」寶釵命寶琴續聯，只見湘雲站起來道：龍門陣雲銷※9。野岸迴孤棹，

寶琴也站起道：吟鞭※10指灞橋。賜裘憐撫戍，

湘雲那裏肯讓人，且別人也不如他敏捷，都看他揚眉挺身的說道：加絮念征徭。坳垤審夷險※11，

寶釵連聲贊好，也便聯道：枝柯怕動搖。皚皚輕趁步，

黛玉忙聯道：翦翦舞隨腰。煮芋※12成新賞，

一面說，一面推寶玉，命他聯。寶玉正看寶釵、寶琴、黛玉三人共戰湘雲，十分有趣，那裏還顧得聯詩，今見黛玉推他，方聯道：撒鹽※13是舊謠。葦蓑猶泊釣，

湘雲笑道：「你快下去，你不中用，倒耽擱了我。」一面只聽寶琴聯道：林斧不聞樵。伏象千峰凸，

湘雲忙聯道：盤蛇一逕遙。花緣經冷聚，

寶釵與衆人又忙贊好。探春又聯道：色豈畏霜凋。深院驚寒雀，

湘雲正渴了，忙忙的吃茶，已被岫煙道：空山泣老鴉※14。階墀隨上下，

湘雲忙丟了茶杯，忙聯道：池水任浮漂。照耀臨清曉，

黛玉聯道：繽紛入永宵。誠忘三尺冷※15，

湘雲忙笑聯道：瑞釋九重焦※16。僵臥誰相問？

寶琴也忙笑聯道：狂遊客喜招。天機斷縞帶※17，

湘雲又忙道：海市※18失鮫綃。

林黛玉不容他道出，接著便道：寂寞對臺榭，

湘雲忙聯道：清貧懷簞瓢。

寶琴也不容情，也忙道：烹茶冰漸沸，

湘雲見這般，自為得趣，又是笑，又忙聯道：煮酒葉難燒。

黛玉也笑道：沒帚山僧掃，

寶琴也笑道：埋琴稚子挑。

湘雲笑的彎了腰，忙念了一句，眾人問「到底說的什麼？」湘雲喊道：石樓閑睡鶴，

黛玉笑的握著胸口，高聲嚷道：錦罽暖親貓。

寶琴也忙笑道：月窟翻銀浪，

湘雲忙聯道：霞城隱赤標※19。

註

※9：以玉龍鱗片紛飛的景象比喻大雪紛飛。

※10：意謂雪中行吟。

※11：坳：地低窪處。垤：小土堆。審：詳察。夷：平坦，平安。

※12：蘇東坡幼子蘇過以山芋作玉糝羹，東坡作詩，贊其色白。

※13：指東晉謝安與其子侄詠雪一事。

※14：鴞：鴟鴞，即貓頭鷹，常於夜間捕捉食物。

※15：誠敬之心，使人忘卻了雪天的寒冷。三尺：指雪。

※16：瑞雪兆豐年，可以消除皇帝的焦慮。九重：代指皇帝。

※17：天機：傳說中天上織女的織機。縞帶：白色絲帶。

※18：海市蜃樓，由於光線變化而出現的奇景，後亦比喻為虛幻的景象事物。

※19：形容積雪深厚。霞城；指赤城山，在浙江天臺縣北。赤標：赤城山的高峰。

黛玉忙笑道：沁梅香可嚼，

寶釵笑稱好，也忙聯道：淋竹醉堪調。

寶琴也忙道：或濕鴛鴦帶，

湘雲忙聯道：時凝翡翠翹。

黛玉又忙道：無風仍脈脈，

寶琴又忙笑聯道：不雨亦瀟瀟。

湘雲伏著，已笑軟了。衆人看他三人對搶，也都不顧作詩，看著也只是笑。黛玉還推他往下聯，又道：「你也有才盡之時。我聽聽還有什麼舌根嚼了！」湘雲只伏在寶釵懷裏，笑個不住。寶釵推他起來道：「你有本事，把『二蕭』的韻全用完了，我才伏你。」湘雲起身笑道：「我也不是作詩，竟是搶命呢。」◎[2]衆人笑道：「倒是你說罷。」探春早已料定沒有自己聯的了，便早寫出來，因說：「還沒收住呢。」李紈聽了，接過來便聯了一句道：欲志今朝樂，

李綺收了一句道：憑詩祝舜堯。

李紈道：「夠了，夠了！雖沒作完了韻，賸的字若生扭用了，倒不好了。」說著，大

✣ 蘆雪庵聯詩，湘雲、寶琴和黛玉聯得最快最多。（朱士芳繪）

家來細細評論一回，獨湘雲的多，都笑道：「這都是那塊鹿肉的功勞。」◎3

李紈笑道：「逐句評去都還一氣，只是寶玉又落了第了。」寶玉笑道：「我原不會聯句，只好擔待我罷。」李紈笑道：「也沒有社社擔待你的。又說韻險了，又整誤了，又不會聯句了，今日必罰你。我才看見櫳翠庵的紅梅有趣，我要折一枝來插瓶。可厭妙玉為人，我不理他。如今罰你去取一枝來。」眾人都道這罰又雅又有趣。寶玉也樂為，答應著就要走。湘雲黛玉一齊說道：「外頭冷得很，你且吃杯熱酒再去。」湘雲早執起壺來，黛玉遞了一個大杯，滿斟了一杯。湘雲笑道：「你吃了我們的酒，你要取不來，加倍罰你！」寶玉忙吃了一杯，冒雪而去。李紈命人好好跟著。黛玉忙攔說：「不必，有了人反不得了。」李紈點頭說：「是。」一面命丫鬟將一個美女聳肩瓶拿來，貯了水準備插梅，因又笑道：「回來該咏紅梅了。」湘雲忙道：「我先作一首。」寶釵忙道：「今日斷乎不容你再作了。你都搶了去，別人都閑著，也沒趣。回來還罰寶玉，他說不會聯句，如今就叫他自己作去。」黛玉笑道：「這話很是。我還有個主意，方才聯句不夠，莫若揀著聯的少的人作紅梅詩。」寶釵笑道：「這話是極。方才邢李三位屈才，且又是客。琴兒和顰兒雲兒三個人也搶了許多，我們一概都別作，只讓他三個作才是。」李紈因說：「綺兒也不大會作，還是讓琴妹妹作罷。」寶釵只得依允，又道：「就用『紅梅花』三個字作韻，每人一首七律。邢大妹妹作『紅』字，你們李大妹妹作『梅』字，琴兒作『花』字。」李紈道：「饒過寶玉去，

◎2. 的是湘雲。寫海棠是一樣筆墨，如今聯句，又是一樣寫法。（脂硯齋）

◎3. 此回著重在寶琴，卻出色寫湘雲。寫湘雲聯句極敏捷聰慧，而寶琴之聯句不少於湘雲，可知出色寫湘雲，正所以出色寫寶琴。出色寫寶琴者，全為與寶玉提親作引也。金針暗渡，不可不知。（脂硯齋）

我不服。」湘雲忙道：「有個好題目命他作。」衆人問何題目？湘雲道：「命他就作『訪妙玉乞紅梅』，豈不有趣？」衆人聽了，都說有趣。

一語未了，只見寶玉笑嘻嘻掮了一枝紅梅進來，◎4衆丫鬟忙已接過，插入瓶內。衆人都笑稱謝。寶玉笑道：「你們如今賞罷，也不知費了我多少精神呢！」說著，探春早又遞過一鍾暖洒來，衆丫鬟走上來，接了蓑笠撣雪。各人房中丫鬟都添送衣服來，襲人也遣人送了半舊的狐腋褂來。李紈命人將那蒸的大芋頭盛了一盤，又將朱橘、黃橙、橄欖等盛了兩盤，命人帶與襲人去。湘雲且告訴寶玉方才的詩題，又催寶玉快作。寶玉道：「姐姐妹妹們，讓我自己用韻罷，別限韻了。」衆人都說：「隨你作去罷。」

一面說，一面大家看梅花。原來這枝梅花只有二尺來高，旁有一橫枝縱橫而出，約有五六尺長，其間小枝分歧，或如蟠螭，或如僵蚓，或孤削如筆，或密聚如林，花吐胭脂，香欺蘭蕙，各各稱

✣妙玉折梅，並非心如止水。（朱士芳繪）

賞。誰知邢岫煙、李紋、薛寶琴三人都已吟成，各自寫了出來。衆人便依「紅梅花」三字之序看去，寫道是：

咏紅梅花得「紅」字　邢岫煙

桃未芳菲杏未紅，沖寒先已笑東風。魂飛庾嶺春難辨，霞隔羅浮夢未通。綠萼添妝融寶炬，縞仙扶醉跨殘虹。看來豈是尋常色，濃淡由他冰雪中。※20

咏紅梅花得「梅」字　李紋

白梅懶賦賦紅梅，逞艷先迎醉眼開。凍臉有痕皆是血，醉心無恨亦成灰。誤吞丹藥移眞骨，偷下瑤池脫舊胎。江北江南春燦爛，寄言蜂蝶漫疑猜。

咏紅梅花得「花」字　薛寶琴

疏是枝條艷是花，春妝兒女競奢華。閑庭曲檻無餘雪，流水空山有落霞。幽夢冷隨紅袖笛，游仙香泛絳河槎※21。前身定是瑤臺種，無復相疑色相差。

衆人看了，都笑稱賞了一番，又指末一首說更好。寶玉見寶琴年紀最小，才又敏捷，深爲奇異。◎5黛玉湘雲二人斟了一小杯酒，齊賀寶琴。寶釵笑道：「三首各有各好。你們兩個天天捉弄厭了我，如今捉弄他來了。」李紈又問寶玉：「你可有了？」寶玉忙道：「我倒有了，才一看見那三首，又嚇忘了，等我再想。」湘雲聽了，便拿了

註

※20：庾嶺：即大庾嶺。因嶺上多梅花，又稱梅嶺。羅浮：山名，在廣東省東江北岸。綠萼：即綠萼梅。縞仙：白衣仙人，代指白梅。

※21：絳河：銀河。泛：乘船。槎：木筏。

評點

◎4.寶玉一生最感愉快的事……在櫳翠庵採梅回來，走進蘆雪亭一眼看見許多姐妹的一剎那。因爲這一剎那，寶玉的靈魂中，已達到爲女性服務的最高峰。（劉冰弦）

◎5.曹雪芹憐愛寶琴，賦予了她以豐神靈秀之姿、驚人清麗之容、聰穎敏捷之才，使她幾乎成了紅樓世界的第一完人，在她身上作者對「小才微善」的「異樣女子」才華、純潔、美貌、青春的愛慕與敬重，寄予了作者的理想。（劉佳晨）

一支銅火箸擊著手爐，笑道：「我擊鼓了，若鼓絕不成，又要罰的。」寶玉笑道：「我已有了。」黛玉提起筆來，說道：「你念，我寫。」湘雲便擊了一下笑道：「一鼓絕。」寶玉笑道：「有了，你寫吧。」眾人聽他念道：「酒未開樽句未裁，」黛玉寫了，搖頭笑道：「起的平平。」湘雲又道：「快著！」寶玉笑道：「尋春問臘到蓬萊。」黛玉湘雲都點頭笑道：「有些意思了。」寶玉又道：「不求大士瓶中露，爲乞嫦娥檻外梅。※22」黛玉寫了，又搖頭道：「湊巧而已。」湘雲忙催二鼓，寶玉又笑道：「入世冷挑紅雪去，離塵香割紫雲來。槎枒誰惜詩肩瘦，衣上猶沾佛院苔。※23」黛玉寫畢，湘雲大家才評論時，只見幾個小丫鬟跑進來道：「老太太來了。」眾人忙迎出來。大家又笑道：「怎麼這等高興！」說著，遠遠見賈母圍了大斗篷，帶著灰鼠暖兜，坐著小竹轎，打著青綢油傘，鴛鴦琥珀等五六個丫鬟，每個人都是打著傘，擁轎而來。李紈等忙往上迎，賈母命人止住說：「只站在那裏就是了。」來至跟前，賈母笑道：「我瞞著你太太和鳳丫頭來了。大雪地下坐著這個無妨，沒的叫他們來踩雪。」眾人忙一面上前接斗篷，攙扶著，一面答應著。賈母來至室中，先笑道：「好俊梅花！你們也會樂，我來著了。」說著，李紈早命拿了一個大狼皮褥來鋪在當中。賈母坐了，因笑道：「你們只管頑笑吃喝。我因爲天短了，不敢睡中覺，抹了一回牌，想起你們來了，我也來湊個趣兒。」李紈早又捧過手爐來，探春另拿了一副杯箸來，親自斟了暖酒，奉與賈母。賈母便飲了一口，問那個盤子裏是什麼東西。眾人

忙捧了過來，回說是糟鵪鶉。賈母道：「這倒罷了，撕一兩點腿子來。」李紈忙答應了，要水洗手，親自來撕。賈母又道：「你們仍舊坐下說笑，我聽。」又命李紈：「你也坐下，就如同我沒來的一樣才好，不然我就去了。」眾人聽了，方依次坐下，這李紈便挪到盡下邊。◎6賈母因問作何事了，眾人便說作詩。賈母道：「有作詩的，不如作些燈謎，大家正月裏好頑的。」眾人答應了。說笑了一會，賈母便說：「這裏潮濕，你們別久坐，仔細受了潮濕。」因說：「你四妹妹那裏暖和，我們到那裏瞧瞧他的畫兒，趕年可有了。」眾人笑道：「那裏能年下就有了？只怕明年端陽有了。」賈母道：「這還了得！他竟比蓋這園子還費工夫了。」

* * *

說著，仍坐了竹椅轎，大家圍隨，過了藕香榭，穿入一條夾道，東西兩邊皆有過街門，門樓上裏外皆嵌著石頭匾，如今進的是西門，向外的匾上鑿著「穿雲」二字，向裏的鑿著「度月」兩字。來至當中，進了向南的正門，賈母下了轎，惜春已接了出來。從裏邊遊廊過去，便是惜春臥房，門斗上有「暖香塢」三個字。早有幾個人打起猩紅氈簾，已覺溫香拂臉。大家進入房中，賈母並不歸坐，只問畫在那裏。惜春因笑回：「天氣寒冷了，膠性皆凝澀不潤，畫了恐不好看，故此收起來。」賈母笑道：「我年下就要的。你別托懶兒，快拿出來給我快畫！」一語未了，忽見鳳姐兒披著紫

註

※22：大士、嫦娥：都是隱指妙玉。大士：本為菩薩之稱，指觀世音。檻外：世外，此指櫳翠庵。

※23：挑紅雪、割紫雲：均喻折紅梅。槎枒：形容詩人骨瘦如柴。佛院：此指櫳翠庵。

評點

◎6.李紈是大觀園中的逸士高人，又是賈府的良母賢媳。由於不幸的經歷造成了她的性格轉變，她的理想化形象就同時帶有了超脫型人和謙卑型人的特點。（郭一峰）

羯褂，笑嘻嘻的來了，口內說道：「老祖宗今兒也不告訴人，私自就來了，要我好找。」賈母見他來了，心中自是喜悅，便道：「我怕你們冷著了，所以不許人告訴你們去。你眞是個鬼靈精兒，到底找了我來。以理，孝敬也不在這上頭。」鳳姐兒笑道：「我那裏是孝敬的心找了來？我因爲到了老祖宗那裏，鴉沒雀靜的，◎7問小丫頭子們，他又不肯說，叫我找到園裏來。我正疑惑，忽然又來了兩三個姑子，我心裏才明白。我想那姑子必是來送年疏※24，或要年例香例銀子，老祖宗年下的事也多，一定是躲債來了。我趕忙問了那姑子，果然不錯。我連忙把年例給了他們去了。如今來回老祖宗，債主已去，不用躲著了。已預備下希嫩的野雞，請用晚飯去，再遲一回就老了。」他一行說，衆人一行笑。

鳳姐兒也不等賈母說話，便命人抬過轎子來。賈母笑著，攙了鳳姐的手，仍舊上轎，帶著衆人，說笑出了夾道東門。一看，四面粉妝銀砌，忽見寶琴披著鳧靨裘站在山坡上遙等，身後一個丫鬟抱著一瓶紅梅。衆人都笑道：「少了兩個人，他卻在這裏等著，也弄梅花去了。」賈母喜的忙笑道：「你們瞧，這雪坡上配上他的這個人品，又是這件衣裳，後頭又是這梅花，像個什麼？」衆人都笑道：「就像老太太屋裏掛的仇十洲※25畫的《雙艷圖》。」賈母搖頭笑道：「那畫的那裏有這件衣裳？人也不能這

✣ 大觀園一派繁華時，惜春接賈母令畫出大觀園，但是好景不長，諸芳流散，萬物凋零，惜春的任務最終也沒有完成。（張羽琳繪）

樣好！」一語未了，只見寶琴背後轉出一個披大紅猩毡的人來。賈母道：「那又是那個女孩兒？」衆人笑道：「我們都在這裏，那是寶玉。」賈母笑道：「我的眼越發花了。」說話之間，來至跟前，可不是寶玉和寶琴。寶玉笑向寶釵黛玉等道：「我才又到了櫳翠庵。妙玉每人送你們一枝梅花，我已經打發人送去了。」衆人都笑說：「多謝你費心！」

✣ 惜春在大觀園的住處名為「暖香塢」，但日後賈府迭遭變故，惜春的性子也越來越冷。（趙塑攝於北京大觀園）

說話之間，已出了園門，來至賈母房中。吃畢飯大家又說笑了一回。忽見薛姨媽也來了，說：「好大雪，一日也沒過來望候老太太。今日老太太倒不高興？正該賞雪才是。」賈母笑道：「何曾不高興！我找了他們姐妹們去頑了一會子。」薛姨媽笑道：「昨日晚上，我原想著今日要和我們姨太太借一日園子，

註

※24：「疏」又稱「疏頭」，焚化在神佛前的祭文。

※25：指仇英，字實父，別號十洲，擅畫工筆仕女及山水，爲明代畫家。

評點

◎7.這四個字俗語中常聞，但不能落紙筆耳。便欲寫時，究竟不知係何四字，今如此寫來，真是不可移易。（脂硯齋）

擺兩桌粗酒，請老太太賞雪的，又見老太太安息的早。我聞得女兒說，老太太心下不大爽，因此今日也沒敢驚動。早知如此，我正該請。」賈母笑道：「這才是十月裏頭場雪，往後下雪的日子多呢，再破費不遲。」薛姨媽笑道：「果然如此，算我的孝心虔了。」鳳姐兒笑道：「姨媽仔細忘了，如今先秤五十兩銀子來，交給我收著，一下雪，我就預備下酒，姨媽也不用操心，也不得忘了。」賈母笑道：「既這麼說，姨太太給他五十兩銀子收著，我和他每人分二十五兩，到下雪的日子，我裝心裏不快，混過去了，姨太太更不用操心，我和鳳丫頭倒得了實惠。」鳳姐將手一拍，笑道：「妙極了，這和我的主意一樣。」衆人都笑了。賈母笑道：「呸！沒臉的，就順著竿子爬上來了！你不該說姨太太是客，在咱們家受屈，我們該請姨太太才是，那裏有破費姨太太的理！不這樣說呢，還有臉先要五十兩銀子，眞不害臊！」鳳姐兒笑道：「我們老祖宗最是有眼色的，試一試，姨媽若鬆呢，拿出五十兩來，就和我分。這會子估量著不中用了，翻過來拿我作法子，說出這些大方話來。如今我也不和姨媽要銀子，竟替姨媽出銀子治了酒，請老祖宗吃了，我另外再封五十兩銀子孝敬老祖宗，算是罰我個包攬閑事，這可好不好？」話未說完，衆人已笑倒在炕上。

賈母因又說及寶琴雪下折梅比畫兒上還好，因又細問他的年庚八字並家內景況。薛姨媽度其意思，大約是要與寶玉求配。薛姨媽心中固也遂意，只是已許過梅家了，因賈母尚未明說，自己也不好擬定，遂半吐半露告訴賈母道：「可惜這孩子沒福，前年他父親就沒了。他從小兒見的世面倒多，跟著他父母四山五岳都走遍了。他父親是好樂的，各處因有買賣，帶著家眷，這一省逛一年，明年又往那一省逛半年，所以天下十停走了有五六停了。那年在這裏，把他許了梅翰林的兒子，偏第二年他父親就辭世了，他母親又是痰症。」鳳姐也不等說完，便嗐聲跺腳的說：「偏不巧，我正要作個媒呢，又已經許了人家。」賈母笑道：「你要給誰說媒？」鳳姐兒笑道：「老祖宗別管，我心裏看准了他們兩個是一對。如今已許了人，說也無益，不如不說罷了。」賈母也知鳳姐兒之意，聽見已有了人家，也就不提了。大家又閑話了一會方散。一宿無話。

次日雪晴。飯後，賈母又親囑惜春：「不管冷暖，你只畫去，趕到年下，十分不能便罷了。第一要緊把昨日琴兒和丫頭梅花，照模照樣，一筆別錯，快快添上。」惜春聽了雖是爲難，只得應了。一時衆人都來看他如何畫，惜春只是出神。李紈因笑向衆人道：「讓他自己想去，咱們且說話兒。昨兒老太太只叫作燈謎，回家和綺兒紋兒睡不著，我就編了兩個『四書』的。他兩個每人也編了兩個。」衆人聽了，都笑道：「這倒該作的。先說了，我們猜猜。」李紈笑道：「『觀音未有世家傳』，打『四書』一句。」湘雲接著就說「在止於至善。※26」寶釵笑道：「你也想一想『世家傳』三個字的意思再猜。」李紈笑道：「再想。」黛玉笑道：「哦，是了！是『雖善無徵

註

※26：達到最完美的境界。

※27』。」衆人都笑道：「這句是了。」李紈又道：「一池青草草何名。」湘雲忙道：「這一定是『蒲蘆也』。再不是不成？」李紈笑道：「這難爲你猜。紋兒的是『水向石邊流出冷』，打一古人名。」探春笑問道：「可是山濤※28？」李紋笑道：「是。」李紈又道：「綺兒的是個『螢』字，打一個字。」衆人猜了半日，寶琴笑道：「這個意思卻深，不知可是花草的『花』字？」李綺笑道：「恰是了。」衆人道：「螢與花何干？」黛玉笑道：「妙得很！螢可不是草化的※29？」衆人會意，都笑了說「好！」寶釵道：「這些雖好，不合老太太的意思，不如作些淺近的物兒，大家雅俗共賞才好。」衆人都道：「也要作些淺近的俗物才是。」湘雲想了一想，笑道：「我編了一枝《點絳脣》，恰是俗物，你們猜猜。」說著便念道：「溪壑分離，紅塵遊戲，眞何趣？名利猶虛，後事終難繼。」衆人都不解，想了半日，也有猜是和尚的，也有猜是道士的，

✣ 惜春在臥房作畫，其他人在一邊猜燈謎。（朱士芳繪）

也有猜是偶戲人的。寶玉笑了半日，道：「都不是，我猜著了，一定是耍的猴兒。」湘雲笑道：「正是這個了。」眾人道：「前頭都好，末後一句怎麼解？」湘雲道：「那一個耍的猴兒不是剁了尾巴去的？」眾人聽了，都笑起來，說：「偏他編個謎兒也是刁鑽古怪的。」李紈道：「昨日姨媽說，琴妹妹見的世面多，走的道路也多，你正該編謎兒，正用著了。你的詩且又好，何不編幾個我們猜一猜？」寶琴聽了，點頭含笑，自去尋思。寶釵也有了一個，念道：「鏤檀鍥梓一層層，豈係良工堆砌成？雖是半天風雨過，何曾聞得梵鈴聲！※30」打一物。眾人猜時，寶玉也有了一個，念道：「天上人間兩渺茫，琅玕節過謹隄防。鸞音鶴信須凝睇，好把唏噓答上蒼。※31」

黛玉也有了一個，念道是：「騄駬※32何勞縛紫繩？馳城逐塹勢猙獰。主人指示風雷動，鰲背三山獨立名。」探春也有了一個，方欲念時，寶琴走過來笑道：「我從小兒所走的地方的古蹟不少。我今揀了十個地方的古蹟，作了十首懷古的詩。詩雖粗鄙，卻懷往事，又暗隱俗物十件，姐姐們請猜一猜。」眾人聽了，都說：「這倒巧，何不寫出來大家一看？」要知端的——

註

※27：語出《禮記・中庸》：「上爲者雖善無徵。」「徵」字雙關，又作「納徵」以成婚禮之「徵」解。「雖善無徵」，意即觀音雖善，但無人向她納彩定親，故不能傳宗接代。

※28：晉代詩人，竹林七賢之一。

※29：螢在夏季就水草產卵，化蛹成長，古人誤以爲螢是由腐草變化而成。

※30：鏤、鍥：雕刻。檀、梓：質地比較堅硬的木材。梵鈴：佛寺和寶塔簷角上懸掛的銅鈴。

※31：琅玕：竹子。鸞音鶴信：指仙界傳來的消息。凝睇：注視。

※32：馬名，傳說爲周穆王八駿之一。

第五十一回

薛小妹新編懷古詩　胡庸醫亂用虎狼藥

衆人聞得寶琴將素習所經過各省內的古蹟爲題，作了十首懷古絕句，內隱十物，皆說這自然新巧。都爭著看時，只見寫道是：

赤壁※1懷古　其一

赤壁沉埋水不流，徒留名姓載空舟。
喧闐一炬悲風冷，無限英魂在內遊。

交趾懷古　其二

銅鑄金鏞振紀綱，聲傳海外播戎羌。
馬援自是功勞大，鐵笛無煩說子房。※2

鍾山※3懷古　其三

名利何曾伴汝身，無端被詔出凡塵。
牽連大抵難休絕，莫怨他人嘲笑頻。

淮陰懷古　其四

壯士須防惡犬欺，三齊位定蓋棺時。
寄言世俗休輕鄙，一飯之恩死也知。※4

✣《增評補圖石頭記》第五十一回繪畫。（fotoe提供）

廣陵懷古　其五

蟬噪鴉棲轉眼過，隋堤風景近如何。
只緣占得風流號，惹得紛紛口舌多。※5

桃葉渡懷古　其六

衰草閑花映淺池，桃枝桃葉總分離。
六朝樑棟多如許，小照空懸壁上題。※6

青冢懷古　其七

黑水茫茫咽不流，冰弦撥盡曲中愁。
漢家制度誠堪嘆，樗櫟應慚萬古羞。※7

馬嵬※8懷古　其八

寂寞脂痕漬汗光，溫柔一旦付東洋。
只因遺得風流跡，此日衣衾尚有香。

註

※1：赤壁：山名，在今湖北省境內。東漢建安十三年，孫權、劉備合力在此大敗曹操大軍。

※2：交趾：漢代設置交趾郡，指安南北部。馬援：東漢光武帝劉秀的大將，曾帶兵西擊羌族，南征交趾，北逐匈奴。子房：張良，字子房，曾輔佐劉邦建立漢朝。

※3：鍾山：即紫金山，在今江蘇省南京市東。

※4：淮陰：古縣名，秦代所置，在今江蘇省清江市。壯士：指西漢名將韓信。三齊：項羽滅秦後，將齊地封給膠東、齊、濟北三王，故「齊」又稱「三齊」。一飯之恩：韓信少年貧困，遇漂母供他飯食。後來韓信作了楚王，曾以千金相酬。

※5：廣陵，古郡名，在今江蘇省揚州市。隋煬帝開通濟渠，兩岸種垂柳，世稱隋堤。

※6：桃葉渡：在今江蘇省南京市，秦淮河與青溪合流處。小照：肖像畫，畫面除人物另點綴簡單的景物。

※7：青冢：王昭君墓。冰弦：指王昭君琵琶上的弦。樗櫟：臭椿和柞樹。古人認爲這兩種樹不能成材，故常用來比喻無用之人。

※8：馬嵬：即馬嵬驛，在今陝西省興平縣馬嵬鎮。及安祿山反，唐玄宗出奔，行至馬嵬，軍士不肯前行以罪在楊門，請求殺貴妃之兄楊國忠並請誅楊貴妃，玄宗被迫縊殺楊貴妃。

✣《桃葉桃根》，吳友如繪（？～1894年），名嘉猷，清末元和（今江蘇吳縣）人，著名畫家，擅長繪畫人物仕女。桃葉、桃根，兩姐妹都是晉代書法家王獻之的妾，桃葉渡即以桃葉命名。（清．吳友如繪）

蒲東寺[9]懷古　其九

小紅骨賤最身輕，私掖偷攜強撮成。
雖被夫人時吊起，已經勾引彼同行。

梅花觀懷古　其十

不在梅邊在柳邊，個中誰拾畫嬋娟。
團圓莫憶春香到，一別西風又一年。[10]

衆人看了，都稱奇道妙。◎1寶釵先說道：「前八首都是史鑑上有據的，後二首卻無考，我們也不大懂得，不如另作兩首爲是。」黛玉忙攔道：◎2「這寶姐姐也忒『膠柱鼓瑟[11]』，矯揉造作了。這兩首雖於史鑑上無考，咱們雖不曾看這些外傳，不知底裏，難道咱們連兩本戲也沒有見過不成？那三歲孩子也知道，何況咱們？」探春便道：「這話正是了。」◎3李紈又道：「況且他原是到過這個地方的。這兩件事雖無考，古往今來，以訛傳訛，好事者竟故意的弄出這古蹟來以愚人。比如那年上京的時節，單是關夫子的墳，倒見了三四處。關夫子[12]一生事業，皆是有據的，如何又有許多的墳？自然是後來人敬愛他生前爲人，只怕從這敬愛上穿鑿出來，也是有的。及至看《廣輿記》上，不止關夫子的墳多，自古來有些名望的人，墳就不少，無考的古蹟更多。如今這兩首雖無考，凡說書唱戲，甚至於求的籤上皆有注批，老小男女，俗語口頭，人人皆知皆說的。況且又並不是看了『西廂』『牡丹』的詞曲，怕看了邪書。

這竟無妨，只管留著。」寶釵聽說，方罷了。◎4大家猜了一回，皆不是。

冬日天短，不覺又是前頭吃晚飯之時，一齊前來吃飯。因有人回王夫人說：「襲人的哥哥花自芳進來說，他母親病重了，想他女兒。他來求恩典，接襲人家去走走。」王夫人聽了，便道：「人家母女一場，豈有不許他去的！」一面就叫了鳳姐兒來，告訴了鳳姐兒，命酌量去辦理。

鳳姐兒答應了，回至房中，便命周瑞家的去告訴襲人原故。又吩咐周瑞家的：「再將跟著出門的媳婦傳一個，你兩個人，再帶兩個小丫頭子，跟了襲人去。外頭派四個有年紀跟車的。要一輛大車，你們帶著坐；要一輛小車，給丫頭們坐。」周瑞家的答應了，才要去，鳳姐兒又道：「那襲人是個省事的，你告訴他說我的話：叫他穿幾件顏色好衣裳，大大的包一包袱衣裳拿著，包袱也要好好的，手爐也要拿好的。臨走時，叫他先來我瞧瞧。」周瑞家的答應去了。

半日，果見襲人穿戴來了，兩個丫頭與周瑞家的拿著手爐與衣包。鳳姐兒看襲人頭上戴著幾枝金釵珠釧，倒華麗；又看身上穿著桃紅百子刻絲銀鼠襖子，蔥綠盤金彩繡綿裙，外面穿著青緞灰鼠褂。鳳姐笑道：「這三件衣裳都是太太的，賞了你倒是好

註

※9：蒲東寺：即唐代元稹《會眞記》中張生與崔鶯鶯相會的普救寺。據《會眞記》載，崔鶯鶯的丫鬟紅娘爲張生和鶯鶯撮合，發現後被拷打。

※10：梅花觀：《牡丹亭》中杜家爲守護杜麗娘墳墓而建造的廟宇。春香：杜麗娘丫鬟的名字。

※11：將瑟弦用膠粘柱則音不能調，比喻頑固不知變通。

※12：關夫子：即關羽，三國時蜀漢大將。後世尊稱爲「關公」，把他同「文聖」孔夫子並列，故亦稱「關夫子」。

評點

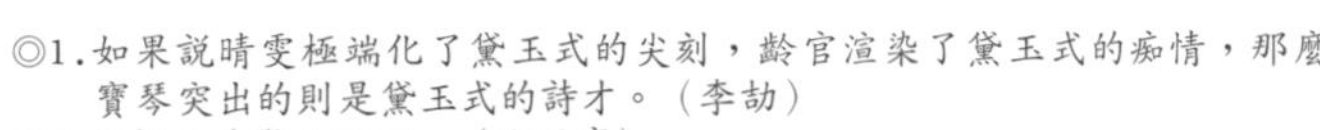

◎1.如果說晴雯極端化了黛玉式的尖刻，齡官渲染了黛玉式的痴情，那麼寶琴突出的則是黛玉式的詩才。（李劼）

◎2.好極！非黛玉不可。（脂硯齋）

◎3.余謂顰兒必有尖語來諷，不望竟有此飾詞代爲解釋，此則眞心以待寶釵也。（脂硯齋）

◎4.此爲三染無痕也，妙極！天衣無縫之文。（脂硯齋）

的；但只這褂子太素了些，如今穿著也冷，你該穿一件大毛的。」襲人笑道：「太太就只給了這灰鼠的，還有一件銀鼠的。說趕年下再給大毛的，還沒有得呢。」鳳姐笑道：「我倒有一件大毛的，我嫌風毛兒[※13]出不好了，正要改去。也罷，先給你穿去罷。等年下太太給你作的時節我再作罷，只當你還我一樣。」眾人都笑道：「奶奶慣會說這話。成年家大手大腳的替太太不知背地裏賠墊了多少東西，真真的賠的是說不出來的，那裏又和太太算去？偏這會子又說這小氣話取笑兒。」鳳姐兒笑道：「太太那裏想的到這些？究竟這又不是正經事，再不照管，也是大家的體面。說不得我自己吃些虧，把眾人打扮體統了，寧可我得個好名也罷了。一個一個像『燒糊了的捲子』似的，人先笑話我，說我當家倒把人弄出個花子來。」眾人聽了，都嘆說：「誰似奶奶這樣聖明！在上體貼太太，在下又疼顧下人。」一面說，一面只見鳳姐兒命平兒將昨日那件石青刻絲八團天馬皮褂子拿出來，與了襲人。又看包袱，只得一個彈墨花綾水紅綢裏的夾包袱，裏面只包著兩件半舊棉襖與皮褂。鳳姐又命平兒把一個玉色綢裏的哆羅呢的包袱拿出來，又命包上一件雪褂子。

平兒走去拿了出來，一件是半舊大紅猩猩氈的，一件是大紅羽紗的。[◎5]襲人道：

✣ 襲人的母親病重，襲人要回家去探望，鳳姐借給她大毛衣服。（朱士芳繪）

「一件就當不起了。」平兒笑道：「你拿這猩猩毡的。把這件順手拿將出來，叫人給邢大姑娘送去。昨兒那麼大雪，人人都是有的，不是猩猩毡，就是羽緞羽紗的，十來件大紅衣裳，映著大雪好不齊整！就只他穿著那件舊毡斗篷，越發顯的拱肩縮背，好不可憐見的。如今把這件給他罷。」鳳姐笑道：「我的東西，他私自就要給人。我一個還花不夠，再添上你提著，更好了！」衆人笑道：「這都是奶奶素日孝敬太太，疼愛下人。若是奶奶素日是小氣的，只以東西爲事，不顧下人的，姑娘那裏還敢這樣了。」鳳姐笑道：「所以知道我的心的，也就是他還知三分罷了。」說著，又囑咐襲人道：「你媽若好了就罷；若不中用了，只管住下，打發人來回我，我再另打發人給你送鋪蓋去。可別使人家的鋪蓋和梳頭的傢伙。」又吩咐周瑞家的道：「你們自然也知道這裏的規矩的，也不用我囑咐了。」周瑞家的答應：「都知道。我們這去到那裏，總叫他們的人迴避。若住下，必是另要一兩間內房的。」說著，跟了襲人出去，又吩咐預備燈籠，遂坐車往花自芳家來，不在話下。

這裏鳳姐又將怡紅院的嬤嬤喚了兩個來，吩咐道：「襲人只怕不來家，你們素日知道那大丫頭們，那兩個知好歹，派出來在寶玉屋裏上夜。你們也好生照管著，別由著寶玉胡鬧。」兩個嬤嬤去了，一時來回說：「派了晴雯和麝月在屋裏，我們四個人原是輪流著帶管上夜的。」鳳姐聽了點頭道：「晚上催他早睡，早上催他早起。」

註 ※13：特意將領、袖邊緣部分的皮毛露於外以增添美觀，因其毛在外，故稱「風毛兒」。

◎5.體面丫頭出去便如許裝點，可見其奢侈習慣。（東觀閣主人）

人，一面著人往大觀園去取他的鋪蓋妝奩。

兒說：「襲人之母業已停床※14，不能回來。」鳳姐回明了王夫

老嬤嬤們答應了，自回園去。一時果有周瑞家的帶了信回鳳姐

寶玉看著晴雯麝月二人打點妥當，送去之後，晴雯麝月皆卸罷殘妝，脫換過裙襖。晴雯只在熏籠※15上圍坐。麝月笑道：「你今兒別裝小姐了，我勸你也動一動兒。」晴雯道：「等你們都去盡了，我再動不遲。有你們一日，我且受用一日。」麝月笑道：「好姐姐，我鋪床，你把那穿衣鏡的套子放下來，上頭的划子划上，你的身量比我高些。」說著，便去與寶玉鋪床。晴雯「嗐」了一聲，笑道：「人家才坐暖和了，你就來鬧。」此時寶玉正坐著納悶，想襲人之母不知是死是活，忽聽見晴雯如此說，便自己起身出去，放下鏡套，划上消息，進來笑道：「你們暖和罷，都完了。」晴雯笑道：「終久暖和不成的，我又想起來湯婆子還沒拿來呢。」麝月道：「這難為你想著！他素日又不要湯婆子，咱們那熏籠上暖和，比不得那屋裏炕冷，今兒可以不用。」寶玉笑道：「這個話，你們兩個都在那上頭睡了，我這外邊沒個人，我怪怕的，一夜也睡不著。」晴雯道：「我是在這裏。麝月往他外邊睡去。」說話之間，天已二更，麝月早已放下簾幔，移燈炷香，伏侍寶玉臥下，二人方睡。

晴雯自在熏籠上，麝月便在暖閣外邊。至三更以後，寶玉睡夢之中便叫襲人。叫了兩聲，無人答應，自己醒了，方想起襲人不在家，自己也好笑起來。晴雯已醒，因笑喚麝月道：「連我都醒了，他守在旁邊還不知道，眞是個挺死屍的。」麝月翻身打個哈氣，笑道：「他叫襲人，與我什麼相干！」因問作什麼。寶玉要吃茶。麝月忙起來，單穿紅綢小棉襖兒。寶玉道：「披上我的襖兒再去，仔細冷著。」麝月聽說，回手便把寶玉披著起夜的一件貂頦滿襟暖襖披上，下去向盆內洗手，先倒了一鍾溫水，拿了大漱盂，寶玉漱了一口，然後才向茶格上取了茶碗，先用溫水涮了一涮，向暖壺中倒了半碗茶，遞與寶玉吃了；自己也漱了一漱，吃了半碗。晴雯笑道：「好妹子，也賞我一口兒。」麝月笑道：「越發上臉兒了！」晴雯道：「好妹妹，明兒晚上你別動，我伏侍你一夜，如何？」麝月聽說，只得也伏侍他漱了口，倒了半碗茶與他吃過。麝月笑道：「你們兩個別睡，說著話兒，我出去走走回來。」晴雯笑道：「外頭有個鬼等著你呢！」寶玉道：「外頭自然有大月亮的，我們說話，你只管去。」一面說，一面便嗽了兩聲。

麝月便開了後門，揭起氈簾一看，果然好月色。晴雯等他出去，便欲唬他頑耍。仗著素日比別人氣壯，不畏寒冷，也不披衣，只穿著小襖，便躡手躡腳的下了熏籠，隨後出來。寶玉笑勸道：「看凍著，不是頑的。」晴雯只擺手，隨後出了房門。只見月光如水，忽然一陣微風，只覺侵肌透骨，不禁毛骨森然。心下自思道：「怪道人說熱身子不可被風吹，這一冷果然利害。」一面正要唬麝月，只聽寶玉高聲在內說道：

註

※14：指人剛死，停屍於床，尚未入殮。
※15：罩在炭盆上的箱形罩籠以供薰香、烘物和取暖。

✣ 三足洗，「洗」為古代用以盛水盥洗的用具。（原鐵林提供）

「晴雯出去了！」晴雯忙回身進來，笑道：「那裏就唬死了他？偏你慣會這蝎蝎螫螫老婆漢像的※16！」寶玉笑道：「倒不爲唬壞了他，頭一件凍著你也不好；二則他不防，不免一喊，倘或唬醒了別人，不說咱們是頑意，倒反說襲人才去了一夜，你們就見神見鬼的。你來把我的這邊被掖一掖。」晴雯聽說，便上來掖了掖，伸手進去渥一渥時，寶玉笑道：「好冷手！我說看凍著。」一面又見晴雯兩腮如胭脂一般，用手摸了一摸，也覺冰冷。寶玉道：「快進被來渥渥罷。」一語未了只聽「咯噔」的一聲門響，麝月慌慌張張的笑了進來，說道：「嚇了我一跳好的。黑影子裏，山子石後頭，只見一個人蹲著。我才要叫喊，原來是那個大錦雞，見了人一飛，飛到亮處來，我才看眞了。若冒冒失失一嚷，倒鬧起人來。」一面說，一面洗手。又笑道：「晴雯出去我怎麼不見？一定是要唬我去了。」寶玉笑道：「這不是他，在這裏渥呢！我若不叫的快，可是倒唬你一跳。」晴雯笑道：「也不用我唬去，這小蹄子已經自驚自怪的了。」一面說，一面仍回自己被中去了。麝月道：「你就這麼『跑解馬※17』似的打扮得伶伶俐俐的出去了不成？」寶玉笑道：「可不就這麼出去了。」麝月道：「你死不揀好日子！你出去站一站，把皮不凍破了你的。」說著又將火盆上的銅罩揭起，拿灰鍬重將熟炭埋了一埋，拈了兩塊素香※18放上，仍舊罩了，至屛後重剔了燈，方才睡下。

晴雯因方才一冷，如今又一暖，不覺打了兩個噴嚏。寶玉嘆道：「如何？到底傷了風了。」麝月笑道：「他早起就嚷不受用，一日也沒吃飯。他這會子還不保養著些，還要捉弄人。明兒病了，叫他自作自受！」寶玉問道：「頭上可熱？」晴雯嗽了兩聲，說道：「不相干，那裏這麼嬌嫩起來了！」說著，只聽外間房中十錦格上的自鳴鐘「當當」的兩聲，外間值宿的老嬤嬤嗽了兩聲，因說道：「姑娘們睡罷，明兒再說罷。」寶玉方悄悄的笑道：「咱們別說話了，又惹他們說話。」說著，方大家睡了。

至次日起來，晴雯果覺有些鼻塞聲重，懶怠動彈。寶玉道：「快不要聲張！太太知道，又叫你搬了家去養息。家去雖好，到底冷些，不如在這裏。你就在裏間屋裏躺著，我叫人請了大夫，悄悄的從後門來瞧瞧就是了。」晴雯道：「雖如此說，你到底要告訴大奶奶一聲兒；不然，一時大夫來了，人問起來，怎麼說呢？」寶玉聽了有理，便喚了一個老嬤嬤來吩咐道：「你回大奶奶去，就說晴雯白冷著了些，不是什麼大病。襲人又不在家，他若家去養病，這裏更沒有人了。傳一個大夫，悄悄的從後門進來瞧瞧，別回太太罷了。」老嬤嬤去了半日，來回說：「大奶奶知道了，說吃兩劑藥好了便罷，若不好時，還是出去的爲是。如今時氣不好，恐沾帶了別人事小，姑娘們的身子要緊。」晴雯睡在暖閣裏，只管咳嗽，聽了這話，氣的喊道：「我那裏就

註

※16：形容膽小怕事、婆婆媽媽的樣子。
※17：古時騎在在馬上表演各種技藝。
※18：普通香料。

害瘟病了？生怕過了人！我離了這裏，看你們這一輩子都別頭疼腦熱的。」說著，便眞要起來。寶玉忙按他，笑道：「別生氣，這原是他的責任，唯恐太太知道了說他不是，白說一句。你素習好生氣，如今肝火自然又盛了。」

正說時，人回大夫來了。寶玉便走過來，避在書架之後。只見兩三個後門口的老嬤嬤帶了一個大夫進來。這裏的丫鬟都迴避了。有三四個老嬤嬤放下暖閣上的大紅繡幔，晴雯從幔中單伸出手去。那大夫見這隻手上有兩根指甲，足有三寸長，尚有金鳳花※19染的通紅的痕跡，便忙回過頭來。有一個老嬤嬤忙拿了一塊手帕掩了。那大夫方診了一回脈，起身到外間，向嬤嬤們說道：「小姐的症是外感內滯※20，近日時氣不好，竟算是個小傷寒。幸虧是小姐素日飲食有限，風寒也不大，不過是血氣原弱，偶然沾帶了些，吃兩劑藥疏散疏散就好了。」說著，便又隨婆子們出去。

彼時，李紈已遣人知會過後門上的人及各處丫鬟迴避，那大夫只見了園中的景致，並不曾見一女子。一時出了園門，就在守園門的小廝們的班房內坐了，開了藥方。老嬤嬤道：「你老且別去，我們小爺囉唆，恐怕還有話說。」大夫忙道：「方才不是小姐，是位爺不成？那屋子竟是繡房一樣，又是放下幔子來的，如何是位爺呢？」老嬤嬤悄悄笑道：「我的老爺，怪道小廝們才說今兒請了一位新大夫來了，眞不知我們家的事。那屋子是我們小哥兒的，那人是他屋裏的丫頭，倒是個大姐，那裏的小姐！若是小姐的繡房，小姐病了，你那麼容易就進去了？」說著拿了藥方進去。

✣ 紫蘇。別名：白蘇、紅蘇，為一年生草本。性味：味辛，性溫。既可作食品香料，亦可作藥用。（徐曄春提供）

寶玉看時，上面有紫蘇、桔梗、防風、荊芥等藥，後面又有枳實、麻黃。寶玉道：「該死，該死！他拿著女孩兒們也像我們一樣的治，如何使得！憑他有什麼內滯，這枳實、麻黃如何禁得！誰請了來的？快打發他去罷！再請一個熟的來。」老婆子道：「用藥好不好，我們不知道。如今再叫小廝去請王太醫去倒容易，只是這個大夫又不是告訴總管房請的，這轎馬錢是要給他的。」寶玉道：「給他多少？」婆子道：「少了不好看，也得一兩銀子，才是我們這門戶的禮。」寶玉道：「王太醫來了給他多少？」婆子笑道：「王太醫和張太醫每常來了，也並沒個給錢的，不過每年四節大躉※21送禮，那是一定的年例。這人新來了一次，須得給他一兩銀子去。」寶玉聽說，便命麝月去取銀子。麝月道：「花大姐姐還不知擱在那裏呢？」寶玉道：「我常見他在螺甸小櫃子裏取錢，我和你找去。」說著，二人來至寶玉堆東西的房內，開了螺甸櫃子，上一格子都是些筆墨、扇子、香餅、各色荷包、汗巾等物；下一格卻是幾串錢。於是開了抽屜，才看見一個小簸籮內放著幾塊銀子，倒也有一把戥子。麝月便拿了一塊銀子，提起戥子來問

註

※19：即「鳳仙花」，紅色的花瓣可用來染指甲，因此又叫指甲花或指甲草。
※20：中醫用語。外感：指感受風寒暑濕自外侵入而致病。內滯：消化系統內有飲食積滯。
※21：大躉：湊總數。躉：整數。

✣ 胡庸醫給晴雯看病，寶玉看出用藥不當。麝月秤銀子付醫生的轎馬錢，卻和寶玉一樣不認識秤銀的戥子。（朱士芳繪）

寶玉：「那是一兩的星兒？」寶玉笑道：「你問我？有趣，你倒成了才來的了。」麝月也笑了，又要去問人。寶玉道：「揀那大的給他一塊就是了。又不作買賣，算這些作什麼！」麝月聽了，便放下戥子，揀了一塊掂了一掂，笑道：「這一塊只怕是一兩了。寧可多些好，別少了，叫那窮小子笑話，不說咱們不識戥子，倒說咱們有心小器似的。」那婆子站在外頭臺磯上笑道：「那是五兩的錠子夾了半邊，這一塊至少還有二兩呢！這會子又沒夾剪，姑娘收了這塊，再揀一塊小些的罷。」麝月早掩了櫃子出來，笑道：「誰又找去！多了些你拿了去罷。」寶玉道：「你只快叫茗煙再請王大夫去就是了。」婆子接了銀子，自去料理。

一時，茗煙果請了王太醫來。先診了脈後，說的病症與前相仿，只是方上果沒有枳實、麻黃等藥，倒有當歸、陳皮、白芍等，分量較先也減了些。寶玉喜道：「這才是女孩兒們的藥，雖然疏散，也不可太過。舊年我病了，卻是傷寒內裏飲食停滯，他瞧了，還說我禁不起麻黃、石膏、枳實等狼虎藥。我和你們一比，我就如那野墳圈子裏長的幾十年的一棵老楊樹，你們就如秋天芸兒進我的那才開的白海棠。連我禁不起的藥，你們如何禁得起？」麝月等笑道：「野墳裏只有楊樹不成？難道就沒有松柏？我最嫌的是楊樹，那麼大笨樹，葉子只一點子，沒一絲風，他也是亂響。你偏比他，也太下流了。」寶玉笑道：「松柏不敢比。連孔子都說：『歲寒然後知松柏之後凋也。』可知這兩件東西高雅，不怕羞臊的才拿他混比呢。」

✣麻黃，性味：辛、微苦，溫。（許旭芒提供）

說著，只見老婆子取了藥來。寶玉命把煎藥的銀吊子找了出來，◎6就命在火盆上煎。晴雯因說：「正經給他們茶房裏煎去，弄得這屋裏藥氣，如何使得？」寶玉道：「藥氣比一切的花香果子香都雅。神仙採藥燒藥，再者高人逸士採藥治藥，最妙的一件東西。這屋裏我正想各色都齊了，就只少藥香，如今恰好全了。」一面說，一面早命人煨上。又囑咐麝月打點東西，遣老嬤嬤去看襲人，勸他少哭。一一妥當，方過前邊來賈母王夫人處問安吃飯。

正值鳳姐兒和賈母王夫人商議說：「天又短又冷，不如以後大嫂子帶著姑娘們在園子裏吃飯；等天長暖和了，再來回的跑也不妨。」王夫人笑道：「這也是好主意，刮風下雪倒便宜。吃些東西受了冷氣也不好；空心走來，一肚子冷風，壓上些東西也不好。不如後園門裏頭的五間大房子，橫豎有女人們上夜的，挑兩個廚子女人在那裏，單給他姐妹們弄飯。新鮮菜蔬是有分例的，在總管房裏支去，或要錢，或要東西；那些野雞、獐、狍各樣野味，分些給他們就是了。」賈母道：「我也正想著呢，就怕又添個廚房多事些。」鳳姐道：「並不多事。一樣的分例，這裏添了，那裏減了。就便多費些事，小姑娘們冷風朔氣的，別人還可，第一林妹妹如何禁得住？就連寶兄弟也禁不住，何況眾位姑娘！」賈母道：「正是這話了。上次我要說這話，我見你們的大事太多了，如今又添出這些事來……」要知端的——◎7

評點

◎6.「找」字神理，乃不常用之物也。（脂硯齋）

◎7.文有數千言寫一瑣事者，如一吃茶，偏能於未吃之前既吃以後，細細描寫；如一拿銀，偏能於開櫃時生無數波折，平銀時又生無數波折。心細如髮。（脂硯齋）

第五十二回

俏平兒情掩蝦鬚鐲　勇晴雯病補雀金裘

賈母道：「正是這話了。上次我要說這話，我見你們的大事多，如今又添出這些事來，你們固然不敢抱怨，未免想著我只顧疼這些小孫子孫女兒們，就不體貼你們這當家人了。你既這麼說出來，更好了。」因此時薛姨媽李嬸都在座，邢夫人及尤氏婆媳也都過來請安，還未過去，賈母向王夫人等說道：「今兒我才說這話，素日我不說：一則怕逞了鳳丫頭的臉，二則眾人不服。今兒你們都在這裏，都是經過妯娌姑嫂的，還有像他這樣想的到的沒有？」薛姨媽、李嬸、尤氏等齊笑說：「眞個少有。別人不過是禮上面子情兒，實在他是眞疼小叔子小姑子。就是老太太跟前，也是眞孝順。」賈母點頭嘆道：「我雖疼他，我又怕他太伶俐也不是好事。」鳳姐兒忙笑道：「這話老祖宗說差了。世人都說太伶俐聰明，怕活不長。世人都

✣《增評補圖石頭記》第五十二回繪畫。（fotoe提供）

說的，世人都信得，獨老祖宗不當說，不當信。老祖宗只有伶俐聰明過我十倍的，怎麼如今這樣福壽雙全的？只怕我明兒還勝老祖宗一倍呢！我活一千歲後，等老祖宗歸了西，我才死呢。」賈母笑道：「衆人都死了，單剩下咱們兩個老妖精，有什麼意思！」說的衆人都笑了。

寶玉因記掛著晴雯襲人等事，便先回園裏來。到房中，藥香滿屋，一人不見，只見晴雯獨臥於炕上，臉面燒的飛紅，又摸了一摸，只覺燙手。忙又向爐上將手烘暖，伸進被去摸了一摸身上，也是火燒。因說道：「別人去了也罷，麝月秋紋也這樣無情，各自去了？」晴雯道：「秋紋是我攆了他去吃飯的，麝月是方才平兒來找他出去了。兩人鬼鬼祟祟的，不知說什麼。必是說我病了不出去。」寶玉道：「平兒不是那樣人。況且他並不知你病特來瞧你，想來一定是找麝月來說話，偶然見你病了，隨口說特瞧你的病，這也是人情乖覺取和的常事。便不出去，有不是，與他何干？你們素日又好，斷不肯爲這無干的事傷和氣。」晴雯道：「這話也是，只是疑他爲什麼忽然又瞞起我來。」寶玉笑道：「讓我從後門出去，到那窗根下聽聽說些什麼，來告訴你。」說著，果然從後門出去，至窗下潛聽。

只聞麝月悄問道：「你怎麼就得了的？」◎1平兒道：「那日彼時洗手時不見了，二奶奶就不許吵嚷，出了園子，即刻就傳給園裏各處的媽媽們小心查訪。我們只疑惑邢姑娘的丫頭，本來又窮，只怕小孩子家沒見過，拿了起來也是有的。再不料定是你

評點

◎1.妙！這才有神理，是平兒說過一半了。若此時從寶玉口中從頭說起一原一故，直是二人特等寶玉來聽方說起也。（脂硯齋）

們這裏的。幸而二奶奶沒有在屋裏，你們這裏的宋媽去了，拿著這支鐲子，說是小丫頭子墜兒偷起來的，被他看見，來回二奶奶的。我趕忙接了鐲子，想了一想：寶玉是偏在你們身上留心用意、爭勝要強的，那一年有個良兒偷玉，剛冷了一二年間，還有人提起來趁願；這會子又跑出一個偷金子的來了。而且更偷到街坊家去了。偏是他這樣，偏是他的人打嘴。所以我倒忙叮嚀宋媽，千萬別告訴寶玉，只當沒有這事，別和一個人提起。第二件，老太太，太太聽了也生氣。三則襲人和你們也不好看。所以我回二奶奶，只說：『我往大奶奶那裏去的，誰知鐲子褪了口，丟在草根底下，雪深了沒看見。今兒雪化盡了，黃澄澄的映著日頭，還在那裏呢，我就揀了起來。』二奶奶也就信了，所以我來告訴你們。你們以後防著他些，別使喚他到別處去。等襲人回來，你們商議著，變個法子打發出去就完了。」麝月道：「這小娼婦也見過些東西，怎麼這麼眼皮子淺。」平兒道：「究竟這鐲子能多少重，原是二奶奶說的，這叫做『蝦鬚鐲』，倒是這顆珠子還罷了。晴雯那蹄子是塊爆炭，要告訴了他，他是忍不住的。一時氣了，或打或罵，依舊嚷出來不好，所以單告訴你留心就是了。」說著，便作辭而去。

寶玉聽了，又喜又氣又嘆。喜的是平兒竟能體貼自己；氣的是墜兒小竊；嘆的是墜兒那樣一個伶俐人，作出這醜事來。因而回至房中，把平兒之語一長一短告訴了晴雯。又說：「他說你是個要強的，如今病著，聽了這話越發要添病，等好了再告

✣ 平兒聰慧、幹練，心地善良，長於應變。以鳳姐之威，賈璉之俗，竟能妥貼周旋，她的好處，又何止一個「俏」字？（張羽琳繪）

訴你。」晴雯聽了，果然氣的蛾眉倒蹙，鳳眼圓睜，即時就叫墜兒。寶玉忙勸道：「你這一喊出來，豈不辜負了平兒待你我之心了。不如領他這個情，過後打發他就完了。」晴雯道：「雖如此說，只是這口氣如何忍得！」寶玉道：「這有什麼氣的？你只養病就是了。」

晴雯服了藥，至晚間又服二和，夜間雖有些汗，還未見效，仍是發燒頭疼，鼻塞聲重。次日，王太醫又來診視，另加減湯劑。雖然稍減了燒，仍是頭疼。寶玉便命麝月：「取鼻煙來，給他嗅些，痛打幾個噴嚏，就通了關竅。」麝月果真去取了一個金鑲雙扣金星玻璃的一個扁盒來，遞與寶玉。寶玉便揭翻盒扇，裏面有西洋琺瑯的黃髮赤身女子，兩肋又有肉翅，裏面盛著些眞正汪恰洋煙※1。晴雯只顧看畫兒，寶玉道：「嗅些，走了氣就不好了。」晴雯聽說，忙用指甲挑了些嗅入鼻中，不怎樣。便又多多挑了些嗅入。忽覺鼻中一股酸辣透入囟門，接連打了五六個噴嚏，眼淚鼻涕登時齊流。◎2晴雯忙收了盒子，笑道：「了不得，好爽快，拿紙來！」早有小丫頭子遞過一搭子細紙，晴雯便一張一張的拿來醒鼻子。寶玉笑問：「如何？」晴雯笑道：「果覺通快些，只是太陽還疼。」寶玉笑道：「索性盡用西洋藥治一治，只怕就好了。」說著，便命麝月：「和二奶奶要去，就說我說了，姐姐那裏常有那西洋貼頭疼的膏子藥，叫作『依弗那』，找尋一點兒。」麝月答應了。去了半日，果拿了半節來。便去

註

※1：一種鼻煙。

◎2.寫得出。（脂硯齋）

找了一塊紅緞子角兒，鉸了兩塊指頂大的圓式，將那藥烤和了，用簪挺攤上。晴雯自拿著一面靶鏡，貼在兩太陽上。麝月笑道：「病的蓬頭鬼一樣，如今貼了這個，倒俏皮了。二奶奶貼慣了，倒不大顯。」說畢，又向寶玉道：「二奶奶說了：明日是舅老爺生日，太太說了叫你去呢。明兒穿什麼衣裳？今兒晚上好打點齊備了，省得明兒早起費手。」寶玉道：「什麼順手就是什麼罷了。一年鬧生日也鬧不清。」說著，便起身出房，往惜春房中去看畫。

剛到院門外邊，忽見寶琴的小丫鬟名小螺者從那邊過去，寶玉忙趕上問：「那去？」小螺笑道：「我們二位姑娘都在林姑娘房裏呢，我如今也往那裏去。」寶玉聽了，轉步也便同他往瀟湘館來。不但寶釵姐妹在此，且連邢岫煙也在那裏，四人圍坐在熏籠上敘家常。紫鵑倒坐在暖閣裏，臨窗作針黹。一見他來，都笑說：「又來了一個！可沒了你的坐處了。」寶玉笑道：「好一幅『冬閨集艷圖』！可惜我遲來了一步。橫豎這屋子比各屋子暖，這椅子坐著並不冷。」說著，便坐在黛玉常坐的搭著灰鼠椅搭的一張椅上。因見暖閣之中有一玉石條盆，裏面攢三聚五栽著一盆單瓣水仙，點著宣石※2，便極口讚：「好花！這屋子越發暖，這花香的越清香。昨日未見。」黛玉因說道：「這是你家大總管賴大嬸子送薛二姑娘的，兩盆臘梅，兩盆水仙。他送了我一盆水仙，送了蕉丫頭一盆臘梅。我原不要的，又恐辜負了他的心。你若要，我轉送你如何？」寶玉道：「我屋裏卻有兩盆，只是不及這個。琴妹妹送你的，如何又轉

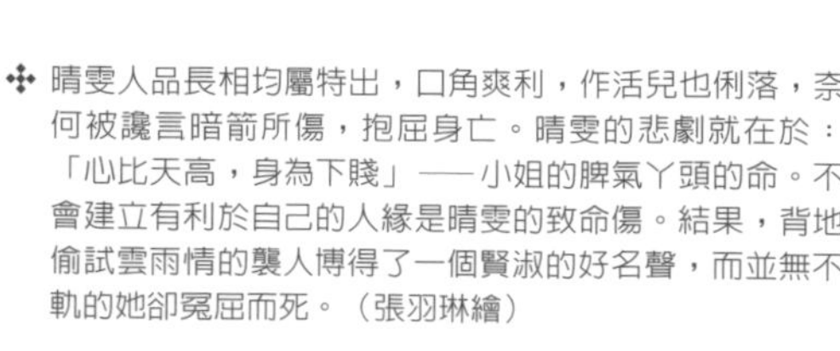

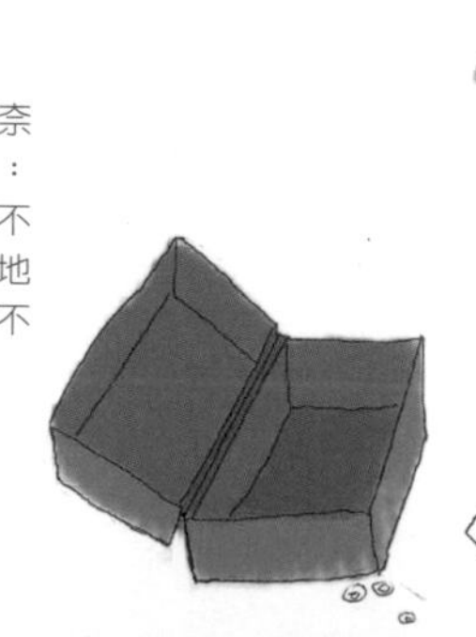

✣ 晴雯人品長相均屬特出，口角爽利，作活兒也俐落，奈何被讒言暗箭所傷，抱屈身亡。晴雯的悲劇就在於：「心比天高，身為下賤」——小姐的脾氣丫頭的命。不會建立有利於自己的人緣是晴雯的致命傷。結果，背地偷試雲雨情的襲人博得了一個賢淑的好名聲，而並無不軌的她卻冤屈而死。（張羽琳繪）

✣ 水仙，石蒜科植物。別名：金盞銀臺、玉玲瓏。多年生球根花卉。性味：性寒，味甘、苦；有毒。（張延林提供）

送人，這個斷使不得！」黛玉道：「我一日藥吊子不離火，我竟是藥培著呢，那裏還擱得住花香來熏？越發弱了。況且這屋子裏一股藥香，反把這花香攪壞了。不如你抬了去，這花也清淨了，沒雜味來攪他。」寶玉笑道：「我屋裏今兒也有病人煎藥呢，你怎麼知道的？」黛玉笑道：「這話奇了，我原是無心的話，誰知你屋裏的事？你不早來聽說古記※3，這會子來了，自驚自怪的。」

寶玉笑道：「咱們明兒下一社又有了題目了，就詠水仙臘梅。」黛玉聽了，笑道：「罷，罷！我再不敢作詩了，作一回，罰一回，沒的怪羞的。」說著，便兩手握起臉來。寶玉笑道：「何苦來！又奚落我作什麼？我還不怕臊呢，你倒握起臉來了。」寶釵因笑道：「下次我邀一社，四個詩題，四個詞題。每人四首詩，四闋詞。頭一個詩題《詠〈太極圖〉》※4，限「一先」的韻，五言律，要把「一先」的韻都用盡了，一個不許剩。」寶琴笑道：「這一說，可知姐姐不是眞心起社了，這分明難人。若論起來，也強扭的

✣ 小螺。寶琴的小丫鬟。（《紅樓夢煙標精華》杜春耕編著，北京圖書館出版社提供）

註

※2：宣石：用以點綴盆景的疏鬆、多孔隙易吸水的石頭。

※3：值得憑弔紀念的景物事蹟。

※4：《太極圖》：北宋周敦頤繪製，闡明宇宙從無極而產生太極陰陽五行以至化育萬物的過程。

出來，不過顛來倒去弄些《易經》※5上的話生塡，究竟有何趣味！我八歲時節，跟我父親到西海沿子上買洋貨，誰知有個眞眞國的女孩子，才十五歲，那臉面就和那西洋畫上的美人一樣，也披著黃頭髮，打著聯垂，滿頭戴的都是珊瑚、貓兒眼、祖母綠這些寶石，身上穿著金絲織的鎖子甲洋錦襖袖；帶著倭刀，也是鑲金嵌寶的，實在畫兒上的也沒他好看。有人說他通中國的詩書，會講五經，能作詩塡詞，因此我父親央煩了一位通事官※6，煩他寫了一張字，就寫的是他作的詩。」衆人都稱奇道異。寶玉忙笑道：「好妹妹，你拿出來我瞧瞧。」寶琴笑道：「在南京收著呢，此時那裏去取來？」寶玉聽了，大失所望，便說：「沒福得見這世面！」黛玉笑拉寶琴道：「你別哄我們。我知道你這一來，你的這些東西未必放在家裏，自然都是要帶了來的，這會子又扯謊說沒帶來。他們雖信，我是不信的。」寶琴便紅了臉，低頭微笑不語。寶釵笑道：「偏這個顰兒慣說這些白話※7，把你就伶俐的。」黛玉笑道：「若帶了來，就給我們見識見識也罷了。」寶釵笑道：「箱子籠子一大堆，還沒理清，知道在那個裏頭呢！等過日收拾清了，找出來大家再看就是了。」又向寶琴道：「你若記得，何不念念我們聽聽。」寶琴方答道：「記得是一首五言律，外國的女子也就難爲他了。」寶釵道：「你且別念，等把雲兒叫了來，也叫他聽聽。」說著，便叫小螺來吩咐道：「你到我那裏去，就說我們這裡有一個外國美人來了，作的好詩，請你這『詩瘋子』來瞧去，再把我們『詩呆子』也帶來。」小螺笑著去了。

半日，只聽湘雲笑問：「那一個外國美人來了？」一頭說，一頭果和香菱來了。衆人笑道：「人未見形，先已聞聲。」寶琴等忙讓坐，遂把方才的話重敘了一遍。湘雲笑道：「快念來聽聽。」寶琴因念道：

昨夜朱樓夢，今宵水國吟。
島雲蒸大海，嵐氣接叢林。
月本無今古，情緣自淺深。
漢南春歷歷，焉得不關心。

衆人聽了，都道「難爲他！竟比我們中國人還強。」一語未了，只見麝月走來說：「太太打發人來告訴二爺，明兒一早往舅舅那裏去，就說太太身上不大好，不得親自來。」寶玉忙站起來答應道：「是。」因問寶釵寶琴可去。寶釵道：「我們不去，昨兒單送了禮去了。」大家說了一回方散。

寶玉因讓諸姐妹先行，自己落後。黛玉便又叫住他問道：「襲人到底多早晚回來？」寶玉道：「自然等送了殯才來呢。」黛玉還有話說，又不曾出口，出了一回神，便說道：「你去罷。」寶玉也覺心裏有許多話，只是口裏不知要說什麼，想了一想，也笑道：「明兒再說罷。」一面下了階磯，低頭正欲邁步，復又忙回身問道：

註
※5：儒家經典之一，由伏羲製卦，文王繫辭，孔子作十翼。文字簡約，語義玄奥。
※6：翻譯官。
※7：沒有根據的話。

「如今的夜越發長了，你一夜咳嗽幾遍？醒幾次？」◎[3]黛玉道：「昨兒夜裏好了，只嗽了兩遍，卻只睡了四更一個更次，就再不能睡了。」寶玉又笑道：「正是有句要緊的話，這會子才想起來。」一面說，一面便挨過身來，悄悄道：「我想寶姐姐送你的燕窩——」一語未了，只見趙姨娘走了進來瞧黛玉，問：「姑娘這兩天好？」黛玉便知他是從探春處來，從門前過，順路的人情。黛玉忙陪笑讓坐，說：「難得姨娘想著，怪冷的，親身走來。」又忙命倒茶，一面又使眼色與寶玉。寶玉會意便走了出來。

正值吃晚飯時，見了王夫人，王夫人又囑他早去。寶玉回來，看晴雯吃了藥。此夕寶玉便不命晴雯挪出暖閣來，自己便在晴雯外邊。又命將熏籠抬至暖閣前，麝月便在熏籠上。一宿無話。

*　*　*

至次日，天未明時，晴雯便叫醒麝月道：「你也該醒了，只是睡不夠！你出去叫人給他預備茶水，我叫醒他就是了。」麝月忙披衣起來道：「咱們叫起他來，穿好衣裳，抬過這火箱去，再叫他們進來。老嬤嬤們已經說過，不叫他在這屋裏，怕過了病氣。如今他們見咱們擠在一處，又該嘮叨了。」晴雯道：「我也是這麼說呢。」二人才叫時，寶玉已醒了，忙起身披衣。麝月先叫進小丫頭子來，收拾妥當了，才命秋紋檀雲等進來，一同伏侍寶玉梳洗畢。麝月道：「天又陰陰的，只怕有雪，穿那一套毡

的罷。」寶玉點頭，即時換了衣裳。小丫頭便用小茶盤捧了一蓋碗建蓮紅棗兒湯來，寶玉喝了兩口。麝月又捧過一小碟法製紫薑※8來，寶玉噙了一塊。又囑咐了晴雯一回，便往賈母處來。

賈母猶未起來，知道寶玉出門，便開了房門，命寶玉進來。寶玉見賈母身後寶琴面向裏也睡著未醒。賈母見寶玉身上穿著荔色哆羅呢的天馬箭袖，大紅猩猩毡盤金彩繡石青妝緞沿邊的排穗褂子。賈母道：「下雪呢麼？」寶玉道：「天陰著，還沒下呢。」賈母便命鴛鴦來：「把昨兒那一件烏雲豹的氅衣給他罷。」鴛鴦答應了，走去果取了一件來。寶玉看時，金翠輝煌，碧彩閃灼，又不似寶琴所披之鳧靨裘。只聽賈母笑道：「這叫作『雀金呢』，這是哦囉嘶國拿孔雀毛拈了線織的。前兒把那一件野鴨子的給了你小妹妹，這件給你罷。」寶玉磕了一個頭，便披在身上。賈母笑道：「你先給你娘瞧瞧去再去。」寶玉答應了，便出來，只見鴛鴦站在地下揉眼睛。因自那日鴛鴦發誓決絕之後，他總不和寶玉說話。寶玉正自日夜不安，此時見他又要迴避，寶玉便上來笑道：「好姐姐，你瞧瞧，我穿著這個好不好？」鴛鴦一摔手，便進賈母房中來了。寶玉只得到了王夫人房中，與王夫人看了，然後又回至園中，與晴雯麝月看過後，至賈母房中回說：「太太看了，只說可惜了的，叫我仔細穿，別糟蹋了他。」賈母道：「就剩下了這一件，你糟蹋了也再沒了。這會子特給你作這個也是沒

註

※8：用嫩薑製成的醬菜。

◎3.此皆好笑之極，無味扯淡之極，回思則瀝血滴髓之至情至神也。豈別部偷寒送暖、私奔暗約、一味淫情浪態之小說可比哉？（脂硯齋）

有的事。」說著又囑咐他：「不許多吃酒，早些回來。」寶玉應了幾個「是」。

老嬤嬤跟至廳上，只見寶玉的奶兄李貴和王榮、張若錦、趙亦華、錢啓、周瑞六個人，帶著茗煙、伴鶴、鋤藥、掃紅四個小廝，背著衣包，抱著坐褥，籠著一匹雕鞍彩轡的白馬，早已伺候多時了。老嬤嬤又吩咐了他六人些話，六個人忙答應了幾個「是」，忙捧鞭墜鐙。寶玉慢慢的上了馬，李貴和王榮籠著嚼環，錢啓周瑞二人在前引導，張若錦、趙亦華在兩邊緊貼寶玉後身。寶玉在馬上笑道：「周哥、錢哥，咱們打這角門走罷，省得到了老爺的書房門口又下來。」周瑞側身笑道：「老爺不在家，書房天天鎖著的，爺可以不用下來罷了。」寶玉笑道：「雖鎖著，也要下來的。」錢啓李貴等都笑道：「爺說的是。便托懶不下來，倘或遇見賴大爺、林二爺，雖不好說爺，也勸兩句。有的不是，都派在我們身上，又說我們不教爺禮了。」周瑞錢啓便一直出角門來。

正說話時，頂頭果見賴大進來。寶玉忙籠住馬，意欲下來。賴大忙上來抱住腿。寶玉便在鐙上站起來，笑攜他的手，說了幾句話。接著又見一個小廝帶著二三十個拿掃帚簸箕的人進來，見了寶玉，都順牆垂手立住，獨那爲首的小廝打千兒，請了一個安。寶玉不識名姓，只微笑點了點頭。馬已過去，那人方帶人去了。於是出了角門，門外又有李貴等六人的小廝並幾個馬夫，早預備下十來匹馬專候。一出角門，李貴等都各上了馬，前引傍圍的一陣煙去了，不在話下。

這裏晴雯吃了藥，仍不見病退，急的亂罵大夫，說：「只會騙人的錢，一劑好藥也不給人吃。」◎4麝月笑勸他道：「你太性急了，俗語說：『病來如山倒，病去如抽絲。』又不是老君的仙丹，那有這樣靈藥！你只靜養幾天，自然好了。你越急越著手。」晴雯又罵小丫頭子們：「那裏鑽沙※9去了！瞅我病了，都大膽子走了。明兒我好了，一個一個的才揭你們的皮呢！」唬的小丫頭子篆兒忙進來問：「姑娘作什麼。」晴雯道：「別人都死絕了，就剩了你不成？」說著，只見墜兒也蹭了進來。晴雯道：「你瞧瞧這小蹄子，不問他，還不來呢！這裏又放月錢了，又散果子了，你該跑在頭裏了。你往前些，我不是老虎吃了你！」墜兒只得前湊。晴雯便冷不防欠身一把將他的手抓住，◎5向枕邊取了一丈青※10，向他手上亂戳，口內罵道：「要這爪子作什麼？拈不得針，拿不得線，只會偷嘴吃。眼皮子又淺，爪子又輕，打嘴現世的，不如戳爛了！」墜兒疼的亂哭亂喊。麝月忙拉開墜兒，按晴雯睡下，笑道：「才出了汗，又作死！等你好了，要打多少打不的？這會子鬧什麼！」晴雯便命人叫宋嬤嬤進來，說道：「寶二爺才告訴了我，叫我告訴你們，墜兒很懶，寶二爺當面使他，他撥嘴兒不動，連襲人使他，他背後罵他。今兒務必打發他出去，明兒寶二爺親自回太太就是了。」宋嬤嬤聽了，心下便知鐲子事發，因笑道：「雖如此說，也等花姑娘回來知道了，再打發他。」晴雯道：「寶二爺今兒千叮嚀萬囑咐的，什麼『花姑娘』『草

註

※9：小丫頭們都跑得找不到了如同魚鑽進沙。
※10：細長簪子，一端可作爲耳挖子。

◎4.奇文。眞嬌憨女兒之語也。（脂硯齋）
◎5.是病臥之時。（脂硯齋）

姑娘』，我們自然有道理。你只依我的話，快叫他家的人來領他出去！」麝月道：「這也罷了，早也去，晚也去，帶了去早清靜一日。」

宋嬤嬤聽了，只得出去喚了他母親來，打點了他的東西，又來見晴雯等，說道：「姑娘們怎麼了，你侄女兒不好，你們教導他，怎麼攆出去？也到底給我們留個臉兒。」晴雯道：「你這話只等寶玉來問他，與我們無干。」那媳婦冷笑道：「我有膽子問他去！他那一件事不是聽姑娘們的調停？他縱依了，姑娘們不依，也未必中用。比如方才說話，雖是背地裏，姑娘就直叫他的名字。在姑娘們就使得，在我們就成了野人了。」晴雯聽說，一發急紅了臉，說道：「我叫了他的名字了，你在老太太跟前告我去，說我撒野，也攆出我去。」麝月忙道：「嫂子，你只管帶了人出去，有話再說。這個地方豈有你叫喊講禮的？你見誰和我們講過禮？別說嫂子你，就是賴奶奶、林大娘，也得擔待我們三分。便是叫名字，從小兒直到如今，都是老太太吩咐過的，你們也知道的，恐怕難養活，巴巴的寫了他的小名兒，各處貼著叫萬人叫去，為的是好養活。連挑水挑糞花子都叫得，何況我們！連昨兒林大娘叫了一聲『爺』，老太太還說他呢，此是一件。二則，我們這些人常回老太太的話去，可不叫

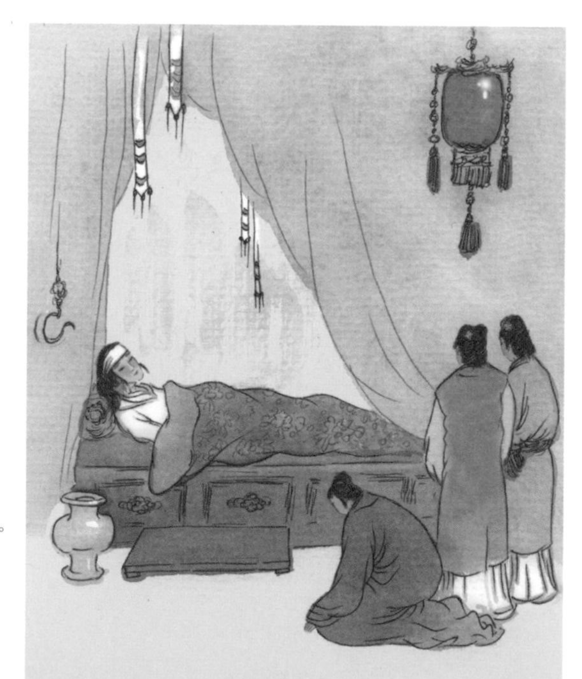

✣ 晴雯病中自作主張，攆逐墜兒。（朱士芳繪）

✣ 崑曲《紅樓夢．晴雯補裘》：魏春榮飾晴雯，張淼飾賈寶玉（左為晴雯）。（北方崑曲劇院提供）

著名字回話，難道也稱『爺』？那一日不把『寶玉』兩個字念二百遍，偏嫂子又來挑這個了！過一日嫂子閑了，在老太太、太太跟前，聽聽我們當著面兒叫他就知道了。嫂子原也不得在老太太、太太跟前當些體統差事，成年家只在三門外頭混，怪不得不知我們裏頭的規矩。這裏不是嫂子久站的，再一會，不用我們說話，就有人來問你了。有什麼分證話，且帶了他去，你回了林大娘，叫他來找二爺說話。家裏上千的人，你也跑來，我也跑來，我們認人問姓，還認不清呢！」說著，便叫小丫頭子：「拿了擦地的布來擦地！」◎6那媳婦聽了，無言可對，亦不敢久立，賭氣帶了墜兒就走。宋嬤嬤忙道：「怪道你這嫂子不知規矩，你女兒在這屋裏一場，臨去時，也給姑娘們磕個頭。沒有別的謝禮，——便有謝禮，他們也不希罕，——不過磕個頭，盡了心。怎麼說走就走？」墜兒聽了，只得翻身進來，給他兩個磕了兩個頭，又找秋紋等。他們也不睬他。那媳婦嗐聲嘆氣，不敢多言，抱恨而去。

晴雯方才又閃了風，著了氣，反覺更不好了。翻騰至掌燈，剛安靜了些。只見寶玉回來，進門就嗐聲跺腳。麝月忙問原故，寶玉道：「今兒老太太歡歡喜喜的給了這個褂子，誰知不防後襟子上燒了一塊，幸而天晚了，老太太、太太都不理論。」一面

評點

◎6.寫麝月自有麝月體段，不是襲人，亦不是晴雯，卻兼有兩人之才。（陳其泰）

說，一面脫下來。麝月瞧時，果見有指頂大的燒眼，說：「這必定是手爐裏的火迸上了。這不值什麼，趕著叫人悄悄的拿出去，叫個能幹織補匠人織上就是了。」說著便用包袱包了，交與一個媽媽送出去，說：「趕天亮就有才好，千萬別給老太太、太太知道！」婆子去了半日，仍舊拿回來，說：「不但能幹織補匠人，就連裁縫繡匠並作女工的問了，都不認得這是什麼，都不敢攬。」麝月道：「這怎麼樣呢！明兒不穿也罷了。」寶玉道：「明兒是正日子，老太太、太太說了，還叫穿這個去呢。偏頭一日就燒了，豈不掃興！」晴雯聽了半日，忍不住翻身說道：「拿來我瞧瞧罷！沒個福氣穿就罷了。這會子又著急。」寶玉笑道：「這話倒說的是。」說著，便遞與晴雯，又移過燈來，細看了一會。晴雯道：「這是孔雀金線織的，如今咱們也拿孔雀金線，就像界線※11似的界密了，只怕還可混得過去。」麝月笑道：「孔雀線現成的，但這裏除了你，還有誰會界線？」晴雯道：「說不得，我掙命罷了。」寶玉忙道：「這如何使得！才好了些，如何作得活。」晴雯道：「不用你蝎蝎螫螫的，我自知道。」一面說，一面坐起來，挽了一挽頭髮，披了衣裳，只覺頭重身輕，滿眼金星亂迸，實實撐不住。若不作，又怕寶玉著急，少不得恨命咬牙捱著。便命麝月只幫著拈線。晴雯先拿了一根比一比，笑道：「這雖不很

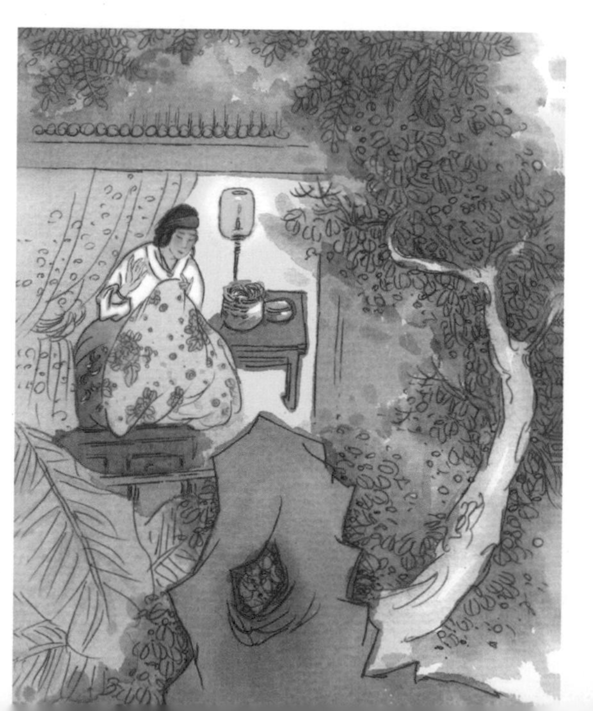

寶玉的孔雀金線織的褂子被燒壞一小塊，為了不讓賈母、王夫人發現，晴雯抱病連夜為他補好。（朱士芳繪）

像，若補上，也不很顯。」寶玉道：「這就很好，那裏又找哦囉嘶國的裁縫去！」晴雯先將裏子拆開，用茶杯口大的一個竹弓釘牢在背面，再將破口四邊用金刀刮的散鬆鬆的，然後用針紉了兩條，分出經緯，亦如界線之法，先界出地子後，依本衣之紋來回織補。織補兩針，又看看，織補兩針，又端詳端詳。無奈頭暈眼黑，氣喘神虛，補不上三五針，便伏在枕上歇一會。寶玉在旁，一時又問：「吃些滾水不吃？」一時又命：「歇一歇。」一時又拿一件灰鼠斗篷替他披在背上，一時又命拿個拐枕與他靠著。急的晴雯央道：「小祖宗！你只管睡罷。再熬上半夜，明兒把眼睛摳摟了，怎麼處！」寶玉見他著急，只得胡亂睡下，仍睡不著。一時只聽自鳴鐘已敲了四下，◎7剛剛補完，又用小牙刷慢慢的剔出絨毛來。麝月道：「這就很好，若不留心，再看不出的。」寶玉忙要了瞧瞧，笑說：「眞眞一樣了。」晴雯已嗽了幾陣，好容易補完了，說了一聲：「補雖補了，到底不像，我也再不能了！」「噯喲」了一聲，便身不由主倒下。要知端的，且聽下回分解。

✣ 古版畫，《紅樓夢》人物晴雯。平日在丫鬟堆裏嬉笑怒罵，此刻為了寶玉抱病作女紅，非是補裘，實為「掙命」。（fotoe提供）

註

※11：刺繡工藝中所用的一種縱橫線織法。

評點

◎7. 按「四下」乃寅正初刻，「寅」此樣寫法，避諱也。（脂硯齋）

第五十三回

寧國府除夕祭宗祠　榮國府元宵開夜宴

話說寶玉見晴雯將雀裘補完，已使的力盡神危，忙命小丫頭來替他捶著，彼此捶打了一會歇下。沒一頓飯的工夫，天已大亮了，且不出門，只叫快傳大夫！一時王太醫來了，診了脈，疑惑說道：「昨日已好了些，今日如何反虛微浮縮起來，敢是吃多了飲食？不然就是勞了神思。外感卻倒清了，這汗後失於調養，非同小可。」一面說，一面出去開了藥方進來。寶玉看時，已將疏散驅邪諸藥減去了，倒添了茯苓、地黃、當歸等益神養血之劑。寶玉忙命人煎去，一面嘆說：「這怎麼處？倘或有個好歹，都是我的罪孽。」晴雯睡在枕上嗐道：「好太爺！你幹你的去罷，那裏就得癆病了！」寶玉無奈，只得去了。至下半天，說身上不好就回來了。晴雯此症雖重，幸虧他素習是個使力不使心的；再者素習飲食清淡，飢飽無傷。這賈宅中的風俗祕法，無論上

✣《增評補圖石頭記》第五十三回繪畫。（fotoe提供）

下，只一略有些傷風咳嗽，總以淨餓為主，次則服藥調養。故於前日一病時，淨餓了兩三日，又謹慎服藥調治，如今勞碌了些，又加倍培養了幾日，便漸漸的好了。近日園中姐妹皆各在房中吃飯，炊爨飲食亦便，寶玉自能變法要湯要羹調停，不必細說。

襲人送母殯後，業已回來，麝月便將平兒所說宋媽墜兒一事，並晴雯攆逐墜兒出去等話，一一也曾回過寶玉。襲人也沒別說，只說太性急了些。只因李紈亦因時氣感冒，邢夫人又正害火眼，迎春岫煙皆過去朝夕侍藥，◎1李嬸之弟又接了李嬸和李紋李綺家去住幾日，◎2寶玉又見襲人常常思母含悲，晴雯猶未大愈，因此詩社之日，皆未有人作興，便空了幾社。

當下已是臘月，離年日近，王夫人與鳳姐治辦年事。王子騰升了九省都檢點，賈雨村補授了大司馬※1，協理軍機參贊朝政，不提。

* * *

且說賈珍那邊，開了宗祠，著人打掃，收拾供器，請神主，又打掃上房，以備懸供遺真影像。此時榮寧二府內外上下，皆是忙忙碌碌。這日寧府中尤氏正起來同賈蓉之妻打點送賈母這邊針線禮物，正值丫頭捧了一茶盤押歲錁子進來，回說：「興兒回奶奶，前兒那一包碎金子共是一百五十三兩六錢七分，裏頭成色不等，共總傾※2了

註

※1：都檢點：官名，五代置，為禁軍最高統帥，此指朝廷派的武官。大司馬：官名，漢置，掌管內廷政務。

※2：將金銀熔化倒入模子中鑄造的工藝。古代使用金銀作為貨幣，需將大錠化小或鑄成各種特定的形狀，叫作「傾」。

評點

◎1.妙在一人不落，事事皆到。（脂硯齋）

◎2.來得也有理，去得也有情。（脂硯齋）

這個來，叫他把銀錁子快快交了進來。」丫鬟答應去了。

一時賈珍進來吃飯，賈蓉之妻迴避了。賈珍因問尤氏：「咱們春祭的恩賞※3可領了不曾？」尤氏道：「今兒我打發蓉兒關去了。」賈珍道：「咱們家雖不等這幾兩銀子使，多少是皇上天恩。早關了來，給那邊老太太見過，置了祖宗的供，上領皇上的恩，下則是托祖宗的福。咱們那怕用一萬銀子供祖宗，到底不如這個又體面，又是沾恩錫福的。除咱們這樣一二家之外，那些世襲窮官兒家，若不仗著這銀子，拿什麼上供過年？真正皇恩浩大，想的周到。」尤氏道：「正是這話。」

二人正說著，只見人回：「哥兒來了」。賈珍便命叫他進來。只見賈蓉捧了一個小黃布口袋進來。賈珍道：「怎麼去了這一日。」賈蓉陪笑回說：「今兒不在禮部關領，又分在光祿寺※4庫上，因又到了光祿寺才領了下來。光祿寺的官兒們都說問父親好，多日不見，都著實想念。」賈珍笑道：「他們那裏是想我。這又到了年下了，不是想我的東西，就是想我的戲酒了。」一面說，一面瞧那黃布口袋，上有印就是「皇恩永錫」四個大字；那一邊又有禮部祠祭司的印記，又寫著一行小字，道是「寧國公賈演榮國公賈源恩賜永遠春祭賞共二分，淨折銀若干兩，某年月日龍禁尉候補侍衛賈蓉當堂領訖，值年寺丞某人」，下面一個朱筆花押。

賈珍吃過飯，盥漱畢，換了靴帽，命賈蓉捧著銀子跟了來，回過賈母王夫人，又至這邊回過賈赦邢夫人，方回家去，取出銀子，命將口袋向宗祠大爐內焚了。又命賈蓉道：「你去問問你璉二嬸子，正月裏請吃年酒的日子擬了沒有。若擬定了，叫書房裏明白開了單子來，咱們再請時，就不能重犯了。舊年不留心重了幾家，不說咱們不留心，倒像兩宅商議定了送虛情怕費事一樣。」賈蓉忙答應了過去。一時，拿了請人吃年酒的日期單子來了。賈珍看了，命交與賴升去看了，請人別重這上頭的日子。因在廳上看著小廝們抬圍屏、擦抹几案金銀供器。只見小廝手裏拿著個稟帖並一篇賬目，回說：「黑山村的烏莊頭※5來了。」賈珍道：「這個老砍頭的今兒才來。」說著，賈蓉接過稟帖和賬目，忙展開捧著，賈珍倒背著兩手，向賈蓉手內只看紅稟帖上寫著：「門下莊頭烏進孝叩請爺、奶奶萬福金安，並公子小姐金安。新春大喜大福，榮貴平安，加官進祿，萬事如意。」賈珍笑道：「莊家人有些意思。」賈蓉也忙笑說：「別看文法，只取個吉利罷了。」一面忙展開單子看時，只見上面寫著：「大鹿三十隻，獐子五十隻，狍子五十隻，暹豬二十個，湯豬二十個，龍豬二十個，野豬二十個，家臘豬二十個，野羊二十個，青羊二十個，家湯羊二十個，家風羊二十個，鱘鰉魚二個，各色雜魚二百斤，活雞、鴨、鵝各二百隻，風雞、鴨、鵝二百隻，野雞、兔子各二百對，熊掌二十對，鹿筋二十斤，海參五十斤，鹿舌五十條，牛舌五十

註

※3：皇帝在舊曆年節按照常例賞給官僚祭祖用的銀兩。
※4：清代掌管膳食的官署名。
※5：清代替滿漢旗籍貴族、地主經營田莊的代理人。

條，蟶乾二十斤，榛、松、桃、杏穰各二口袋，大對蝦五十對，乾蝦二百斤，銀霜炭上等選用一千斤，中等二千斤，柴炭三萬斤，御田胭脂米二石，碧糯五十斛，白糯五十斛，粉粳五十斛，雜色粱穀各五十斛，下用常米一千石，各色乾菜一車，外賣粱穀，牲口各項之銀共折銀二千五百兩。外門下孝敬哥兒姐兒頑意：活鹿兩對，活白兔四對，黑兔四對，活錦雞兩對，西洋鴨兩對。」

賈珍便命帶進他來。一時，只見烏進孝進來，只在院內磕頭請安。賈珍命人拉他起來，笑說：「你還硬朗。」烏進孝笑回：「托爺的福，還能走得動。」賈珍道：「你兒子也大了，該叫他走走也罷了。」烏進孝笑道：「不瞞爺說，小的們走慣了，不來也悶的慌。他們可不是都願意來見見天子腳下世面？他們到底年輕，怕路上有閃失，再過幾年就可放心

✣ 寧國府莊頭烏進孝送來了年貨，賈珍嫌太少不夠過年。（朱士芳繪）

了。」賈珍道：「你走了幾日？」烏進孝道：「回爺的話，今年雪大，外頭都是四五尺深的雪，前日忽然一暖一化，路上竟難走的很，耽擱了幾日。雖走了一個月零兩日，因日子有限了，怕爺心焦，可不趕著來了。」賈珍道：「我說呢，怎麼今兒才來。我才看那單子上，今年你這老貨又來打擂臺※6來了。」烏進孝忙進前了兩步，回道：「回爺說，今年年成實在不好。從三月下雨起，接接連連直到八月，竟沒有一連晴過五日。九月裏一場碗大的雹子，方近一千三百里地，連人帶房並牲口糧食，打傷了上千上萬的，所以才這樣。小的並不敢說謊。」賈珍皺眉道：「我算定了你至少也有五千兩銀子來，這夠作什麼的？如今你們一共只剩了八九個莊子，今年倒有兩處報了旱澇，你們又打擂臺，眞眞是又教別過年了。」烏進孝道：「爺的這地方還算好呢！我兄弟離我那裏只一百多里，誰知竟大差了。他現管著那府裏八處莊地，比爺這邊多著幾倍，今年也只這些東西，不過多二三千兩銀子，也是有饑荒打呢。」賈珍道：「正是呢，我這邊都可，已沒有什麼外項大事，不過是一年的費用費些。我受些委曲就省些。再者年例送人請人，我把臉皮厚些，可省些也就完了。比不得那府裏，這幾年添了許多花錢的事，一定不可免是要花的，卻又不添些銀子產業。這一二年倒賠了許多，不和你們要，找誰去？」烏進孝笑道：「那府裏如今雖添了事，有去有來，娘娘和萬歲爺豈不賞的？」◎3賈珍聽了，笑向賈蓉等道：「你們聽，他這話可笑

註

※6：比喻耍花招、較量手段、討價還價。

◎3.是莊頭口中語氣。（脂硯齋）

不可笑？」賈蓉等忙笑道：「你們山坳海沿子上的人，那裏知道這道理。娘娘難道把皇上的庫給了我們不成！他心裏縱有這心，他也不能作主。豈有不賞之理，按時到節不過是些彩緞古董頑意兒；縱賞銀子，不過一百兩金子，才值了一千兩銀子，夠一年的什麼？這二年那一年不多賠出幾千銀子來！頭一年省親連蓋花園子，你算算那一注共花了多少，就知道了。再兩年再省一回親，只怕就精窮了。」賈珍笑道：「所以他們莊家老實人，外明不知裏暗的事。黃柏木作磬槌子，——外頭體面裏頭苦。」賈蓉又笑向賈珍道：「果眞那府裏窮了。前兒我聽見鳳姑娘和鴛鴦悄悄商議，要偷出老太太的東西去當銀子呢。」賈珍笑道：「那又是你鳳姑娘的鬼，那裏就窮到如此。他必定是見去路太多了，實在賠的狠了，不知又要省那一項的錢，先設此法使人知道，說窮到如此了。我心裏卻有一個算盤，還不至如此田地。」說著，便命人帶了烏進孝出去，好生待他，不在話下。

這裏賈珍吩咐將方才各物，留出供祖的來，將各樣取了些，命賈蓉送過榮府裏。然後自己留了家中所用的，餘者派出等例來，一分一分的堆在月臺下，命人將族中的子侄喚來與他們。接著榮國府也送了許多供祖之物及與賈珍之物。賈珍看著收拾完備供器，靸著鞋，披著猞猁猻大裘，命人在廳柱下石磯上太陽中鋪了一個大狼皮褥子，負暄※7閑看各子弟們來領取年物。因見賈芹亦來領物，賈珍叫他過來，說道：「你作什麼也來了？誰叫你來的？」賈芹垂手回說：「聽見大爺這裏叫我們領東西，我沒等人去就來了。」賈珍道：「我這東西，原是給你那些閑著無事的無進益的小叔叔兄弟們的。◎4那二年你閑著，我也給過你的。你如今在那府裏管事，家廟裏管和尚道士們，一月又有你的分例外，這些和尚的分例銀子都從你手裏過，你還來取這個，太也貪了！你自己瞧瞧，你穿的像個手裏使錢辦事的？先前說你沒進益，如今又怎麼了？比先倒不像了。」賈芹道：「我家裏原人口多，費用大。」賈珍冷笑道：「你還支吾我。你在家廟裏幹的事，打諒我不知道呢！你到了那裏自然是爺了，沒人敢違拗你。你手裏又有了錢，離著我們又遠，你就爲王稱霸起來，夜夜招聚匪類賭錢，養老婆小子。◎5這會子花的這個形象，你還敢領東西來？領不成東西，領一頓馱水棍※8去才罷。等過了年，我必和你璉二叔說，換回你來。」賈芹紅了臉，不敢答言。人回：「北府水王爺送了字聯、荷包來了。」賈珍聽說，忙命賈蓉出去款待，「只說我不在家。」賈蓉去了，這裏賈珍看著領完東西，回房與尤氏吃畢晚飯，一宿無話。至次日，更比往日忙，都不必細說。

已到了臘月二十九日了，各色齊備，兩府中都換了門神、聯對、掛牌，新油了桃符※9，煥然一新。寧國府從大門、儀門、大廳、暖閣、內廳、內三門、內儀門並內塞門，直到正堂，一路正門大開，兩邊階下一色朱紅大高照，點的兩條金龍一般。次

註

※7：在陽光下曝晒取暖。暄：暖和。

※8：負重時作支撐的棍棒。此指打人棍棒。

※9：畫有門神像的桃木板，用以避邪。

評點

◎4. 賈珍對女人並非完全沒有吸引力。賈珍有男子氣概，他的淫亂中有眞情。「情既相逢必主淫」。他對父親賈敬和榮國府的老祖宗也都是很孝敬的。對賈家的窮本家也是照顧的。萬惡淫爲首，百善孝爲先。賈珍卻是一個又淫又孝的人。（梁歸智）

◎5.「招聚匪類賭錢，養老婆小子」，即是敗家的根本。（脂硯齋）

日，由賈母有誥封者，皆按品級著朝服，先坐八人大轎，帶領著衆人進宮朝賀，行禮領宴畢回來，便到寧國府暖閣下轎。諸子弟有未隨入朝者，皆在寧府門前排班伺候，然後引入宗祠。且說薛寶琴是初次，一面細細留神打諒這宗祠，◎[6]原來寧府西邊另一個院宇，黑油柵欄內五間大門，上懸一塊匾，寫著是「賈氏宗祠」四個字，旁書「衍聖公※[10]孔繼宗書」。兩旁有一副長聯，寫道是：

肝腦塗地，兆姓賴保育之恩；
功名貫天，百代仰蒸嘗※[11]之盛。

亦衍聖公所書。進入院中，白石甬路，兩邊皆是蒼松翠柏。月臺上設著青綠古銅鼎彝等器。抱廈前上面懸一九龍金匾，寫道是：「星輝輔弼」。乃先皇御筆。兩邊一副對聯，寫道是：

勳業有光昭日月，功名無間及兒孫。

亦是御筆。五間正殿前懸一鬧龍填青匾，寫道是：「慎終追遠」※[12]。旁邊一副對聯，寫道是：

已後兒孫承福德，至今黎庶念榮寧。

俱是御筆。裏邊香燭輝煌，錦幛繡幕，雖列著神主，卻看不真切。只見賈府人分昭穆

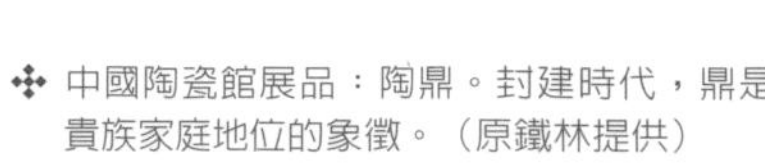

✣ 中國陶瓷館展品：陶鼎。封建時代，鼎是貴族家庭地位的象徵。（原鐵林提供）

※13排班立定：賈敬主祭，賈赦陪祭，賈珍獻爵，賈璉賈琮獻帛※14，寶玉捧香，賈菖賈菱展拜毯，守焚池。青衣樂奏，三獻爵，拜興畢，焚帛奠酒，禮畢樂止，退出。衆人圍隨著賈母至正堂上。影前錦幔高掛，彩屏張護，香燭輝煌。上面正居中懸著寧榮二祖遺像，皆是披蟒腰玉，兩邊還有幾軸列祖遺影。賈荇賈芷等從內儀門挨次列站，直到正堂廊下。檻外方是賈敬賈赦，檻內是各女眷。衆家人小廝皆在儀門之外。每一道菜至，傳至儀門，賈荇賈芷等便接了，按次傳至階上賈敬手中。賈蓉係長房長孫，獨他隨女眷在檻內。每賈敬捧菜至，傳於賈蓉，賈蓉便傳於他妻子，又傳於鳳姐尤氏諸人，直傳至供桌前，方傳於王夫人。王夫人傳於賈母，賈母方捧放在桌上。邢夫人在供桌之西，東向立，同賈母供放。直至將菜飯湯點酒茶傳完，賈蓉方退出下階，歸入賈芹階位之首。凡從文旁之名者，賈敬爲首；下則從玉者，賈珍爲首，再下從草頭者，賈蓉爲首；左昭右穆，男東女西；俟賈母拈香下拜，衆人方一齊跪下，將五間大廳，三間抱廈，內外廊檐，階上階下兩丹墀內，花團錦簇，塞的無一隙空地。鴉雀無聞，只聲鏗鏘叮噹，金鈴玉珮微微搖曳之聲，並起跪靴履颯沓之響。一時禮畢，賈敬賈赦等便忙退出，至榮府專候與賈母行禮。

註

※10：孔子後裔的封號。
※11：蒸嘗：古代祭祀名。
※12：慎終：父母亡故居喪盡禮；追遠：按時誠敬地祭祀祖先。後指慎重從事，追思前賢。
※13：宗廟的輩分排列，始祖居中，下一代爲昭，居左；又下一代爲穆，居右；用以區別父子、遠近、長幼、親疏等關係。
※14：祭祀禮儀之一，帛作爲供品。

◎6.寶琴是一群小才微善女子的參照，是透視寶黛愛情和賈母婚姻觀的視窗，是賈史王薛四大家族由盛到衰的見證者。（劉佳晨）

尤氏上房早已襲地鋪滿紅毡，當地放著象鼻三足鰍沿鎏金琺瑯大火盆，正面炕上鋪著新猩紅毡，設著大紅彩繡雲龍捧壽的靠背引枕，外另有黑狐皮的袱子搭在上面，大白狐皮坐褥，請賈母上去坐了。兩邊又鋪皮褥，讓賈母一輩的兩三個妯娌坐了。這邊橫頭排插之後小炕上，也鋪了皮褥，讓邢夫人等坐了。地下兩面相對十二張雕漆椅上，都是一色灰鼠椅搭小褥，每一張椅下一個大銅腳爐，讓寶琴等姐妹坐了。尤氏用茶盤親捧茶與賈母，蓉妻捧與眾老祖母；然後尤氏又捧與邢夫人等，蓉妻又捧與眾姐妹。鳳姐李紈等只在地下伺候。茶畢，邢夫人等便先起身來侍賈母。賈母吃茶，與老妯娌閑話了兩三句，便命看轎。鳳姐兒忙上去挽起來。尤氏笑回說：「已經預備下老太太的晚飯。每年都不肯賞些體面，用過晚飯過去，果然我們就不及鳳丫頭不成？」鳳姐兒攙著賈母笑道：「老祖宗快走罷，咱們家去吃，別理他。」賈母笑道：「你這裏供著祖宗，忙的什麼似的，那裏擱得住我鬧！況且每年我不吃，你們也要送去的。不如還送了去，我吃不了留著明兒再

✣「寧國府除夕祭宗祠」，描繪《紅樓夢》第五十三回中的場景。寧國府雖然還保有宗祠，但賈府的重心早已移到榮國府。清代孫溫繪《全本紅樓夢》圖冊第十二冊之三。（清·孫溫繪）

吃，豈不多吃些？」說的眾人都笑了。又吩咐他：「好生派妥當人夜裏看香火，不是大意得的。」尤氏答應了。一面走出來至暖閣前上了轎。尤氏等閃過屏風，小廝們才領轎夫，請了轎出大門。尤氏亦隨邢夫人等同至榮府。

這裏轎出大門，這一條街上，東一邊合面繡設列著寧國公的儀仗執事樂器；西一邊合面設列著榮國公的儀仗執事樂器，來往行人皆屏退不從此過。一時來至榮府，也是大門正廳直開到底。如今便不在暖閣下轎了，過了大廳，便轉彎向西，至賈母這邊正廳上下轎。眾人圍隨同至賈母正室之中，亦是錦裀繡屏，煥然一新。當地火盆內焚著松柏香、百合草。賈母歸了坐，老嬷嬷來回：「老太太們來行禮。」賈母忙又起身要迎，只見兩三個老妯娌已進來了。大家挽手，笑了一回，讓了一回。吃茶去後，賈母只送至內儀門便回來，歸正坐。賈敬賈赦等領諸子弟進來。賈母笑道：「一年價難爲你們，不行禮罷。」一面說著，一面男一起，女一起，一起一起俱行過了禮。左右兩旁設下交椅，然後又按長幼挨次歸坐受禮。兩府男婦小廝丫鬟亦按差役上中下行禮畢，散押歲錢、荷包、金銀錁，擺上合歡宴來。男東女西歸坐，獻屠蘇酒，合歡湯、吉祥果、如意糕畢，賈母起身進內間更衣，眾人方各散出。那晚各處佛堂灶王前焚香上供，王夫人正房院內設著天地紙馬香供，大觀園正門上也挑著大明角燈，兩溜高照，各處皆有路燈。上下人等，皆打扮的花團錦簇，一夜人聲嘈雜，語笑喧闐，爆竹起火，絡繹不絕。

至次日五鼓，賈母等又按品大妝，擺全副執事進宮朝賀，兼祝元春千秋。領宴回來，又至寧府祭過列祖，方回來受禮畢，便換衣歇息。所有賀節來的親友一概不會，只和薛姨媽李嬸二人說話取便，或者同寶玉、寶琴、釵、玉等姐妹趕圍棋抹牌作戲。王夫人與鳳姐天天忙著請人吃年酒，那邊廳上院內皆是戲酒，親友絡繹不絕，一連忙了七八日才完了。早又元宵將近，寧榮二府皆張燈結彩。十一日是賈赦請賈母等，次日賈珍又請，賈母皆去隨便領了半日。王夫人和鳳姐兒連日被人請去吃年酒，不能勝記。

* * *

至十五日之夕，賈母便在大花廳上命擺幾席酒，定一班小戲，滿掛各色佳燈，帶領榮寧二府各子侄孫男孫媳等家宴。賈敬素不茹酒，也不去請他，於後十七日祖祀已完，他便仍出城去修養；便這幾日在家內，亦是淨室默處，一概無聽無聞，不在話下。賈赦略領了賈母之賜，也便告辭而去。賈母知他在此彼此不便，也就隨他去了。賈

✣「榮國府元宵開夜宴」，描繪《紅樓夢》第五十三回中的場景。除了元春省親，這是另一次對賈府節慶作濃墨重彩的描寫。清代孫溫繪《全本紅樓夢》圖冊第十二冊之四。（清．孫溫繪）

敉自到家中與衆門客賞燈吃酒，自然是笙歌聒耳，錦繡盈眸，其取便快樂另與這邊不同的。◎7

這邊賈母花廳之上共擺了十來席。每一席旁邊設一几，几上設爐瓶三事，焚著御賜百合宮香。又有八寸來長四五寸寬二三寸高的點著山石布滿青苔的小盆景，俱是新鮮花卉。又有小洋漆茶盤，內放著舊窯茶杯並十錦小茶吊，裏面泡著上等名茶。一色皆是紫檀透雕，嵌著大紅紗透繡花卉並草字詩詞的瓔珞。原來繡這瓔珞的也是個姑蘇女子，名喚慧娘。因他亦是書香宦門之家，他原精於書畫，不過偶然繡

✣ 清高宗乾隆書畫：歲寒三友圖。指的是松、竹、梅，此三種植物常常用來擺設點綴。（fotoe提供）

◎7.又交代一個。（脂硯齋）

一兩件針線作耍，並非市賣之物。凡這屏上所繡之花卉，皆仿的是唐、宋、元、明各名家的折枝花卉，故其格式配色皆從雅，本來非一味濃艷匠工可比。每一枝花側皆用古人題此花之舊句，或詩詞歌賦不一，皆用黑絨繡出草字來，且字跡勾踢、轉折、輕重、連斷皆與筆草無異，亦不比市繡字跡板強可恨。他不仗此技獲利，所以天下雖知，得者甚少，凡世宦富貴之家，無此物者甚多，當今便稱為「慧繡」。竟有世俗射利者，近日仿其針跡，愚人獲利。偏這慧娘命夭，十八歲便死了，如今竟不能再得一件的了。凡所有之家，縱有一兩件，皆珍藏不用。有那一干翰林文魔先生們，因深惜「慧繡」之佳，便說這「繡」字不能盡其妙，這樣筆跡說一「繡」字，反似乎唐突了，便大家商議了，將「繡」字便隱去，換了一個「紋」字，所以如今都稱為「慧紋」。若有一件真「慧紋」之物，價則無限。賈府之榮，也只有兩三件，上年將那兩件已進了上，目下只剩這一副瓔珞，一共十六扇，賈母愛如珍寶，不入在請客各色陳設之內，只留在自己這邊，高興擺酒時賞頑。又有各色舊窯小瓶中都點綴著「歲寒三友」「玉堂富貴」等鮮花草。

上面兩席是李嬸薛姨媽二位。賈母於東邊設一透雕夔龍護屏矮足短榻，靠背引枕皮褥俱全。榻之上一頭又設一個極輕巧洋漆描金

✣ 八仙紋香爐，青花，清康熙。（集成提供）

小几，几上放著茶吊、茶碗、漱盂、洋巾之類，又有一個眼鏡匣子。賈母歪在榻上，與衆人說笑一回，又自取眼鏡向戲臺上照一回，又向薛姨媽李嬸笑說：「恕我老了，骨頭疼，放肆，容我歪著相陪罷。」因又命琥珀坐在榻上，拿著美人拳※15捶腿。榻下並不擺席面，只有一張高几，卻設著瓔珞花瓶香爐等物。外另設一精緻小高桌，設著酒杯匙箸，將自己這一席設於榻旁，命寶琴、湘雲、黛玉、寶玉四人坐著。每一饌一果來，先捧與賈母看了，喜則留在小桌上嘗一嘗，仍撤了放在他四人席上，只算他四人是跟著賈母坐。故下面方是邢夫人王夫人之位，再下便是尤氏、李紈、鳳姐、賈蓉之妻；西邊一路便是寶釵、李紋、李綺、岫煙、迎春姐妹等。兩邊大梁上，掛著一對聯三聚五玻璃芙蓉彩穗燈。每一席前豎一柄漆幹倒垂荷葉，葉上有燭信插著彩燭。這荷葉乃是鏨琺瑯的，活信可以扭轉，如今皆將荷葉扭轉向外，將燈影逼住全向外照，看戲分外真切。窗格門戶一齊摘下，全掛彩穗各種宮燈。廊檐內外及兩邊遊廊罩棚，將各色羊角、玻璃、戳紗、料絲、或繡、或畫、或堆、或摳、或絹、或紙諸燈掛滿。廊上幾席，便是賈珍、賈璉、賈環、賈琮、賈蓉、賈芹、賈芸、賈菱、賈菖等。

賈母也曾差人去請衆族中男女，奈他們或有年邁懶於熱鬧的；或有家內沒有人不便來的；或有疾病淹纏，欲來竟不能來的；或有一等妒富愧貧不來的；甚至於有一等憎畏鳳姐之爲人而賭氣不來的；或有羞口羞腳，不慣見人，不敢來的；因此族衆

註

※15：老年人用以捶打身體的木製或橡皮製的小槌子。

雖多，女客來者，只不過賈菌之母婁氏帶了賈菌來了，男子只有賈芹、賈芸、賈菖、賈菱四個現是在鳳姐麾下辦事的來了。當下人雖不全，在家庭間小宴中，數來也算是熱鬧的了。當又有林之孝之妻，帶了六個媳婦，抬了三張炕桌，每一張上搭著一條紅氈，氈上放著選淨一般大新出局的銅錢，用大紅彩繩串著，每二人搭一張，共三張。林之孝家的指示：「將那兩張擺至薛姨媽李嬸的席下，將一張送至賈母榻下來。賈母便說：「放在當地罷。」這媳婦們都素知規矩的，放下桌子，一併將錢都打開，將彩繩抽去，散堆在桌上。正唱《西樓．樓會》※16這齣將終，于叔夜因賭氣去了，那文豹便發科諢道：「你賭氣去了，恰好今日正月十五，榮國府中老祖宗家宴，待我騎了這馬，趕進去討些果子吃是要緊的。」說畢，引的賈母等都笑了。薛姨媽等都說：「好個鬼頭孩子，可憐見的！」鳳姐便說：「這孩子才九歲了。」賈母笑說：「難為他說的巧。」便說了一個「賞」字。早有三個媳婦已經手下預備下簸籮，聽見一個「賞」字，走上去向桌上的散錢堆內，每人便撮了一簸籮，走出來向戲臺說：「老祖宗、姨太太、親家太太賞文豹買果子吃的！」說著向臺上便一撒，只聽「豁啷啷」滿臺的錢響。賈珍、賈璉已命小廝們抬了大簸籮的錢來，暗暗的預備在那裏。聽見賈母一賞，要知端的——◎8

註

※16：明末清初袁于令所作《西樓記》傳奇中的一齣。內容為于叔夜和妓女穆素徽的故事。

✣ 右頁圖：元宵之夜，榮國府家宴，鳳姐等人陪賈母取樂。（朱士芳繪）

◎8. 前半整飭，後半疏落，濃淡相間。宗祠在寧國府，開夜宴在榮府，分敘不犯手，是作者胸有成竹處。（脂硯齋）

第五十四回

史太君破陳腐舊套　王熙鳳效戲彩斑衣

卻說賈珍賈璉暗暗預備下大簸籮的錢，聽見賈母說「賞」，他們也忙命小廝們快撒錢。只聽滿臺錢響，賈母大悅。◎1

二人遂起身，小廝們忙將一把新暖銀壺遞在賈璉手內，隨了賈珍趨至裏面。賈珍先至李嬸席上，躬身取下杯來，回身，賈璉忙斟了一盞，然後便至薛姨媽席上，也斟了。二人忙起身笑說：「二位爺請坐著罷了，何必多禮。」於是除邢王二夫人，滿席都離了席，俱垂手旁侍。賈珍等至賈母榻前，因榻矮，二人便屈膝跪了。賈珍在先捧杯，賈璉在後捧壺。雖止二人奉酒，那賈環弟兄等，卻也是排班按序，一溜隨著他二人進來，見他二人跪下，也都一溜跪下。寶玉也忙跪下了。史湘雲悄推他笑道：「你這會子又幫著跪下作什麼？有這樣，你也去斟一巡酒豈不好？」寶玉

✣《增評補圖石頭記》第五十四回繪畫。（fotoe提供）

悄笑道：「再等一會子再斟去。」說著，等他二人斟完起來，方起來。又與邢夫人王夫人斟過來了。賈珍笑道：「妹妹們怎麼樣呢？」賈母等都說：「你們去罷，他們倒便宜些。」說了，賈珍等方退出。

當下天未二鼓，戲演的是《八義》※1中《觀燈》八齣。正在熱鬧之際，寶玉因下席往外走。賈母因說：「你往那裏去？外頭爆竹利害，仔細天上掉下火紙來燒了！」寶玉回說：「不往遠去，只出去就來。」賈母命婆子們好生跟著。於是寶玉出來，只有麝月秋紋並幾個小丫頭隨著。賈母因說：「襲人怎麼不見？他如今也有些拿大了，單支使小女孩子出來。」王夫人忙起身笑回道：「他媽前日沒了，因有熱孝※2，不便前頭來。」賈母聽了點頭，又笑道：「跟主子卻講不起這孝與不孝。若是他還跟我，難道這會子也不在這裏不成？皆因我們太寬了，有人使，不查這些，竟成了例了。」鳳姐兒忙過來，笑回道：「今兒晚上他便沒孝，那園子裏也須得他看著，燈燭花炮最是耽險的。這裏一唱戲，園子裏的人誰不偷來瞧瞧。他還細心，各處照看照看。況且這一散後寶兄弟回去睡覺，各色都是齊全的。若他再來了，衆人又不經心，散了回去，鋪蓋也是冷的，茶水也不齊備，各色都不便宜，所以我叫他不用來，只看屋子。散了又齊備，我們這裏也不耽心，又可以全他的禮，豈不三處有益。老祖宗要叫他，我叫他來就是了。」賈母聽了這話，忙說：「你這話很是，比我想的周到，快別叫他

註

※1：即《八義記》，明代徐元所作傳奇劇本。

※2：初遭親喪，身穿孝服。

評點

◎1.這位賈老太君在生活中的第一要義就是讓自己高興。她之所以喜歡鳳姐，固因鳳姐善於討好，更因鳳姐善於逗樂，可以給她解悶。她一般不問家事，不理財政，把一些瑣細乏味的俗務都交給別人，每日裏只是吃些愛吃的，聽些愛聽的，看些愛看的。她之愛寶玉，在某種意義上，也是把寶玉當成一件心愛的玩物來愛的，因此她並不太關心寶玉如何讀書以及求取功名。她常常給這個作壽，給那個過生日，是因爲她喜歡熱鬧場面，她看著宴席上的山珍海味，即使她自己吃不下幾口也感到快活，她看著戲臺上的悲歡離合，把成笸的銅錢撇得滿臺亂響，便是她最大的樂趣。（王昌定）

了。但只他媽幾時沒了，我怎麼不知道？」鳳姐笑道：「前兒襲人去親自回老太太的，怎麼倒忘了？」賈母想了一想笑說：「想起來了。我的記性竟平常了。」眾人都笑說：「老太太那裏記得這些事。」賈母因又嘆道：「我想著他從小兒伏侍了我一場，又伏侍了雲兒一場，末後給了一個魔王寶玉，虧他魔了這幾年。他又不是咱們家的根生土長的奴才，沒受過咱們什麼大恩典。他媽沒了我想著要給他幾兩銀子發送，也就忘了。」鳳姐兒道：「前兒太太賞了他四十兩銀子，也就是了。」賈母聽說，點頭道：「這還罷了。正好鴛鴦的娘前兒也死了，我想他老子娘都在南邊，我也沒叫他家去走走守孝，如今叫他兩個一處作伴兒去。」◎2又命婆子將些果子菜饌點心之類與他兩個吃去。琥珀笑說：「還等這會子呢，他早就去了。」說著大家又吃酒看戲。

且說寶玉一逕來至園中，眾婆子見他回房，便不跟去，只坐在園門內茶房裏烤火，和管茶的女人偷空飲酒鬥牌。寶玉至院中，雖是燈光燦爛，卻無人聲。麝月道：「他們都睡了不成？咱們悄悄的進去唬他們一跳。」於是大家躡足潛蹤的進了鏡壁一看，只見襲人和一人二人對面都歪在地炕上，那一頭有兩三個老嬤嬤打盹。寶玉只當他兩個睡著了，才要進去，忽聽鴛鴦嘆了一聲，說道：「可知天下事難定。論理你單身在這裏，父母在外頭，每年他們東去西來，沒個定準，想來你是不能送終的了，偏生今年就死在這裏，你倒出去送了終。」襲人道：「正是。我也想不到能夠看父母回首※3。太太又賞了四十兩銀子，這倒也算養我一場，我也不敢妄想了。」寶玉聽了，

忙轉身悄向麝月等道：「誰知他也來了。我這一進去，他又賭氣走了，不如咱們回去罷，讓他兩個清清靜靜的說一回。襲人正一個人悶的慌，他幸而來的好。」說著，仍悄悄的出來。

寶玉便走過山石之後去站著撩衣，麝月秋紋皆站住背過臉去，口內笑說：「蹲下再解小衣，仔細風吹了肚子。」後面兩個小丫頭子知是小解，忙先出去茶房內預備去了。◎3這裏寶玉剛轉過來，只見兩個媳婦子迎面來了，問是誰，秋紋道：「寶玉在這裏，你大呼小叫，仔細唬著罷。」那媳婦們忙笑道：「我們不知道，大節下來惹禍了。姑娘們可連日辛苦了！」說著，已到了跟前。麝月等問：「手裏拿的是什麼？」媳婦們道：「是老太太賞金、花二位姑娘吃的。」秋紋笑道：「外頭唱的是《八義》，沒唱《混元盒》※4，那裏又跑出『金花娘娘』來了。」寶玉笑命：「揭起來我瞧瞧。」秋紋麝月忙上去將兩個盒子揭開。兩個媳婦忙蹲下身子，◎4寶玉看了兩盒內都是席上所有的上等果品菜饌，點了一點頭，邁步就走。麝月二人忙胡亂擲了盒蓋，跟上來。寶玉笑道：「這兩個女人倒和氣，會說話，他們天天乏了，倒說你們連日辛苦，倒不是那矜功自伐※5的。」麝月道：「這好的也很好，那不知禮的也太不知禮。」寶玉笑道：「你們是明白人，耽待他們是粗笨可憐的人就完了。」一面說，一

註

※3：指死亡。

※4：清代無名氏所寫一部荒誕不經的神魔劇。「混元盒」爲其中人物張眞人的法寶。下文的「金花娘娘」也是劇中人物並以此取笑金（鴛鴦）、花（襲人）二位。

※5：居功自誇。

評點

◎2.賈母忘不了寶玉，所以忘不了襲人……鳳姐有機巧，托故彌縫……其在鳳姐，雖照拂襲人，實是奉承王夫人；雖回護鴛鴦，更是迎合賈母。而在賈母是關愛鴛鴦，不是憐恤襲人，是心疼寶玉，更是得意鳳姐。（晶三蘆月草舍居士）

◎3.可見寶玉平日驕養性了。作者寫至此等地方，描寫盡致。（張笑俠）

◎4.細膩之極！一部大觀園之文皆若食肥蟹，至此一句，則又三月於鎮江江上啖出網之鮮鰣矣。（脂硯齋）

面來至園門。那幾個婆子雖吃酒鬥牌，卻不住出來打探，見寶玉來了，也都跟上了。來至花廳後廊上，只見那兩個小丫頭一個捧著小沐盆，一個搭著手巾，又拿著漚子※6壺在那裏久等。秋紋先忙伸手向盆內試了一試，說道：「你越大越粗心了，那裏弄的這冷水！」小丫頭笑道：「姑娘瞧瞧這個天，我怕水冷，巴巴的倒的是滾水，這還冷了。」正說著，可巧見一個老婆子提著一壺滾水走來。小丫頭便說：「好奶奶，過來給我倒上些。」那婆子道：「哥哥兒，這是老太太泡茶的，勸你走了舀去罷，那裏就走大了腳。」秋紋道：「憑你是誰的，你不給？管把老太太茶吊子倒了洗手！」那婆子回頭見是秋紋，忙提起壺來就倒。秋紋道：「夠了。你這麼大年紀也沒個見識，誰不知是老太太的水！要不著的人就敢要了？」婆子笑道：「我眼花了，沒認出是姑娘來。」寶玉洗了手，那小丫頭子拿小壺倒了些漚子在他手內，寶玉漚了。秋紋麝月也趁熱水洗了一回，漚了，跟進寶玉來。

寶玉便要了一壺暖酒，也從李嬸薛姨媽斟起，二人也讓坐。賈母便說：「他小，讓他斟去，大家倒要乾過這杯。」說著，便自己乾了。邢王二夫人也忙乾了，讓他二人。薛李也只得乾了。賈母又命寶玉道：「連你姐姐妹妹一齊斟上，不許亂斟，都要叫他乾了。」寶玉聽說，答應著，一一按次斟了。至黛玉前，偏他不飲，拿起杯來，放在寶玉唇邊上，寶玉一氣飲乾。黛玉笑說：「多謝。」寶玉替他斟上一杯。鳳姐兒便笑道：「寶玉，別喝冷酒，仔細手顫，明兒寫不得字，拉不得弓。」寶玉忙道：

「沒有吃冷酒。」鳳姐兒笑道：「我知道沒有，不過白囑咐你。」然後寶玉將裏面斟完，只除賈蓉之妻是丫頭們斟的。復出至廊上，又與賈珍等斟了。坐了一回方進來，仍歸舊坐。

一時上湯後，又接獻元宵來。賈母便命將戲暫歇歇：「小孩子們可憐見的，也給他們些滾湯滾菜的吃了再唱。」又命將各色果子元宵等物拿些與他們吃去。一時歇了戲，便有婆子帶了兩個門下常走的女先生兒進來，放兩張杌子在那一邊命他坐了，將弦子琵琶遞過去。賈母便問李薛聽何書，他二人都回說：「不拘什麼都好。」賈母便問：「近來可有添些什麼新書？」那兩個女先兒回說道：「倒有一段新書，是殘唐五代的故事。」賈母問是何名，女先兒道：「叫作《鳳求鸞》。」賈母道：「這個名字倒好，不知因什麼起的，先大概說說原故，若好再說。」女先兒道：「這書上乃說殘唐之時，有一位鄉紳，本是金陵人氏，名喚王忠，曾作過兩朝宰輔。如今告老還家，膝下只有一位公子，名喚王熙鳳。」眾人聽了，笑將起來。賈母笑道：「這重了我們鳳丫頭了。」媳婦忙上去推他，「這是二奶奶的名字，少混說！」賈母笑道：「你說，你說。」女先生忙笑著站起來說：「我們該死了！不知是奶奶的諱。」鳳姐兒笑道：「怕什麼！你們只管說罷，重名重姓的多呢。」女先生又說道：「這年王老爺打發了王公子上京趕考，那日遇見大雨，進到一個莊上避雨。誰知這莊上也有個鄉紳，

註

※6：一種潤膚的油脂香蜜化妝品。

姓李，與王老爺是世交，便留下這公子住在書房裏。這李鄉紳膝下無兒，只有一位千金小姐。這小姐芳名叫作雛鸞，琴棋書畫，無所不通。」賈母忙道：「怪道叫作《鳳求鸞》。不用說，我已猜著了，自然是這王熙鳳要求這雛鸞小姐為妻了。」女先兒笑道：「老祖宗原來聽過這一回書。」衆人都道：「老太太什麼沒聽過！便沒聽過，也猜著了。」賈母笑道：「這些書都是一個套子，左不過是些佳人才子，最沒趣兒。把人家女兒說的那樣壞，還說是佳人，編的連影兒也沒有了。開口都是書香門第，父親不是尙書就是宰相，生一個小姐必是愛如珍寶。這小姐必是通文知禮，無所不曉，竟是個絕代佳人。只一見了一個清俊的男人，不管是親是友，便想起終身大事來，父母也忘了，書禮也忘了，鬼不成鬼，賊不成賊，那一點兒是佳人？便是滿腹文章，作出這些事來，也算不得是佳人了。比如男人滿腹文章去作賊，◎5難道那王法就說他是才子，就不入賊情一案不成？可知那編書的是自己塞了自己的嘴。再者，既說是世宦書香大家小姐都知禮讀書，連夫人都知書識禮，便是告老還家，自然這樣大家人口不少，奶母丫鬟伏侍小姐的人也不少，怎麼這些書上，凡有這樣的事，就只小姐和緊跟的一個丫鬟？你們白想想，那些人都是管什麼的？可是

✣《琴棋書畫圖》局部，金底設色，日本重要文物，海北友松（1533年～1615年）繪。《琴棋書畫圖》為雙幅畫，這是右幅的「琴棋畫場景」。琴棋書畫是中國古代文人必備的修養，在《紅樓夢》中也分別是元春四姐妹四個丫鬟的名字。（海北友松繪）

✣ 說書的表演之前，賈母發表了許多對於作品的見解。（朱士芳繪）

前言不答後語？」◎6眾人聽了，都笑說：「老太太這一說，是謊都批出來了。」賈母笑道：「這有個原故：編這樣書的，有一等妒人家富貴，或有求不遂心，所以編出來污穢人家。再一等，他自己看了這些書看魔了，他也想一個佳人，所以編了出來取樂。何嘗他知道那世宦讀書家的道理！別說他那書上那些世宦書禮大家，如今眼下眞的拿我們這中等人家說起，也沒有這樣的事，別說是那些大家子。可知是謅掉了下巴的話。所以我們從不許說這些書，丫頭們也不懂這些話。這幾年我老了，他們姐妹們住得遠，我偶然悶了，說幾句聽聽，他們一來，就忙歇了。」◎7李薛二人都笑說：「這正是大家的規矩，連我們家也沒這些雜話給孩子們聽見。」

鳳姐兒走上來斟酒笑道：「罷，罷！酒冷了，老祖宗喝一口潤潤嗓子再掰謊。這一回就叫作《掰謊記》，就出在本朝本地本年本月本日本時，老祖宗一張口難說兩家話，花開兩朵，各表一枝，是眞是謊且不表，再整那觀燈看戲的人。老祖宗且讓這二位親戚吃一杯酒看兩齣戲之後，再從昨朝話言掰起如何？」他一面斟酒，一面笑說，未曾說完，眾人俱已笑倒。兩個女先生也笑個不住，都說：「奶奶好剛口

評點

◎5.「滿腹文章去作賊」，余謂多多。（脂硯齋）

◎6.首回楔子內云「古今小說千部共成一套」云云，猶未泄眞。今借老太君一寫，是勸後來胸中無機軸之諸君子不可動筆作書。鳳姐乃太君之要緊陪堂，今題「斑衣戲彩」，是作者酬我阿鳳之勞，特貶賈珍、璉輩之無能耳。（脂硯齋）

◎7.賈母是一個兒孫滿堂的老祖母，又是一個詩禮簪纓的貴夫人。書中寫她，總是在兒孫簇擁陪侍之中出現，她說的都是一個受尊敬、被逢迎、聽奉承、會享受、有權威的老祖母的話，然而處處不失一個貴夫人的身分。她文化程度不高，然而無意中的流露，處處見出她的眼界高、見識廣。（舒蕪）

※7。奶奶要一說書，真連我們吃飯的地方也沒了。」薛姨媽笑道：「你少興頭些！外頭有人，比不得往常。」鳳姐兒笑道：「外頭的只有一位珍大爺。我們還是論哥哥妹妹，從小兒一處淘氣了這麼大。這幾年因作了親，我如今立了多少規矩了。便不是從小兒的兄妹，便以伯叔論，那《二十四孝》上『斑衣戲彩』※8，他們不能來『戲彩』引老祖宗笑一笑，我這裏好容易引的老祖宗笑了一笑，多吃了一點東西，大家喜歡，都該謝我才是，難道反笑話我不成？」賈母笑道：「可是這兩日我竟沒有痛痛的笑一場，倒是虧他才一路笑的我心裏痛快了些，我再吃一鍾酒。」吃著酒，又命寶玉：「也敬你姐姐一杯。」鳳姐兒笑道：「不用他敬，我討老祖宗的壽罷。」說著，便將賈母的杯拿起來，將半杯剩酒吃了，將杯遞與丫鬟，另將溫水浸的杯換了一個上來。於是各席上的杯都撤去，另將溫水浸著待換的杯斟了新酒上來，然後歸坐。

女先生回說：「老祖宗不聽這書，或者彈一套曲子聽聽罷。」賈母便說道：「你們兩個對一套《將軍令》※9罷。」二人聽說，忙和弦按調撥弄起來。賈母因問：「天有幾更了？」眾婆子忙回：「三更了。」賈母道：「怪道寒浸浸的起來。」早有眾丫鬟拿了添換的衣裳送來。王夫人起身笑說道：「老太太不如挪進暖閣裏地炕上倒也罷了。這二位親戚也不是外人，我們陪著就是了。」賈母聽說，笑道：「既這樣說，不如大家都挪進去，豈不暖和？」王夫人道：「恐裏間坐不下。」賈母笑道：「我有道理。如今也不用這些桌子，只用兩三張並起來，大家坐在一處擠著，又親香，又暖和。」衆人都道：「這才有趣。」說著，便起了席。衆媳婦忙撤去殘席，裏面直順併了三張大桌，另又添換了果饌擺好。賈母便說：「這都不要拘禮，只聽我分派你們就坐才好。」說著便讓薛李正面上坐，自己西向坐了，叫寶琴、黛玉、湘雲三人皆緊依左右坐下，向寶玉說：「你挨著你太太。」於是邢夫人王夫人之中夾著寶玉，寶釵等姐妹在西邊，挨次下去便是婁氏帶著賈菌，尤氏李紈夾著賈蘭，下面橫頭便是賈蓉之妻。賈母便說：「珍哥兒帶著你兄弟們去罷，我也就睡了。」

賈珍忙答應，又都進來。賈母道：「快去罷！不用進來，才坐好了，又都起來。你快歇著，明日還有大事呢。」賈珍忙答應了，又笑道：「留下蓉兒斟酒才是。」賈母笑道：「正是忘了他。」賈珍答應了一個「是」，便轉身帶領賈璉等出來。二人自是歡喜，便命人將賈琮賈璜各自送回家去，便邀了賈璉去追歡買笑，不在話下。

這裏賈母笑道：「我正想著雖然這些人取樂，竟沒一對雙全的，就忘了蓉兒。這可全了，蓉兒就合你媳婦坐在一處，倒也團圓了。」因有媳婦回說開戲，賈母笑道：「我們娘兒們正說的興頭，又要吵起來。況且那孩子們熬夜怪冷的。也罷，叫他們且歇歇，把咱們的女孩子們叫了來，就在這臺上唱兩齣給他們瞧瞧。」媳婦們聽了，答應了出來，忙的一面著人往大觀園去傳人，一面二門口去傳小廝們伺候。小廝們忙至

註

※7：說話有技巧又動聽。

※8：元代郭居業編的一本宣揚孝道的書，共收二十四個故事，「斑衣戲彩」即其中之一，亦稱「老萊娛親」。寫老萊子穿上色彩斑斕的衣裳娛親的故事。

※9：樂曲名。

戲房將班中所有的大人一概帶出，只留下小孩子們。

一時，梨香院的教習帶了文官等十二個人，從遊廊角門出來。婆子們抱著幾個軟包，因不及抬箱，估料著賈母愛聽的三五齣戲的彩衣包了來。婆子們帶了文官等進去見過，只垂手站著。賈母笑道：「大正月裏，你師父也不放你們出來逛逛？你等唱什麼？剛才八齣《八義》鬧得我頭疼，咱們清淡些好。你瞧瞧，薛姨太太這李親家太太都是有戲的人家，不知聽過多少好戲的。這些姑娘都比咱們家姑娘見過好戲，聽過好曲子。如今這小戲子又是那有名頑戲家的班子，雖是小孩子們，卻比大班還強。咱們好歹別落了褒貶！少不得弄個新樣兒的。叫芳官唱一齣《尋夢》※10，只提琴至管簫合，笙笛一概不用。」文官笑道：「這也是的，我們的戲自然不能入姨太太和親家太太姑娘們的眼，不過聽我們一個發脫口齒※11，再聽一個喉嚨罷了。」賈母笑道：「正是這話了。」李嬸薛姨媽喜的都笑道：「好個靈透孩子！他也跟著老太太打趣我們。」賈母笑道：「我們這原是隨便的頑意兒，又不出去作買賣，所以竟不大合時。」說著又道：「叫葵官唱一齣《惠明下書》※12，也不用抹臉。只用這兩齣叫他們聽個疏異※13罷了。若省一點力，我可不依。」文官等聽了出來，忙去扮演上臺，先是《尋夢》，次是《下書》。眾人都鴉雀無聞，薛姨媽因笑道：「實在虧他，戲也看過幾百班，從沒見用簫管的。」賈母道：「也有，只是像方才《西樓・楚江晴》一支，多有小生吹簫和的。這大套的實在少，這也在主人講究不講究罷了。這算什麼出

✣崑曲《西廂記》，王振義飾張生，董萍飾崔鶯鶯，王瑾飾紅娘。（北方崑曲劇院提供）

奇？」指湘雲道：「我像他這麼大的時節，他爺爺有一班小戲，偏有一個彈琴的湊了來，即如《西廂記》的《聽琴》，《玉簪記》的《琴挑》，《續琵琶》的《胡笳十八拍》※14，竟成了眞的了。比這個更如何？」衆人都道：「這更難得了。」賈母便命個媳婦來，吩咐他們吹一套《燈月圓》。媳婦領命而去。

當下賈蓉夫妻二人捧酒一巡，鳳姐兒因見賈母十分高興，便笑道：「趁著女先兒們在這裏，不如叫他們擊鼓，咱們傳梅，行一個『春喜上眉梢※15』的令如何？」賈母笑道：「這是個好令，正對時對景。」忙命人取了一面黑漆銅釘花腔令鼓來，與女先兒們擊著，席上取了一枝紅梅。賈母笑道：「若到誰手裏住了，吃一杯，也要說個什麼才好。」鳳姐兒笑道：「依我說，誰像老祖宗要什麼有什麼呢。我們這不會的，豈不沒意思。依我說也要雅俗共賞，不如誰輸了誰說個笑話罷。」衆人聽了，都知道他素日善說笑話，最是他肚內有無限的新鮮趣談。今兒如此說，不但在席的諸人喜歡，連地下伏侍的老小人等無不歡喜。那小丫頭子們都忙出去找姐喚妹的告訴他們：「快

註

※10：《牡丹亭》第十二齣，杜麗娘在夢中與柳夢梅相會，次日在花園中重溫夢境。

※11：指說唱時的發聲吐字。

※12：《西廂記》第二本第二折。

※13：新鮮別致。

※14：《聽琴》：《西廂記》第二本，寫崔鶯鶯聽張生彈琴而知音之景。《玉簪記》：明代高濂編寫的傳奇，描寫尼姑陳妙常和書生潘必正的故事；《琴挑》是該劇第十六齣《寄弄》演出本的名目。《續琵琶》：曹雪芹祖父曹寅撰寫的傳奇，描寫漢末蔡文姬在曹操幫助下從南匈奴返漢的故事；其第二十七齣《製拍》描寫蔡文姬寫作和彈奏《胡笳十八拍》。

※15：即「擊鼓傳梅」，將「傳梅」說成「喜上眉（梅）梢」是爲了討吉利。

來聽，二奶奶又說笑話兒了。」衆丫頭子們便擠了一屋子。於是戲完樂罷，賈母命將些湯點果菜與文官等吃去，便命響鼓。那女先兒們皆是慣的，或緊或慢，或如殘漏之滴，或如迸豆之疾，或如驚馬之亂馳，或如疾電之光而忽暗；其鼓聲慢，傳梅亦慢，鼓聲疾，傳梅亦疾。恰恰至賈母手中，鼓聲忽住。大家呵呵一笑，賈蓉忙上來斟了一杯。衆人都笑道：「自然老太太先喜了，我們才托賴些喜。」賈母笑道：「這酒也罷了，只是這笑話倒有些難說。」衆人都說：「老太太的比鳳姐兒的還好還多，賞一個我們也笑一笑兒。」賈母笑道：「並沒什麼新鮮發笑的，少不得老臉皮子厚的說一個罷了。」因說道：「一家子養了十個兒子，娶了十房媳婦。惟有第十個媳婦伶俐，心巧嘴乖。公婆最疼，成日家說那九個不孝順。這九個媳婦委曲，便商議說：『咱們九個心裏孝順，只是不像那小蹄子嘴巧，所以公公婆婆老了，只說他好。這委曲向誰訴去？』大媳婦有主意，便說道：『咱們明兒到閻王廟去燒香，和閻王爺說去，問他一問，叫我們托生人，爲什麼單單的給那小蹄子一張乖嘴，我們都是笨的。』衆人聽了都喜歡，說這主意不錯。第二日便都到閻王廟裏來燒了香，九個人都在供桌底下睡著了。九個魂專等閻王駕到，左等不來，右等也不到。正著急，只見孫行者駕著筋斗雲來了，看見九個魂便要拿金箍棒打，唬得九個魂忙跪下央求。孫行者問原故，九個人忙細細的告訴了他。孫行者聽了，把腳一跺，嘆了一口氣道：『這原故幸虧遇見我，等著閻王來了，他也不得知道的。』九個人聽了，就求說：『大聖發個慈悲，我們就

好了。』孫行者笑道：『這卻不難。那日你們妯娌十個托生時，可巧我到閻王那裏去的，因為撒了泡尿在地下，你那小嬸子便吃了。你們如今要伶俐嘴乖，有的是尿，再撒泡你們吃了就是了。」◎8說畢，大家都笑起來。鳳姐兒笑道：「好的，幸而我們都笨嘴笨腮的，不然也就吃了猴兒尿了。」尤氏婁氏都笑向李紈道：「咱們這裏誰是吃過猴兒尿的，別裝沒事人兒。」薛姨媽笑道：「笑話兒不在好歹，只要對景就發笑。」說著又擊起鼓來。小丫頭子們只要聽鳳姐兒的笑話，便悄悄的和女先兒說明，以咳嗽為記。須臾傳至兩遍，剛到了鳳姐兒手裏，小丫頭子們故意咳嗽，女先兒便住了。眾人齊笑道：「這可拿住他了。快吃了酒說一個好的，別太逗的人笑的腸子疼。」鳳姐兒想了一想，笑道：「一家子也是過正月半，合家賞燈吃酒，真真的熱鬧非常，祖婆婆、太婆婆、婆婆、媳婦、孫子媳婦、重孫子媳婦、親孫子、侄孫子、重孫子、灰孫子、滴滴搭搭的孫子、孫女兒、姪孫女兒、外孫女兒、姨表孫女兒、姑表孫女兒……噯喲喲，真好熱鬧！」眾人聽他說著，已經笑了，都說：「聽數貧嘴的，又不知編派那一個呢？」尤氏笑道：「你要招我，我可撕你的嘴！」鳳姐兒起身拍手笑道：「人家費力說，你們混，我就不說了。」賈母笑道：「你說你說，底下怎麼樣？」鳳姐兒想了一想，笑道：「底下就團團的坐了一屋子，吃了一夜酒就散了。」眾人見他正言厲色的說了，別無他話，都怔怔的還等下話，只覺冰冷無味。史湘雲看了他半日。鳳姐兒笑道：「再說一個過正月半的。幾個人抬著個房子大的炮仗往城外

評點

◎8.賈母是在經歷了一生的世事風波之後，表面上嬉笑玩樂，內心裏卻對人情世故，乃至於身邊人們的言語舉動洞若觀火，所謂「世事洞明」、「人情練達」，用來形容賈母最為合適。她著意地享受富貴歡樂，表面看是富貴榮華的揮霍，心理深層仍是要將自己浸泡於親情之中，貪求歡樂與貪戀親情構成她暮年人生的兩大精神支柱。（蘇涵）

放去，引了上萬的人跟著瞧去。有一個性急的人等不得，便偷著拿香點著了。只聽『噗哧』一聲，衆人哄然一笑都散了。這抬炮仗的人抱怨賣炮仗的捍得不結實，沒等放，就散了。」湘雲道：「難道他本人沒聽見響？」鳳姐兒道：「這本人原是聾子。」衆人聽說，一回想，不覺一齊失聲都大笑起來。又想著先前那一個沒完的，問他：「先一個怎麼樣？也該說完。」鳳姐兒將桌子一拍，說道：「好囉唆！到了第二日是十六日，年也完了，節也完了，我看著人忙著收東西還鬧不清，那裏還知道底下的事了。」衆人聽說，復又笑將起來。鳳姐兒笑道：「外頭已經四更，依我說，老祖宗也乏了，咱們也該『聾子放炮仗——散了』罷。」尤氏等用手帕子握著嘴，笑的前仰後合，指他說道：「這個東西眞會數貧嘴。」賈母笑道：「眞眞這鳳丫頭越發貧嘴了。」一面說，一面吩咐道：「他提炮仗來，咱們也把煙火放了解解酒。」

賈蓉聽了，忙出去帶著小廝們就在院內安下屏架，將煙火設吊齊備。這煙火皆係各處進貢之物，雖不甚大，卻極精巧，各色故事俱全，夾著各色花炮。林黛玉稟氣柔弱，不禁畢駁之聲，賈母便摟他在懷中。薛姨媽摟著湘雲。湘雲笑道：「我不怕。」寶釵等笑道：「他專愛自己放大炮仗，還怕這個呢！」王夫人便將寶玉摟入懷內。鳳姐兒笑道：「我們是沒有人疼的了。」尤氏笑道：「有我呢，我摟著你。也不怕臊，你這孩子又撒嬌了，聽見放炮仗，吃了蜜蜂兒屎的，今兒又輕狂起來。」鳳姐兒笑道：「等散了，咱們園子裏放去。我比小廝們還放的好呢。」說話之間，外面一色一

色的放了又放，又有許多的滿天星、九龍入雲、一聲雷、飛天十響之類的零碎小爆竹。放罷，然後又命小戲子打了一回「蓮花落※16」，撒了滿臺錢，命那些孩子們滿臺搶錢取樂。又上湯時，賈母說道：「夜長，覺的有些餓了。」鳳姐兒忙回說：「有預備的鴨子肉粥。」賈母道：「我吃些清淡的罷。」鳳姐兒忙道：「也有棗兒熬的粳米粥，預備太太們吃齋的。」賈母笑道：「不是油膩膩的就是甜的。」鳳姐兒又忙道：「還有杏仁茶，只怕也甜。」賈母道：「倒是這個還罷了。」說著，又命人撤去殘席，外面另設上各種精緻小菜。大家隨便隨意吃了些，用過漱口茶，方散。

十七日一早，又過寧府行禮，伺候掩了宗祠，收過影像，方回來。此日便是薛姨媽家請吃年酒。十八日便是賴大家，十九日便是寧府賴升家，二十日便是林之孝家，二十一日便是單大良家，二十二日便是吳新登家。這幾家，賈母也有去的，也有不去的，也有高興直待眾人散了方回的，也有興盡半日一時就來的。幾諸親友來請或來赴席的，賈母一概怕拘束不會，自有邢夫人、王夫人、鳳姐兒三人料理。連寶玉只除王子騰家去了，餘者亦皆不會，只說賈母留下解悶。所以倒是家下人家來請，賈母可以自便之處，方高興去逛逛。閑言不提，且說當下元宵已過——

註

※16：舊時乞丐所唱，後發展成曲藝，常以「蓮花落，落蓮花」爲尾聲。

✣ 賈府元宵宴上玩擊鼓傳梅。（朱士芳繪）

第五十五回

辱親女愚妾爭閑氣　欺幼主刁奴蓄險心

且說元宵已過，只因當今以孝治天下，目下宮中有一位太妃欠安，故各嬪妃皆為之減膳謝妝，不獨不能省親，亦且將宴樂俱免。故榮府今歲元宵亦無燈謎之集。

剛將年事忙過，鳳姐兒便小月※1了，在家一月不能理事，天天兩三個太醫用藥。鳳姐兒自恃強壯，雖不出門，然籌畫計算，想起什麼事來，便命平兒去回王夫人，任人諫勸，他只不聽。王夫人便覺失了膀臂，一人能有許多的精神？凡有了大事，自己主張；將家中瑣碎之事，一應都暫令李紈協理。李紈是個尚德不尚才的，未免逞縱了下人。王夫人便命探春合同李紈裁處，只說過了一月，鳳姐將息好了，仍交與他。誰知鳳姐稟賦氣血不足，兼年幼不知保養，平生爭強鬥智，心力更虧，故雖係小月，竟著實虧虛下

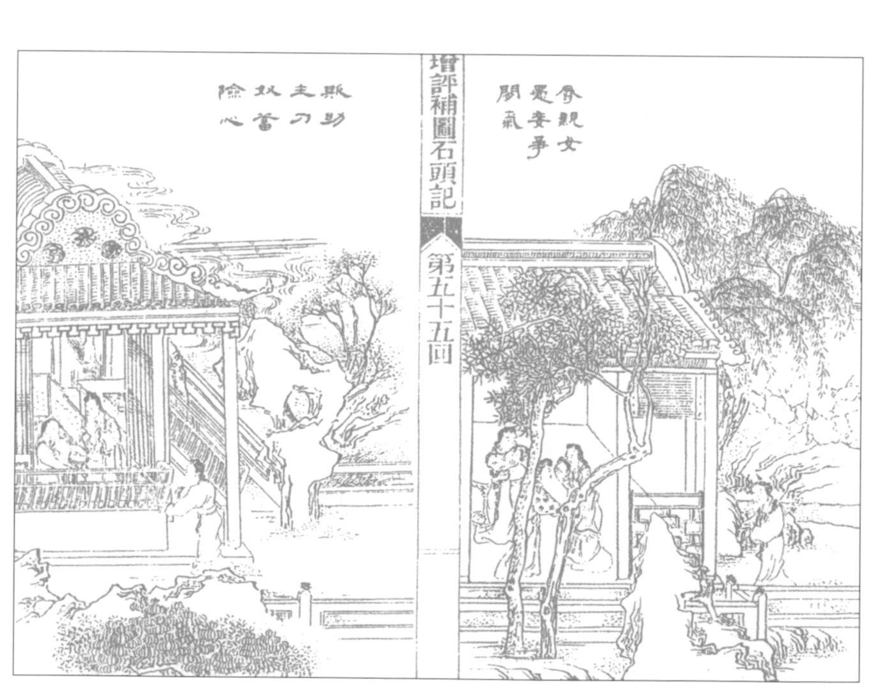

✣《增評補圖石頭記》第五十五回繪畫。（fotoe提供）

來。一月之後，復添了下紅之症。他雖不肯說出來，衆人看他面目黃瘦，便知失於調養。王夫人只令他好生服藥調養，不令他操心。他自己也怕成了大症，遺笑於人，便想偷空調養，恨不得一時復舊如常。誰知一直服藥調養到八九月間，才漸漸的起復過來，下紅也漸漸止了。此是後話。

如今且說目今王夫人見他如此，探春與李紈暫難謝事，園中人多，又恐失於照管，因又特請了寶釵來，◎1托他各處小心：「老婆子們不中用，得空兒吃酒鬥牌，白日裏睡覺，夜裏鬥牌，我都知道的。鳳丫頭在外頭，他們還有個懼怕，如今他們又該取便了。好孩子，你還是個妥當人。你兄弟妹妹們又小，我又沒工夫，你替我辛苦兩天，照看照看。凡有想不到的事，你來告訴我，別等老太太問出來，我沒話回。那些人不好了，你只管說。他們不聽，你來回我。別弄出大事來才好。」寶釵聽說只得答應了。◎2

時屆孟春，黛玉又犯了嗽疾。湘雲亦因時氣所感，亦臥病於蘅蕪苑，一天醫藥不斷。探春同李紈相住間隔，二人近日同事，不比往年，來往回話人等亦不便，故二人議定：每日早晨皆到園門口南邊的三間小花廳上去會齊辦事，吃過早飯於午錯方回房。這三間廳原係預備省親之時衆執事太監起坐之處，故省親之後也用不著了，每日只有婆子們上夜。如今天已和暖，不用十分修飾，只不過略略的鋪陳了，便可他二人

註

※1：即小產。

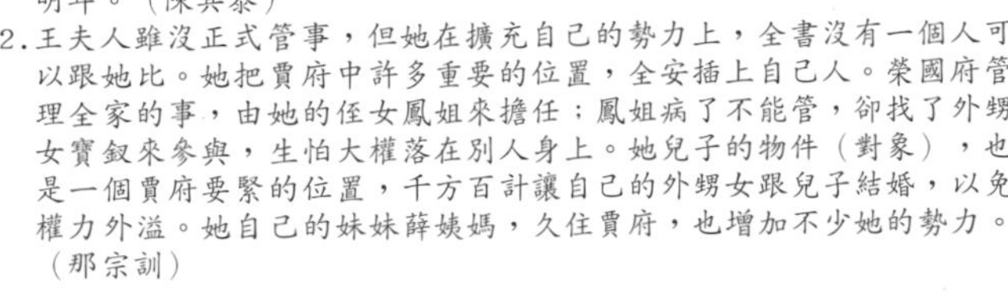
評點

◎1.寶釵來管家務，可知親事已定，亦如襲人給寶玉爲妾，王夫人尚未說明耳。（陳其泰）

◎2.王夫人雖沒正式管事，但她在擴充自己的勢力上，全書沒有一個人可以跟她比。她把賈府中許多重要的位置，全安插上自己人。榮國府管理全家的事，由她的侄女鳳姐來擔任；鳳姐病了不能管，卻找了外甥女寶釵來參與，生怕大權落在別人身上。她兒子的物件（對象），也是一個賈府要緊的位置，千方百計讓自己的外甥女跟兒子結婚，以免權力外溢。她自己的妹妹薛姨媽，久住賈府，也增加不少她的勢力。（那宗訓）

起坐。這廳上也有一匾，題著「輔仁諭德」四字，家下俗呼皆只叫「議事廳」。如今他二人每日卯正至此，午正方散。凡一應執事媳婦等來往回話者，絡繹不絕。

衆人先聽見李紈獨辦，各各心中暗喜，以爲李紈素日原是個厚道多恩無罰的，自然比鳳姐兒好搪塞。便添了一個探春，也都想著不過是個未出閨閣的青年小姐，且素日也最平和恬淡，因此都不在意，比鳳姐兒前更懈怠了許多。只三四日後，幾件事過手，漸覺探春精細處不讓鳳姐，只不過是言語安靜、性情和順而已。◎3可巧連日有王公侯伯世襲官員十幾處，皆係榮寧非親即友或世交之家，或有升遷，或有黜降，或有婚喪紅白等事，王夫人賀弔迎送，應酬不暇，前邊更無人。他二人便一日皆在廳上起坐，寶釵便一日在上房監察，至王夫人回方散。每於夜間針線暇時，臨寢之先，坐了小轎帶領園中上夜人等各處巡察一次。他三人如此一理，更覺比鳳姐兒當權時倒更謹慎了些。因而裏外下人都暗中抱怨說：「剛剛的倒了一個『巡海夜叉』，又添了三個『鎮山太歲※2』，越性連夜裏偷著吃酒頑的工夫都沒了。」

這日王夫人正是往錦鄉侯府去赴席，李紈與探春早已梳洗，伺候出門去後，回至廳上坐了。剛吃茶時，只見吳新登的媳婦進來回說：「趙姨娘的兄弟趙國基昨日死了。昨日回過太太，太太說知道了，叫回姑娘奶奶來。」說畢，便垂手旁侍，再不言語。彼時來回話者不少，都打聽他二人辦事如何：若辦得妥當，大家則安個畏懼之心，若少有嫌隙不當之處，不但不畏伏，出二門還要編出許多笑話來取笑。吳新

登的媳婦心中已有主意，若是鳳姐前，他便早已獻勤說出許多主意，又查出許多舊例來任鳳姐兒揀擇施行；◎4如今他藐視李紈老實，探春是青年的姑娘，所以只說出這一句話來，試他二人有何主見。探春便問李紈，李紈想了一想，便道：「前兒襲人的媽死了，聽見說賞銀四十兩，這也賞他四十兩罷了。」吳新登家的媳婦聽了，忙答應了「是」，接了對牌就走。探春道：「你且回來。」吳新登家的只得回來。探春道：「你且別支銀子。我且問你：那幾年老太太屋裏的幾位老姨奶奶，也有家裏的也有外頭的這兩個分別。家裏的若死了人是賞多少？外頭的死了人是賞多少？你且說兩個我們聽聽。」一問，吳新登家的便都忘了，忙陪笑回說：「這也不是什麼大事，賞多賞少，誰還敢爭不成？」探春笑道：「這話胡鬧。依我說，賞一百倒好。若不按例，別說你們笑話，明兒也難見你二奶奶。」吳新登家的笑道：「既這麼說，我查舊賬去，此時卻記不得。」探春笑道：「你辦事辦老了的，還記不得，倒來難我們。你素日回你二奶奶也現查去？若有這道理，鳳姐姐還不算利害，也就是算寬厚了！還不快找了來我瞧。再遲一日，不說你們粗心，反像我們沒主意了。」吳新登家的滿面通紅，忙轉身出來。眾媳婦們都伸舌頭，這裏又回別的事。

一時，吳家的取了舊賬來。探春看時，兩個家裏的賞過皆是二十兩，兩個外頭的皆賞過四十兩。外還有兩個外頭的，一個賞過一百兩，一個賞過六十兩。這兩筆底下

註

※2：指擔當巡邏和守衛的惡鬼凶神。

評點

◎3.這是小姐身分耳，阿鳳未出閣想亦如此。（脂硯齋）
◎4.可知雖有才幹，亦必有羽翼方可。（脂硯齋）

皆有原故：一個是隔省遷父母之柩，外賞六十兩；一個是現買葬地，外賞二十兩；探春便遞與李紈看了。探春便說：「給他二十兩銀子。把這賬留下，我們細看看。」吳新登家的去了。

忽見趙姨娘進來，李紈探春忙讓坐。趙姨娘開口便說道：「這屋裏的人都踩下我的頭去還罷了。姑娘你也想一想，該替我出氣才是。」一面說，一面眼淚鼻涕哭起來。探春忙道：「姨娘這話說誰？我竟不解。誰踩姨娘的頭？說出來我替姨娘出氣。」趙姨娘道：「姑娘現踩我，我告訴誰去？」探春聽說，忙站起來說道：「我並不敢。」李紈也忙站起來勸。趙姨娘道：「你們請坐下，聽我說。我這屋裏熬油似的熬了這麼大年紀，又有你和你兄弟，這會子連襲人都不如了，我還有什麼臉？連你也沒臉面，別說我了！」◎5探春笑道：「原來爲這個。我說我並不敢犯法違理。」一面便坐了，拿賬翻與趙姨娘看，又唸與他聽，又說道：「這是

✣ 探春管理家事，趙姨娘第一個趕來鬧事，自討沒趣。（朱士芳繪）

祖宗手裏舊規矩，人人都依著，偏我改了不成？也不但襲人，將來環兒收了外頭的，自然也是同襲人一樣。這原不是什麼爭大爭小的事，講不到有臉沒臉的話上。他是太太的奴才，我是按著舊規矩辦。說辦的好，領祖宗的恩典、太太的恩典；若說辦的不均，那是他糊塗不知福，也只好憑他抱怨去。太太連房子賞了人，我有什麼有臉之處；一文不賞，我也沒什麼沒臉之處。依我說，太太不在家，姨娘安靜些養神罷了，何苦只要操心？太太滿心疼我，因姨娘每每生事，幾次寒心。我但凡是個男人，可以出得去，我必早走了，立一番事業，那時自有我一番道理。偏我是女孩兒家，一句多話也沒有我亂說的。太太滿心裏都知道。如今因看重我，才叫我照管家務，還沒有作一件好事，姨娘倒先來作踐我。倘或太太知道了，怕我爲難不叫我管，那才正經沒臉呢，連姨娘也眞沒臉！」一面說，一面不禁滾下淚來。趙姨娘沒了別話答對，便說道：「太太疼你，你越發該拉扯拉扯我們。你只顧討太太的疼，就把我們忘了。」探春道：「我怎麼忘了？叫我怎麼拉扯？這也問你們各人，那一個主子不疼出力得用的人？那一個好人用人拉扯的？」李紈在旁只管勸說：「姨娘別生氣。也怨不得姑娘，他滿心裏要拉扯，口裏怎麼說的出來。」探春忙道：「這大嫂子也糊塗了。我拉扯誰？誰家姑娘們拉扯奴才了？他們的好歹，你們該知道，與我什麼相干！」趙姨娘氣的問道：「誰叫你拉扯別人去了？你不當家我也不來問你。你如今現說一是一，說二是二。如今你舅舅死了，你多給了二三十兩銀子，難道太太就不依你？分明太太是好

◎5.在賈府中，沒有地位而又最不安分的要數這位趙姨娘了。（卜鍵）

太太，都是你們尖酸刻薄，可惜太太有恩無處使。姑娘放心，這也使不著你的銀子。明兒等出了閣，我還想你額外照看趙家呢。如今沒有長羽毛，就忘了根本，只揀高枝兒飛去了！」◎6探春沒聽完，已氣的臉白氣噎，抽抽咽咽的一面哭，一面問道：「誰是我舅舅？我舅舅年下才升了九省檢點，那裏又跑出一個舅舅來？我倒素習按理尊敬，越發敬出這些親戚來了。既這麼說，環兒出去爲什麼趙國基又站起來，又跟他上學？爲什麼不拿出舅舅的款來？何苦來，誰不知道我是姨娘養的！必要過兩三個月尋出由頭來，徹底來翻騰一陣，生怕人不知道，故意的表白表白。也不知誰給誰沒臉？幸虧我還明白，但凡糊塗不知理的，早急了！」李紈急的只管勸，趙姨娘只管還嘮叨。

忽聽有人說：「二奶奶打發平姑娘說話來了。」趙姨娘聽說，方把口止住。只見平兒走進來，趙姨娘忙陪笑讓坐，又忙問：「你奶奶好些？我正要瞧去，就只沒得空兒。」◎7李紈見平兒進來，因問他來作什麼。平兒笑道：「奶奶說，趙姨奶奶的兄弟沒了，恐怕奶奶和姑娘不知有舊例，若照常例，只得二十兩。如今請姑娘裁奪著，再添些也使得。」探春早已拭去淚痕，忙說道：「又好好的添什麼？誰又是二十四個月養下來的？不然也是那出兵放馬背著主子逃出命來過的人不成？你主子眞個倒巧，叫

賈環與趙國基。趙國基雖身為舅舅，但在賈環這個公子哥兒面前，卻擺不出舅舅該有的模範。（《紅樓夢煙標精華》杜春耕編著，北京圖書館出版社提供）

我開了例，他作好人，拿著太太不心疼的錢，樂的作人情。你告訴他，我不敢添減，混出主意。他添他施恩，等他好了出來，愛怎麼添了去。」平兒一來時已明白了對半，今聽這一番話，越發會意，見探春有怒色，便不敢以往日喜樂之時相待，只一邊垂手默侍。

時值寶釵也從上房中來，探春等忙起身讓坐。未及開言，又有一個媳婦進來回事。因探春才哭了，便有三四個小丫鬟捧了沐盆、巾帕、靶鏡等物來。此時探春因盤膝坐在矮板榻上，那捧盆的丫鬟走至跟前，便雙膝跪下，高捧沐盆；那兩個小丫鬟也都在旁屈膝捧著巾帕並靶鏡脂粉之飾。平兒見待書不在這裏，便忙上來與探春挽袖卸鐲，又接過一條大手巾來，將探春面前衣襟掩了。探春方伸手向面盆中盥沐。那媳婦便回道：「回奶奶姑娘，家學裏支環爺和蘭哥兒的一年公費。」平兒先道：「你忙什麼！你睜著眼看見姑娘洗臉，你不出去伺候著，倒先說話來。二奶奶跟前你也這麼沒眼色來著？姑娘雖然恩寬，我去回了二奶奶，只說你們眼裏都沒姑娘，你們都吃了虧可別怨我！」唬的那個媳婦忙陪笑說道：「我粗心了。」一面說，一面忙退出去。

探春一面勻臉，一面向平兒冷笑道：「你遲了一步，還有可笑的：連吳姐姐這麼個辦老了事的，也不查清楚了，就來混我們。幸虧我們問他，他竟有臉說忘了。我說他回你主子事也忘了再找去？我料著你那主子未必有耐性兒等他去找。」平兒忙笑道：「他有這一次，管包腿上的筋早折了兩根。姑娘別信他們。那是他們瞅著大奶奶

評點

◎6.趙姨娘在《紅樓夢》中，實在是獨一無二的活寶貝。她之不自尊、不自重、不自知、不自愛固不待言，試問，《紅樓夢》一書中又有哪個角色如她這樣，可恨又可畏，可笑而不可憐，可氣而不足惱，可厭而不足與之細計較呢？（劉心武）

◎7.可以設想一下，趙姨娘原先也曾經有過平兒、襲人那樣的「黃金時代」，那樣地討主子的歡心。可以想見，趙姨娘也是經過淘汰之後才留下來的。既然能留下來，自然就有她可取的地方。（李國文）

是個菩薩，姑娘又是個靦腆小姐，固然是托懶來混。」說著，又向門外說道：「你們只管撒野，等奶奶大安了，咱們再說。」門外的衆媳婦都笑道：「姑娘，你是個最明白的人，俗語說『一人作罪一人當』，我們並不敢欺蔽小姐。如今小姐是嬌客※3，若認眞惹惱了，死無葬身之地。」平兒冷笑道：「你們明白就好了。」又陪笑向探春道：「姑娘知道二奶奶本來事多，那裏照看的這些，保不住不忽略。俗語說『旁觀者清』，這幾年姑娘冷眼看著，或有該添該減的去處二奶奶沒行到，姑娘竟一添減，頭一件於太太的事有益，第二件也不枉姑娘待我們奶奶的情義了。」話未說完，寶釵李紈皆笑道：「好丫頭，眞怨不得鳳丫頭偏疼他！本來無可添減的事，如今聽你一說，倒要找出兩件來斟酌斟酌，不辜負你這話。」探春笑道：「我一肚子氣，沒人煞性子，正要拿他奶奶出氣去，偏他碰了來，說了這些話，叫我也沒了主意了。」一面說，一面叫進方才那媳婦來問：「環爺和蘭哥兒家學裏這一年的銀子，是作那一項用的？」那媳婦便回說：「一年學裏吃點心或者買紙筆，每位有八兩銀子的使用。」探春道：「凡爺們的使用，都是各屋裡領了月錢的。環哥的是姨娘領二兩，寶玉的是老太太屋裏襲人領二兩，蘭哥兒的是大奶奶屋裏領。怎麼學裏每人又多這八兩？原來上學去的是爲這八兩銀子！從今兒起把這一項蠲了。平兒回去告訴你奶奶，我的話，把這一條務必免了。」平兒笑道：「早就該免。舊年奶奶原說要免的，因年下忙，就忘了。」那個媳婦只得答應著去了。就有大觀園中媳婦捧了飯盒來。

待書素雲早已抬過一張小飯桌來，平兒也忙著上菜。探春笑道：「你說完了話，幹你的去罷，在這裏又忙什麼？」平兒笑道：「我原沒事的，二奶奶打發了我來，一則說話，二則恐這裏人不方便，原是叫我幫著妹妹們伏侍奶奶姑娘的。」探春因問：「寶姑娘的飯怎麼不端來一處吃？」丫鬟們聽說，忙出至檐外命媳婦去說：「寶姑娘如今在廳上一處吃，叫他們把飯送了這裏來。」探春聽說，便高聲說道：「你別混支使人！那都是辦大事的管家娘子們，你們支使他要飯要茶的，連個高低都不知道！平兒這裏站著，你叫叫去。」

平兒忙答應了一聲出來。那些媳婦們都忙悄悄的拉住笑道：「那裏用姑娘去叫，我們已有人叫去了。」一面說，一面用手帕撣石磯上說：「姑娘站了半天乏了，這太陽影裏且歇歇。」平兒便坐下。又有茶房裏的兩個婆子拿了個坐褥鋪下，說：「石頭冷，這是極乾淨的，姑娘將就坐一坐罷。」平兒忙陪笑道：「多謝。」一個又捧了一碗精緻新茶出來，也悄悄笑說：「這不是我們常用茶，原是伺候姑娘們的，姑娘且潤一潤罷。」平兒忙欠身接了，因指眾媳婦悄悄說道：「你們太鬧的不像了。他是個姑娘家，不肯發威動怒，這是他尊重，你們就藐視欺負他。果然招他動了大氣，不過說他一個粗糙就完了，你們就現吃不

註 ※3：女婿或女兒都可稱嬌客，此指探春。

✣ 趙姨娘。曹雪芹很少對筆下人物毫無好感，他將趙姨娘和賈環寫得如此不堪，有人認為是來自現實生活的經歷。（《紅樓夢煙標精華》杜春耕編著，北京圖書館出版社提供）

✣ 探春從嚴治家，衆婆子拉著平兒說好話。
（朱士芳繪）

了的虧！他撒個嬌，太太也得讓他一二分，二奶奶也不敢怎樣。你們就這麼大膽子小看他，可是雞蛋往石頭上碰。」衆人都忙道：「我們何嘗敢大膽了，都是趙姨奶奶鬧的。」平兒也悄悄的說：「罷了，好奶奶們。『牆倒衆人推』，那趙姨奶奶原有些道三不著兩，有了事就都就賴他。◎8你們素日那眼裏沒人，心術厲害，我這幾年難道還不知道？二奶奶若是略差一點兒的，早被你們這些奶奶治倒了。饒這麼著，得一點空兒，還要難他一難，好幾次沒落了你們的口聲※4。衆人都道他厲害，你們都怕他，惟我知道他心裏也就不算不怕你們呢。前兒我們還議論到這裏，再不能依頭順尾的，必有兩場氣生。那三姑娘雖是個姑娘，你們都橫看了他。二奶奶在這些大姑子小姑子裏頭，也就只單畏他五分。你們這會子倒不把他放在眼裏了！」◎9

　正說著，只見秋紋走來，衆媳婦忙趕著問好，又說：「姑娘也且歇一歇，裏頭擺飯呢。等撤下飯桌子，再回話去。」秋紋笑道：「我比不得你們，我那裏等得。」說著便直要上廳去。平兒忙叫：「快回來！」秋紋回頭，見了平兒，笑道：「你又在這裏充什麼外圍的防護？」一面回身便坐在平兒褥上。平兒悄問：「回什麼？」秋紋道：「問一問寶玉的月銀我們的月錢，多早晚才領。」平兒道：「這什麼大事！你快回去告訴襲人，說我的話，憑有什麼事今兒都別回。若回一件，管駁一件；回一百件，管駁一百件。」秋紋聽了，忙問：「這是爲什麼了？」平兒與衆媳婦等都忙告訴

註

※4：話柄。

評點

◎8.《紅樓夢》還是寫出了她（趙姨娘）那種受歧視、受凌辱的境遇，經常遭到王熙鳳的呵斥，連自己親生的女兒都不認她這個母親，清楚地顯示了她可憐的一面，顯示了她心理陰暗、行爲陰險，時時伺機向踐踏她、妨礙她的人進行報仇的生活基礎和現實原因，並不是把她寫成與生俱來的壞人。（袁世順）

◎9.夾寫平兒靈細及鳳姐心事，不但引起下回興利除弊等事，且暗描鳳姐平日之苛刻利害。（王希廉）

他原故，又說：「正要找幾件利害事與有體面的人來開例作法子，鎮壓與眾人作榜樣呢。何苦你們先來碰在這釘子上！你這一去說了，他們若拿你們也作一二件榜樣，又礙著老太太、太太；若不拿著你們作一二件，人家又說偏一個向一個，仗著老太太、太太威勢的就怕，也不敢動，只拿著軟的作鼻子頭※5。你聽聽罷，二奶奶的事，他還要駁兩件，才壓的眾人口聲呢。」秋紋聽了，伸舌笑道：「幸而平姐姐在這裏，沒的臊一鼻子灰。我趁早知會他們去。」說著，便起身走了。

接著寶釵的飯至，平兒忙進來伏侍。那時趙姨娘已去，三人在板床上吃飯。寶釵面南，探春面西，李紈面東。眾媳婦皆在廊下靜候，裏頭只有他們緊跟常侍的丫鬟伺候，別人一概不敢擅入。這些媳婦們都悄悄的議論說：「大家省事罷，別安著沒良心的主意。連吳大娘才都討了沒意思，咱們又是什麼有臉的！」他們一邊悄議，等飯完回事。只覺裏面鴉雀無聲，並不聞碗箸之聲。一時只見一個丫鬟將簾櫳高揭，又有兩個將桌抬出。茶房內早有三個丫頭捧著三沐盆水，見飯桌已出，三人便進去了，一回又捧出沐盆並漱盂來，方有待書、素雲、鶯兒三個，每人用茶盤捧了三蓋碗茶進去。一時等他三人出來，待書命小丫頭子：「好生伺候著，我們吃了飯來換你們，別又偷坐著去。」眾媳婦們方慢慢的一個一個的安分回事，不敢如先前輕慢疏忽了。

探春氣方漸平，因向平兒道：「我有一件大事，早要和你奶奶商議，如今可巧想起來。你吃了飯快來。寶姑娘也在這裏，咱們四個人商議了，再細細問你奶奶可行可止。」平兒答應回去。

鳳姐因問為何去這一日，平兒便笑著將方才的原故細細說與他聽了。鳳姐兒笑道：「好，好，好個三姑娘！我說他不錯。只可惜他命薄，沒托生在太太肚裏。」平兒笑道：「奶奶也說糊塗話了。他便不是太太養的，難道誰敢小看他，不與別的一樣看了？」鳳姐兒嘆道：「你那裏知道，雖然庶出一樣，女兒卻比不得男人，將來攀親時，如今有一種輕狂人，先要打聽姑娘是正出庶出，多有為庶出不要的。殊不知別說庶出，便是我們的丫頭，比人家的小姐還強呢。將來不知那個沒造化的挑庶正誤了事呢；也不知那個有造化的，不挑庶正的得了去。」說著，又向平兒笑道：「你知道我這幾年生了多少省儉的法子，一家子大約也沒個不背地裏恨我的。我如今也是騎上老虎了。雖然看破些，無奈一時也難寬放；二則家裏出去的多，進來的少。凡百大小事仍是照著老祖宗手裏的規矩，卻一年進的產業又不及先時。多省儉了，外人又笑話，老太太、太太也受委曲，家下人也抱怨刻薄；若不趁早兒料理省儉之計，再幾年就都賠盡了。」平兒道：「可不是這話！將來還有三四位姑娘，還有兩三個小爺，一位老太太，這幾件大事未完呢。」鳳姐兒笑道：「我也慮到這裏。倒也夠了：寶玉和林妹妹，他兩個一娶

註

※5：開頭第一個。

一嫁，可以使不著官中的錢，老太太自有梯己拿出來。二姑娘是大老爺那邊的，也不算。剩了三四個，滿破著每人花上一萬銀子。環哥娶親有限，花上三千兩銀子，不拘那裏省一抿子也就夠了。老太太事出來，一應都是全了的，不過零星雜項，便費也滿破三五千兩。如今再儉省些，陸續也就夠了。只怕如今平空又生出一兩件事來，可就了不得了。——咱們且別慮後事，你且吃了飯，快聽他們商議什麼。這正碰了我的機會，我正愁沒個膀臂。雖有個寶玉，他又不是這裏頭的貨，縱收伏了他也不中用。大奶奶是個佛爺，也不中用。二姑娘更不中用，亦且不是這屋裏的人。四姑娘小呢。蘭小子更小。環兒更是個燎毛的小凍貓子，只等有熱灶火炕讓他鑽去罷。眞眞一個娘肚子裏跑出這個天懸地隔的兩個人來，我想到這裏就不伏。再者林丫頭和寶姑娘他兩個倒好，偏又都是親戚，又不好管咱家務事。況且一個是美人燈兒，風吹吹就壞了；一個是拿定了主意，『不干己事不張口，一問搖頭三不知』，也難十分去問他。倒只剩了三姑娘一個，心裏嘴裏都也來的，又是咱家的正人，太太又疼他，雖然面上淡淡的，皆因是趙姨娘那老東西鬧的，心裏卻是和寶玉一樣呢。此不得環兒，實在令人難疼，要依我的性子早攆出去了。如今他既有這主意，正該和他協同，大家作個膀臂，◎10我也不孤不獨了。按正理，天理良心上論，咱們有他這一個人幫著，咱們也省些心，於太太的事也有些益。若按私心藏奸上論，我也太行毒了，也該抽頭退步，回頭看了看；再要窮追苦克，人恨極了，暗地裏笑裏藏刀，咱們兩個才四個眼睛，兩個心，一時不防，倒弄壞了。趁著緊溜之中，他出頭一料理，衆人就把往日咱們的恨暫可解了。還有一件，我雖知你極明白，恐怕你心裏挽不過來，如今囑咐你：他雖是姑娘家，心裏卻事事明白，不過是言語謹慎。他又比我知書識字，更利害一層了。如今俗語『擒賊必先擒王』，他如今要作法開端，一定是先拿我開端。倘或他要駁我的事，你可別分辨，你只越恭敬，越說駁的是才好。千萬別想著怕我沒臉，和他一犟，就不好了。」平兒不等說完，便笑道：「你太把人看糊塗了。我才已經行在先，這會子又反囑咐我。」鳳姐兒笑道：「我是恐怕你心裏眼裏只有了我，一概沒有別人之故，不得不囑咐；既已行在先，更比我明白了。你又急了，滿口裏『你』『我』起來。」平兒道：「偏說『你』！你不依，這不是嘴巴子，再打一頓。難道這臉上還沒嘗過的不成！」鳳姐兒笑道：「你這小蹄子，要掂多少過子※6才罷？看我病的這樣，還來慪我！過來坐下，橫豎沒人來，咱們一處吃飯是正經。」

說著，豐兒等三四個小丫頭子進來放小炕桌。鳳姐只吃燕窩粥，兩碟子精緻小菜，每日分例菜已暫減去。豐兒便將平兒的四樣分例菜端至桌上，與平兒盛了飯來。平兒屈一膝於炕沿之上，半身猶立於炕下，陪著鳳姐兒吃了飯，◎11伏侍漱盥。漱畢，囑咐了豐兒些話，方往探春處來。只見院中寂靜，人已散出。要知端的——

註

※6：翻過多少次。

◎10.阿鳳有才處全在擇人，收納膀臂羽翼，並非一味倚才自恃者可知。這方是大才。（脂硯齋）

◎11.鳳姐之才又在能邀買人心。（脂硯齋）

第五十六回

敏探春興利除宿弊　時寶釵小惠全大體

話說平兒陪著鳳姐兒吃了飯，伏侍盥漱畢，方往探春處來。只見院中寂靜，只有丫鬟婆子諸內壺近人在窗外聽候。

平兒進入廳中，他姐妹三人正議論些家務，說的便是年內賴大家請吃酒他家花園中事故。見他來了，探春便命他腳踏上坐了，因說道：「我想的事不為別的，因想著我們一月有二兩月銀外，丫頭們又另有月錢。前兒又有人回，要我們一月所用的頭油脂粉，每人又是二兩。這又同才剛學裏的八兩一樣，重重疊疊，事雖小，錢有限，看起來也不妥當。你奶奶怎麼就沒想到這個？」平兒笑道：「這有個原故：姑娘們所用的這些東西，自然是該有分例。每月買辦買了，令女人們各房交與我們收管，不過預備姑娘們使用就罷了，沒有一個我們天天各人拿錢找人買頭油又是

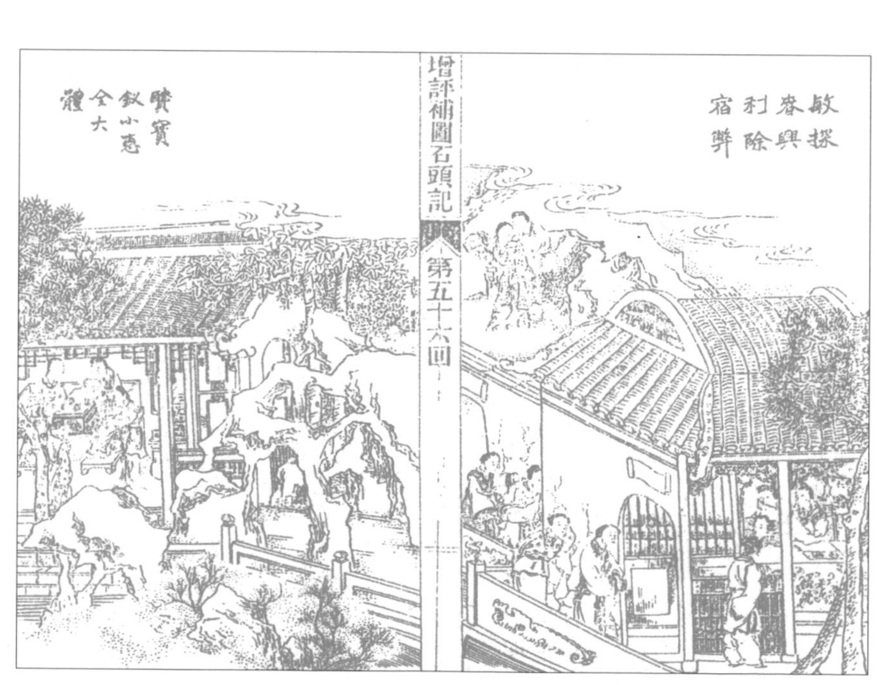

✣《增評補圖石頭記》第五十六回繪畫。（fotoe提供）

脂粉去的理。所以外頭買辦總領了去，按月使女人按房交與我們的。姑娘們的每月這二兩，原不是爲買這些的，原爲的是一時當家的奶奶太太或不在，或不得閑，姑娘們偶然一時可巧要幾個錢使，省得找人去。這是恐怕姑娘們受委曲，可知這個錢並不是買這個才有的。如今我冷眼看著，各房裏的我們的姐妹都是現拿錢買這些東西的竟有一半。我就疑惑，不是買辦脫了空，遲些日子，就是買的不是正經貨，弄些使不得的東西來搪塞。」探春李紈都笑道：「你也留心看出來了。脫空是沒有的，也不敢，只是遲些日子；催急了，不知那裏弄些來，不過是個名兒，其實使不得，依然得現買。就用這二兩銀子，另叫別人的奶媽子的或是弟兄哥哥的兒子買了來才使得。若使了官中的人，依然是那一樣的。不知他們是什麼法子，是鋪子裏壞了不要的，他們都弄了來，單預備給我們？」平兒笑道：「買辦買的是那樣的，他買了好的來，買辦豈肯和他善開交，又說他使壞心要奪這買辦了。所以他們也只得如此，寧可得罪了裏頭，不肯得罪了外頭辦事的人。姑娘們只能可使奶媽媽們，他們也就不敢閑話了。」探春道：「因此我心中不自在。錢費兩起，東西又白丟一半，通算起來，反費了兩折子，不如竟把買辦的每月蠲了爲是。此是一件事。第二件，年裏往賴大家去，你也去的，你看他那小園子比咱們這個如何？」平兒笑道：「還沒有咱們這一半大，樹木花草也少多了。」探春道：「我因和他家女兒說閑話兒。誰知那麼個園子，除他們帶的花、吃的笋菜魚蝦之外，一年還有人包了去，年終足有二百兩銀子剩。從那日我才知道，一個破荷葉，一根枯草根子，都是值錢的。」

寶釵笑道：「眞眞膏粱紈袴之談。雖是千金小姐原不知這事，但你們都念過書識字的，竟沒看見朱夫子有一篇〈不自棄文〉※1不成？」探春笑道：「雖看過，那不過是勉人自勵，虛比浮詞，那裏都眞有的？」寶釵道：「朱子都有虛比浮詞？那句句都是有的。你才辦了兩天時事，就利欲熏心，把朱子都看虛浮了。你再出去見了那些利弊大事，越發把孔子也看虛了！」探春笑道：「你這樣一個通人※2，竟沒看見子書？當日《姬子》有云：『登利祿之場，處運籌之界者，竊堯舜之詞，背孔孟之道。』」寶釵笑道：「底下一句呢？」探春笑道：「如今只斷章取意，念出底下一句，我自己罵我自己不成？」寶釵道：「天下沒有不可用的東西，既可用，便值錢。難爲你是個聰敏人，這些正事大節目事竟沒經歷，也可惜遲了。」◎1李紈笑道：「叫了人家來，不說正事，且你們對講學問！」寶釵道：「學問中便是正事。此刻於小事上用學問一提，那小事越發作高一層了。不拿學問提著，便都流入市俗去了。」

三人只是取笑之談，說了笑了一回，便仍談正事。◎2探春又接著說道：「咱們這園子只算比他們的多一半，加一倍算，一年就有四百銀子的利息。若此時也出脫生發銀子，自然小器，不是咱們這樣人家的事。若派出兩個一定的人來，既有許多值錢之物，一味任人作踐，也似乎暴殄天物。不如在園子裏所有的老媽媽中，揀出幾個本分老誠能知園圃的事，派准他們收拾料理，也不必要他們交租納稅，只問他們一

✣ 粟，小米，古代叫禾、稷、穀，中國北方通稱穀子，即膏粱之「粱」，去殼後叫小米。原產中國，小米喜溫暖，適應性強，耐乾旱、貧瘠，可春播和夏播。（fotoe提供）

年可以孝敬些什麼。一則園子有專定之人修理，花木自然一年好似一年的，也不用臨時忙亂。二則也不至作踐，白辜負了東西。三則老媽媽們也可借此小補，不枉年日在園中辛苦。四則亦可以省了這些花兒匠山子匠並打掃人等的工費。將此有餘，以補不足，未爲不可。」寶釵正在地下看壁上的字畫，聽如此說一則，便點一回頭，說完，便笑道：「善哉，三年之內無饑饉矣！」李紈笑道：「好主意。這果一行，太太必喜歡。省錢事小，第一有人打掃，專司其職，又許他們去賣錢。使之以權，動之以利，再無不盡職的了。」平兒道：「這件事須得姑娘說出來。我們奶奶雖有此心，也未必好出口。此刻姑娘們在園裏住著，不能多弄些頑意兒去陪襯，反叫人去監管修理，圖省錢，這話斷不好出口。」寶釵忙走過來，摸著他的臉笑道：「你張開嘴，我瞧瞧你的牙齒舌頭是什麼作的。從早起來到這會子，你說這些話，一套一個樣子，也不奉承三姑娘，也沒見你說奶奶才短想不到，也並沒有三姑娘說一句你就說一句是。橫豎三姑娘一套話出來，你就有一套話進去。總是三姑娘想的到的，你奶奶也想到了，只是必有個不可辦的原故。這會子又是因姑娘住的園子，不好因省錢令人去監管。你們想想這話，若果眞交與人弄錢去的，那人自然是一枝花也不許掐，一個果子也不許動了，姑娘們分中自然不敢，天天與小姑娘們就吵不清。他這遠愁近慮，不亢不卑。他奶奶便不是和咱們好，聽他這一番話，也必要自愧的變好了，不和也變和了。」探

註

※1：語出《朱子文集大全類編》卷二十一《庭訓》。

※2：博古通今且曉達事理的人。

◎1.探春之「敏」，還有對庶出的敏感。在這個等（階）級森嚴的社會、家族裏，這不能不傷害探春的自尊心，她要維護作人的尊嚴。（胡文彬）

◎2.作者又用金蟬脱殼之法。（脂硯齋）

春笑道：「我早起一肚子氣，聽他來了，忽然想起他主子來，素日當家使出來的好撒野的人，我見了他更生了氣。誰知他來了，避貓鼠兒似的站了半日，怪可憐的。接著又說了那麼些話，不說他主子待我好，倒說『不枉姑娘待我們奶奶素日的情意了。』這一句，不但沒了氣，我倒愧了，又傷起心來。我細想，我一個女孩兒家，自己還鬧得沒人疼沒人顧的，我那裏還有好處去待人。」口內說到這裏，不免又流下淚來。李紈等見他說的懇切，又想他素日因趙姨娘每生誹謗，在王夫人跟前亦爲趙姨娘所累，亦都不免流下淚來，都忙勸道：「趁今日清淨，大家商議兩件興利剔弊的事，也不枉太太委託一場。又提這沒要緊的事作什麼？」平兒忙道：「我已明白了。姑娘竟說誰好，竟一派人就完了。」探春道：「雖如此說，也須得回你奶奶一聲。我們這裏搜剔小遺，已經不當。皆因你奶奶是個明白人，我才這樣行，若是糊塗多蠱多妒※3的，我也不肯，倒像抓他乖一般。豈可不商議了行！」平兒笑道：「既這樣，我去告訴一聲。」說著去了，半日方回來，笑說：「我說是白走一趟，這樣好事，奶奶豈有不依的。」

探春聽了，便和李紈命人將園中所有婆子的名單要來，大家參度，大概定了幾個。又將他們一齊傳來，李紈大概告訴與他們。眾人聽了，無不願意，◎3也有說：「那一片竹子單交給我，一年工夫，明年又是

❖ 精明強幹、志向遠大的探春，因是庶出，人生遭際也有些莫測了。（張羽琳繪）

一片。除了家裏吃的筍，一年還可交些錢糧。」這一個說：「那一片稻地交給我，一年這些頑的大小雀鳥的糧食，不必動官中錢糧，我還可以交錢糧。」探春才要說話，人回：「大夫來了，進園瞧姑娘。」衆婆子只得去接大夫。平兒忙說：「單你們，有一百個也不成個體統，難道沒有兩個管事的頭腦帶進大夫來？」回事的那人說：「有，吳大娘和單大娘他兩個在西南角上聚錦門等著呢。」平兒聽說，方罷了。

衆婆子去後，探春問寶釵如何。寶釵笑答道：「幸於始者怠於終，繕其辭者嗜其利。」※4探春聽了點頭稱贊，便向冊上指出幾個人來與他三人看。◎4平兒忙去取筆硯來。他三人說道：「這一個老祝媽是個妥當的，況他老頭子和他兒子代代都是管打掃竹子，如今竟把這所有的竹子交與他。這一個老田媽本是種莊稼的，稻香村一帶凡有菜蔬稻稗之類，雖是頑意兒，不必認眞大治大耕，也須得他去，再一按時加些培植，豈不更好？」探春又笑道：「可惜蘅蕪苑和怡紅院這兩處大地方竟沒有出利息之物！」李紈忙笑道：「蘅蕪苑更利害！如今香料鋪並大市大廟賣的各處香料香草兒，都不是這些東西？算起來比別的利息更大。怡紅院別說別的，單只說春夏天一季玫瑰花，共下多少花？還有一帶籬笆上的薔薇、月季、寶相、金銀藤，單這沒要緊的花草乾了，賣到茶葉鋪藥鋪去，也值幾個錢。」探春笑道：「原來如此。只是弄香草的沒有在行的人。」平兒忙笑道：「跟寶姑娘的鶯兒他媽就是會弄這個的，上回他還採了

註

※3：居心歹毒，多所猜忌。

※4：一開始因僥倖獲利的人最終會懈怠，嘴上說得好聽的人喜歡占便宜。

評點

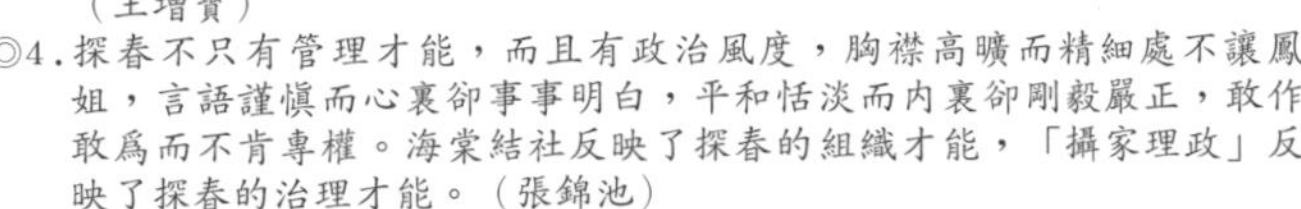

◎3.探春的理財作風，不僅在消極的節流，而且在積極的開源，看她所敘四則理由，正是人盡其力、地盡其利、物盡其用，在上者既得其利，在下者又得其惠，這種兩全的辦法，不就是儒家理財的最高理想嗎？（王增寶）

◎4.探春不只有管理才能，而且有政治風度，胸襟高曠而精細處不讓鳳姐，言語謹愼而心裏卻事事明白，平和恬淡而內裏卻剛毅嚴正，敢作敢爲而不肯專權。海棠結社反映了探春的組織才能，「攝家理政」反映了探春的治理才能。（張錦池）

些晒乾了辦成花籃葫蘆給我頑的，姑娘倒忘了不成？」寶釵笑道：「我才贊你，你倒來捉弄我了。」三人都詫異，都問這是爲何。寶釵道：「斷斷使不得！你們這裏多少得用的人，一個一個閑著沒事辦，這會子我又弄個人來，叫那起人連我也看小了。我倒替你們想出一個人來：怡紅院有個老葉媽，他就是茗煙的娘。那是個誠實老人家，他又和我們鶯兒的娘極好，不如把這事交與葉媽。他有不知的，不必咱們說，他就找鶯兒的娘去商議了。那怕葉媽全不管，竟交與那一個，那是他們私情兒，有人說閑話，也就怨不到咱們身上了。如此一行，你們辦的又至公，於事又甚妥。」李紈平兒都道：「是極。」◎5探春笑道：「雖如此，只怕他們見利忘義。」◎6平兒笑道：「不相干，前兒鶯兒還認了葉媽作乾娘，請吃飯吃酒，兩家和厚的好的很呢。」◎7探春聽了，方罷了。又共同斟酌出幾人來，俱是他四人素昔冷眼取中的，用筆圈出。

一時，婆子們來回大夫已去。將藥方送上去，三人看了，一面遣人送出去取藥，監派調服；一面探春與李紈明

✣「欺幼主刁奴蓄險心，敏探春興利除宿弊」，描繪《紅樓夢》第五十五、五十六回中的場景。探春在大觀園進行了一場成功的經濟改革。清代孫溫繪《全本紅樓夢》圖冊第十二冊之六。（清・孫溫繪）

示諸人：某人管某處，按四季除家中定例用多少外，餘者任憑你們採取了去取利，年終算賬。探春笑道：「我又想起一件事：若年終算賬歸錢時，自然歸到賬房，仍是上頭又添一層管主，還在他們手心裏，又剝一層皮。這如今我們興出這事來派了你們，已是跨過他們的頭去了，心裏有氣，只說不出來。你們年終去歸賬，他還不捉弄你們等什麼？再者，這一年間管什麼的，主子有一全分，他們就得半分。這是家裏的舊例，人所共知的，別的偷著的在外。如今這園子裏是我的新創，竟別入他們手，每年歸賬，竟歸到裏頭來才好。」◎8寶釵笑道：「依我說，裏頭也不用歸賬，這個多了那個少了，倒多了事。不如問他們誰領這一分的，他就攬一宗事去。不過是園裏的人的動用。我替你們算出來了，有限的幾宗事：不過是頭油、胭粉、香、紙，每一位姑娘幾個丫頭，都是有定例的。再者，各處笤帚、撮簸、撣子並大小禽鳥、鹿、兔吃的糧食。不過這幾樣，都是他們包了去，不用賬房去領錢。你算算，就省下多少來？」平兒笑道：「這幾宗雖小，一年通共算了，也省得下四百兩銀子。」寶釵笑道：「卻又來，一年四百，二年八百兩，取租的房子也能看的了幾間，薄地也可添幾畝。雖然還有敷餘的，但他們既辛苦鬧一年，也要叫他們剩些，粘補粘補自家。雖是興利節用爲綱，然亦不可太嗇。縱再省上二三百銀子，失了大體統也不像。所以如此一行，外頭賬房裏一年少出四五百銀子，也不覺得很艱嗇了，他們裏頭卻也得些小補。這些沒營生的媽媽們也寬裕了；園子裏花木，也可以每年滋長蕃盛，你們也得了可使之物。

評點

◎5.寶釵此等非與鳳姐一樣，此是隨時俯仰，彼則逸才逾蹈也。（脂硯齋）

◎6.這是探春敏智過人處，此諷亦不可少。（脂硯齋）

◎7.夾寫大觀園中多少兒女家常閑景，此亦補前文之不足也。（脂硯齋）

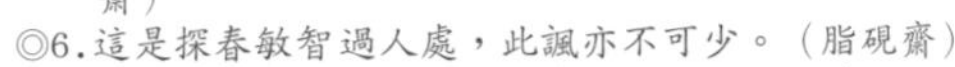

◎8.探春形象表示出濟世風采。這種風采具有豹的敏捷果斷，雷厲風行。探春的風采不是黛玉那樣有關靈魂的審美觀照，而是具有濟世意味的創造性立法和開拓。這種指向與寶玉正好相反，不是拒絕而是進取，不是撒手懸崖，而是入主塵世，以清明的才志整飭乾坤。（李劼）

這庶幾不失大體。若一味要省時，那裏不搜尋出幾個錢來。凡有些餘利的，一概入了官中，那時裏外怨聲載道，豈不失了你們這樣人家的大體？如今這園裏幾十個老媽媽們，若只給了這個，那剩的也必抱怨不公。我才說的，他們只供給這幾樣，也未免太寬裕了。一年竟除了這個之外，他每人不論有餘無餘，只叫他拿出若干貫錢來，大家湊齊，單散與園中這些媽媽們。他們雖不料理這些，卻日夜也是在園中照看當差之人，關門閉戶，起早睡晚，大雨大雪，姑娘們出入，抬轎子，撐船，拉冰床※5，一應粗糙活計，都是他們的差使。一年在園裏辛苦到頭，這園內既有出息，也是分內該沾帶些的。還有一句至小的話，越發說破了：你們只管了自己寬裕，不分與他們些，他們雖不敢明怨，心裏卻都不服，只用假公濟私的多摘你們幾個果子，多掐幾枝花兒，你們有冤還沒處訴。他們也沾帶了些利息，你們有照顧不到的，他們就替你照顧了。」◎9

衆婆子聽了這個議論，又去了賬房受轄制，又不與鳳姐兒去算賬，一年不過多拿出若干貫錢來，各各歡喜異常，都齊聲說：「願意。強如出去被他們揉搓著，還得

✣ 探春、李紈、寶釵在商量如何興利除弊。（朱士芳繪）

拿出錢來呢。」那不得管地的聽了每年終又無故得分錢，也都喜歡起來，口內說：「他們辛苦收拾，是該剩些錢粘補的。我們怎麼好『穩坐吃三注※6』的？」寶釵笑道：「媽媽們也別推辭了，這原是分內應當的。你們只要日夜辛苦些，別躲懶縱放人吃酒賭錢就是了。不然，我也不該管這事。你們一般聽見，姨娘親口囑托我三五回，說大奶奶如今又不得閑兒，別的姑娘又小，托我照看照看。我若不依，分明是叫姨娘操心。你們奶奶又多病多痛，家務也忙。我原是個閑人，便是個街坊鄰居，也要幫著些，何況是親姨娘托我。我免不得去小就大，講不起衆人嫌我。倘或我只顧了小分沽名釣譽，那時酒醉賭博生出事來，我怎麼見姨娘？你們那時後悔也遲了，就連你們素日的老臉也都丟了。這些姑娘小姐們，這麼一所大花園，都是你們照看，皆因看的你們是三四代的老媽媽，最是循規遵矩的，原該大家齊心顧些體統。你們反縱放別人任意吃酒賭博，姨娘聽見了，教訓一場猶可，倘若被那幾個管家娘子聽見了，他們也不用回姨娘，竟教導你們一番。你們這年老的反受了年小的教訓，雖是他們是管家，管的著你們，何如自己存些體統，他們如何得來作踐？所以我如今替你們想出這個額外的進益來，也爲大家齊心把這園裏周全的謹謹慎慎，使那些有權執事的看見這般嚴肅謹慎，且不用他們操心，他們心裏豈不敬伏。也不枉替你們籌畫進益，既能奪得他們之權，生你們之利，豈不能行無爲之治，分他們之憂？你們去細想想這話。」家人都

註

※5：冰上滑行用的交通工具，形狀如床。

※6：不費氣力而穩穩的贏得賭注，爲不勞而獲的意思。

◎9.寶釵令管園者年終各出錢文，分給衆人，施恩以後，即吩咐循規蹈矩，不可任意吃酒賭博，可謂恩威兼濟，且伏後文鬧賭等事。（王希廉）

歡聲鼎沸說：「姑娘說的很是。從此姑娘奶奶只管放心，姑娘奶奶這樣疼顧我們，我們再要不體上情，天地也不容了！」◎10

剛說著，只見林之孝家的進來說：「江南甄府裏家眷昨日到京，今日進宮朝賀。此刻先遣人來送禮請安。」說著，便將禮單送上去。探春接了，看道是：「上用的妝緞蟒緞十二匹，上用雜色緞十二匹，上用各色紗十二匹，上用宮綢十二匹，官用各色緞紗綢綾二十四匹。」李紈也看過，說：「用上等封兒賞他。」因又命人回了賈母。賈母便命人叫李紈、探春、寶釵等也都過來，將禮物看了。李紈收過，一邊吩咐內庫上人說：「等太太回來看了再收。」賈母因說：「這甄家又不與別家相同，上等賞封兒賞男人，只怕展眼又打發女人來請安，預備下尺頭。」一語未完，果然人回：「甄府四個女人來請安。」賈母聽了，忙命人帶進來。

那四個人都是四十往上的年紀，穿戴之物，皆比主子不甚差別。請安問好畢，賈母便命拿了四個腳踏來，他四人謝了坐，待寶釵等坐了，方都坐下。賈母便問：「多早晚進京的？」四人忙起身回說：「昨

✣ 探春等在大觀園施行「新政」，眾婆子心悅誠服地領命。（朱士芳繪）

日進的京，今日太太帶了姑娘進宮請安去了，故令女人們來請安，問候姑娘們。」

賈母笑問道：「這些年沒進京，也不想到今年來。」四人也都笑回道：「正是，今年是奉旨進京的。」賈母問道：「家眷都來了？」四人回說：「老太太和哥兒，兩位小姐並別位太太都沒來，就只太太帶了三姑娘來了。」賈母道：「有人家沒有？」四人道：「尚沒有。」賈母笑道：「你們大姑娘和二姑娘這兩家，都和我們家甚好。」四人笑道：「正是。每年姑娘們有信回去說，全虧府上照看。」賈母笑道：「什麼照看，原是世交，又是老親，原應當的。你們二姑娘更好，更不自尊自大，所以我們才走的親密。」四人笑道：「這是老太太過謙了。」賈母又問：「你這哥兒也跟著你們老太太？」四人回說：「也是跟著老太太。」賈母道：「幾歲了？」又問：「上學不曾？」四人笑說：「今年十三歲。因長得齊整，老太太很疼，自幼淘氣異常，天天逃學，老爺太太也不便十分管教。」賈母笑道：「也不成了我們家的了！你這哥兒叫什麼名字？」四人道：「因老太太當作寶貝一樣，他又生的白，老太太便叫作寶玉。」賈母笑向李紈等道：「偏也叫作個寶玉。」李紈忙欠身笑道：「從古至今，同時隔代重名的很多。」四人也笑道：「起了這小名兒之後，我們上下都疑惑，不知那位親友家也倒似曾有一個的。只是這十來年沒進京來，卻記不得眞了。」賈母笑道：「豈敢，就是我的孫子。人來！」衆媳婦丫頭答應了一聲，走近幾步。賈母笑道：「園裏把咱們的寶玉叫了來，給這四個管家娘子瞧瞧，比他們的寶玉如何？」

◎10.探春理家，將探春作爲「女兒」中的一員，寫她是如何以「庶出」的「女兒」身自重自強，戰勝了大觀園裏「心術厲害」的老婆子們的世俗偏見，將自己的經濟改革設想使之初見成效，博得了人們的尊重，從而補足了作品的「閨閣中本自歷歷有人」之說。（張錦池）

衆媳婦聽了，忙去了；半刻圍了寶玉進來。四人一見，忙起身笑道：「唬了我們一跳。若是我們不進府來，倘若別處遇見，還只當我們的寶玉後趕著也進了京了呢。」一面說，一面都上來拉他的手，問長問短。寶玉忙也笑問好。賈母笑道：「比你們的長的如何？」李紈等笑道：「四位媽媽才一說，可知是模樣相仿了。」賈母笑道：「那有這樣巧事？大家子孩子們再養的嬌嫩，除了臉上有殘疾十分黑醜的，大概看去都是一樣的齊整。這也沒有什麼怪處。」四人笑道：「如今看來，模樣是一樣。據老太太說，淘氣也一樣。我們看來，這位哥兒性情卻比我們的好些。」賈母忙問：「怎見得？」四人笑道：「方才我們拉哥兒的手說話便知。我們那一個只說我們糊塗，慢說拉手，他的東西我們略動一動也不依。所使喚的人都是女孩子們。」四人未說完，李紈姐妹等禁不住都失聲笑出來。賈母也笑道：「我們這會子也打發人去見了你們寶玉，若拉他的手，他也自然勉強忍耐一時。可知你我這樣人家的孩子們，憑他們有什麼刁鑽古怪的毛病兒，見了外人，必是要還出正經禮數來的。若他不還正經禮數，也斷不容他刁鑽去了。就是大人溺愛的，是他一則生的得人意，二則見人禮數竟比大人行出來的不錯，使人見了可愛可憐，背地裏所以才縱他一點子。若一味他只管沒裏沒外，不與大人爭光，憑他生的怎樣，也是該打死的。」四人聽了，都笑說：「老太太這話正是。雖然我們寶玉淘氣古怪，有時見了人客，規矩禮數更比大人有禮。所以無人見了不愛，只說爲什麼還打他。殊不知他在家裏無法無天，大人想不到的話偏會說，想不到的事他偏要行，所以老爺太太恨的無法。就是弄性，也是小孩子的常情，胡亂花費，這也是公子哥兒的常情，怕上學，也是小孩子的常情，都還治的過來。第一，天生下來這一種刁鑽古怪的脾氣，如何使得！」一語未了，人回：「太太回來了。」王夫人進來問過安。他四人請了安，大概說了兩句。賈母便命歇歇去。王夫人親捧過茶，方退出。四人告辭了賈母，便往王夫人處來。說了一會家務，打發他們回去，不必細說。

這裏賈母卻喜的逢人便告訴，也有一個寶玉，也卻一般行景。衆人都爲天下之大，世宦之多，同名者也甚多，祖母溺愛孫兒者也古今所有常事耳，不是什麼罕事故皆不介意。獨寶玉是個迂闊呆公子的性情，自爲是那四人承悅賈母之詞。後至蘅蕪苑去看湘雲病去，史湘雲說他：「你放心鬧罷，先是『單絲不成線，獨樹不成林』，如今有了個對子，鬧急了再打狠了，你逃走到南京找那一個去。」寶玉道：「那裏的謊話你也信了，偏又有個寶玉？」湘雲道：「怎麼列國有個藺相如，漢朝又有個司馬相如呢？」寶玉笑道：「這也罷了，偏又模樣兒也一樣，這是沒有的事。」湘雲道：「怎麼匡人看見孔子只當是陽虎呢？※7」寶玉笑道：「孔子陽虎雖同貌，卻不同名，藺與司馬雖同名，而又不同貌，偏我和他就兩樣俱同不成？」湘雲沒了話答對，因笑道：「你只會胡攪，我也不和你分證。有也罷沒也罷，與我無干。」說著便睡下了。

註

※7：匡：春秋時衛國的地方，在今河南省長垣縣境。陽虎：人名，字貨，春秋時魯國人，爲孫氏家臣。據《史記》載，孔子的相貌與陽虎相像，因陽虎欺壓過匡人，所以孔子經過匡，匡人曾把他當成陽虎圍困了幾天。

寶玉心中便又疑惑起來：若說必無，然亦似有；若說必有，又並無目睹。心中悶了，回至房中榻上默默盤算，不覺就忽忽的睡去，不覺竟到了一座花園之內。寶玉詫異道：「除了我們大觀園，更又有這一個園子？」正疑惑間，從那邊來了幾個女兒，都是丫鬟。寶玉又詫異道：「除了鴛鴦、襲人、平兒之外，也竟還有這一干人？」只見那些丫鬟笑道：「寶玉怎麼跑到這裏來了？」寶玉只當是說他，自己忙來陪笑，說道：「因我偶步到此，不知是那位世交的花園。好姐姐們，帶我逛逛。」衆丫鬟都笑道：「原來不是咱們家的寶玉。他生的倒也還乾淨，◎11嘴兒也倒乖覺。」寶玉聽了忙道：「姐姐們，這裏也更還有個寶玉？」丫鬟們忙道：「『寶玉』二字，我們是奉老太太、太太之命，爲保佑他延壽消災的。我叫他，他聽見喜歡。你是那裏遠方來的臭小廝，也亂叫起他來！仔細你的臭肉，打不爛你的！」又一個丫鬟笑道：「咱們快走罷，別叫寶玉看見。又說同這臭小廝說了話，把咱熏臭了！」說著，一逕去了。

寶玉納悶道：「從來沒有人如此荼毒我，他們如何更這樣？眞亦有我這樣一個人不成？」一面想，一面順步早到了一所院內。寶玉又詫異道：「除了怡紅院，也竟還有這麼一個院落？」忽上了臺磯，進入屋內，只見榻上有一個人臥著，那邊有幾個女孩兒作針線，也有嘻笑頑耍的。只見榻上那個少年嘆了一聲。一個丫鬟笑問道：「寶玉，你不睡又嘆什麼？想必爲你妹妹病了，你又胡愁亂恨呢。」寶玉聽說，心下也便吃驚。只見榻上少年說道：「我聽見老太太說，長安都中也有個寶玉，和我一樣的性

情，我只不信。我才作了一個夢，竟夢中到了都中一個花園子裏頭，遇見幾個姐姐，都叫我臭小廝，不理我。好容易找到他房裏頭，偏他睡覺，空有皮囊，眞性不知那去了。」寶玉聽說，忙說道：「我因找寶玉來到這裏。原來你就是寶玉！」榻上的忙下來拉住：「原來你就是寶玉！這可不是夢裏了？」寶玉道：「這如何是夢？眞而又眞了。」一語未了，只見人來說：「老爺叫寶玉。」唬得二人皆慌了。一個寶玉就走，一個寶玉便忙叫：「寶玉快回來，快回來！」

襲人在旁聽他夢中自喚，忙推醒他，笑問道：「寶玉在那裏？」此時寶玉雖醒，神意尚恍惚，因向門外指說：「才出去了。」襲人笑道：「那是你夢迷了。你揉眼細瞧，是鏡子裏照的你影兒。」寶玉向前瞧了一瞧，原是那嵌的大鏡對面相照，自己也笑了。早有人捧過漱盂茶鹵※8來，漱了口。麝月道：「怪道老太太常囑咐說小人屋裏不可多有鏡子。小人魂不全，有鏡子，照多了，睡覺驚恐作胡夢。如今倒在大鏡子那裏安了一張床。有時放下鏡套還好；往前去，天熱困倦不定，那裏想的到放他，比如方才就忘了。自然是先躺下照著影兒頑的，一時合上眼，自然是胡夢顛倒；不然，如何得看著自己叫著自己的名字？不如明兒挪進床來是正經。」一語未了，只見王夫人遣人來叫寶玉，不知有何話說——

註

※8：用來漱口的茶汁。

◎11.妙！在玉卿身上只落了這兩個字，亦不奇了。（脂硯齋）

第五十七回

慧紫鵑情辭試忙玉　慈姨媽愛語慰痴顰

話說寶玉聽王夫人喚他，忙至前邊來，原來是王夫人要帶他拜甄夫人去。寶玉自是歡喜，忙去換衣服，跟了王夫人到那裏。見其家中形景，自與榮寧不甚差別，或有一二稍盛者。細問，果有一寶玉。甄夫人留席，竟日方回，寶玉方信。因晚間回家來，王夫人又吩咐預備上等的席面，定名班大戲，請過甄夫人母女。後二日，他母女便不作辭，回任去了，無話。

* * *

這日寶玉因見湘雲漸愈，然後去看黛玉。正值黛玉才歇午覺，寶玉不敢驚動，因紫鵑正在迴廊上手裏作針黹，便來問他：「昨日夜裏咳嗽可好了？」紫鵑道：「好些了。」寶玉笑道：「阿彌陀佛！寧可好了罷。」紫鵑笑道：「你也念起佛來，眞是新聞！」寶玉笑道：「所謂『病篤亂投醫』了。」一面

✣《增評補圖石頭記》第五十七回繪畫。（fotoe提供）

說，一面見他穿著彈墨綾薄綿襖，外面只穿著青緞夾背心，寶玉便伸手向他身上摸了一摸，說：「穿這樣單薄，還在風口裏坐著！看天風饞，時氣又不好，你再病了，越發難了。」紫鵑便說道：「從此咱們只可說話，別動手動腳的。一年大二年小的，叫人看著不尊重。打緊的那起混賬行子們背地裏說你，你總不留心，還只管和小時一般行爲，如何使得！姑娘常常吩咐我們，不叫和你說笑。你近來瞧他遠著你還恐遠不及呢。」說著便起身，攜了針線進別房去了。

寶玉見了這般景況，心中忽澆了一盆冷水一般，只瞅著竹子發了一回呆。因祝媽正來挖笋修竿，便怔怔的走出來，一時魂魄失守，心無所知，隨便坐在一塊山石上出神，不覺滴下淚來。直呆了五六頓飯工夫，千思萬想，總不知如何是可。偶值雪雁從王夫人房中取了人參來，從此經過，忽扭項看見桃花樹下石上一人手托著腮頰出神，不是別人，卻是寶玉。◎1雪雁疑惑道：「怪冷的，他一個人在這裏作什麼？春天凡有殘疾的人都犯病，敢是他犯了呆病了？」◎2一邊想，一邊便走過來蹲下笑道：「你在這裏作什麼呢？」寶玉忽見了雪雁，便說道：「你又作什麼來找我？你難道不是女兒？他既防嫌，不許你們理我，你又來尋我，倘被人看見，豈不又生口舌？你快家去罷了。」雪雁聽了，只當是他又受了黛玉的委曲，只得回至房中。

黛玉未醒，將人參交與紫鵑。紫鵑因問他：「太太作什麼呢？」雪雁道：「也歇中覺，所以等了這半日。姐姐你聽笑話兒：我因等太太的工夫，和玉釧兒姐姐坐

◎1.畫出寶玉來，卻又不畫阿顰，何等筆力！偏不從鵑寫，卻寫一雁，更奇是仍歸寫鵑。（脂硯齋）

◎2.寫嬌憨女兒之心，何等新巧。（脂硯齋）

❖ 紫鵑編出話來，試探寶玉對黛玉的情感。
（朱士芳繪）

在下房裏說話兒，誰知趙姨奶奶招手兒叫我。我只當有什麼話說，原來他和太太告了假，出去給他兄弟伴宿坐夜，明兒送殯去，跟他的小丫頭子小吉祥兒沒衣裳，要借我的月白緞子襖兒。我想他們一般也有兩件子的，往髒地方兒去恐怕弄髒了，自己的捨不得穿，故此借別人的。借我的弄髒了也是小事，只是我想，他素日有些什麼好處到咱們跟前！所以我說了：『我的衣裳簪環都是姑娘叫紫鵑姐姐收著呢。如今先得去告訴他，還得回姑娘呢。姑娘身上又病著，更費了大事，誤了你老出門，不如再轉借罷。』」紫鵑笑道：「你這個小東西子倒也巧。你不借給他，你往我和姑娘身上推，叫人怨不著你。他這會子就去了，還是等明日一早才去？」雪雁道：「這會子就去的，只怕此時已去了。」紫鵑點點頭。雪雁道：「姑娘還沒醒呢？是誰給了寶玉氣受？坐在那裏哭呢。」紫鵑聽了，忙問：「在那裏？」雪雁道：「在沁芳亭後頭桃花底下呢。」

紫鵑聽說，忙放下針線，又囑咐雪雁好生聽叫：「若問我，答應我就來。」說著，便出了瀟湘館，一逕來尋寶玉，走至寶玉跟前，含笑說道：「我不過說了那兩句話，爲的是大家好，你就賭氣跑了這風地裏來哭，作出病來唬我。」寶玉忙笑道：「誰賭氣了！我因爲聽你說的有理。我想你們既這樣說，自然別人也是這樣說，將來漸漸的都不理我了，我所以想著自己傷心。」紫鵑也便挨他坐著。寶玉笑道：「方才對面說話你尚走開，這會子如何又來挨我坐著？」紫鵑道：「你都忘了？幾日前，你

們姐妹兩個正說話，趙姨娘一頭走了進來，——我才聽見他不在家，所以我來問你。正是前日你和他才說了一句『燕窩』就歇住了，總沒提起，我正想著問你。」寶玉道：「也沒什麼要緊。不過我想著寶姐姐也是客中，既吃燕窩，又不可間斷，若只管和他要，太也托實※1。雖不便和太太要，我已經在老太太跟前略露了個風聲，只怕老太太和鳳姐姐說了。我告訴他的，竟沒告訴完了他。如今我聽見一日給你們一兩燕窩，這也就完了。」紫鵑道：「原來是你說了，這又多謝你費心。我們正疑惑，老太太怎麼忽然想起來叫人每一日送一兩燕窩來呢？這就是了。」寶玉笑道：「這要天天吃慣了，吃上三二年就好了。」紫鵑道：「在這裏吃慣了，明年家去，那裏有這閑錢吃這個。」寶玉聽了，吃了一驚，忙問：「誰？往那個家去？」◎3紫鵑道：「你妹妹回蘇州家去。」寶玉笑道：◎4「你又說白話。蘇州雖是原籍，因沒了姑父姑母，無人照看，才就了來的。明年回去找誰？可見是扯謊。」紫鵑冷笑道：「你太看小了人。你們賈家獨是大族人口多的；除了你家，別人只得一父一母，房族中真個再無人了不成？我們姑娘來時，原是老太太心疼他年小，雖有叔伯，不如親父母，故此接來住幾年。大了該出閣時，自然要送還林家的。終不成林家的女兒在你賈家一世不成？林家雖貧到沒飯吃，也是世代書宦之家，斷不肯將他家的人丟在親戚家，落人的恥笑。所以早則明年春天，遲則秋天。這裏縱不送去，林家亦必有人來接的。前日夜裏姑娘和我說了，叫我告訴你：將從前小時頑的東西，有他送你的，叫你都打點出來還他。他也將你送他的打疊了在那裏呢。」寶玉聽了，便如頭頂上響了一個焦雷一般。紫鵑看他怎樣回答，只不作聲。忽見晴雯找來說：「老太太叫你呢，誰知道在這裏。」紫鵑笑道：「他這裏問姑娘的病症。我告訴了他半日，他只不信。你倒拉他去罷。」說著，自己便走回房去了。

晴雯見他呆呆的，一頭熱汗，滿臉紫脹，忙拉他的手，一直到怡紅院中。襲人見了這般，慌起來，只說時氣所感，熱汗被風撲了。無奈寶玉發熱事猶小可，更覺兩個眼珠兒直直的起來，口角邊津液流出，皆不知覺。給他個枕頭，他便睡下；扶他起來，他便坐著；倒了茶來，他便吃茶。衆人見他這般，一時忙起來，又不敢造次去回賈母，先便差人出去請李嬤嬤。

一時李嬤嬤來了，看了半日，問他幾句話也無回答，用手向他脈門摸了摸，嘴唇人中上邊著力掐了兩下，掐的指印如許來深，竟也不覺疼。李嬤嬤只說了一聲「可了不得了」，「呀」的一聲便摟著放聲大哭起來。急的襲人忙拉他說：「你老人家瞧瞧可怕不怕，且告訴我們，去回老太太、太太去。你老人家怎麼先哭起來？」李嬤嬤捶床搗枕說：「這可不中用了！我白操了一世心了！」襲人等以他年老多知，所以請他來看；如今見他這般一說，都信以爲實，也都哭起來。

晴雯便告訴襲人，方才如此這般。襲人聽了，便忙到瀟湘館來，見紫鵑正伏侍黛

註

※1：不客氣。

◎3.這句不成話，細讀細嚼，方有無限神情滋味。（脂硯齋）
◎4.「笑」字奇甚。（脂硯齋）

玉吃藥，也顧不得什麼，便走上來問紫鵑道：「你才和我們寶玉說了些什麼？你瞧瞧他去，你回老太太去，我也不管了！」說著，便坐在椅上。黛玉忽見襲人滿面急怒，又有淚痕，舉止大變，便不免也慌了，忙問怎麼了。襲人定了一回，哭道：「不知紫鵑姑奶奶說了些什麼話，那個呆子眼也直了，手腳也冷了，話也不說了，李嬤嬤掐著也不疼了，已死了大半個了！◎[5]連李嬤嬤都說不中用了，那裏放聲大哭。只怕這會子都死了！」黛玉一聽此言，李嬤嬤乃是經過的老嫗，說不中用了，可知必不中用。「哇」的一聲，將腹中之藥一概嗆出，抖腸搜肺、熾胃扇肝的痛聲大嗽了幾陣，一時面紅髮亂，目腫筋浮，喘的抬不起頭來。紫鵑忙上來捶背，黛玉伏枕喘息半晌，推紫鵑道：「你不用捶，你竟拿繩子來勒死我是正經！」紫鵑哭道：「我並沒說什麼，不過是說了幾句頑話，他就認真了。」襲人道：「你還不知道他，那傻子每每頑話認了真。」黛玉道：「你說了什麼話？趁早兒去解說，他只怕就醒過來了。」紫鵑聽說，忙下了床，同襲人到了怡紅院。

誰知賈母王夫人等已都在那裏了。賈母一見了紫鵑，便眼內出火，罵道：「你這小蹄子！和他說了什麼？」紫鵑忙道：「並沒說什麼，不過說了幾句頑話。」誰知寶玉見了紫鵑，方「噯呀」了一聲，哭出來了。眾人一見，方都放下心來。賈母便拉住紫鵑，只當他得罪了寶玉，所以拉紫鵑命他打。誰知寶玉一把拉住紫鵑，死也不放，說：「要去連我也帶了去。」眾人不解，細問起來，方知紫鵑說「要回蘇州去」一句頑話引出來的。賈母流淚道：「我當有什麼要緊大事，原來是這句頑話。」又向紫鵑道：「你這孩子素日最是個伶俐聰敏的，你又知道他有個呆根子，平白的哄他作什麼？」◎6薛姨媽勸道：「寶玉本來心實，可巧林姑娘又是從小兒來的，他姐妹兩個一處長了這麼大，比別的姐妹更不同。這會子熱刺刺的說一個去，別說他是個實心的傻孩子，便是冷心腸的大人也要傷心。這並不是什麼大病，老太太和姨太太只管萬安，吃一兩劑藥就好了。」

正說著，人回林之孝家的單大良家的都來瞧哥兒來了。賈母道：「難為他們想著，叫他們來瞧瞧。」寶玉聽了一個「林」字，便滿床鬧起來說：「了不得了！林家的人接他們來了，快打出去罷！」賈母聽了，也忙說：「打出去罷。」又忙安慰說：「那不是林家的人。林家的人都死絕了，沒人來接他的，你只放心罷！」寶玉哭道：「憑他是誰，除了林妹妹，都不許姓林的！」賈母道：「沒姓林的來，凡姓林的我都打走了。」一面吩咐衆人：「以後別叫林之孝家的進園來，你們也別說『林』字。好孩子們，你們聽我這句話罷！」衆人忙答應，又不敢笑。一時寶玉又一眼看見了十錦格子上陳設的一隻金西洋自行船，便指著亂叫說：「那不是接他們來的船來了，灣在那裏呢！」賈母忙命拿下來。襲人忙拿下來，寶玉伸手要，襲人遞過，寶玉便掖在被中，笑道：「這可去不成了！」一面說，一面死拉著紫鵑不放。

一時人回大夫來了。賈母忙命快請進來。王夫人、薛姨媽、寶釵等暫避裏間。賈

◎5.奇極之語。從急怒嬌憨口中描出不成話之話來，方是千古奇文。五字是一口氣來的。（脂硯齋）

◎6.寶玉以黛玉爲命，賈母以寶玉爲命。今既目擊之，而後來乃有婚薛之事，是殺寶玉也。殺寶玉，是自殺也。夫賈母豈願捨黛玉而婚薛哉。無如婚姻之事，父母主之，賈母不能奪王夫人之所愛也。（陳其泰）

母便端坐在寶玉身旁，王太醫進來見許多的人，忙上去請了賈母的安，拿了寶玉的手診了一回。那紫鵑少不得低了頭，王大夫也不解何意，起身說道：「世兄這症乃是急痛迷心。古人曾云：『痰迷有別。有氣血虧柔，飲食不能熔化痰迷者，有怒惱中痰裹而迷者；有急痛壅塞者。』此亦痰迷之症※2，係急痛所致，不過一時壅蔽，較諸痰迷似輕。」賈母道：「你只說怕不怕，誰同你背藥書呢！」王太醫忙躬身笑說：「不妨，不妨。」賈母道：「果眞不妨？」王太醫道：「實在不妨，都在晚生身上。」賈母道：「既如此，請到外面坐，開藥方。若吃好了，我另外預備好謝禮，叫他親自捧來送去磕頭；若耽誤了，打發人去拆了太醫院的大堂。」王太醫只躬身笑說：「不敢，不敢。」他原聽了說「另具上等謝禮命寶玉去磕頭」，故滿口說「不敢」，竟未聽見賈母後來說拆太醫院之戲語，猶說「不敢」，賈母與衆人反倒笑了。一時按方煎了藥來服下，果覺比先安靜。無奈寶玉只不肯放紫鵑，只說他去了便是要回蘇州去了。賈母王夫人無法，只得命紫鵑守著他，另將琥珀去伏侍黛玉。

紫鵑試玉，固然試出寶玉的真心，同時卻也令某些人有了防備。（朱士芳繪）

黛玉不時遣雪雁來探消息，這邊事務盡知，自己心中暗嘆。幸喜衆人都知寶玉原有些呆氣，自幼是他二人親密，如今紫鵑之戲語亦是常情，寶玉之病亦非罕事，因不疑到別事去。

晚間寶玉稍安，賈母王夫人等方回房去。一夜還遣人來問訊幾次。李奶母帶領宋嬤嬤等幾個年老人用心看守，紫鵑、襲人、晴雯等日夜相伴。有時寶玉睡去，必從夢中驚醒，不是哭了說黛玉已去，便是有人來接。每一驚時，必得紫鵑安慰一番方罷。彼時賈母又命將祛邪守靈丹及開竅通神散各樣上方祕製諸藥，按方飲服。次日又服了王太醫藥，漸次好起來。寶玉心下明白，因恐紫鵑回去，故有時或作佯狂之態。紫鵑自那日也著實後悔，如今日夜辛苦，並沒有怨意。襲人等皆心安神定，因向紫鵑笑道：「都是你鬧的，還得你來治。也沒見我們這呆子聽了風就是雨，往後怎麼好！」暫且按下。

因此時湘雲之症已愈，天天過來瞧看，見寶玉明白了，便將他病中狂態形容了與他瞧，引的寶玉自己伏枕而笑。原來他起先那樣竟是不知的，如今聽人說還不信。無人時紫鵑在側，寶玉又拉他的手，問道：「你為什麼唬我？」紫鵑道：「不過是哄你頑的，你就認真了。」寶玉道：「你說的那樣有情有理，如何是頑話？」紫鵑笑道：「那些頑話都是我編的。林家實沒了人口，縱有也是極遠的。族中也都不在蘇州住，各省流寓不定。縱有人來接，老太太也必不放去的。」寶玉道：「便老太太放去，我

註

※2：中醫術語，痰阻經絡、孔竅引起神智不清的病症。

也不依。」紫鵑笑道：「果眞的你不依？只怕是口裏的話。你如今也大了，連親也定下了，過二三年再娶了親，你眼裏還有誰了？」寶玉聽了，又驚問：「誰定了親？定了誰？」紫鵑笑道：「年裏我聽見老太太說，要定下琴姑娘呢。不然那麼疼他？」寶玉笑道：「人人只說我傻，你比我更傻。不過是句頑話，他已經許給梅翰林家了。果然定下了他，我還是這個形景了？先是我發誓賭咒砸這勞什子，你都沒勸過，說我瘋的？剛剛的這幾日才好了，你又來慪我。」一面說，一面咬牙切齒的，又說道：「我只願這會子立刻我死了，把心迸出來你們瞧見了，然後連皮帶骨一概都化成一股灰，——灰還有形跡，不如再化一股煙，——煙還可凝聚，人還看見，須得一陣大亂風吹的四面八方都登時散了，這才好！」一面說，一面又滾下淚來。紫鵑忙上來握他的嘴，替他擦眼淚，又忙笑解釋道：「你不用著急。這原是我心裏著急，故來試你。」寶玉聽了，更又詫異，問道：「你又著什麼急？」紫鵑笑道：「你知道，我並不是林家的人，我也和襲人鴛鴦是一伙的，偏把我給了林姑娘使。偏生他又和我極好，比他蘇州帶來的還好十倍，一時一刻我們兩個離不開。我如今心裏卻愁，他倘或要去了，我必要跟了他去的。我是合家在這裏，我若不去，辜負了我們素日的情常；若去，又棄了本家。所以我疑惑，故設出這謊話來問你，誰知你就傻鬧起來。」寶玉笑道：「原來是你愁這個，所以你是傻子。從此後再別愁了。我只告訴你一句蔓話：活著，咱們一處活著，不活著，咱們一處化灰化煙，如何？」紫鵑聽了，心下暗暗籌畫。忽有人回：「環爺蘭哥兒問候。」寶玉道：「就說難爲他們，我才睡了，不必進來。」婆子答應去了。紫鵑笑道：「你也好了，該放我回去瞧瞧我們那一個去了。」寶玉道：「正是這話。我昨日就要叫你去的，偏又忘了。我已經大好了，你就去罷。」紫鵑聽說，方打疊鋪蓋妝奩之類。寶玉笑道：「我看見你文具裏頭有三兩面鏡子，你把那面小菱花的給我留下罷。我擱在枕頭旁邊，睡著好照，明兒出門帶著也輕巧。」紫鵑聽說只得與他留下，先命人將東西送過去，然後別了衆人，自回瀟湘館來。

林黛玉近日聞得寶玉如此形景，未免又添些病症，多哭幾場。今見紫鵑來了，問其原故，已知大愈，仍遣琥珀去伏侍賈母。夜間人定後，紫鵑已寬衣臥下之時，悄向黛玉笑道：「寶玉的心倒實，聽見咱們去就那樣起來。」黛玉不答。紫鵑停了半晌，自言自語的說道：「一動不如一靜。我們這裏就算好人家，別的都容易，最難得的是從小兒一處長大，脾氣情性都彼此知道的了。」黛玉啐道：「你這幾天還不乏，趁這會子不歇一歇，還嚼什麼蛆。」紫鵑笑道：「倒不是白嚼蛆，我倒是一片眞心爲姑娘。替你愁了這幾年了，無父母兄弟，誰是知疼著熱的人？趁早兒老太太還明白硬朗的時節，作定了大事要緊。俗語說，『老健春寒秋後熱※3』，倘或老太太一時有個好歹，那時雖也完事，只怕耽誤了時光，還不得趁心如意呢。公子王孫雖多，那一個不是三房五妾，今兒朝東，明兒朝西？要一個天仙來，也不過

註

※3：以春寒秋熱比喻老年人的健康不易常保。

三夜五夕，也丟在脖子後頭了，甚至於為妾為丫頭反目成仇的。若娘家有人有勢的還好些，若是姑娘這樣的人，有老太太一日還好一日，若沒了老太太，也只是憑人去欺負了。所以說，拿主意要緊。姑娘是個明白人，豈不聞俗語說：『萬兩黃金容易得，知心一個也難求。』」黛玉聽了，便說道：「這丫頭今兒不瘋了？怎麼去了幾日，忽然變了一個人？我明兒必回老太太退回去，我不敢要你了。」紫鵑笑道：「我說的是好話，不過叫你心裏留神，並沒叫你去為非作歹，何苦回老太太，叫我吃了虧，又有何好處？」說著，竟自睡了。黛玉聽了這話，口內雖如此說，心內未嘗不傷感，待他睡了，便直泣了一夜，至天明方打了一個盹兒。次日，勉強盥漱了，吃了些燕窩粥，便有賈母等親來看視了，又囑咐了許多話。

*　　*　　*

目今是薛姨媽的生日，自賈母起，諸人皆有祝賀之禮。黛玉亦早備了兩色針線送去。是日也定了一本小戲請賈母王夫人等，獨有寶玉與黛玉二人不曾去得。至散時，賈母等順路又瞧他二人一遍，方回房去。次日，薛姨媽家又命薛蝌陪諸伙計吃了一天酒，連忙了三四天方完備。

因薛姨媽看見邢岫煙生得端雅穩重，且家道貧寒，是個釵荊裙布的女兒。便欲說與薛蟠為妻。因薛蟠素習行止浮奢，又恐糟蹋人家的女兒。正在躊躇之際，忽想起薛蝌未娶，看他二人恰是一對天生地設的夫妻，因謀之於鳳姐兒。鳳姐兒嘆道：「姑媽素知我們太太有些左性的，這事等我慢謀。」因賈母去瞧鳳姐兒時，鳳姐兒便和賈母說：「薛姑媽有件事求老祖宗，只是不好啓齒的。」賈母忙問何事，鳳姐兒便將求親一事說了。賈母笑道：「這有什麼不好啓齒？這是極好的好事。等我和你婆婆說了，怕他不依？」因回房來，即刻就命人來請邢夫人過來，硬作保山。邢夫人想了一想：薛家根基不錯，且現今大富，薛蝌生得又好，且賈母硬作保山，將機就計便應了。賈母十分喜歡，忙命人請了薛姨媽來。二人見了，自然有許多謙辭。

邢夫人即刻命人去告訴邢忠夫婦。他夫婦原是此來投靠邢夫人的，如何不依，早極口的說妙極！賈母笑道：「我最愛管個閑事，今兒又管成了一件事，不知得多少謝媒錢？」薛姨媽笑道：「這是自然的。縱抬了十萬銀子來，只怕不希罕。但只一件，老太太既是主親，還得一位才好。」賈母笑道：「別的沒有，我們家折腿爛手的人還有兩個。」說著，便令人去叫過賈珍婆媳兩人來。賈母告訴他原故，彼此忙都道喜。賈母吩咐道：「咱們家的規矩你是盡知的，從沒有兩親家爭禮爭面的。如今你算替我在當中料理，也不可太嗇，也不可太費，把他兩家的事周全了回我。」尤氏忙答應了。薛姨媽喜之不盡，回家來忙命寫了請帖補送過寧府。尤氏深知邢夫人情性，本不欲管，無奈賈母親囑咐，只得應了，惟有忖度邢夫人之意行事。薛姨媽是個無可無不可的人，倒還易說。這且不在話下。

如今薛姨媽既定了邢岫煙爲媳，合宅皆知。邢夫人本欲接出岫煙去住，賈母因

說：「這又何妨，兩個孩子又不能見面，就是姨太太和他一個大姑，一個小姑，又何妨？況且都是女兒，正好親香呢。」邢夫人方罷。

蝌岫二人前次途中皆曾有一面之遇，大約二人心中也皆如意。只是邢岫煙未免比先時拘泥了些，不好與寶釵姐妹共處閑語；又兼湘雲是個愛取戲的，更覺不好意思。幸他是個知書達禮的，雖有女兒身分，還不是那種佯羞詐愧一味輕薄造作之輩。寶釵自見他時，見他家業貧寒，二則別人之父母皆年高有德之人，獨他父母偏是酒糟透之人，於女兒分中平常；邢夫人也不過是臉面之情亦非眞心疼愛；且岫煙爲人雅重，迎春是個有氣的死人，連他自己尚未照管齊全，如何能照管到他身上！凡閨閣中家常一應需用之物，或有虧乏，無人照管，他又不與人張口。寶釵倒暗中每相體貼接濟，也不敢與邢夫人知道，亦恐多心閑話之故耳。如今卻出人意料之外奇緣作成這門親事。岫煙心中先取中寶釵，然後方取薛蝌。有時岫煙仍與寶釵閑話，寶釵仍以姐妹相呼。

這日，寶釵因來瞧黛玉，恰值岫煙也來瞧黛玉，二人在半路相遇。寶釵含笑喚他到跟前，二人同走至一塊石壁後，寶釵笑問他：「這天還冷的很，你怎麼倒全換了夾的？」岫煙見問，低頭不答。寶釵便知道又有了原故，因又笑問道：「必定是這個月的月錢又沒得？鳳丫頭如今也這樣沒心沒計了。」岫煙道：「他倒想著不錯日子給的，因姑媽打發人和我說，一個月用不了二兩銀子，叫我省一兩給爹媽送出去，要使什麼，橫豎有二姐姐的東西，能著些兒搭著就使了。姐姐想，二姐姐也是個老實人，也不大留心。我使他的東西，他雖不說什麼，他那些媽媽丫頭，那一個是省事的，那一個是嘴裏不尖的？我雖在那屋裏，卻不敢很使他們，過三天五天，我倒得拿出些錢來給他們打酒買點心吃才好。因此一月二兩銀子還不夠使，如今又去了一兩。前兒我悄悄的把綿衣服叫人當了幾吊錢盤纏。」◎7寶釵聽了，愁眉嘆道：「偏梅家又合家在任上，後年才進來。若是在這裏，琴兒過去了，好再商議你這事。離了這裏就完了。如今不先定了他妹妹的事，也斷不敢先娶親的。如今倒是一件難事。再遲兩年，又怕你熬煎出病來。等我和媽再商議，有人欺負你，你只管耐些煩兒，千萬別自己熬煎出病來。不如把那一兩銀子明兒也越性給了他們，倒都歇心。你以後也不用白給那些人東西吃，他們尖刺讓他們去尖刺，很聽不過了，各人走開。倘或短了什麼，你別存那小家兒女氣，只管找我去。並不是作親後方如此，你一來時咱們就好的。便怕人閑話，你打發小丫頭悄悄的和我說去就是了。」岫煙低頭答應了。寶釵又指他裙上一個碧玉珮問道：「這是誰給你的？」岫煙道：「這是三姐姐給的。」寶釵點頭笑道：「他見人人皆有，獨你一個沒有，怕人笑話，故此送你一個。這是他聰明細緻之處。但還有一句話你也要知道：這些妝飾原出於大官富貴之家的小姐，你看我從頭至腳可有這些富麗閑妝？然七八年之先，我也是這樣來的，如今一時比不得一時了，所以我都自己該省的就省了。將來你這一到了我們家，這些沒有用的東西，只怕還有一箱子。咱們如今比不得他們了，總要一色從實守分為主，不必比他們才是。」岫煙笑

◎7.邢岫煙之依姑母，猶寶釵之依姨母也。乃寶釵如此赫赫，岫煙如此寂寂，俗態炎涼，人情冷暖，直有與人難堪之勢。煙也處之泰然，喜怒不形。得嫁佳婿，宜哉！（青山山農）

道：「姐姐既這樣說，我回去摘了就是了。」寶釵忙笑道：「你也太聽說了。這是他好意送你，你不佩著，他豈不疑心。我不過是偶然提到這裏，以後知道就是了。」岫煙忙又答應，又問：「姐姐此時那裏去？」寶釵道：「我到瀟湘館去。你且回去把那當票叫丫頭送來，我那裏悄悄的取出來，晚上再悄悄的送給你去，早晚好穿，不然風扇了事大。但不知當在那裏了？」岫煙道：「叫作『恆舒典』，是鼓樓西大街的。」寶釵笑道：「這鬧在一家去了。伙計們倘或知道了，好說『人沒過來，衣裳先過來』了。」岫煙聽說，便知是他家的本錢，也不覺紅了臉一笑，二人走開。◎8

寶釵就往瀟湘館來，正值他母親也來瞧黛玉，正說閑話呢。寶釵笑道：「媽多早晚來的？我竟不知道。」薛姨媽道：「我這幾天連日忙，總沒來瞧瞧寶玉和他。所以今兒瞧他二個，都也好了。」黛玉忙讓寶釵坐了，因向寶釵道：「天下的事眞是人想不到的，怎麼想的到姨媽和大舅母又作一門親家？」薛姨媽道：「我的兒，你們女孩家那裏知道，自古道：『千里姻緣一線牽。』管姻緣的有一位月下老人，預先注定，

✣ 黛玉孤苦伶仃，薛姨媽好言撫慰。（朱士芳繪）

暗裏只用一根紅絲把這兩個人的腳絆住，憑你兩家隔著海，隔著國，有世仇的，也終久有機會作了夫婦。這一件事都是出人意料之外，憑父母本人都願意了，或是年年在一處的，以爲是定了的親事，若月下老人不用紅線拴的，再不能到一處。比如你姐妹兩個的婚姻，此刻也不知在眼前，也不知在山南海北呢。」寶釵道：「惟有媽，說動話就拉上我們。」一面說，一面伏在他母親懷裏，笑說：「咱們走罷。」黛玉笑道：「你瞧！這麼大了，離了姨媽他就是個最老道※4的，見了姨媽他就撒嬌兒。」薛姨媽用手摩弄著寶釵，嘆向黛玉道：「你這姐姐就和鳳哥兒在老太太跟前一樣，有了正經事就和他商量，沒了事幸虧他開開我的心。我見了他這樣，有多少愁不散的？」黛玉聽說，流淚嘆道：「他偏在這裏這樣，分明是氣我沒娘的人，故意來刺我的眼。」寶釵笑道：「媽，瞧他輕狂，倒說我撒嬌兒！」薛姨媽道：「也怨不得他傷心，可憐沒父母，到底沒個親人。」又摩娑黛玉笑道：「好孩子別哭。你見我疼你姐姐，你傷心了，你不知我心裏更疼你呢！你姐姐雖沒了父親，到底有我，有親哥哥，這就比你強了。我每每和你姐姐說，心裏很疼你，只是外頭不好帶出來的。你這裏人多口雜，說好話的人少，說歹話的人多，不說你無依無靠，爲人作人配人疼，只說我們看老太太疼你了，我們也洑上水※5去了。」黛玉笑道：「姨媽既這麼說，我明日就認姨媽作娘，姨媽若是棄嫌不認，便是假意疼我了。」薛姨媽道：「你不厭我，就認了

註

※4：辦事老成練達。

※5：游往上游，比喻巴結有權勢的人。

評點

◎8.寶釵替邢岫煙贖當，不但寫寶釵之賢，且見迎春之愚呆，眾人之勢利，邢夫人之薄情，探春之明細及富貴不知窮苦。一件極沒要緊之事，寫出無數人情物理。（王希廉）

✣ 薛姨媽把寶釵和黛玉都攬在懷中。（崔君沛繪）

才好。」寶釵忙道：「認不得的！」黛玉道：「怎麼認不得？」寶釵笑問道：「我且問你，我哥哥還沒定親事，為什麼反將邢妹妹先說與我兄弟了，是什麼道理？」黛玉道：「他不在家，或是屬相生日不對，所以先說與兄弟了。」寶釵笑道：「非也。我哥哥已經相準了，只等來家就下定了，也不必提出人來，我方才說你認不得娘，你細想去。」說著，便和他母親擠眼兒發笑。黛玉聽了，便也一頭伏在薛姨媽身上，說道：「姨媽不打他我不依！」薛姨媽忙也摟他笑道：「你別信你姐姐的話，他是頑你呢！」寶釵笑道：「眞個的，媽明兒和老太太求了他作媳婦，豈不比外頭尋的好？」黛玉便夠上來要抓他，口內笑說：「你越發瘋了。」薛姨媽忙也笑勸，用手分開方罷。因又向寶釵道：「連邢女兒我還怕你哥哥糟蹋了他，所以給你兄弟說了。別說這孩子，我也斷不肯給他。前兒老太太因要把你妹妹說給寶玉，偏生又有了人家，不然倒是一門好親。前兒我說定了邢女兒，老太太還取笑說：『我原要說他的人，誰知他的人沒到手，倒被他說了我們的一個去了。』雖是頑話，細想來倒有些意思。我想寶琴雖有了人家，我雖沒人可給，難道一句話也不說？我想著，你寶兄弟老太太那樣疼他，他又生的那樣，若要外頭說去，斷不中意。不如竟把你林妹妹定與他，豈不四角俱全？」林黛玉先還怔怔的，聽後來見說到自己身上，便啐了寶釵一口，紅了臉，拉著寶釵笑道：「我只打你！你為什麼招出姨媽這些老沒正經的話來？」寶釵笑道：「這可奇了！媽說你，為什麼打我？」紫鵑忙也跑來，笑道：「姨太太既有這主意，

爲什麼不和太太說去？」薛姨媽哈哈笑道：「你這孩子，急什麼！想必催著你姑娘出了閣，你也要早些尋一個小女婿去了。」紫鵑聽了，也紅了臉，笑道：「姨太太眞個倚老賣老的起來。」說著，便轉身去了。黛玉先罵：「又與你這蹄子什麼相干？」後來見了這樣，也笑起來說：「阿彌陀佛！該，該，該！也臊了一鼻子灰去了！」薛姨媽母女及屋內婆子丫鬟都笑起來。婆子們因也笑道：「姨太太雖是頑話，卻倒也不差呢。到閑了時和老太太一商議，姨太太竟作媒保成這門親事是千妥萬妥的。」薛姨媽道：「我一出這主意，老太太必喜歡的。」◎9

一語未了，忽見湘雲走來，手裏拿著一張當票，口內笑道：「這是個賬篇子？」黛玉瞧了，也不認得。地下婆子們都笑道：「這可是一件奇貨，這個乖可不是白教人的。」寶釵忙一把接了，看時，就是岫煙才說的當票，忙折了起來。薛姨媽忙說：「那必定是那個媽媽的當票子失落了，回來急的他們找。那裏得的？」湘雲道：「什麼是當票子？」衆人都笑道：「眞眞是個呆子，連個當票子也不知道。」薛姨媽嘆道：「怨不得他，眞眞是侯門千金，而且又小，那裏知道這個？那裏去有這個？便是家下人有這個，他如何得見？別笑他是呆子，若給你們家姑娘們看了，也都成了呆子。」衆婆子笑道：「林姑娘方才也不認得，別說姑娘們。此刻寶玉他倒是外頭常走出去的，只怕也還沒見過呢。」薛姨媽忙將原故講明。湘雲黛玉二人聽了方笑道：「原來爲此。人也太會想錢了，

✣ 在子女面前，薛姨媽非常慈愛；之後面對兒媳婦金桂，她卻顯得威嚴不足。她小心地成就女兒和寶玉的「金玉良緣」，避開黛玉和寶玉的「木石姻緣」，可以看作是出於人人皆有的自私。（張羽琳繪）

姨媽家的當鋪也有這個不成？」衆人笑道：「這又呆了。『天下老鴰一般黑』，豈有兩樣的！」薛姨媽因又問是那裏拾的？湘雲方欲說時，寶釵忙說：「是一張死了沒用的，不知那年勾了賬的，香菱拿著哄他們頑的。」薛姨媽聽了此話是眞，也就不問了。一時人來回：「那府裏大奶奶過來請姨太太說話呢。」薛姨媽起身去了。

這裏屋內無人時，寶釵方問湘雲何處拾的。湘雲笑道：「我見你令弟媳的丫頭篆兒悄悄的遞與鶯兒。鶯兒便隨手夾在書裏，只當我沒看見。我等他們出去了，我偷著看，竟不認得。知道你們都在這裏，所以拿來大家認認。」黛玉忙問：「怎麼，他也當衣裳不成？既當了，怎麼也給你去？」寶釵見問，不好隱瞞他兩個，遂將方才之事都告訴了他二人。黛玉便說「兔死狐悲，物傷其類」，不免感嘆起來。史湘雲便動了氣，說：「等我問著二姐姐去！我罵那起老婆子丫頭一頓，給你們出氣何如？」說著，便要走。寶釵忙一把拉住，笑道：「你又發瘋了，還不給我坐著呢！」黛玉笑道：「你要是個男人，出去打一個報不平兒。你又充什麼荊軻聶政※6，眞眞好笑。」湘雲道：「既不叫我問他去，明兒也把他接到咱們苑裏一處住去，豈不好？」寶釵笑道：「明日再商量。」說著，人報三姑娘四姑娘來了。三人聽了，忙掩了口不提此事。要知端的，且聽下回分解。◎10

註

※6：荊軻：字公叔，戰國時衛國人，欲刺秦始皇，事敗被殺。聶政：戰國時韓國人，曾代人報仇，刺死韓宰相俠累後自殺。

評點

◎9. 薛姨媽如無寶釵欲婿寶玉，則爲黛玉作媒，亦是或有之事。今方爲寶釵百計圖成，豈肯成全黛玉乎。故作戲語，隨手撩開，而紫鵑聞之，則實獲我心，故急急跑來，欲實其語。薛姨媽見紫鵑認眞，只得再作戲語，唐突之，使不能開口也。（陳其泰）

◎10. 寫寶玉、黛玉呼吸相關，不在字裏行間，全從無字句處，運鬼斧神工之筆，攝魄追魂，令我哭一回，嘆一回，渾身都是呆氣。（脂硯齋）

第五十八回

杏子陰假鳳泣虛凰　茜紗窗真情揆※1痴理

話說他三人因見探春等進來，忙將此話掩住不提。探春等問候過，大家說笑了一會方散。

誰知上回所表的那位老太妃已薨※2，凡誥命等皆入朝隨班按爵守制※3。敕諭天下：凡有爵之家，一年內不得筵宴音樂，庶民皆三月不得婚嫁。賈母、邢、王、尤、許婆媳祖孫等皆每日入朝隨祭，至未正以後方回。在大內偏宮二十一日後，方請靈入先陵，地名曰孝慈縣。◎1這陵離都來往得十來日之功，如今請靈至此，還要停放數日，方入地宮，故得一月光景。◎2寧府賈珍夫妻二人，也少不得要去的。兩府無人，因此大家計議，家中無主，便報了尤氏產育，將他騰挪出來，協理榮寧兩處事體。因又托了薛姨媽在園內照管他姐妹丫鬟。薛姨媽只得也挪進園來。因寶釵處有湘雲香菱；李紈處目今李嬸母女雖去，然

✣《增評補圖石頭記》第五十八回繪畫。（fotoe提供）

有時亦來住三五日不定，賈母又將寶琴送與他去照管；迎春處有岫煙；探春因家務冗雜，且不時有趙姨娘與賈環來嘈聒，甚不方便；惜春處房屋狹小；況賈母又千叮嚀萬囑咐托他照管林黛玉，薛姨媽素習也最憐愛他的，今既巧遇這事，便挪至瀟湘館來和黛玉同房，一應藥餌飲食十分經心。黛玉感戴不盡，以後便亦如寶釵之呼，連寶釵前亦直以姐姐呼之，寶琴前直以妹妹呼之，儼似同胞共出，較諸人更似親切。賈母見如此，也十分喜悅放心。薛姨媽只不過照管他姐妹，禁約得丫頭輩，一應家中大小事務也不肯多口。尤氏雖天天過來，也不過應名點卯，亦不肯亂作威福，且他家內上下，也只剩他一個料理，再者，每日還要照管賈母王夫人的下處一應所需飲饌鋪設之物，所以也甚操勞。

　　當下榮寧兩處主人既如此不暇，並兩處執事人等，或有人跟隨入朝的，或有朝外照理下處事務的，又有先跴踏※4下處的，也都各各忙亂。因此兩處下人無了正經頭緒，也都偷安，或乘隙結黨，與權暫執事者竊弄威福。榮府只留得賴大並幾個管事照管外務。這賴大手下常用的幾個人已去，雖另委人，都是些生的，只覺不順手。且他們無知，或賺騙無節，或呈告無據，或舉薦無因，種種不善，在在生事，也難備述。又見各官宦家，凡養優伶男女者，一概蠲免遣發，尤氏等便議定，待王夫人回家

註

※1：推測。
※2：此指皇妃之死。
※3：按照制度守喪。封建時代皇帝后妃之喪，臣民都要守制。需謝絕應酬，不得任官、應考、嫁娶等。
※4：實地察看。

評點

◎1.隨事命名。（脂硯齋）
◎2.周到細膩之至。眞細之至，不獨寫侯府得理，亦且將皇宮赫赫，寫得令人不敢坐閱。（脂硯齋）

回明，也欲遣發十二個女孩子，又說：「這些人原是買的，如今雖不學唱，盡可留著使喚，只令其教習們自去也罷了。」王夫人因說：「這學戲的倒比不得使喚的，他們也是好人家的兒女，因無能賣了作這事，裝醜弄鬼的幾年，◎3如今有這機會，不如給他們幾兩銀子盤費，各自去罷。當日祖宗手裏都是有這例的。咱們如今損陰壞德，而且還小器。如今雖有幾個老的還在，那是他們各有原故，不肯回去的，所以才留下使喚，大了配了咱們家的小廝們了。」尤氏道：「如今我們也去問他十二個，有願意回去的，就帶了信兒，叫上父母來親自來領回去，給他們幾兩銀子盤纏方妥當。若不叫上他父母親人來，只怕有混賬人頂名冒領出去又轉賣了，豈不辜負了這恩典！若有不願意回去的，就留下。」王夫人笑道：「這話妥當。」尤氏等又遣人告訴了鳳姐兒。◎4一面說與總理房中，每教習給銀八兩，令其自便。凡梨香院一應物件，查清注冊收明，派人上夜。將十二個女孩子叫來面問，倒有一多半不願意回家的：也有說父母雖有，他只以賣我們為事，這一去還被他賣了；也有父母已亡，或被叔伯兄弟所賣的；也有說無人可投的；也有說戀恩不捨的。所願去者止四五人。王夫人聽了，只得留下。將去者四五人皆令其乾娘領回家去，單等他親父母來領；將不願去者分散在園中使喚。賈母便留下文官自使，將正旦芳官指與寶玉，將小旦蕊官送了寶釵，將小生藕官指與了黛玉，將大花面葵官送了湘雲，將小花面豆官送了寶琴，將老外艾官送了探春，尤氏便討了老旦茄官去。當下各得其所，就如倦鳥出

籠，每日園中遊戲。衆人皆知他們不能針黹，不慣使用，皆不大責備。其中或有一二個知事的，愁將來無應時之技，亦將本技丟開，便學起針黹紡績女工諸務。

一日正是朝中大祭，賈母等五更便去了，先到下處用些點心小食，然後入朝。早膳已畢，方退至下處；用過早飯，略歇片刻，復入朝待中晚二祭完畢，方出至下處歇息，用過晚飯方回家。可巧這下處乃是一個大官的家廟，乃比丘尼※5梵修，房舍極多極淨。東西二院，榮府便賃了東院，北靜王府便賃了西院。太妃少妃每日宴息，見賈母等在東院，彼此同出同入，都有照應。外面細事不消細述。

* * *

且說大觀園中，因賈母王夫人天天不在家內，又送靈去一月方回，各丫鬟婆子皆有閑空，多在園內遊頑。更又將梨香院內伏侍的衆婆子一概撤回，並散在園內聽使，更覺園內人多了幾十個。因文官等一干人或心性高傲，或倚勢凌下，或揀衣挑食，或口角鋒芒，大概不安分守理者多。因此衆婆子無不含怨，只是口中不敢與他們分證。如今散了學，大家稱了願，也有丟開手的，也有心地狹窄猶懷舊怨的，因將衆人皆分在各房名下，不敢來廝侵。

可巧這日乃是清明之日，賈璉已備下年例祭祀，帶領賈環、賈琮、賈蘭三人去往鐵檻寺祭柩燒紙。寧府賈蓉也同族中幾人各辦祭祀前往。因寶玉未大愈，故不曾去

註

※5：指已經出家的女子，也就是尼姑。

評點

◎3.如果說賈母對藝術還能欣賞（儘管是純享樂的欣賞），那麼王夫人身上似乎就沒有任何一點點藝術氣質，她看戲只看見「裝醜弄鬼」，遜於姑嫜遠矣。（舒蕪）

◎4.看他任意鄙俚詼諧之中，必有一個「禮」字還清，足見是大家形景。（脂硯齋）

得。飯後發倦，襲人因說：「天氣甚好，你且出去逛逛，省得丟下粥碗就睡，存在心裏。」寶玉聽說，只得拄了一支杖，靸著鞋，步出院外。◎5因近日將園中分與眾婆子料理，各司各業，皆在忙時，也有修竹的，也有剔樹※6的，也有栽花的，也有種豆的，池中又有駕娘們行著船夾泥種藕。香菱、湘雲、寶琴與丫鬟等都坐在山石上，瞧他們取樂。寶玉也慢慢行來。湘雲見了他來，忙笑說：「快把這船打出去，他們是接林妹妹的。」眾人都笑起來。寶玉紅了臉，也笑道：「人家的病，誰是好意的！你也形容著取笑兒。」湘雲笑道：「病也比人家另一樣，原招笑兒，反說起人來。」說著，寶玉便也坐下，看著眾人忙亂了一回。湘雲因說：「這裏有風，石頭上又冷，坐坐去罷。」

寶玉也正要去瞧林黛玉，便起身拄拐辭了他們，從沁芳橋一帶堤上走來。只見柳垂金線，桃吐丹霞，山石之後，一株大杏樹，花已全落，葉稠陰翠，上面已結了豆子大小的許多小杏。寶玉因想道：「能病了幾天，竟把杏花辜負了！不覺倒『綠葉成蔭子滿枝』了！」因此仰望杏子不捨。又想起邢岫煙已擇了夫婿一事，雖說是男女大事，不可不行，但未免又少了一個好女兒。不過兩年，便也要「綠葉成蔭子滿枝」了。再過幾日，這杏樹子落枝空，再幾年，岫煙也未免烏髮如銀，紅顏似槁了，因此不免傷心，只管對杏流淚嘆息。◎6正悲嘆時，忽有一個雀兒飛來落於枝上亂啼。寶玉又發了呆性，心下想道：「這雀兒必定是杏花正開時他曾來過，今見無花空有子葉，

杏，薔薇科李屬植物。喬木，味苦。原產中國，生長於東北、西北、華北、西南及長江中下游各省。（徐暉春提供）

✣藕官在大觀園內焚燒紙錢，被老婆子發現，多虧寶玉代為掩飾。（朱士芳繪）

故也亂啼。這聲韻必是啼哭之聲，可恨公冶長※7不在眼前，不能問他。但不知明年再發時，這個雀兒可還記得飛到這裏來與杏花一會了？」◎7

正胡思間，忽見一股火光從山石那邊發出，將雀兒驚飛。寶玉吃一大驚，又聽那邊有人喊道：「藕官，你要死！怎弄些紙錢進來燒？我回去回奶奶們去，仔細你的肉！」寶玉聽了，益發疑惑起來，忙轉過山石看時，只見藕官滿面淚痕，蹲在那裏，手裏還拿著火，守著些紙錢灰作悲。寶玉忙問道：「你與誰燒紙錢？快不要在這裏燒。你或是爲父母兄弟，你告訴我名姓，外頭去叫小廝們打了包袱寫上名姓去燒。」藕官見了寶玉，只不作一聲。寶玉數問不答，忽見一婆子惡恨恨的走來拉藕官，口內說道：「我已經回了奶奶們了，奶奶們氣的了不得。」藕官聽了，終是孩氣，怕辱沒了沒臉，便不肯去。婆子道：「我說你們別太興頭過餘了，如今還比得你們在外頭隨

註

※6：一種園林工藝，砍掉樹木的舊枝，使其另發新枝。

※7：春秋時齊人，孔子弟子，傳說能通鳥語。

評點

◎5.畫出病勢。（脂硯齋）

◎6.近之淫書滿紙傷春，究竟不知傷春原委。看他並不提傷春字樣，卻艷恨穠愁，香流滿紙矣。（脂硯齋）

◎7.岫煙終究在寶玉身心上產生了巨大的震盪，使他對人生有深入一步的體會，逐漸從天眞的夢幻世界中甦醒過來。第五十八回「……因此不免傷心，只管對杏流淚嘆息」，寶玉能從特殊看到整體，開始覺悟原來好女兒不能置身於人類無可避免的生閉環之外，這是他悟道階段中的重要環節，岫煙在他身上產生催化作用，應記一功。（宋淇）

心亂鬧呢！這是尺寸地方兒※8。」指寶玉道：「連我們的爺還守規矩呢，你是什麼阿物兒，跑來胡鬧！怕也不中用，跟我快走罷！」◎8寶玉忙道：「他並沒燒紙錢，原是林妹妹叫他來燒那爛字紙的。你沒看真，反錯告了他。」藕官正沒了主意，見了寶玉，也正添了畏懼；忽聽他反掩飾，心內轉憂成喜，也便硬著口說道：「你很看真是紙錢了麼？我燒的是林姑娘寫壞了的字紙！」那婆子聽如此，亦發狠起來，便彎腰向紙灰中揀那不曾化盡的遺紙，揀了兩點在手內，說道：「你還嘴硬？有據有證在這裏。我只和你廳上講去！」說著，拉了袖子，就拽著要走。寶玉忙把藕官拉住，用拄杖敲開那婆子的手，說道：「你只管拿了那個回去。實告訴你：我昨夜作了一個夢，夢見杏花神和我要一掛白紙錢，不可叫本房人燒，要一個生人替我燒了，我的病就好的快。所以我請了這白錢，巴巴兒的和林姑娘煩了他來，替我燒了祝贊。原不許一個人知道的，所以我今日才能起來，偏你看見了。我這會子又不好了，都是你沖了！你還要告他去？藕官，只管去，見了他們你就照依我這話說。等老太太回來，我就說他故意來沖神祇，保祐我早死。」藕官聽了益發得了主意，反倒拉著婆子要走。那婆子聽了這話，忙丟下紙錢，陪笑央告寶玉道：「我原不知道，二爺若回了老太太，我這老婆子豈不完了？我如今回奶奶們去，就說是爺祭神，我看錯了。」寶玉道：「你也不許再回去了，我便不說。」婆子道：「我已經回了，叫我來帶他，我怎好不回去的。也罷，就說我已經叫到了，又被林姑娘叫了去了。」寶玉想一想，方點頭應允。

那婆子只得去了。

這裏寶玉問他：「到底是爲誰燒紙？我想來若是爲父母兄弟，你們皆煩人外頭燒過了，這裏燒這幾張，必有私自的情理。」藕官因方才護庇之情，感激於衷，便知他是自己一流的人物，便含淚說道：「我這事，除了你屋裏的芳官並寶姑娘的蕊官，並沒第三個人知道。今日被你遇見，又有這段意思，少不得也告訴了你，只不許再對人言講。」又哭道：「我也不便和你面說，你只回去背人悄問芳官就知道了。」說畢，佯常而去。

寶玉聽了，心下納悶，只得踱到瀟湘館，瞧黛玉越發瘦的可憐，問起來，比往日已算大愈了。◎9黛玉見他也比先大瘦了，想起往日之事，不免流下淚來，些微談了談，便催寶玉去歇息調養。寶玉只得回來。因記掛著要問芳官那原委，偏有湘雲香菱來了，正和襲人芳官說笑，不好叫他，恐人又盤詰，只得耐著。

一時芳官又跟了他乾娘去洗頭。他乾娘偏又先叫了他親女兒洗過了後，才叫芳官洗。芳官見了這般，便說他偏心，「把你女兒剩水給我洗。我一個月的月錢都是你拿著，沾我的光不算，反倒給我剩東剩西的。」他乾娘羞愧變成惱，便罵他：「不識抬舉的東西！怪不得人人都說戲子沒一個好纏的。憑你甚麼好人，入了這一行，都弄壞了。這一點子屄崽子，也挑么挑六，鹹屄淡話，咬群的騾子似的！」娘兒兩個吵起

註

※8：講規矩的地方。

評點

◎8.如何？必是含怨之人。又拉上寶玉，畫出小人得意來。（脂硯齋）

◎9.好！若只管病亦不好。（脂硯齋）

來。襲人忙打發人去說：「少亂嚷！瞅著老太太不在家，一個個連句安靜話也不說。」晴雯因說：「都是芳官不省事，不知狂的什麼也不是！會兩齣戲，倒像殺了賊王、擒了反叛來的！」襲人道：「『一個巴掌拍不響』，老的也太不公些，小的也太可惡些。」寶玉道：「怨不得芳官。自古說：『物不平則鳴※9』。◎10他少親失眷的，在這裏沒人照看，賺了他的錢。又作賤他，如何怪得。」因又向襲人道：「他一月多少錢？以後不如你收了過來照管他，豈不省事？」襲人道：「我要照看他那裏不照看了，又要他那幾個錢才照看他？沒的討人罵去！」說著，便起身至那屋裏取了一瓶花露油，並些雞卵、香皂、頭繩之類，叫一個婆子來送給芳官去，叫他另要水自洗，不要吵鬧了。他乾娘益發羞愧，便說芳官「沒良心，花掰※10我克扣你的錢」，便向他身上拍了幾把，芳官便哭起來。寶玉便走出，襲人忙勸：「作什麼？我去說他。」

✣《逾垣》，出自吳興閔遇五刻本《西廂記》。畫中紅娘在石欄邊等候張生，石欄卻擋住了逾牆的張生。在《西廂記》中，紅娘為鶯鶯和張生牽線，自己卻受到老夫人的拷打。（吳興閔繪）

✣ 芳官怨她乾娘偏心，惹來一場污言穢語，襲人不會拌嘴，讓麝月出來勸阻。（朱士芳繪）

晴雯忙先過來，指他乾娘說道：「你老人家太不省事！你不給他洗頭的東西，我們饒給他東西，你不自臊，還有臉打他！他要還在學裏學藝，你也敢打他不成？」那婆子便說：「『一日叫娘，終身是母。』他排場我，我就打得！」襲人喚麝月道：「我不會和人拌嘴，晴雯性太急，你快過去震嚇他兩句。」麝月聽了，忙過來說道：「你且別嚷。我且問你，別說我們這一處，你看滿園子裏，誰在主子屋裏教導過女兒的？便是你的親女兒，既分了房，有了主子，自有主子打得罵得；再者大些的姑娘姐姐們打得罵得，誰許你老子娘又半中間管閑事了？都這樣管，又要叫他們跟著我們學什麼？越老越沒了規矩！你見前兒墜兒的娘來吵，你也來跟他學？你們放心，因連日這個病那個病，老太太又不得閑心，所以我沒回。等兩日稍閑了，咱們痛回一回，大家把威風煞一煞兒才好！寶玉才好了些，連我們不敢大聲說話，你反打的人狼號鬼叫

註

※9：語出唐代韓愈〈送孟東野序〉，比喻人遇到不公平就要發洩。

※10：胡說。

評點

◎10. 自來經語，未遭如是用也。（脂硯齋）

的。上頭能出了幾日門，你們就無法無天的，眼睛裏沒了我們，再兩天你們就該打我們了！他不要你這乾娘，怕糞草埋了他不成？」寶玉恨的用拄杖敲著門檻子說道：「這些老婆子都是些鐵心石頭腸子，也是件大奇的事。不能照看，反倒折挫，天長地久，如何是好！」◎11晴雯道：「什麼『如何是好』，都攆了出去，不要這些中看不中吃的！」那婆子羞愧難當，一言不發。那芳官只穿著海棠紅的小棉襖，底下綠綢撒花夾褲，敞著褲腳，◎12一頭烏油似的頭髮披在腦後，哭的淚人一般。麝月笑道：「把一個鶯鶯小姐，反弄成拷打紅娘了！這會子又不妝扮了，還是這麼鬆怠怠的。」寶玉道：「他這本來面目極好，倒別弄緊襯了。」晴雯過去拉了他，替他洗淨了髮，用手巾擰乾，鬆鬆的挽了一個慵妝髻※11，命他穿了衣服過這邊來了。

接著司內廚的婆子來問：「晚飯有了，可送不送？」小丫頭聽了，進來問襲人。襲人笑道：「方才胡吵了一陣，也沒留心聽鐘幾下了。」晴雯道：「那勞什子又不知怎麼了，又得去收拾。」說著，便拿過表來瞧了一瞧說：「再略等半鍾茶的工夫就是了。」小丫頭去了。麝月笑道：「提起淘氣，芳官也該打幾下。昨兒是他擺弄了那墜子，半日就壞了。」說話之間，便將食具打點現成。一時小丫頭子捧了盒子進來站住。晴雯麝月揭開看時，還是只四樣小菜。晴雯笑道：「已經好了，還不給兩樣清淡菜吃！這稀飯鹹菜鬧到多早晚？」一面擺好，一面又看那

✣ 崑曲《西廂記》，王瑾飾紅娘。
（北方崑曲劇院提供）

盒中，卻有一碗火腿鮮笋湯，忙端了放在寶玉跟前。寶玉便就桌上喝了一口，◎13說：「好燙！」襲人笑道：「菩薩！能幾日不見葷，饞的這樣起來！」一面說，一面忙端起輕輕用口吹。因見芳官在側，便遞與芳官，笑道：「你也學著些伏侍，別一味呆憨呆睡。口勁輕著，別吹上唾沫星兒。」芳官依言果吹了幾口，甚妥。

他乾娘也忙端飯在門外伺候。向日芳官等一到時原從外邊認的，就同往梨香院去了。這干婆子原係榮府三等人物，不過令其與他們漿洗，皆不曾入內答應，故此不知內幃規矩。今亦托賴他們方入園中，隨女歸房。這婆子先領過麝月的排場，方知了一二分，生恐不令芳官認他作乾娘，便有許多失利之處，故心中只要買轉他們。今見芳官吹湯，便忙跑進來笑道：「他不老成，仔細打了碗，讓我吹罷。」一面說，一面就接。晴雯忙喊：「快出去！你讓他砸了碗，也輪不到你吹！你什麼空兒跑到這裏槅子來了？還不出去！」一面又罵小丫頭們：「瞎了心的，他不知道，你們也不說給他！」小丫頭們都說：「我們攆他，他不出去；說他，他又不信。如今帶累我們受氣，你可信了？我們到的地方兒，有你到的一半，還有你一半到不去的呢！何況又跑到我們到不去的地方還不算，又去伸手動嘴的了。」一面說，一面推他出去。階下幾個等空盒傢伙的婆子見他出來，都笑道：「嫂子也沒用鏡子照一照，就進去了。」羞的那婆子又恨又氣，只得忍耐下去。

註

※11：一種蓬鬆的髮髻。

評點

◎11.畫出寶玉來。（脂硯齋）
◎12.四字奇想，寫得紙上跳出一個女優來。（脂硯齋）
◎13.畫出病人。（脂硯齋）

芳官吹了幾口，寶玉笑道：「好了，仔細傷了氣。你嘗一口，可好了？」芳官只當是頑話，只是笑看著襲人等。襲人道：「你就嘗一口何妨？」晴雯笑道：「你瞧我嘗。」說著就喝了一口。芳官見如此，自己也便嘗了一口，說：「好了。」遞與寶玉。寶玉喝了半碗，吃了幾片笋，又吃了半碗粥就罷了。眾人揀收出去了。小丫頭捧了沐盆，盥漱已畢，襲人等出去吃飯。寶玉使個眼色與芳官，芳官本自伶俐，又學幾年戲，何事不知？便裝說頭疼不吃飯了。襲人道：「既不吃飯，你就在屋裏作伴兒，把這粥給你留著，一時餓了再吃。」說著，都去了。

這裏寶玉和他只二人，寶玉便將方才從火光發起，如何見了藕官，又如何謊言護庇，又如何藕官叫我問你，從頭至尾，細細的告訴他一遍，又問他祭的果係何人。芳官聽了，滿面含笑，又嘆一口氣，說道：「這事說來可笑又可嘆。」寶玉聽了，忙問如何。芳官笑道：「你說他祭的是誰？祭的是死了的菂官。」寶玉道：「這是友誼，也應當的。」芳官笑道：「那裏是友誼？他竟是瘋傻的想頭，說他自己是小生，菂官是小旦，常作夫妻，雖說是假的，每日那些曲文排場，皆是眞正溫存體貼之事，故此二人就瘋了，雖不作戲，尋常飲食起坐，兩個人竟是你恩我愛。菂官一死，他哭的死去

✣《西廂記．賴婚》，要太保剪紙作品。勢利的老夫人不滿意張生地位低微，自食其言，廢除婚約，後來等到張生中了狀元才又許婚。本書中多次提及此一才子佳人的故事。（孔蘭平翻拍）

活來，至今不忘，所以每節燒紙。後來補了蕊官，我們見他一般的溫柔體貼，也曾問他得新棄舊的。他說：『這又有個大道理。比如男子喪了妻，或有必當續弦者，也必要續弦爲是。便只是不把死的丟過不提便是情深意重了。若一味因死的不續，孤守一世，妨了大節，也不是理，死者反不安了。』你說可是又瘋又呆？說來可是可笑？」寶玉聽說了這篇呆話，獨合了他的呆性，不覺又是歡喜，又是悲嘆，又稱奇道絕，說：「天既生這樣人，又何用我這鬚眉濁物玷辱世界。」因又忙拉芳官囑道：「既如此說，我也有一句話囑咐他，我若親對面與他講未免不便，須得你告訴他。」芳官問何事。寶玉道：「以後斷不可燒紙錢。這紙錢原是後人異端，不是孔子遺訓。以後逢時按節，只備一個爐，到日隨便焚香，一心誠虔，就可感格[※12]了。愚人原不知，無論神佛死人，必要分出等例，各式各例的。殊不知只一『誠心』二字爲主。即値倉皇流離之日，雖連香亦無，隨便有土有草，只以潔淨，便可爲祭，不獨死者享祭，便是神鬼也來享的。你瞧瞧我那案上，只設一爐，不論日期，時常焚香。他們皆不知原故，我心裏卻各有所因。隨便有清茶便供一鍾茶，有新水就供一盞水，或有鮮花，或有鮮果，甚至葷羹腥菜，只要心誠意潔，便是佛也都可來享，所以說，只在敬不在虛名。以後快命他不可再燒紙了。」芳官聽了，便答應著。一時吃過飯，便有人回：「老太太、太太回來了。」——

註

※12：感動，感化。

第五十九回

柳葉渚邊嗔鶯咤燕　絳芸軒裏召將飛符

話說寶玉聽說賈母等回來，隨多添了一件衣服，拄杖前邊來，都見過了。賈母等因每日辛苦，都要早些歇息，一宿無話，次日五鼓，又往朝中去。

離送靈日不遠，鴛鴦、琥珀、翡翠、玻璃四人都忙著打點賈母之物；玉釧、彩雲、彩霞等皆打疊王夫人之物，當面查點與跟隨的管事媳婦們。跟隨的一共大小六個丫鬟，十個老婆子媳婦子，男人不算。連日收拾馱轎※1器械。鴛鴦與玉釧兒皆不隨去，只看屋子。一面先幾日預發帳幔鋪陳之物，先有四五個媳婦並幾個男人領了出來，坐了幾輛車繞道先至下處，鋪陳安插等候。

臨日，賈母帶著蓉妻坐一乘馱轎，王夫人在後亦坐一乘馱轎，賈珍騎馬率了衆家丁衛護。又有幾輛大車與婆子丫鬟等坐，並放些隨換的衣包等件。是日薛

✣《增評補圖石頭記》第五十九回繪畫。（fotoe提供）

姨媽尤氏率領諸人送至大門外方回。賈璉恐路上不便，一面打發了他父母起身趕上賈母王夫人馱轎，自己也隨後帶領家丁押後跟來。

榮府內賴大添派人丁上夜，將兩處廳院都關了，一應出入人等皆走西邊小角門。日落時便命關了儀門，不放人出入。園中前後東西角門亦皆關鎖，只留王夫人大房之後常係他姐妹出入之門，東邊通薛姨媽的角門，這兩門因在內院，不必關鎖。裏面鴛鴦和玉釧兒也各將上房關了，自領丫鬟婆子下房去安歇。每日林之孝之妻進來，帶領十來個婆子上夜，穿堂內又添了許多小廝們坐更打梆子，已安插得十分妥當。◎1

* * *

一日清曉，寶釵春困已醒，搴帷下榻，微覺輕寒，啓戶視之，見園中土潤苔青，原來五更時落了幾點微雨。於是喚起湘雲等人來，一面梳洗，湘雲因說兩腮作癢，恐又犯了杏癍，因問寶釵要些薔薇硝來。寶釵道：「前兒剩的都給了妹子。」因說：「顰兒配了許多，我正要和他要些，因今年竟沒發癢，就

✣ 翡翠，賈母身邊的丫鬟。（《紅樓夢煙標精華》杜春耕編著，北京圖書館出版社提供）

註

※1：由兩匹牲口馱著行走的轎子。

評點

◎1. 賈母等送靈，一切跟隨人等及看守門户寫得詳細周到，隨後即寫園中婆子與鶯、燕吵嚷，平兒又説三四日工夫出了八九件事，所謂外寇未興，内患已萌。（王希廉）

忘了。」因命鶯兒去取些來。鶯兒應了才去時，蕊官便說：「我同你去，順便瞧瞧藕官。」說著一逕同鶯兒出了蘅蕪苑。

二人你言我語，一面行走，一面說笑，不覺到了柳葉渚，順著柳堤走來。因見柳葉才吐淺碧，絲若垂金，鶯兒便笑道：「你會拿著柳條子編東西不會？」蕊官笑道：「編什麼東西？」鶯兒道：「什麼編不得？頑的使的都可。等我摘些下來，帶著這葉子編個花籃，採了各色花放在裏頭，才是好頑呢。」說著，且不去取硝，且伸手挽翠披金，採了許多的嫩條，命蕊官拿著。他卻一行走一行編花籃，隨路見花便採一二枝，編出一個玲瓏過梁的籃子。◎2枝上自有本來翠葉滿布，將花放上，卻也別致有趣。喜的蕊官笑道：「姐姐，給了我罷！」鶯兒道：「這一個咱們送林姑娘，回來咱們再多採些，編幾個大家頑。」說著，來至瀟湘館中。

黛玉也正晨妝，見了籃子，便笑說：「這個新鮮花籃是誰編的？」鶯兒笑說：「我編了送姑娘頑的。」黛

✣「鶯兒起硝路編花籃」，描繪《紅樓夢》第五十九回中的場景。清代孫溫繪《全本紅樓夢》圖冊第十三冊之一。（清．孫溫繪）

玉接了笑道：「怪道人贊你的手巧，這頑意兒卻也別致。」一面瞧了，一面便命紫鵑掛在那裏。鶯兒又問候了薛姨媽，方和黛玉要硝。黛玉忙命紫鵑包了一包，遞與鶯兒。黛玉又說道：「我好了，今日要出去逛逛。你回去說與姐姐，不用過來問候媽了，也不敢勞他來瞧我，梳了頭同媽都往你那裏去，連飯也端了那裏去吃，大家熱鬧些。」

鶯兒答應了出來，便到紫鵑房中找蕊官。只見蕊官與藕官二人正說的高興，不能相捨，因說：「姑娘也去呢，藕官先同我們去等著豈不好？」紫鵑聽如此說，便也說道：「這話倒是，他這裏淘氣的也可厭。」一面說，一面便將黛玉的匙箸用一塊洋巾包了，交與藕官道：「你先帶了這個去，也算一趟差了。」

藕官接了，笑嘻嘻同他二人出來，一逕順著柳堤走來。鶯兒便又採些柳條，越性坐在山石上編起來，又命蕊官先送了硝去再來。他二人只顧愛看他編，那裏捨得去。鶯兒只顧催說：「你們再不去，我也不編了。」藕官便說：「我同你去了再快回來。」二人方去了。

這裏鶯兒正編，只見何婆的小女兒春燕走來，笑問：「姐姐織什麼呢？」正說著，蕊、藕二人也到了。春燕便向藕官道：「前兒你到底燒什麼紙？被我姨媽看見了，要告你沒告成，倒被寶玉賴了他一大些不是，氣的他一五一十告訴我媽。你們在外頭這二三年積了些什麼仇恨，如今還不解開？」藕官冷笑道：「有什麼仇恨？他們

◎2.寫柳條兒又是小波瀾。（東觀閣主人）

不知足，反怨我們了。在外頭這兩年，別的東西不算，只算我們的米菜，不知賺了多少家去，合家子吃不了，還有每日買東買西賺的錢在外。逢我們使他們一使兒，就怨天怨地的。你說說可有良心？」春燕笑道：「他是我的姨媽，也不好向著外人反說他的。怨不得寶玉說：『女孩兒未出嫁，是顆無價之寶珠；出了嫁，不知怎麼就變出許多的不好的毛病來，雖是顆珠子，卻沒有光彩寶色，是顆死珠了；再老了，更變的不是珠子，竟是魚眼睛了！分明一個人，怎麼變出三樣來？』這話雖是混話，倒也有些不差。別人不知道，只說我媽和姨媽，他老姐妹兩個如今越老了越把錢看的眞了。先時老姐兒兩個在家抱怨沒個差使，沒個進益，幸虧有了這園子，把我挑進來，可巧把我分到怡紅院。家裏省了我一個人的費用不算外，每月還有四五百錢的餘剩，這也還說不夠。後來老姐妹二人都派到梨香院去照看他們，藕官認了我姨媽，芳官認了我媽，這幾年著實寬裕了。如今挪進來也算撒開手了，還只無厭。你說好笑不好笑？我姨媽剛和藕官吵了，接著我媽爲洗頭就和芳官吵。芳官連要洗頭也不給他洗。昨日得月錢，推不去了，買了東西先叫我洗。我想了一想：我自有錢，就沒錢要洗時，不管襲人、晴雯、麝月，那一個跟前和他們說一聲，也都容易，何必借這個光兒？好沒意思。所以我不洗。他又叫我妹妹小鳩兒洗了，才叫芳官，果然就吵起來。接著又要給寶玉吹湯，你說可不笑死了人？我見他一進來，我就告訴那些規矩。他只不信，只要強作知道的，足的討個沒趣兒。幸虧園裏的人多，沒人分記

的清楚誰是誰的親故。若有人記得，只我們一家人吵，什麼意思呢？你這會子又跑來弄這個。這一帶地上的東西都是我姑媽管著，一得了這地方，比得了永遠基業還利害，每日早起晚睡，自己辛苦了還不算，每日逼著我們來照看，生恐有人糟蹋，又怕誤了我的差使。如今進來了，老姑嫂兩個照看的謹謹慎慎，一根草也不許人動。你還掐這些花兒，又折他的嫩樹，他們即刻就來，仔細他們抱怨。」鶯兒道：「別人亂折亂掐使不得，獨我使得。自從分了地基之後，每日裏各房皆有分例，吃的不用算，單管花草頑意兒。誰管什麼，每日誰就把各房裏姑娘丫頭戴的，必要各色送些折枝去，另外還有插瓶的。惟有我們說了：『一概不用送，等要什麼再和你們要。』究竟沒要過一次。我今便掐些，他們也不好意思說的。」

一語未了，他姑媽果然拄了拐走來。鶯兒春燕等忙讓坐。那婆子見採了許多嫩柳，又見藕官等都採了許多鮮花，心內便不受用，看著鶯兒編，又不好說什麼，便說春燕道：「我叫你來照看照看，你就貪住頑不去了。倘或叫起你來，你又說我使你了，拿我作隱身符兒※2你來樂！」春燕道：「你老又使我，又怕，這會子反說我。難道把我劈作八瓣子不成？」鶯兒笑道：「姑媽，你別信小燕的話。這都是他摘下來的，煩我給他編，我攆他，他不去。」春燕笑道：「你可少頑兒，你只顧頑兒，老人家就認真了。」那婆

註

※2：此指擋箭牌的意思。

✣ 鶯兒與春燕。（崔君沛繪）

子本是愚頑之輩，兼之年近昏眊※3，惟利是命，一概情面不管，正心疼肝斷，無計可施，聽鶯兒如此說，便倚老賣老，拿起柱杖來向春燕身上擊了幾下，罵道：「小蹄子，我說著你，你還和我強嘴兒呢。你媽恨的牙根癢癢，要撕你的肉吃呢。你還來和我強梆子似的。」打的春燕又愧又急，哭道：「鶯兒姐姐頑話，你老就認眞打我。我媽爲什麼恨我？我又沒燒胡了洗臉水，有什麼不是？」鶯兒本是頑話，忽見婆子認眞動了氣，忙上去拉住笑道：「我才是頑話，你老人家打他，我豈不愧？」那婆子道：「姑娘，你別管我們的事！難道爲姑娘在這裏，不許我管孩子不成？」鶯兒聽見這般蠢話，便賭氣紅了臉，撒了手冷笑道：「你老人家要管，那一刻管不得，偏我說了一句頑話就管他了。我看你老管去！」說著便坐下，仍編柳籃子。

偏又有春燕的娘出來找他，喊道：「你不來舀水，在那裏作什麼呢？」那婆子便接聲兒道：「你來瞧瞧，你的女兒連我也不服了！在那裏排揎我呢。」那婆子一面走過來說：「姑奶奶，又怎麼了？我們丫頭眼裏沒娘罷了，連姑媽也沒了不成？」鶯兒見他娘來了，只得又說原故。他姑媽那裏容人說話，便將石上的花柳與他娘瞧道：「你瞧瞧，你女兒這麼大孩子頑的！他先領著人糟蹋我，我怎麼說人？」他娘也正爲芳官之氣未平，又恨春燕不遂他的心，便走上來打耳刮子，罵道：「小娼婦，你能上去了幾年？你也跟那起輕狂浪小婦學，怎麼就管不得你們了？乾的我管不得，你是我

註

※3：視線模糊、頭腦糊塗的老年。

屄裏掉出來的，難道也不敢管你不成？既是你們這起蹄子到的去的地方我到不去，你就該死在那裏伺候，又跑出來浪漢。」一面又抓起柳條子來，直送到他臉上，問道：「這叫作什麼？這編的是你娘的屄！」鶯兒忙道：「那是我編的，你老別指桑罵槐！」那婆子深妒襲人晴雯一干人，已知凡房中大些的丫鬟都比他們有些體統權勢，凡見了這干人，心中又畏又讓，未免又氣又恨，亦且遷怒於衆；復又看見了藕官，又是他令姐的冤家，四處湊成一股怨氣。

那春燕啼哭著往怡紅院去了。他娘又恐問他爲何哭，怕他又說出自己打他，又要受晴雯等的氣，不免著起急來，又忙喊道：「你回來！我告訴你再去。」春燕那裏肯回來，急的他娘跑了去要拉他。春燕回頭看見，便也往前飛跑。他娘只顧趕他，不防腳下被青苔滑倒，引的鶯兒三個人反都笑了。鶯兒便賭氣將花柳皆擲於河中，自回房去。這裏把個婆子心疼的只念佛，又罵：「促狹小蹄子！糟蹋了花兒，雷也是要打的！」自己且掐花與各房送去不提。

卻說春燕一直跑入院中，頂頭遇見襲人往黛玉處去問安。春燕便一把抱住襲人

✣ 春燕受到親娘和姑媽的聯手責斥，鶯兒便賭氣地將花柳皆擲於河中。（朱士芳繪）

說：「姑娘救我！我娘又打我呢。」襲人見他娘來了，不免生氣，便說道：「三日兩頭兒打了乾的打親的，還是買弄你女兒多，還是認眞不知王法？」這婆子來了幾日，見襲人不言不語是好性的，便說道：「姑娘你不知道，別管我們閑事！都是你們縱的，這會子還管什麼？」說著，便又趕著打。襲人氣的轉身進來，見麝月正在海棠下晾手巾，聽得如此喊鬧，便說：「姐姐別管，看他怎樣。」一面使眼色與春燕，春燕會意，便直奔了寶玉去。衆人都笑說：「這可是沒有的事都鬧出來了。」麝月向婆子道：「你再略煞一煞氣兒，難道這些人的臉面，和你討一個情還討不下來不成？」那婆子見他女兒奔到寶玉身邊去，又見寶玉拉了春燕的手說：「你別怕，有我呢！」春燕又一行哭，又一行說，把方才鶯兒等事都說出來。寶玉越發急起來，說：「你只在這裏鬧也罷了，怎麼連親戚也都得罪起來？」麝月又向婆子及衆人道：「怨不得這嫂子說我們管不著他們的事，我們雖無知錯管了，如今請出一個管得著的人來管一管，嫂子就心伏口伏，也知道規矩了。」便回頭叫小丫頭子：「去把平兒給我們叫來！平兒不得閑就把林大娘叫了來。」那小丫頭子應了就走。衆媳婦上來笑說：「嫂子，快求姑娘們叫回那孩子罷。平姑娘來了，可就不好了。」那婆子說道：「憑你那個平姑娘來也憑個理，沒有娘管女兒大家管著娘的。」衆人笑道：「你當是那個平姑娘？是二奶奶屋裏的平姑娘。他有情呢，說你兩句，他一翻臉，嫂子你吃不了兜著走！」

說話之間，只見那小丫頭子回來說：「平姑娘正有事，問我作什麼，我告訴

✣ 寶玉維護春燕，幾乎要將春燕的娘攆出園子去。（朱士芳繪）

了他，他說：『既這樣，且攆他出去，告訴了林大娘在角門外打他四十板子就是了。』」那婆子聽如此說，自不捨得出去，便又淚流滿面，央告襲人等說：「好容易我進來了，況且我是寡婦，家裏沒人，正好一心無掛的在裏頭伏侍姑娘們。姑娘們也便宜，我家裏也省些攪過※4。我這一去，又要去自己生火過活，將來不免又沒了過活。」襲人見他如此說，早又心軟了，便說：「你既要在這裏，又不守規矩，又不聽說，又亂打人，那裏弄你這個不曉事的來，天天鬥口，也叫人笑話，失了體統。」晴雯等道：「理他呢！打發去了是正經，誰和他去對嘴對舌的！」那婆子又央眾人道：「我雖錯了，姑娘們吩咐了，我以後改過。姑娘們那不是行好積德。」一面又央告春燕道：「原是我爲打你起的，究竟沒打成你，我如今反受了罪。你也替我說說！」寶玉見如此可憐，只得留下，吩咐他不可再鬧。那婆子走來一一的謝過了下去。

只見平兒走來，問係何事。襲人等忙說：「已完了，不必再提。」平兒笑道：「『得饒人處且饒人』，◎3得省的將就省些事也罷了。能去了幾日，只聽各處大小人兒都作起反來了，一處不了又一處，叫我不知管那一處的是。」襲人笑道：「我只說我們這裏反了，原來還有幾處。」平兒笑道：「這算什麼！正和珍大奶奶算呢，這三四日的工夫，一共大小出來了八九件了。你這裏是極小的，算不起數兒來，還有大的可氣可笑之事呢。」不知襲人問他果係何事，且聽下回分解。

註

※4：此指日常的吃穿用度。

評點

◎3.襲人見婆子央求，即便心軟；平兒說中「得饒人處且饒人」，兩人慈厚存心，所以結果不同。晴雯偏說「打發出去」，心狠結怨，豈知後來婆子未逐自己卻遭攆逐。此等處俱是反伏後文，且梨園女子概行遣去，亦即於此埋根。（王希廉）

第六十回

茉莉粉替去薔薇硝　玫瑰露引來茯苓霜

話說襲人因問平兒，何事這等忙亂。平兒笑道：「都是世人想不到的，說來也好笑，等幾日告訴你，如今沒頭緒呢，且也不得閑兒。」一語未了，只見李紈的丫鬟來了，說：「平姐姐可在這裏？奶奶等你，你怎麼不去了？」平兒忙轉身出來，口內笑說：「來了，來了。」襲人等笑道：「他奶奶病了，他又成了香餑餑了，都搶不到手。」平兒去了不提。

寶玉便叫春燕：「你跟了你媽去，到寶姑娘房裏給鶯兒幾句好話聽聽，也不可白得罪了他。」春燕答應了，和他媽出去。寶玉又隔窗說道：「不可當著寶姑娘說，仔細反叫鶯兒受教導。」

娘兒兩個應了出來，一壁走著，一面說閑話兒。春燕因向他娘道：「我素日勸你老人家再不信，何苦鬧出沒趣來才罷。」他娘笑道：「小蹄子，你走

✣《增評補圖石頭記》第六十回繪畫。（fotoe提供）

罷！俗語道：『不經一事，不長一智。』我如今知道了。你又該來支問著我。」春燕笑道：「媽，你若安分守己在這屋裏長久了，自有許多的好處。我且告訴你句話：寶玉常說，將來這屋裏的人，無論家裏外頭的，一應我們這些人，他都要回太太全放出去，與本人父母自便呢。你只說這一件可好不好？」他娘聽說，喜的忙問：「這話果眞？」春燕道：「誰可扯這謊作什麼？」婆子聽了，便念佛不絕。

當下來至蘅蕪苑中，正值寶釵、黛玉、薛姨媽等吃飯。鶯兒自去泡茶，春燕便和他媽一逕到鶯兒前，陪笑說「方才言語冒撞了，姑娘莫嗔莫怪，特來陪罪」等語。鶯兒忙笑讓坐，又倒茶。他娘兒兩個說有事，便作辭回來。忽見蕊官趕出叫：「媽媽姐姐，略站一站。」一面走上來，遞了一個紙包與他們，說是薔薇硝，帶與芳官去擦臉。春燕笑道：「你們也太小氣了，還怕那裏沒這個與他，巴巴的你又弄一包給他去。」蕊官道：「他是他的，我送的是我的。好姐姐，千萬帶回去罷！」春燕只得接了。娘兒兩個回來，正值賈環賈琮二人來問候寶玉，也才進去。春燕便向他娘說：「只我進去罷，你老不用去。」他娘聽了，自此便百依百隨的，不敢倔強了。

春燕進來，寶玉知道回覆，便先點頭。春燕知意，便不再說一語，略站了一站，便轉身出來，使眼色與芳官。芳官出來，春燕方悄悄的說與他蕊官之事，並與了他硝。寶玉並無與琮環可談之語，因笑問芳官手裏是什麼。芳官便忙遞與寶玉瞧，又說是擦春癬的薔薇硝。寶玉笑道：「虧他想的到。」賈環聽了，便伸著頭瞧了一瞧，

✣ 薔薇。別名：刺蘼、刺紅。落葉攀緣性灌木，有白、粉、深紅等色。（邵風雷提供）

又聞得一股清香，便彎著腰向靴筒內掏出一張紙來托著，笑說：「好哥哥，給我一半兒！」寶玉只得要與他。芳官心中因是蕊官之贈，不肯與別人，連忙攔住，笑說道：「別動這個，我另拿些來。」寶玉會意，忙笑包上，說道：「快取來。」

芳官接了這個，自去收好，便從奩中去尋自己常使的。啓奩看時，盒內已空，心中疑惑早間還剩了些，如何沒了？因問人時，都說不知。麝月便說：「這會子且忙著問這個！不過是這屋裏人一時短了。你不管拿些什麼給他們，他們那裏看的出來？快打發他們去了，咱們好吃飯。」芳官聽了，便將些茉莉粉包了一包拿來。賈環見了就伸手來接。芳官便忙向炕上一擲。賈環只得向炕上拾了，揣在懷內，方作辭而去。

原來賈政不在家，且王夫人等又不在家，賈環連日也便裝病逃學。如今得了硝，興興頭頭來找彩雲。正值彩雲和趙姨娘閑談，賈環嘻嘻向彩雲道：「我也得了一包好的，送你擦臉。你常說薔薇硝擦癬，比外頭的銀硝強。你且看看，可是這個？」彩雲打開一看，嗤的一聲笑了，說道：「你是和誰要來的？」賈環便將方才之事說了。彩雲笑道：「這是他們在哄你這鄉老呢！這不是硝，這是茉莉粉。」賈環看了一看，果然比先的帶些紅色，聞聞也是噴香，因笑道：「這也是好的，硝粉一樣，留著擦罷，自是比外頭買的高便好。」彩雲只得收了。◎1趙姨娘便說：「有好的給你？誰叫你要去了，怎怨他們要你！依我，拿了去照臉摔給他去，趁著這會子撞屍的撞屍去了，

✣彩雲，王夫人身邊的丫頭。（《紅樓夢煙標精華》杜春耕編著，北京圖書館出版社提供）

挺床的便挺床，吵一齣子，大家別心淨，也算是報仇。莫不是兩個月之後，還找出這個碴兒來問你不成？便問你，你也有話說。寶玉是哥哥，不敢沖撞他罷了。難道他屋裏的貓兒狗兒也不敢去問問不成？」◎2賈環聽說，便低了頭。彩雲忙說：「這又何苦生事！不管怎樣，忍耐些罷了。」趙姨娘道：「你快休管，橫豎與你無干。乘著抓住了理，罵他那些浪淫婦們一頓也是好的。」又指賈環道：「呸！你這下流沒剛性的，也只好受這些毛崽子的氣！平白我說你一句兒，或無心中錯拿了一件東西給你，你倒會扭頭暴筋瞪著眼蹾摔※1娘。這會子被那起屄崽子耍弄也罷了。你明兒還想這些家裏人怕你呢！你沒有屄本事，我也替你羞！」◎3賈環聽了，不免又愧又急，又不敢去，只摔手說道：「你這麼會說，你又不敢去。指使了我去鬧。倘或往學裏告去捱了打，你敢自不疼呢？遭遭兒調唆了我鬧去，鬧出了事來，我捱了打罵，你一般也低了頭。這會子又調唆我和毛丫頭們去鬧！你不怕三姐姐？你敢去，我就伏你！」只這一句話，便戳了他娘的肺，便喊說：「我腸子爬出來的，我再怕不成？這屋裏越發有的說了。」一面說，一面拿了那包子，便飛也似的往園中去。彩雲死勸不住，只得躲入別房。賈環便也躲出儀門，自去頑耍。

趙姨娘直進園子，正是一頭火，頂頭正遇見藕官的乾娘夏婆子走來。見趙姨娘氣恨恨的走來，因問：「姨奶奶那去？」趙姨娘又說：「你瞧瞧！這屋裏連三日兩日進

註

※1：摔手頓足、發脾氣。

評點

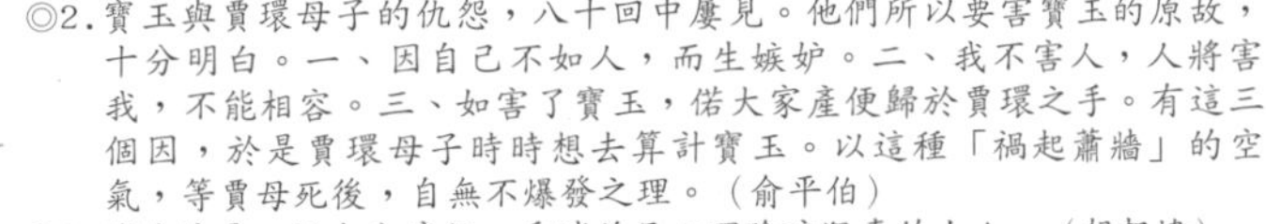

◎1.眞乃各人有各人的緣分。彩雲亦非惡劣丫頭，恰偏與環兒相好，且與趙姨娘契合。豈非緣分？（陳其泰）

◎2.寶玉與賈環母子的仇怨，八十回中屢見。他們所以要害寶玉的原故，十分明白。一、因自己不如人，而生嫉妒。二、我不害人，人將害我，不能相容。三、如害了寶玉，偌大家產便歸於賈環之手。有這三個因，於是賈環母子時時想去算計寶玉。以這種「禍起蕭牆」的空氣，等賈母死後，自無不爆發之理。（俞平伯）

◎3.趙姨娘是一個十分庸俗、委瑣並且心理陰暗狠毒的女人。（胡邦煒）

來的唱戲的小粉頭們，都三般兩樣掂人分兩放小菜碟兒了。若是別一個，我還不惱，若叫這些小娼婦捉弄了，還成個什麼！」夏婆子聽了，正中己懷，忙問因何。趙姨娘悉將芳官以粉作硝輕侮賈環之事說了。夏婆子道：「我的奶奶，你今兒才知道，這算什麼事。連昨日這個地方他們私自燒紙錢，寶玉還攔到頭裏。人家還沒拿進個什麼兒來，就說使不得，不乾不淨的忌諱，這燒紙倒不忌諱？你老想一想，這屋裏除了太太，誰還大似你？你老自己撐不起來；但凡撐起來的，誰還不怕你老人家？如今我想，乘著這幾個小粉頭兒恰不是正頭貨，得罪了他們也有限的，快把這兩件事抓著理扎個筏子，我在旁作證據。你老把威風抖一抖，以後也好爭別的禮。便是奶奶姑娘們，也不好爲那起小粉頭子說你老的。」趙姨娘聽了這話，益發有理，便說：「燒紙的事不知道，你卻細細的告訴我。」夏婆子便將前事一一的說了。又說：「你只管說去。倘或鬧起來，還有我們幫著你呢。」趙姨娘聽了越發得了意，仗著膽子便一逕到了怡紅院中。

可巧寶玉聽見黛玉在那裏，便往那裏去了。芳官正與襲人等吃飯，見趙姨娘來了，便都起身笑讓：「姨奶奶吃飯，有什麼事這麼忙？」趙姨娘也不答話，走上來便將粉照著芳官臉上撒來，指著芳官罵道：「小淫婦！你是我銀子錢買來學戲的，不過娼婦粉頭之流！我家裏下三等奴才也比你高貴些，你都會看人下菜碟兒！寶玉要給東西，你攔在頭裏，莫不是要了你的了？拿這個哄他，你只當他不認得呢！好不好，他們是手足，都是一樣的主子，那裏有你小看他的！」芳官那裏禁得住這話，一行哭，一行說：「沒了硝，我才把這個給他的。若說沒了，又恐他不信，難道這不是好的？我便學戲，也沒往外頭去唱。我一個女孩兒家，知道什麼是粉頭面頭的！姨奶奶犯不著來罵我，我又不是姨奶奶家買的。『梅香拜把子——都是奴幾※2』呢！」襲人忙拉他說：「休胡說！」趙姨娘氣的上來便打了兩個耳刮子。襲人等忙上來拉勸，說：「姨奶奶別和他小孩子一般見識，等我們說他。」芳官捱了兩下打，那裏肯依，便拾頭打滾，潑哭潑鬧起來。口內便說：「你打的起我麼？你照照那模樣兒再動手！我叫你打了去，我還活著！」便撞在懷裏叫他打。衆人一面勸，一面拉他。晴雯悄拉襲人說：「別管他們，讓他們鬧去，看怎麼開交！如今亂爲王了，什麼你也來打，我也來打，都這樣起來還了得呢！」

外面跟著趙姨娘來的一干的人聽見如此，心中各各稱願，都念佛說：「也有今日！」又有一干懷怨的老婆子見打了芳官，也都稱願。

當下藕官蕊官等正在一處作耍，湘雲的大花面葵官，寶琴的豆官，兩個聞了此信，慌忙找著他兩個說：「芳官被人欺侮，咱們也沒趣，須得大家破著大鬧一場，方爭過氣來。」四人終是小孩子心性，只顧他們情分上義憤，便不顧別的，一齊跑入怡紅院中。豆官先便一頭，幾乎不曾將趙姨娘撞了一跌。那三個也便擁上來，放聲大

註

※2：不管是誰都是奴才。

✣ 是逢場作戲，還是任性自然？女伶性格中多有一種自發的反抗精神，這點在芳官身上尤為突出。（張羽琳繪）

哭，手撕頭撞，把個趙姨娘裹住。晴雯等一面笑，一面假意去拉。急的襲人拉起這個，又跑了那個，口內只說：「你們要死，有委曲只好說，這沒理的事如何使得！」趙姨娘反沒了主意，只好亂罵。蕊官藕官兩個一邊一個，抱住左右手；葵官豆官前後頭頂住。四人只說：「你只打死我們四個就罷！」芳官直挺挺躺在地下，哭的死過去。◎4

正沒開交，誰知晴雯早遣春燕回了探春。當下尤氏、李紈、探春三人帶著平兒與衆媳婦走來，將四個喝住。問起原故，趙姨娘便氣的瞪著眼粗了筋，一五一十說個不清。尤李兩個不答言，只喝禁他四人。探春便嘆氣說：「這是什麼大事，姨娘也太肯動氣了！我正有一句話要請姨娘商議，怪道丫頭說不知在那裏，原來在這裏生氣呢，快同我來。」尤氏李氏都笑說：「姨娘請到廳上來，咱們商量。」

趙姨娘無法，只得同他三人出來，口內猶說長說短。探春便說：「那些小丫頭子們原是些頑意兒，喜歡呢，和他說說笑笑，不喜歡便可以不理他。便他不好了，也如同貓兒狗兒抓咬了一下子，可恕就恕，不恕時也只該叫了管家媳婦們去說給他去責罰，何苦自己不尊重，大吆小喝失了體統！你瞧周姨娘，怎不見人欺他，他也不尋人

趙姨娘大鬧怡紅院，芳官被打，蕊官、藕官等四個和趙姨娘糾纏在一起。（朱士芳繪）

去。我勸姨娘且回房去煞煞性兒，別聽那些混賬人的調唆，沒的惹人笑話，自己呆白給人作粗活。心裏有二十分的氣，也忍耐這幾天，等太太回來自然料理。」一席話說的趙姨娘閉口無言，只得回房去了。◎5

這裏探春氣的和尤氏李紈說：「這麼大年紀，行出來的事總不叫人敬伏。這是什麼意思，值得吵一吵，並不留體統！耳朵又軟，心裏又沒有計算。這又是那起沒臉面的奴才們的調停，作弄出個呆人替他們出氣。」越想越氣，因命人查是誰調唆的。媳婦們只得答應著，出來相視而笑，都說是「大海裏那裏尋針去？」只得將趙姨娘的人並園中人喚來盤詰，都說不知道。眾人沒法，只得回探春：「一時難查，慢慢訪查；凡有口舌不妥的，一總來回了責罰。」

探春氣漸漸平服方罷。可巧艾官便悄悄的回探春說：「都是夏媽和我們素日不對，每每的造言生事。前兒賴藕官燒錢，幸虧是寶玉叫他燒的，寶玉自己應了，他才沒話。今兒我與姑娘送手帕去，看見他和姨奶奶在一處說了半天，嘁嘁喳喳的，見了我才走開了。」探春聽了，雖知情弊，亦料定他們皆是一黨，本皆淘氣異常，便只答應，也不肯據此為實。

✣ 葵官。（《紅樓夢煙標精華》杜春耕編著，北京圖書館出版社提供）

評點

◎4. 趙姨娘之愚惡，夏婆之挑唆及芳官等之縱放，若非探春鎮以正靜，幾至不可收拾。而趙姨娘之羞恨，芳官等之禍胎，已不可解矣。（王希廉）

◎5. 這不平是一團火，燒得她時常蠍蠍螫螫，著三不著兩。又本性愚頑，自私行險，短淺低能，每每挑起事端，卻每每「搬起石頭砸自己的腳」。而每次慘敗，都加劇著她的陰暗、報復心理，又每使她的地位下沉。這往往是又一回「搬起石頭砸自己的腳」的原由。趙姨娘就活在這麼一個圈子裏。（石甫）

誰知夏婆子的外孫女兒蟬姐兒便是探春處當役的，時常與房中丫鬟們買東西呼喚人，衆女孩兒都和他好。這日飯後，探春正上廳理事。翠墨在家看屋子，因命蟬姐兒出去叫小么兒買糕去。蟬兒便說：「我才掃了個大園子，腰腿生疼的，你叫個別的人去罷。」翠墨笑說：「我又叫誰去？你趁早兒去，我告訴你一句好話，你到後門順路告訴你老娘防著些兒。」說著，便將艾官告他老娘的話告訴了他。蟬姐兒聽了，忙接了錢道：「這個小蹄子也要捉弄人，等我告訴去。」說著便起身出來。至後門邊，只見廚房內此刻手閑之時，都坐在階砌上說閑話呢，他老娘亦在內。蟬兒便命一個婆子出去買糕。他且一行罵一行說，將方才之話告訴與夏婆子。夏婆子聽了，又氣又怕，便欲去找艾官問他，又欲往探春前去訴冤。蟬兒忙攔住說：「你老人家去怎麼說呢？這話怎得知道的，可又叨登不好了。說給你老防著就是了，那裏忙到這一時兒！」

正說著，忽見芳官走來，扒著院門，笑向廚房中柳家媳婦說道：「柳嫂子，寶二爺說了：晚飯的素菜要一樣涼涼的酸酸的東西，只別擱上香油弄膩了。」柳家的笑道：「知道。今兒怎遣你來了告訴這麼一句要緊話？你不嫌髒，進來逛逛兒不是？」芳官才進來，忽有一個婆子手裏托了一碟糕來。芳官便戲道：「誰買的熱糕？我先嘗一塊兒。」蟬兒一手接了，道：「這是人家買的，你們還稀罕這個！」柳家的見了，忙笑道：「芳姑娘，你喜吃這個？我這裏有才買下給你姐姐吃的，他不曾吃，還收在

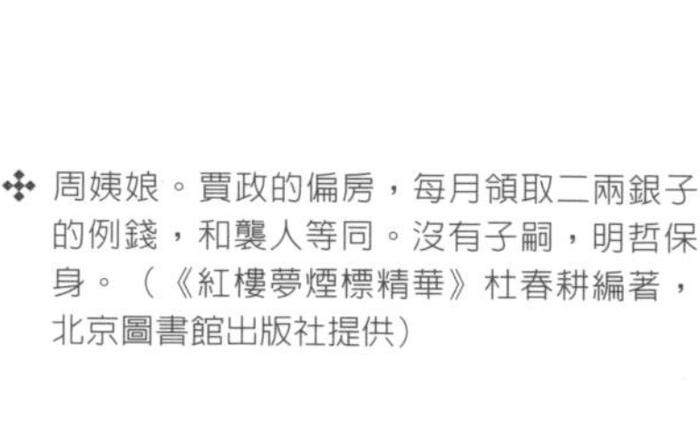

周姨娘。賈政的偏房，每月領取二兩銀子的例錢，和襲人等同。沒有子嗣，明哲保身。（《紅樓夢煙標精華》杜春耕編著，北京圖書館出版社提供）

那裏，乾乾淨淨沒動呢。」說著，便拿了一碟出來，遞與芳官，又說：「你等我進去替你頓口好茶來。」一面進去，現通開火頓茶。芳官便拿著熱糕，問到蟬兒臉上說：「稀罕吃你那糕！這個不是糕不成？我不過說著頑罷了，你給我磕個頭，我也不吃。」說著，便將手內的糕一塊一塊的掰了，擲著打雀兒頑，口內笑說：「柳嫂子，你別心疼，我回來買二斤給你。」小蟬氣的怔怔的，瞅著冷笑道：「雷公老爺也有眼睛，怎不打這作孽的？他還氣我呢。我可拿什麼比你們，又有人進貢，又有人作乾奴才，溜你們好上好兒，幫襯著說句話兒。」衆媳婦都說：「姑娘們，罷喲！天天見了就咕唧。」有幾個伶透的，見了他們對了口，怕又生事，都拿起腳來各自走開了。當下蟬兒也不敢十分說他，一面咕嘟著去了。

這裏柳家的見人散了，忙出來和芳官說：「前兒那話兒說了不曾？」芳官道：「說了。等一二日再提這事。偏那趙不死的又和我鬧了一場。前兒那玫瑰露姐姐吃了不曾？他到底可好些？」柳家的道：「可不都吃了。他愛的什麼似的，又不好問你再要。」芳官道：「不值什麼，等我再要些來給他就是了。」

原來這柳家的有個女兒，今年才十六歲，雖是廚役之女，卻生的人物與平、襲、紫、鴛皆類。因他排行第五，因叫他作五兒。◎6因素有弱疾，故沒得差。近因柳家的見寶玉房中的丫鬟差輕人多，且又聞得寶玉將來都要放他們，故如今要送他到那裏去應名兒。正無頭路，可巧這柳家的是梨香院的差役，他最小意殷勤，伏侍得芳官一干

◎6.五月之柳，春色可知。（脂硯齋）

人比別的乾娘還好。芳官等亦待他們極好，如今便和芳官說了，央芳官去與寶玉說。寶玉雖是依允，只是近日病著，又見事多，尚未說的。

前言少述，且說當下芳官回至怡紅院中，回覆了寶玉。寶玉正在聽見趙姨娘廝吵，心中自是不悅，說又不是，不說又不是，只得等吵完了，打聽著探春勸了他去後方從蘅蕪苑回來，勸了芳官一陣，方大家安妥。今見他回來，又說還要些玫瑰露與柳五兒吃去。寶玉忙道：「有的，我又不大吃，你都給他去罷。」說著命襲人取了出來，見瓶中亦不多，遂連瓶與了他。

芳官便自攜了瓶與他去。正值柳家的帶進他女兒來散悶，在那邊犄角子上一帶地方兒逛了一回，便回到廚房內，正吃茶歇腳兒。見芳官拿了一個五寸來高的小玻璃瓶來，迎亮照看，裏面小半瓶胭脂一般的汁子，還道是寶玉吃的西洋葡萄酒。母女兩個忙說：「快拿旋子燙滾水，你且坐下。」芳官笑道：「就剩了這些，連瓶子都給你們罷。」五兒聽了，方知是玫瑰露，忙接了，謝了又謝。芳官又問他：「好些？」五兒道：「今兒精神些，進來逛逛。這後邊一帶，也沒什麼意思，不過見些大石頭大樹和房子後牆，正經好景致也沒看見。」芳官道：「你為什麼不往前去？」柳家的道：「我沒叫他往前去。姑娘們也不認得他，倘有不對眼的人看見了，又是一番口舌。明兒托你攜帶他有了房頭※3，怕沒有人帶著他逛呢，只怕逛膩了的日子還有呢。」芳官聽了，笑道：「怕什麼？有我呢。」柳家的忙道：「噯喲喲，我的姑娘！我們的頭皮兒薄，比不得你們。」說著，又倒了茶來。芳官那裏吃這茶，只漱了一口就走了。柳家的說道：「我這裏占著手，五丫頭送送。」

五兒便送出來，因見無人，又拉著芳官說道：「我的話到底說了沒有？」芳官笑道：「難道哄你不成？我聽見屋裏正經還少兩個人的窩兒，並沒補上。一個是紅玉的，璉二奶奶要了去還沒給人來；一個是墜兒的，也還沒補。如今要你一個也不算過分。皆因平兒每每的和襲人說，凡有動人動錢的事，得挨的且挨一日更好。如今三姑娘正要拿人扎筏子呢，連他屋裏的事都駁了兩三件，如今正要尋我們屋裏的事沒尋著，何苦來往網裏碰去！倘或說些話駁了，那時老了，倒難回轉。不如等冷一冷，老太太、太太心閑了，憑是天大的事先和老的一說，沒有不成的。」五兒道：「雖如此說，我卻性急等不得了。趁如今挑上來了，一則給我媽爭口氣，也不枉養我一場；二則我添了月錢，家裏又從容些；三則我的心開一開，只怕這病就好了。——便是請大夫吃藥，也省了家裏的錢。」芳官道：「我都知道了，你只放心。」二人別過，芳官自去不提。

單表五兒回來，與他娘深謝芳官之情。他娘因說：「再不承望得了這些東西，雖然是個珍貴物兒，卻是吃多了也最動熱。竟把這個倒些送個人去，也是個大情。」五兒問：「送誰？」他娘道：「送你舅舅的兒子，昨日熱病，也想這些東西吃。如今我

註

※3：房間，此指奴俾分派於某間屋裏供使喚。

倒半盞與他去。」五兒聽了，半日沒言語，隨他媽倒了半盞子去，將剩的連瓶放在家伙廚內。五兒冷笑道：「依我說，竟不給他也罷了。倘或有人盤問起來，倒又是一場事了。」他娘道：「那裏怕起這些來，還了得了！我們辛辛苦苦的，裏頭賺些東西，也是應當的。難道是賊偷的不成？」說著，一逕去了。直至外邊他哥哥家中，他侄子正躺著，一見了這個，他哥嫂侄男無不歡喜。現從井上取了涼水，和吃了一碗，心中一暢，頭目清涼。剩的半盞，用紙覆著，放在桌上。

可巧又有家中幾個小廝同他侄兒素日相好的，走來問候他的病。內中有一小伙名喚錢槐者，乃係趙姨娘之內侄。他父母現在庫上管賬，他本身又派跟賈環上學。因他有些錢勢，尚未娶親，素日看上了柳家的五兒標緻，和父母說了，欲娶他為妻。也曾央中保媒人再四求告。柳家父母卻也情願，爭奈五兒執意不從，雖未明言，卻行止中已帶出，父母未敢應允。近日又想往園內去，越發將此事丟開，只等三五年後放出來，自向外邊擇婿了。錢家見他如此，也就罷了。怎奈錢槐不得五兒，心中又氣又愧，發恨定要弄取成配，方了此願。◎[7]今也同人來瞧望柳侄，不期柳家的在內。

✤ 芳官弄來玫瑰露，送給柳五兒。（朱士芳繪）

柳家的忽見一群人來了，內中有錢槐，便推說不得閑，起身便走了。他哥嫂忙說：「姑媽怎麼不吃茶就走？倒難爲姑媽記掛。」柳家的因笑道：「只怕裏面傳飯，再閑了出來瞧侄子罷。」他嫂子因向抽屜內取了一個紙包出來，拿在手內送了柳家的出來，至牆角邊遞與柳家的，又笑道：「這是你哥哥昨兒在門上該班兒，誰知這五日一班，竟偏冷淡，一個外財沒發。只有昨兒有粵東的官兒來拜，送了上頭兩小簍子茯苓霜。餘外給了門上人一簍作門禮，你哥哥分了這些。這地方千年松柏最多，所以單取了茯苓的精液和了藥，不知怎麼弄出這怪俊的白霜兒來。說第一用人乳和著，每日早起吃一鍾，最補人的；第二用牛奶子；萬不得，滾白水也好。我們想著，正宜外甥女兒吃。原是上半日打發小丫頭子送了家去的，他說鎖著門，連外甥女兒也進去了。本來我要瞧瞧他去，給他帶了去的，又想：主子們不在家，各處嚴緊，我又沒甚麼差使，有要沒緊跑些什麼？況且這兩日風聲，聞得裏頭家反宅亂的，倘或沾帶了倒值多的。姑娘來的正好，親自帶去罷。」

柳氏道了生受，作別回來。剛到了角門前，只見一個小么兒笑道：「你老人家那裏去了？裏頭三次兩趟叫人傳呢，我們三四個人都找你老去了，還沒來。你老人家卻從那裏來了？這條路又不是家去的路，我倒疑心起來。」那柳家的笑罵道：「好猴兒崽子！……」要知端的，且聽下回分解。

◎7.五兒至一百回後，方得親近寶玉。此處先爲起根，卻曲曲折折，逐層折挫，遭際阻滯，煞是好看。（陳其泰）

參考書目

一、 原典

1.《紅樓夢》，曹雪芹、高鶚著，北京：人民文學出版社，1982年新校本，中國藝術研究院紅樓夢研究所校注。其底本爲：前八十回採用庚辰本，後四十回採用程甲本。

2.《革新版彩畫本紅樓夢校注》，臺灣：里仁書局，實爲與人民文學版對應的繁體本。

▲備註：

本書以庚辰本、程甲本爲底本，凡底本可通之處，一般沿用，個別地方從他本擇優採用；明顯的錯誤則參照他本訂正，不出校記。

二、 注釋

1.《紅樓夢》，曹雪芹、高鶚著，北京：人民文學出版社，1982年新校本，中國藝術研究院紅樓夢研究所校注。

2.《紅樓夢鑑賞辭典》，孫遜主編，北京：漢語大詞典出版社，2005年5月。

三、 評點

1.《脂硯齋重評石頭記》，曹雪芹著，瀋陽：瀋陽出版社，2006年1月。

2.《脂硯齋全評石頭記》，曹雪芹著，霍國玲、柴軍校勘，上海：東方出版社。

3.《紅樓夢脂評輯校》，鄭紅楓、鄭慶山輯校，北京：北京圖書館出版社。

4.《紅樓夢資料彙編》，朱一玄編，南京：南京大學出版社。

5.《紅樓夢批語偏全》，〔美〕蒲安迪編釋，北京：北京大學出版社。

6.《瓜飯樓重校評批紅樓夢》，馮其庸主編，瀋陽：遼寧人民出版社，2005年1月。

7.《紅樓夢：百家匯評本》，曹雪芹著，陳文新、王煒輯評，武漢：長江文藝出版社。

8.《紅樓男性》，任明華編著，北京：中華書局，2006年2月。

9.《紅樓女性》（上、下），何紅梅編著，北京：中華書局，2006年2月。

10.《紅樓夢奧秘解讀》，馬瑞芳、左振坤主編，吉林文史出版社，2004年5月。

特別感謝本書內頁圖片授權人及單位（以首字筆劃排列順序）

1.王勘授權使用北京西山黃葉村曹雪芹紀念館內所拍攝共5張照片。

2.北方崑曲劇院（北京）授權使用《西廂記》、《琵琶記》、《牡丹亭》劇照共10張。

3.北京圖書館出版社授權使用杜春耕所編著《紅樓夢煙標精華》內頁圖片共128張。

⊙杜春耕，高級工程師。1964年南開大學物理系畢業。畢業後一直從事大型光學精密儀器的光學設計工作，設計成果獲得首屆科學大會獎及多次部委的獎勵。1994年起從事《紅樓夢》的成書過程及早期抄本及刻印本的版本研究，在報刊上發表有關論文五十餘篇。現任中國紅樓夢學會常務理事，農工民主黨紅樓夢研究小組組長等職。

⊙《紅樓夢煙標精華》，彙集民國年間流傳於上海等地的有關《紅樓夢》人物故事的煙標及香煙廣告共十餘套、三百餘幅，極富收藏及藝術鑑賞價值，更是研究民國時期社會經濟、商業文化、民俗時尚，特別是「紅樓文化」在當時發展情況的珍貴史料。

4.朱士芳授權使用內頁繪圖共130張。

⊙朱士芳，男，生於70年代，山東德州人，現居於北京。從事兒童繪本創作和中國傳統繪畫藝術的研究，曾與中華書局、上海少年兒童出版社、大雅文化、華東師範大學出版社、唐碼書業等多家出版機構合作。出版作品有：《道德經》、《論語》、《易經》、《中國古代四大名劇》等。

5.朱寶榮授權使用內頁繪圖共80張。

⊙朱寶榮，從小酷愛美術，因家庭情況無緣於高等學府深造，引爲憾事，2004年與兩位志趣相投的好友組成心境插畫工作室至今，能夠從事自己喜愛的工作，覺得是一件很幸福的事！對《紅樓夢》一直有很多感觸，參與此書插畫創作，眞的是很幸運的事。

6.財團法人雲門舞集文教基金會授權使用「紅樓夢」之舞作照片共2張。

7.國立國光劇團授權使用，林榮錄攝影，《劉姥姥》、《王熙鳳大鬧寧國府》劇照共7張。

8.崔君沛授權使用《崔君沛紅樓夢人物冊》內頁圖片共20張。

⊙崔君沛，1950年生於上海，廣東番禺人。畢業於上海大學美術學院和交通大學文藝系油畫班。上海人民美術出版社專職畫家，中國美術家協會上海分會會員，上海老城廂書畫會副會長。出版過個人畫集。作品連環畫《李自成·清兵入塞》曾獲全國美展二等獎。曾在上海、香港、澳門、臺灣等處舉辦過個人畫展和聯展。個人傳略已編入《國際現代書畫篆刻家大辭典》並獲世界銅獎藝術家稱號。

9.張羽琳授權使用內頁繪圖共90張。

⊙張羽琳，女，27歲，北京人。插圖畫家，在繪畫過程中深知創新的重要性與艱難，所以堅持獨立思考和創新。曾經合作：北大出版社、福瑞來文化交流有限公司、博士達力文化公司、漫客動漫遊有限公司，參與創作：《懸疑小說》、《新世紀童話》、《曾國藩》、《封神演義》等，雪亮眼鏡T恤圖案設計大賽優秀獎、火神網青銅展廳。

10.趙塑授權使用北京大觀園內所拍攝共22張照片。

11.臺灣郵政股份有限公司授權使用「中國古典小說郵票－紅樓夢」樣票1套。

12.廣州集成圖像有限公司「FOTOE」授權使用部分內頁圖片。

國家圖書館出版品預行編目資料

紅樓夢（三）——義結金蘭／曹雪芹原著；
侯桂新編撰-
-初版.—臺中市:好讀,2007［民96］
面：　公分，——（圖說經典：03）
ISBN 978-986-178-035-1（平裝）

857.49　　95025265

好讀出版

圖說經典 03

紅樓夢(三)
【義結金蘭】

原　著／曹雪芹
編　撰／侯桂新
總 編 輯／鄧茵茵
責任編輯／朱慧蒨
執行編輯／林碧瑩、陳詩恬、莊銘桓
美術編輯／陳麗蕙
發 行 所／好讀出版有限公司
台中市 407 西屯區工業 30 路 1 號
台中市 407 西屯區大有街 13 號（編輯部）
TEL:04-23157795 FAX:04-23144188 http://howdo.morningstar.com.tw
（如對本書編輯或內容有意見，請來電或上網告訴我們）
法律顧問　陳思成律師

線上讀者回函
獲得好讀資訊

讀者服務專線／ TEL：02-23672044 / 04-23595819#213
讀者傳真專線／ FAX：02-23635741 / 04-23595493
讀者專用信箱／ E-mail：service@morningstar.com.tw
網路書店／ http : //www.morningstar.com.tw
郵政劃撥／ 15060393（知己圖書股份有限公司）
印刷／上好印刷股份有限公司
如有破損或裝訂錯誤，請寄回知己圖書更換

初　版／西元2007年7月15日
初版六刷／西元2022年11月15日
定　價／299元
如有破損或裝訂錯誤，請寄回台中市407 工業區30 路1 號更換（好讀倉儲部收）

Published by How Do Publishing Co., Ltd.
2022 Printed in Taiwan
ISBN 978-986-178-035-1